U0694856

目　录

黄孝阳文集

遗失在光阴之外

黄孝阳 著

上海文艺出版社

题记

我的爱人啊，我像一头公牛那样朝着那块挑起的红布冲去。我知道，总有一天世界会颂念我的名。当那天来临，当斗牛士把利刃插入我的脖颈，我只希望，你能坐在我身边，用那湿润的眼看着我。

所有的努力，都是为了那临终一眼。在那个时候，世界或许会为我打开体内的皱褶，就像一个眉目宛然的处女，朝着她的男人，那个头上长着一对坚硬犄角的男人，打开子宫。

第一章　可卿

一

"一二三四五六七，马兰开花二十一，二五六，二五七，你是塌鼻没牙的小东西，小东西，小眼睛，外婆抱着去看戏，戏里有个小妖精。"

女孩们哼着儿歌在屋前空地上蹦蹦跳跳。空地上铺满灰砖，都是半截的，是大人趁夜色从附近建筑工地上用板车拖来再一块块填于此处，于是屋前原来那一小片水洼地也就成了女孩们的乐园。她们不屑与男孩子滚得一身脏泥，穿上心爱的布鞋，跳起来，快快乐乐，面对面，双手摆动，头上紧扎两根羊角辫，辫上缠着用红毛线裹起来的橡皮筋，若有谁未能跟着歌谣迈准步伐，就算输，得下去，换一个人与那个跳对的女孩继续跳，一直跳。她们的脸是小小的，手是小小的，脚是小小的，哼出的歌声也是小小的。

他常蹲在一边看。他喜欢可卿。可卿跳得最好，老赢。可卿的年纪比他大一点，不是瓷娃娃的模样，小脸尖瘦，塌鼻，眉心还藏有一粒小黑痣，可腿特长，身子左右摆动，手臂一上一下，衣衫哗啦啦，比在阳光下翩然的蝶儿还要好看。

　　遗失在光阴之外

可卿家是刚从外面搬到院子里来的。可卿妈是上海知青，肤色嫩白，羸弱细矮。可卿爸是北方人，脸庞黧黑，魁梧雄壮。若遇上雨天，偶尔能见到他们肩并肩走在路上。可卿妈撑着伞，可卿爸勾头缩着肩，大半个膀子在伞外淋雨。可卿妈把伞往可卿爸那边移，可卿爸就把身子再往外侧。俩人的姿势都是歪歪扭扭。这可真奇怪。明明可卿爸比可卿妈高出一头，为什么他不撑伞呢？不过，若天没下雨，可卿爸便在前面挺胸昂首，可卿妈落后几米脚步碎碎，可卿爸的样子就像是可卿妈手里牵着的大黑牛，很逗人。

可卿还有一个弟弟，一个妹妹，弟弟可痕，妹妹可箫。

可痕最小，说话奶声奶气，嘴里老有流不完的口水。男孩儿都爱拿他寻开心。那时的男孩儿还问不出像现在《蜡笔小新》上那么变态的问题，多半是翻来覆去地问："你妈与你爸晚上睡在床上会打架吗？"可痕就会很用力地想，手指头噙入嘴中，啧得津津有味，眼神却茫然得很。大一点的男孩不断地启发他，"你妈有没有四脚朝天？"然后其中一个男孩立刻往地上躺，摆出四脚朝天的姿势。大伙儿开始哈哈地笑。可痕也笑，眼睛眯成线。他比可卿漂亮，虽是男孩儿，可皮肤那细腻劲，掐一下，简直要滴出水。大家爬上他家的窗户，往里瞧，偶尔能看到几粒搁在上了锁的五斗橱玻璃后的上海大白兔奶糖，便不停地咽口水，咽得肚子里咕咕响，然后你瞧我，我瞧你，齐声叫嚷，一起去捏可痕的脸蛋。可痕有次也跟着大家爬上自家的窗台往里瞧，突然指着房间靠西边墙壁的竹床，很骄傲地说："我妈与我爸就在上面打架。"就有人撑不住，似被石头砸中的麻雀，一只只往下掉。

不过，若被可卿发现，就不大好玩了。可卿嘴里会立刻发出一声类似猫叫的高腔。不管天是否蓝、云是否白、风是否轻，可卿马上从地上捡起石子儿，用力地朝男孩们扔来。男孩们发一声喊，顿作鸟兽散。可卿生气地捏可痕的腮帮，边捏边骂，话速又急又快，里面还夹杂几句上海俚语。他听不大懂。他喜欢看可卿这种脆生生的样。可能别的孩子也喜欢。就有人故意去找可痕的碴儿。可痕还穿开裆裤。别的孩子趁可卿不在，拐到可痕身边，蹲下，手指头一屈，往可痕的小弟弟上猛地一弹。可痕尖叫起来，嗓门特细。

可卿从屋里扑出，一把搂住可痕，"他们打你哪了？打哪了？"可痕哭着脸，伸手摸住小弟弟，声音颤颤，"这，这哩。"可卿涨红脸，拽起可痕，挨家挨户站门口骂去。可箫跟在后面，一边跟着姐姐小声骂，一边快活地朝躲藏在柴火堆里干了坏事一脸得意的男孩子挤眉弄眼。

最令人绝倒的是有一次可痕去上厕所。是简易公厕，中间有木隔板，底下是一条一尺高一尺宽细细长长互相贯通的水泥坑，每到黄昏有挑粪桶的人来清理。蹲位五个，可痕蹲中间。进去几个男孩，各自蹲下。其中一个从裤兜里掏出一串好不容易搞来的土制小鞭炮，点燃，从隔板下斜斜地扔在可痕的那个坑位处，噼里啪啦响成一阵。可痕正爽着呢，被屁股底下突如其来的鞭炮声一吓，一脚踩水泥坑里了，"妈啊"，惨叫出声。在外面守着弟弟的可卿不知出啥事，急了眼，卷起阵风，冲入男厕，看见弟弟的狼狈相，牙关一咬，发狠，折身把蹲在坑位上哈哈大笑的男孩推下坑。另外那几个男孩眼见事情不妙，屁股也来不及擦净，拎起裤子，猫腰便往外面蹿。这事轰动一时，也让大人们啼笑皆非。

因为可卿的缘故，他与男孩子就玩得少，常与女孩厮混。他会跳房子，且跳得很好。这是女孩玩得最多的一种游戏。当时，粉笔还是奢侈品。一般就用树枝在湿地上画出大大小小的格子，然后在最底下的格子里扔一块扁平状的石子，再屈起一只脚，金鸡独立，一边前进，一边把石块踢到正确的格子里，石子出界或跳错格子都算失败。但他跳不来橡皮筋，左脚老绊倒右脚。女孩们吃吃地笑。可卿也笑，手背掩住嘴，瘦削的肩头抖动着，单薄的身子嵌在一片蔚蓝里，像是要飘起来。他看傻眼，呆呆的。刻薄点的女孩叽叽喳喳："癞皮狗，你看啥？"

他讪讪地退到一旁，继续垂头丧气地蹲着。他讨厌她们叫他癞皮狗，他生气地吐着唾沫，可他跟在可卿屁股后的样子确实就是一条癞皮狗。

可卿会玩很多游戏，可卿踢毽子，毽子就长她身上了。可卿嘴里小声地喊，两条长腿跟随着节奏分明的号子忽上忽下忽左忽右，他都担心可卿把自己拧成麻花了，结果可卿连大气都不喘，身子猛地凝住，右脚反踢，抬起，毽子稳稳地停在外脚背处，连汗都没多流一滴。所有的女孩都崇拜可卿，叫可卿姐姐。他不叫。他要娶可卿做老婆。

他对可卿说，你做我老婆吧。

可卿不理他，噔噔跑进自家的屋。他在众人的哄笑声中，眼巴巴地跟过去。过一会儿，可卿端出盆清水，"哗啦"倒在被太阳晒得叽叽叫的水泥地面，水花溅了他一身。几只沿台阶缝隙正在兴高采烈搬运着苍蝇的蚂蚁狼狈不堪地在水洼里挣扎。可卿白了他一眼，腰肢一扭，又进了屋。他突然有了主意，血液顿时沸腾，一颗少年的心蓦然间已冒出几缕青烟，眼瞅天色尚早，脱鞋，光脚，飞快地跑，直奔后山早就发现的一个西瓜大的蜂巢处，根本没想到害怕，上树，解下上衣，脚勾牢枝丫，弯下身，嘴里吼了声，用衣服裹住蜂巢猛地一拽，抱紧，哧溜一声从树上蹿落，沿山路往河流的方向狂跑，也不敢回头看。嗡嗡的声音越来越近，一闭眼，跃入水底，扑通，这才感觉到皮肤是火烧火燎地疼。

那时已是黄昏。一轮火红的夕阳从层层叠叠的云嶂后露出灿烂的光芒，千万里流云皆被镂空，浓浓淡淡、深深浅浅，似狗、似马、似山峰、似海水、似火焰，眨眼间，这云已纵身投入风中，迎风展开。他的额头、胸口、手臂上肿起几处老大的包，里面似千万根钢针在扎。他倒吸几口凉气，骂几声脏话，心中却得意，狂喜满满地溢出胸口。野蜂巢里有好多香甜的蜂蜜，手指拈起一点，放到嘴里，舌头要融化掉。他舍不得再吃下去，用瓦片盛好，小心翼翼地端着。风吹起尘土，吹在路两边的灌木的叶子上，发出噼里啪啦的声音。这是一个黄金的世界。

他浑然不知自己走了狗屎运。那野蜂就算叮不死人，也足以让脑袋变成一个猪头。他一瘸一拐再回到可卿家门口，稀释了蜜糖，用手指蘸着，趴在石阶上开始写字。

他写的是"我要娶可亲做老婆"。字写得不好，歪歪扭扭，"卿"字还写成"亲"，但没关系，所有的人都应该明白他的意思，连地上的蚂蚁也清楚。它们闻到甜香味，迅速从各个缝隙里钻出，很快就已浩浩荡荡，黑压压，排行纵列，首尾相接，顺着他在石阶上勾勒出来的字迹，奔跑、交谈、忙碌，就宛若一群世上最英勇的士兵，用鲜活的生命点燃汉字。

可惜没几人欣赏到他的杰作。没多久，在可痕啧啧的惊奇中——姐，外面好多蚂蚁！——可卿的小脸涨得通红，端出一盆清水，哗啦一下，让这几个他好不容易写出来的字一下子陷入灭顶之灾，然后用近似仇恨的目光牢牢地盯住他。如果说眼神可以杀人，他怕已被剁成无数碎块。

可卿只喜欢他哥哥。

"池塘边的榕树上，知了在声声叫着夏天。操场边的秋千上，只有蝴蝶还停在上面。黑板上老师的粉笔还在拼命叽叽喳喳写个不停。等待着下课，等待着放学，等待游戏的童年……"

他哥哥会唱歌，穿件白色的确良衬衫，下身套条黑色咔叽布长裤，梳

遗 失 在 光 阴 之 外

着马桶盖头，坐在落满夕阳的门边，一只脚轻踢油漆斑驳的门槛，另一只脚打着节拍，头仰向结满蛛网的檐角，小声哼着。虽说哼得一字不差，可他哥哥又不是罗大佑。老天爷瞎了眼，可卿竟然会被他哥哥迷住。可卿不时地、飞快地朝他家这方向瞟来几眼。他看得清楚。可卿乌黑的眼神在他哥哥身上滴溜溜打个转迅速缩回，而他就蹲在可卿身边，可卿却看都不看一眼。这真让他伤感。从云层后漏下的一束阳光像把长刃，笔直地扎在他心上，真痛，刀尖还颤巍巍地晃。

他就没明白哥哥有什么好。

他撬开哥哥的抽屉。在这方面，他是天才。并不需要钥匙，用一根小铁丝，拗弯，伸入锁眼，慢慢地勾住弹簧，勾稳，往下轻拉，锁会嗯的一声弹开。抽屉里有哥哥各种各样的秘密，比如几粒玻璃弹球、一盒图钉、几摞信纸，而对他诱惑力最大的是两件东西：一本已翻烂掉的十六开大的《冰川天女传》，几本用爸爸单位上那种有抬头的空白公文纸抄录的合订本。

那本《冰川天女传》他能倒背如流。唐经天最没意思，尽说些没头没脑的话，做些没头没脑的事。冰川天女除了手上的那冰魄寒弹，也不是好东西，只喜欢小白脸——金世遗对她那么好，"只要世上有这么一个女子，用这样的眼光对我一瞥，我就即使死了，也是心甘！"——她的仆女幽萍对金世遗的那句讽刺"癞蛤蟆想吃天鹅肉！"恐怕正是她心里的话。他只喜欢金世遗，今世所遗，失意天涯。他曾无数次幻想自己有朝一日"一身破破烂烂的麻衣，提一根黑漆漆的拐杖，满面红云，下颊两个疙瘩"，并为此从家里的杂货间里翻出一条破烂的麻袋披肩上，又从河边湿地摸了块泥糊在脸上，嘴里发出怪啸，挥动手中拐杖状的树枝把四周灌木打得枝断叶飞，心中是说不尽的甘美畅快。

他翻开哥哥的合订本，那上面用工笔宋体字密密麻麻地抄写着许许多多的名人名言，比如"知识就是力量""人生的最高理想就是为人民谋利益"。这些他都不喜欢，知识从来就不是力量。院子里有个在县招待所扫地的瘸腿老头儿，据说学富五车，肚子里面的学问大得不得了，还会讲流利的英文，可每天被人喝来呼去，就不见他横鼻子竖眼过。老头儿姓苟，小孩子们多称之为"老狗"。他只喜欢他哥哥抄录的各种稀奇古怪的事儿，以及不知从哪弄来的一大堆很好听还押韵的歌词。乾隆皇帝是海宁陈氏的私生子、郑和下西洋是为了找失踪的建文帝、诸葛亮的老婆奇丑无比、十二生肖的由来、木马流牛究竟为何物、蒋介石娶过四个老婆……

他背下罗大佑的那首《童年》，在心底反复地唱，从家里唱到门外，从门外唱到跳橡皮筋的女孩身边，从女孩身边再唱到可卿家门口。

可痕出来了喊，"癞皮狗，你在唱啥？"

他说，"我在唱歌。"

可痕很郑重地哦了声，点头又说，"我姐说你像青蛙叫。"

有这么叫声洪亮的青蛙吗？他没死心，继续问，"哪个姐姐？"可痕瞪了他一眼，似乎对他的愚蠢大感诧异，"可卿哪。"

可箫从屋里跑出来，边跑边喊还边摇手，"癞皮狗，晚上带我去逮青蛙吧，我姐说只要你开口一叫，青蛙们都会跟着叫。"

这简直欺人太甚。他用力地踢可卿家的门。尘土落下，他揉揉眼，继续唱，拼命地唱，唱得上气不接下气，唱得头发直竖气喘如牛面无人色双眼翻白，仍继续唱，抬头唱，低头唱，挺胸唱，跑着唱，站着唱，慢慢走着唱。然后就下起雨，太阳雨，灼热的雨，豆子般大，噼里啪啦洒了一地。

没多久，他在可卿面前出了大糗。

有天中午，母亲不知从哪弄来几块墨鱼干，切碎，再掏烂芋头，煮成一锅，真香。他一口气吃了八碗，那种直径约为十五厘米的碗，食物涌至嗓子眼，人已撑不住，手仍停不下来，一个劲地往碗里舀，直到被母亲劈手夺下，这才捧着浑圆的肚皮打着饱嗝艰难地挪到学校，坐下，然后开始放屁，不停地放。渐渐，五脏六腑翻转过来。那时有本叫《七把叉》的连环画，讲一个人特能吃，最后被食物活活撑死。当时他脑子里只有一个念头，自己是不是要死了？手不敢往肚皮上摸，摸一下都疼，感觉肚皮上炸裂开一道口子，眼睛往下瞟，眼前有无数颗闪亮的星星在旋转，肠子像打了结，额头虚汗涔涔。他颤抖着站起，想举手报告老师说要去厕所，嘴里发不出声，嘴唇嚅动，脸色煞白。老师见他奇形怪状的样，过来，用粉笔敲敲桌子，"不舒服？"

老师应该是好意的。这句话却扯断了他早已绷紧的神经。裤裆处突然传来声巨大的轰响，一股臭气在教室里弥漫开来。几秒钟后，一些同学开始欢笑，调皮的男生大力地把课本向上空抛去，几个女生捂住口鼻尖叫着跑出教室。他傻了眼，觑眼间瞥见坐在前面掩嘴窃笑的可卿，想死的心都有了。年轻的女老师涨红脸，手足无措。

他滴下眼泪，为没能管好自己的肛门羞愧无比。

他多了个外号叫屎壳郎。他开始逃学，背着黄书包到处乱逛。他经常去那个矗有人民英雄纪念牌的山坡，路两边是高大的榆树，一串串榆钱从树枝上坠下，被风一摇，浑身都清凉。偶尔能看见几只裹在茧里的"懒婆娘"，摘下，捏在手里，软绵绵。山坡上有一百〇八层青石阶。他用从学校偷来的彩色粉笔在每一行台阶上写上《水浒传》里那三十六天罡七十二地煞的大名及绰号，写完，人就到了山顶。风拍打衣裳，人似乎要在风里飘起，学校在脚下，面积就洗脸盆大，这让人怀疑只需解开裤带撒泡尿便能把它给淹掉。山上很少人，时间被这些粗壮的树与绿色的草抹掉了，四周寂静，一些不知名的虫儿或不耐烦了这渗到骨髓深处的清冷，唧唧唤上几声，很快打住。

他在草地上躺下，过一会儿，就见到山蚂蚁，体形要比家蚁大很多，跑得也快，腭大，若不小心被咬，被咬处会痒得厉害，严重的还会红肿。他用石块的边缘划破"懒婆娘"的茧，挤出它绿色的脑袋，扔在山蚂蚁必经的路上，没多久，它们爬满上面。这时可以把它们一起拢入早已准备好的玻璃罐内，盖上，拧紧，放在纪念牌的大理石基座上——它们像一块被烧红了的铁——让太阳暴晒，看这些细小的生灵如何在绝境里仓皇奔走。

没有人跟他说话，他自己与自己说话。后山上是县政府招待所，所里植有一片梨树，从围墙那翻入，不必下地，攀住树枝，身子一荡，脚踩准，就稳稳当当地骑在枝丫上。树上有种昆虫，不咬人，硬壳，应该是害虫，颜色各异，几乎能在它们身上找到大自然所有的色彩，红的叫"关公"、黄的是"秦琼"、绿的是"妖精"……他逮住它们，给它们一一命名，再用从家里带来的细线在它们脖子上系好死结，拽住线头，它们就围绕着他，上下左右飞。阳光如雨，打在密密的树叶上簌簌响。整个世界在他四周黏稠、凝固、透明。他眯起眼，透过叶子的缝隙，瞥见院子里的在这里做事的瘸腿老苟。老苟总是在扫地，右脚往前迈，立住，瘸了的左腿用种古怪的姿势往前拖，搁住，身子前倾，拧腰，手中的竹扫帚在地上画出一个半圆，哗——唰——哗。

母亲说老苟是有过老婆的，还活着，就在县城里。

父母聊起老苟这个人时，他坐一边听见了。他们叽里咕噜，长吁短叹，仿佛老苟是他们的爹，这让他甚是不满。但他没捉弄过老苟，也没叫过他"老狗"，尽管别的孩子常拿老苟开着各种恶毒的玩笑，比如早上在老苟住的那间小黑屋前烧东西，把烟雾从门缝里扇进去，再大喊，"着火了，着火了，大家快逃啊。"老苟连外裤都来不及穿，光着两条细麻秆腿，一瘸一拐跑出，

遗失在光阴之外

见是孩子们淘气，摇摇头又回屋了。老苟好像从来就不会生气。

老苟据说也曾威风过，因犯生活作风的问题被广大群众一撸到底。

说这话的是院子里补鞋的游师傅，他会唱京剧，会唱"临刑喝妈一碗酒"，人挺坏，老拿手拧小孩子们的脸，手上的茧子扎人得紧。

有人答嘴，不是他犯，是他老婆犯。

游师傅咧开嘴哈哈地笑。

还有人言之凿凿地说，老苟那时被人追得上天无路入地无门，无奈之下，就把老婆献给领头追赶他的那人，这才只断条腿捡回性命。据说老苟的老婆当年那才叫漂亮。打树下过，鸟儿会一头撞树上；打水边走，鱼会争先恐后地浮起，赶都赶不走。就有人跑去问坐在一边乘凉的老苟是不是这回事？老苟嘿嘿笑，也不说别的，就晓得傻笑。

"萤火虫，提灯笼，飞到东，飞到西。"孩子们大呼小叫，在院子里来回奔跑。有个小孩最缺德，悄没声息地靠近老苟，用绳子在椅背上打上结，跑开，会同几个孩子，互相打着手势，猛地一拉，老苟从椅子上滚下来。人们哈哈大笑，包括那些早已把坏小孩行径瞧在眼里只等着老苟摔下来的大人。

他不喜欢老苟。老苟对一切似乎都无动于衷。

老苟的腿是老苟自己伸到汽车轮胎底下辗断的。

他是听母亲说的。

好像当年老苟的老婆变了心，老苟追出去，拦在已经开动的汽车前，央求老婆回心转意。结果汽车从老苟腿上压过去。老苟老婆也没下车看一眼。这种说法过于模糊，里面充满可疑的空白，一夜夫妻还百日恩，世上女子何至如此心狠？老苟的老婆为啥就吃下秤砣铁了心地要与人私奔？不过，这些事情显然不符合一个孩子的审美趣味。他并未对此深究下去，只偶尔为老苟感到可惜。

他在树叶间望着老苟，老苟或许也注意到梨林里不同寻常的响声，抬头，瞥了几眼，继续扫地。他骑在树的枝丫间渐渐睡着，并发出微微的鼾声。这个世界从脑海里一点点滤去，只剩下一片青得发黑的颜色。这是一个很古怪的梦。青黑的颜色纷纷往下掉，很快，露出一面镜子，他惊异地注视着自己，发现自己竟然是老苟，而可卿则是他老婆。

他忍不住笑起来。可卿本来不肯做他老婆，可他用绳子绑起可卿全家，像绑秋后的蚂蚱一样绑，再威吓可卿，可卿就答应了。他们在县城摆喜酒，从街头摆到街尾，人人都来祝贺，并躬身拱手说些早生贵子之类的吉利话。可卿妈哭，可卿爸一个人喝闷酒，他嘿嘿冷笑，说，我又没娶你全家，号什么号？可箫就笑，可痕拿把菜刀往案板上剁，剁得飞快，刀光闪闪。这时屋檐上落下两只乌黑的鸟，一声声啾。他从可痕手中夺过刀往空中扔去，鸟的脑袋掉下来，哗啦一下，天空顿时变成一片燃烧的火海，里面现出一个金盔金甲的战士，手托镇妖宝塔，高喊，妖怪休走！他吓一跳，下意识地往屁股后看，不知何时，臀部已长出一根毛茸茸的尾巴。他意识到自己是妖精，并在一闪念间明白自己注定要被天打雷劈永世不得超生。他赶紧喊，可卿，快跑。

可卿脱下鲜艳的绣大红喜字的新娘装，噔噔噔，往前跑，猛地纵身扑入金盔金甲战士的怀抱，回过头，不无轻蔑地扫了他一眼，手已紧紧搂住那战士的脖子。他气坏了，掀翻酒席，抡起席边的酒瓮，想朝那战士砸去。那战士蓦然一声断喝，漫天万千烟霞凝住，他这才惊觉那战士竟然是他哥哥。他愈发生气，吼起来，滚。他哥哥没理他，冷笑一声，手一扬，烟霞中现出两个人的脸庞，居然是他父母，他们从鼻子里哼出两道白气，直奔他面门袭来。他大叫一声，手足发软，酒瓮重重地砸在腿上，身体失去平衡。

遗失在光阴之外

接着，他就从树上掉了下来。

"秦琼"不见了，绿色的"妖精"被他压成了一团肉酱，红色的"关羽"带着脖子上的细线朝挂在梨林外的夕阳飞去。风飒飒地响。他四脚朝天，茫然地望着头顶的密林，也不觉得疼。然后他看见老苟。老苟的眉毛是断的，断成两截。他突然想起自己在梦里也是这模样，而他却从未留意过老苟的眉毛竟是这样。他倒吸一口凉气，脊梁处发麻，泥土的甜腥味彻底笼罩了他，天地间渗出一股没来由的恐惧。他仿佛听见老苟说了声，你喊可卿？也可能老苟没说，总之，老苟很迅速地消失了，宛若从未曾出现。他挣扎着撑起身，肘部已流出鲜血，一滴一滴，在草尖上打滚。他望了眼浸在一片火红中显得格外巍峨的楼房，头发竖起，就开始跑，疯跑。

他始终未与老苟有过交谈，不久后，老苟死了，无声无息。他见到了传说中老苟的女人，的确漂亮，时间在她脸上似乎流动得特别缓慢，布鞋长裤，套在身上那件灰色宽大的上衣更为她增添几分风韵。她脸无表情地喊住他，问，老苟住哪？他指了指院子最东头的小黑屋，跑开了。他听见有人喊她珂清。也许不是珂清，是可近什么的。他没敢回头看，她像一个梦。他讨厌梦，梦里包含太多的诅咒，且极有可能是意味深长的轮回，而与老苟一样落魄潦倒，是当时的他所没有勇气承受得了的。后来，他又听说，老苟其实并不老，也就四十出头。他一直想不明白，一个四十岁多点就已白了头、脸像块橘子皮、腿还断了的人到底曾遇上过什么？

过了一段时间，他向老师检举了哥哥。

他哥哥写的一篇作文被指导老师推荐参加全省的作文大赛，得了一等奖。这是整个学校的荣誉，也令他父母自豪无比，走在路上，行人都会指指点点，看，他们家的大儿子现在可有出息。但问题是哥哥这篇文章是抄来的。他撬开哥哥的抽屉，翻出那本破破烂烂土灰色的《外国随笔精选》。

他找到哥哥说，"你抄袭，你是把书中两篇文章杂糅拼贴在一起，然后排列组合。别以为我看不出来。"

他哥哥的脸色顿时白了，试图来抢他手中的书。他侧身躲开，使劲跑，跑到土墩上活像疯子一样大吼大叫，"不要脸，抄袭，无耻。"

他哥哥急了眼，拿石头扔他。他火冒三丈，也拿石头扔哥哥，再跑。他跑得很快，他哥哥在后面拼命追。他个子小，腿短。他哥哥比他大，很快，在巷子口追上他。他们厮打在一块。他哥哥骑在他身上，夺走书，用力撕成两截，抛入旁边的下水沟里，再一字一字地说，"懂不懂，这叫再创造，艺术再加工。"

他哥哥走了。

他在地上躺了几分钟只觉得心里万分难受。可卿看他哥哥的眼神就在胸膛里飞来穿去。他得让哥哥丢脸，让可卿的眼睛不再看他。他发着狠，躺在地上咬牙切齿，终于鼓起勇气来到他哥哥的指导老师办公室，结结巴巴讲清来意。那个戴着珐琅眼镜、鼓着青蛙似的眼的女老师明显地怔了，问他们是什么关系。

他说，"我是他弟。"

女老师吁出口气，又问，"那书呢？"

他说，"被我哥扯碎了。书名叫《外国随笔精选》。我都看过好几遍了。"

女老师皱起眉头说，"没有证据就不能乱讲话。不要与哥吵了架就瞎打小报告，老师还有别的事要做。"他心底那个愤怒啊。当时他真是被愤怒魔住了，干脆一不做二不休直扑新华书店，打算偷。没那本书，翻遍旮旯角落也没见到，就跑回哥哥扯碎书的地方，顾不得脏臭，跳入齐肩高、沟底铺满粪便、垃圾、杂草的下水沟，好不容易找到那本被撕成两截的书，如获至宝，欢呼一声，又跑回那个女老师面前，把臭烘烘的书往桌上一摊。

遗失在光阴之外

女老师皱着眉头看了一会，说知道了，然后示意他出去。他以为女老师要严惩哥哥，以为女老师从此不会看哥哥，心中别提多爽。第二天他就逃学，留了个心眼远远地吊在哥哥屁股后，看着哥哥进教室，看着哥哥被女老师叫到办公室，看着女老师把那本书扔到哥哥面前。

他确实佩服他哥哥，小小年纪就有大将风度，处惊不乱，看见这本本应尸骨无存的书，脸色居然丝毫未变，这让趴门外在缝隙里瞅的他大感失望。他哥哥说，什么事？女老师说，书从哪来的？他哥哥说，捡的。女老师哦了声说，以后借鉴时注意一点，要去其糟粕，取其精华。他哥哥点头。女老师说，那你出去吧。说完一指那书，记得把这个也带出去扔掉，臭死了。还有，你那弟弟，对你爸妈说说，一定要好生管教，小小年纪就晓得搞"文革"的那一套，长大了，还得了？

这事就这样结束了。他哥哥并未对爸妈提及此事，也没再找他算账。尽管他事后跟踪那慈眉善目的女老师并在次日潜入其家中拧开厨房的水龙头来一个水漫金山，但仍不理解女老师为何要说他搞"文革"的那一套。

什么是"文革"的那一套？他不知道。他想念可卿，但他只敢远远地注视可卿。

没多久，学校组织他们去离县城四五十公里曾发生过一次著名战斗的村落接受革命教育，从车站包了一辆车，人很多，老师坐，学生站。

路不好走，拐弯、下坡，难免会有几次急刹车。车开得晕头转向，满车的人也跟着稀里糊涂。他不知道当时自己为什么就站在可卿后面，可卿的脖子是雪白的，上面还有一层透明纤细的绒毛，看着，就心痒。他就忍不住往上面吹气。可卿想避开，但避不开，只能侧过脸。

人实在太挤，密密麻麻，跟塞在灶膛里的树枝一样。车子晃来晃去，他本来一直控制自己不靠近可卿，很吃力地伛着身子，可巨大的惯性一下子把他甩在可卿身体上，软绵绵的，不仅仅是光滑的皮肤，而且是一段抑扬顿挫会唱歌的曲线，它滑过他的手臂，笔直地刺入下腹处，浑身立刻灼热，并开始颤抖。等到他们重新站直身子，一种不可遏制的冲动就在他脑海里咻咻地响。

他偷眼看着四周说说笑笑的同学，小心地把手藏入裤兜里，轻轻地在可卿臀部碰了一下，又一下。那真是美妙的天堂。他舔着鼻尖滚下的汗滴，每根神经都绷得紧紧，一方面仔细品尝着这种享受，另一方面观察着可卿的表情。他害怕可卿叫。可卿没叫。他又碰了可卿一下，突然，可卿扭回头，嘴凑至他耳边，眼睛望向开满油菜花金黄的田野，牙缝里吐出俩字，"流氓"。

他顿时僵住，不敢再动。关于流氓，他最早见过，几男几女，头发一律乱七八糟，胸口挂牌子，上面还画着大大的黑色的叉。大人对他们指指点点，嘴里发出暧昧的哄笑，所有的小孩都向他们吐口水。

可卿的话吓坏了他。他以为自己这回要完蛋了，脑海里一下子就空白了，腿发软，就差点当场瘫倒，还好人多，架住了他的胳膊。那次春游自然是心不在焉，直到回了家，翌日上学，见没人来捉他，可卿没回头看他，老师也没拿正眼瞅他，这才吐出一口气。

但等他刚把这口气喘匀，可卿要走了，要跟爸妈回上海。他们全家都要走了。

消息是阿宝告诉他的。除了可卿，院子里的女孩就算阿宝的毽子踢得最好。阿宝穿着一套短短的衣裤，露出光滑的胳膊与腿，左脚勾一下，毽子飞起来，落下来，右脚又勾一下，毽子再飞起来，又落下来，嘴里还嘻嘻笑着说，癞皮狗，可卿要回上海了，你咋还蹲在这里啊？快去啊，叫可卿把你装在箱子里带走啊。他觉得脑袋嗡了一下，像有人拿棍子在后脑勺敲出了裂缝。

遗失在光阴之外

那天下午，尽管没下雨，可卿爸妈还是肩并肩走在一起——他还是第一次看到他们这样——他们微笑着向街坊邻居们挥手说再见。告别的场面很热闹，一点也不伤感。可卿沉默地站在堆满包裹与木箱的板车边，偶尔瞥几眼他家的方向。他知道可卿在找他哥哥，可他哥哥与同学去河里摸鱼了。他很失望，他为自己不是哥哥深感沮丧。他都恨不得用厨房里烧火的叉子把哥哥从河边叉到可卿面前。他躲在房子后面的角落里，手握成拳头，不断敲着那些生满青苔的砖石。可箫与可痕被院子里的其他小伙伴们围在中间，快活地笑着。他听见可痕奶声奶气的声音，"以后，谁来上海，我请大家吃奶糖，吃这么多这么多的奶糖。"可痕张开手臂，试图要把所有的孩子们全装进他这个手势里。可箫咯咯地笑，不断地把手中的玻璃珠以及各种小礼物分发给大家。

他默默地看着可卿。可卿小小的脸蛋有了一丝焦急，目光在叽叽喳喳的人群里扫来扫去，就瞥见缩在角落里的他。可卿的眼神石头一样沉。他的胸口一闷，心脏不可抑制地狂跳起来。可卿咬了下嘴唇，突然朝他走来。他的脑袋立刻一片空白，等他清醒过来，可卿已在他手里塞了一件东西。可卿说，记得替我交给你哥啊。可卿回转身跟着父母走了，边走边朝他挥手。

他低头看了眼手中的东西，心脏又是扑通一跳，是钢笔，英雄钢笔，沉甸甸，暗红色的笔杆。据说，这种笔的笔尖是黄金做的，可值钱呐。可那时，就没有几个孩子能见到这种英雄钢笔——他也只是在母亲开箱子拿东西时见到过一次。

他的喉咙发了干。他紧紧地攥住笔。可卿为什么要把这样贵重的东西送给哥哥？可卿不会是偷她爸的吧？若是她爸发现了会不会把可卿打得半死？

他远远地跟着他们，脑袋里胡思乱想。去汽车站的路并不好走，窄，坑坑洼洼，铺着一层浮土。路上有推独轮的木架子车，竹篾做的轮子咯咯吱吱，架子两侧是柴火，堆得小山似的高，人在柴火堆里探出小小一块。也有挑一肩柴火的，多为妇人孩子，妇人头缠毛巾默默地疾步走，孩子光着脊背边走边喊着简单的音节。更多的则是扛锄头担粪箕一脸疲倦的男人，裤管一律挽至膝盖，露出两条虽然黑瘦却精壮的腿。房子散落在山脚、田边。白色的炊烟抖抖地向上爬，爬到某处，呼一下被风吹散，一轮又大、又红、又圆的太阳挂在位于县郊汽车站破破烂烂的围墙上方。

他看着他们进了围墙，进了候车室，然后消失了。他没跟进去，靠在围墙外面的樟树上使劲儿地想。他感觉到鼻子里涌动着一种酸胀的液体。他撸了一下鼻子，想把它们撸掉，身体就不受控制了，咔嚓声，里面好像断掉了一根东西，泪水不由自主大颗大颗地滚落。

他急忙用手指头揩，再用手掌揩，不停地揩，总揩不完。他突然疯了一般又跑起来，跑到山坡上，注视着已渐渐消失在山路上像蟋蟀一般轻轻鸣叫的汽车，再也没忍住，放声大哭。

二

时间敲打着我们的头颅，发出沉闷的像拳头击打肉体的响声。

"1 小时""10 小时""100 小时""1000 小时""10000 小时""100000 小时"……然而，绝对的时间虽然一去不返——子在川上曰，逝者如斯夫，不舍昼夜——但以日月为标志的相对的时间却周而复始地叩响房门，比如黑夜追赶着白昼又被白昼追赶，又比如"星期一""星期二""星期三""星期四""星期五""星期六""星期天"这样让人的脚步变得缓慢下来的循环往返。

遗失在光阴之外

时间究竟意味着什么？是橡皮擦子？是神奇的魔术师？是翩翩飞舞的白鸟？是吞噬一切的宇宙黑洞？是先产生然后消亡或者说先消亡再产生？是捕鼠器？是冰凉的渔叉？是在死亡中看到梦境在日落中看到痛苦的黄金的博尔赫斯？是念天地之悠悠独怆然而涕下的陈子昂？是绿了芭蕉红了樱桃？是即将要流出血红黎明的星星弹孔？是一切有为法如梦幻泡影如露亦如电？是用十个月生用一辈子死？是金属、钟表、工业革命与秩序？是达利名作《记忆的永恒》中那三只柔软、弯曲、正在熔化的时钟？是监狱——我们都是时间的因徒？是暴徒——我们每天都因此鼻青眼肿？是手帕——我们用它擦掉泪水也擦掉藏在记忆深处的那些以为可以保存一生一世的脸庞？

水消失在水里，时间消失在哪里？

渤海之东，不知几亿万里，有大壑焉，实唯无底之谷，其下无底，名曰归墟。八泓九野之水，天汉之流，莫不注之，而无增减。他在键盘上不断敲打出"归墟"这两个字，又再删去。脑海里浮现出一条星辰的瀑布，那些密密麻麻的拳头大、鸽子蛋大、西瓜大的并有着银白与微蓝与蛾黄光泽的星星就在瀑布里面互相碰撞噼里啪啦地滚动。

时间在流入归墟后静止下来。他注视电脑屏幕，它在暮色中，在镜子的深处，里面有一个女人持续不断的笑声。他在键盘上敲下四个字，《少女可卿》，摸过桌上的烟，用力一捏，是瘪的。他怔怔地打量桌上乱七八糟的书、影碟、水杯、烟灰缸、眼药水、梳子、手机，肚子咕咕地叫起来。他合上笔记本电脑，披起衣裳，关门下楼，在便利店买了两包红塔山。他点燃烟，晃晃悠悠地朝一家牛肉面馆走去，要了份阳春面。他吃得很慢。他把烟灰磕在油腻的桌面。他吃得心满意足。

他用面馆老板找零的五元钱在花店买了枝玫瑰，佩在胸口，拐出小巷，拐过超市、商场、交通银行、红绿灯……一辆摩托车从他身边蹿过。他沉思起来。把摩托车比喻成一只刷了黑油漆的老虎并不妥当，但性格再懦弱的少年骑上它后，也会像老虎般凶猛。它的体内潜藏着某种可以让一个人疯狂的因子。也许是因为这世上没有哪个地方的后座更适合女孩子尖尖的臀部。又或许是那随时可能降临的死亡让骑手们恢复了在丛林中觅食的血性。

他低低地笑。"旋转宗申强国梦，发动民族自豪魂"。摩托迎面飘来，撞碎阳光。羽翼一般的光在机车轰鸣中纷纷扬扬。凶悍的宗申摩托已取代瘦骨嶙峋的建设摩托。空中卷过一阵风。水果摊上的苹果滚到地上。卖水果的胖大婶跳起来，叉着腰，大声咒骂。她的骂声传不到骑手的耳朵。裸着大腿、头发棕绿的女孩回过头尖声大叫。她有着花瓣一样的唇。她抱紧前座黑衣少年的腰，大声嚷道："我们是雌雄大盗。"他们不戴头盔。这不方便他们接吻。

当机车飘到一百码时，他们异口同声唱起周杰伦的《发如雪》。黑衣少年放下车把，跳上急驶的车身，在巨大的风中摇摆着手臂与身体。女孩咯咯地笑，用涂了鲜红蔻丹的脚趾头踢开死神偷偷伸过来的镰刀，说，"滚开。"

死神就滚开了。它不甘心，在一棵梧桐树下与一个很宽的下水道上设置着陷阱。它还没来得及布置好，摩托车就像离弦之箭穿过它的心脏，越过了所有已经存在的以及将要出现的陷阱。所有活着的人为此目瞪口呆。街头行吟的诗人赶紧咬破食指，在一卷存放了三千年的羊皮卷上书写起来。他写道：摩托车和姑娘是一种因果关系。然后，他又写道：所有的摩托车都是公的。这只要看一看它那根灼热的坚硬的排气管就知道了。接着，他继续写道，基努•里维斯有五辆摩托车，还老不戴安全帽、超速行驶、酒后驾车，所以他在《黑客帝国》里成为救世主，能把崔茵娣从死神手中拖出来。

这是一个蹩脚的诗人，写的诗都不分行。人们都乐了。卖水果的胖大嫂望了一眼那消失在青山绿水之间的摩托车尾灯，又望了一眼旁边摊位上由几把悬挂着的木勺、刀子、叉子组合投射出的一辆摩托车的影子，突然说道："一个卡车司机撞倒一个骑摩托车的人，卡车司机受重伤，摩托车骑手却没事，这是为什么？"大片的绿在路面投下斑驳的阴影。人们的声音好像是树林里刮过的微风。垂头丧气的死神拖着长长的镰刀，回到这些聚集在街头的人中间。

他看见自己的影子从脚下飘起来。

慢慢往上飘。很薄。

这可能是因为饥饿。

他咽下口水。天空吐出一颗微蓝的星。这是一种异常柔和的光，把风挂在树梢，把巴掌般大小的树叶一片片摊开。冥冥虚空，因为它，拥有了婴儿的眼神。他去抚摸路边的石椅。石头就是石头，渴望颂念出自己的名，哪怕粉身碎骨，它也要求永远是石头。他揉揉湿润的眼眶。月亮在夜色中升起，化作千万颗细细密密的水滴，每滴都可见可卿盈盈流转的容颜。

那年，他又遇上可卿。

他忘了那个 Party 的主题是什么，到处都是从各种瓶子里倒出来的各种颜色的酒，还有各种各样的男人与女人。他喝酒、跳舞，在黑暗中拽住一个女子柔软的手，牵住、搂紧、脸贴脸，然后醉了。一开始，他没认出她是可卿。她躺在他身下，眼睛闭着，绿色的头发披散在苍白的脸庞下，红唇，舌头吐出一丁点，瘦弱的脖颈，尖细下颌，双腿紧缠住他的腰。他抱住她，她立刻发出宛转足以令任何男人抓狂的呻吟。他瞥见她眉心的那颗黑痣，情不自禁地叫出声，"可卿。"他不知道自己为什么要叫这一声，但偏偏就这样叫了。这个声音是这样陌生，好像不是他发出来的，好像是别人敲在后脑勺上的一根木棍。她像丝绸一般滑的肌肤在这一瞬间仿佛被钉子划了。她推开他，起身睁开眼，眸子渐渐凉下，射出一道透明的光线，手指头在床垫上有节奏地弹了几下，声音淡淡，"你认错人了。"

他以为他真的认错了，想说对不起，目光落在她赤裸的肩胛上。那里有块伤疤，缝过针，有几处突起的红色小肉芽。她是可卿。他那年在教室里搞卫生，他在擦黑板，她在擦玻璃。一块被几根细铁钉嵌住的玻璃突然掉下来，顺着她脸颊滑落，在她肩胛处重重一割，再砰一声摔在地上。鲜血从她肩膀上涌出，马上染红了她那件印蓝色小花的上衣。

"可卿，"他又低低地叫。他没说自己是谁，不必说的，没人会认不出童年的伙伴。胃部一阵猛烈抽搐，似被人重击一拳，嘴里满是苦涩，舌底滚出沙粒。他轻声咳嗽，想起当年用蜂蜜唤出的那些蚂蚁以及那些歪歪扭扭的汉字。他的手停在她受过伤的肩胛。她的皮肤像歌声一样。这是他成人后无数次在梦里所幻想过的场景。他不敢确信自己是否在做梦。楼下有钢琴声，是《致爱丽丝》，与之相应的是她胸腔里面正发出阵阵颤音。她在颤抖。他抱住她，小心翼翼。他还是可笑地滴出眼泪，或许是滚烫的。她用力推开他，迅速穿衣，"你认错人了。"她转身要走。她涂有蔻丹的脚趾真好看，裹在奶白色缀有水晶颗粒的高跟皮凉鞋里，是花儿吐出来的蕊。他握紧拳头，用力砸下，朝自己双腿中间。疼痛刺入中枢神经，发出尖锐的喊叫。她回头轻叹，"何苦？"何苦？哪里来的苦？酸甜苦辣咸，苦在正中间。他嘿嘿笑。她突然也笑。从她嘴角飞起的笑，像小时候围绕她翩翩起舞的粉蝶，一只只飞出了她的脸庞。她拿起床头柜上的红酒，眼神不无戏谑，"从前，有一只跳蚤一直生活在女人的下身。它渴望艺术，所谓诗意的栖居。结果在女人参加舞会的那天，它看见一个艺术家，满脸胡须

　　　　遗失在光阴之外

的那种。于是，它使劲跳，还真跳到艺术家的胡子里去了。它美美地睡了，睡得真香。不过，第二天，等它睁开眼，它发现自己又回到那潮湿之处。"他聚精会神地望着她。这是一个笑话，一个黄色笑话。这或许能拯救我们的生活。唯有黄色，就比如阳光，才能给生活镀上一层明亮的光泽，让一切重的变轻，浮出水面，而不被那些黑暗所吞噬。他并不知晓这些年她都经历过哪些事。他明白她的意思。他没反驳。虽然这个世界上的颜色有很多，绝对不只是一种黄色。

她盘膝坐下，双手托腮。蓝色的地毯上绣了一些花，是海的深处最美丽的矢车菊花瓣。"可卿？情天情海幻情身，情既相逢必主淫。漫言不肖皆荣出，造衅开端实在宁。"她往喉咙里倒酒，酒在她嘴里发出声响。她身后有一盏壁灯。壁灯左上方有一幅画，与曾经挂在他房间里的一模一样。一个裸体女人抱着一只可怜兮兮的天鹅。他接过瓶子，嘴对嘴喝光这些黏稠的带腥味的液体。"让我们荡起双桨，小船儿轻轻飘荡……和暖的阳光照耀着我们，每个人脸上都笑开颜……"他吹起口哨。她脸上原本紧绷着的线条一点点变得柔和起来，手指在他下巴处滑动。她脸上有不可捉摸的笑意。他说："小时候总误把'和暖'听成'河南'，就想不明白，自己是江西人，咋是'河南'的阳光照耀着我们？"

她没说话。他说，"那天，你走的那天。我把你给我哥的英雄钢笔弄掉了。"

她说，"嗯。"她的手指拨弄床垫旁垂下的毛茸茸的线球。球在眼前晃过来晃过去。她说，"小时候，我有件毛衣，上面也织有这么两团线球，上课时趴桌上睡，不知不觉，就把它们塞嘴里了，还咂得津津有味。"她咯咯笑，说，"我给你讲个故事吧。故事的开始也是'从前'……"

从前，大海里有条美人鱼，名字叫贝拉。

贝拉的皮肤比瓷器还要白净细腻，长发比徽墨还要乌黑光亮，眼睛比仙女座的星星还要晶莹剔透，尾巴如同银子一样闪闪发光。贝拉常坐在长满青藓的岩石礁上看人类写的童话。

　　贝拉最喜欢《海的女儿》。书很漂亮。书面是黄金，书页是象牙，每个字都由指头大光亮的珍珠镶嵌而成。"在海的远处，水是那么蓝……"贝拉读了一遍又一遍，总读不腻。贝拉从巫婆那偷到这本书。巫婆把它藏在枕头底下的梳妆匣里，并派了两条奇丑无比的海蛇把守。不过，贝拉的美貌不是海蛇所能抵挡，且淘气的贝拉总能找到让巫婆睡去的法子。一片片银白的鱼在贝拉身边飞起，不时潜入水里亲吻她美丽的鱼尾巴。贝拉看累了书，就一边梳理长发，一边曼声歌唱。贝拉的歌声让天空也失魂落魄。夜色落下来，微微的浪顺着水流从远方飘到能听见贝拉歌声的地方，就凝住身子，侧耳倾听，渐渐地凝固成一块块黑色的宝石。

　　贝拉遥望着青黛色的海岸线，嘴唇湿润，浑身散发出醇香的气息。贝拉想，王子与他的新娘一定生下许多小王子，他们有洁白的身体，就像海底那些能随歌声跳舞的白珊瑚。他们的脸庞要比海底花园里最好看的花萼还要迷人，而且有着香味。贝拉的眼睛里流动着奇异的光彩。海岸线慢慢消失了。贝拉潜回海里，没有回去她的宫殿，尽管那里堆满拳头大的宝石、流光溢彩的珊瑚、会唱摇篮曲的鹦鹉螺、火红色的亮得像黄金的树，以及从大大小小的沉船里弄来的各种各样来自人类世界的稀罕玩意，还有书。贝拉灵巧地避开一个个像风车一样旋转的旋涡，再穿过黑黢黢的海底森林与沼泽，来到巫婆所在处，游进那间用死人白骨搭起的房子。巫婆在晚饭后一定要抱着她心爱的癞蛤蟆呼呼大睡至天亮。巫婆的鼾声是如此响亮，整个房

　　　　　　　　遗失在光阴之外

子都在摇晃。不过贝拉并不怕，贝拉知道在巫婆熟睡的时候，来自北方的大海怪也没可能弄醒她。

贝拉找到药罐、匕首、各种药材，以及巫婆的血。贝拉可没胆子去割巫婆的手指。巫婆的脸在熟睡也是那样狰狞可怖，并充满难以言喻的悲伤。贝拉怔怔地发了几分钟的呆。贝拉是在巫婆的马桶边找到巫婆的血。为找到它，并且鼓起勇气把它煎成她要喝下去的药，贝拉足足耗去好几个月的时间。当黎明把海洋染成深蓝时，贝拉终于煎好了一罐亮晶晶的药。贝拉没发觉当她背转身收拾屋子时，已不知何时醒过来的巫婆在药罐里悄悄地滴下了一滴眼泪。

贝拉端起药游离了黑暗处。在途经可抵达她所居住的宫殿的岔路口时，贝拉迟疑了几分钟，那里还住着贝拉的父亲、母亲与慈祥的祖奶奶。贝拉从小就爱缠着祖奶奶讲故事，讲一切有关于人类与城市的故事。城里面每天都是大集市，人在里面挤来挤去，好像潮水里的那些银鱼。小贩的叫卖声、黑色大盒子里传来的喊叫声、四个轮子会移动铁匣子的轰鸣声、寺庙里的早课声……它们卷起的浪花比海的波涛还要多。贝拉舍不得离开亲人，可有什么法子呢？女孩长大了就得去寻找属于她的王子。"我爱他胜过我的爸爸和妈妈"，贝拉喃喃地念过《海的女儿》里面的句子。无疑，现在它就赐给了她勇气，尽管贝拉还不知道"他"是谁，"他"在哪里。这并不重要，"他"一定在的，就在这世上。贝拉吸吸鼻子，感觉到"他"身上的芳香正穿过深邃的海水直抵她灵魂深处。贝拉流下眼泪，往海岸线的那边游去。当青翠的椰树林出现在蔚蓝色的天空里，贝拉注视着不远处洁白的沙滩，勇敢地喝下了手中那罐比月光还清澈的药。疼啊。贝拉虽然对疼痛早已经做好了心理准备，可没想到疼痛会这般巨大。

贝拉呻吟出声，开始对《海的女儿》里那句"好像有一柄两面都快的刀子劈开了她纤细的身体"感到困惑。这种疼痛不是冰冷的刀子，是无情、粗野、残暴、凶恶的锤子，是兜头砸来要把她砸成烂泥巴的锤子。

贝拉晕了过去。贝拉醒来时，发现她在房间里。房间不大，很雅致。百合和茉莉的芬芳从弓形窗间飘进来。紫檀木贴面的墙壁中间有一幅仕女水墨画，墨色的线条勾勒出仕女唇上那几许让人心惊肉跳的艳。墙壁右边是一扇七巧隔断，上面摆放着几件圆或者方的青色瓷瓶。隔断下方有一架七弦古筝，似乎抚筝人刚刚离开，屋子里犹有叮咚的筝音。床头架着一盏青铜香炉，里面烟雾袅袅，弥散出来的龙涎香直沁心脾。厚厚的羊毛地毯，头顶这顶雪白的帐篷——贝拉心里一惊，急忙往下半身望去，嘴里轻轻吁出一口气。那个叫安徒生的人没说谎。鱼尾不见了，那里只有一双少女才有的、最美丽的白腿。贝拉嘴角露出笑意，情不自禁地踢踢腿，疼痛立刻再次袭来，不过，这回是像刀子，是可以忍受的。贝拉轻轻地跃下床。"噢，我就是一个轻盈的水泡。"贝拉小声地唱。贝拉的歌声让这个世界立刻陷于寂静。也不知道过了多久，门开了。一个眉间贴着闪亮星星、手臂上套着银色饰品、脸颊如同初生婴儿一样娇嫩的女子出现在贝拉眼前。女子温柔地笑着，目光里全是赞许。贝拉羞红脸，垂下头，心脏扑通扑通地跳，跳得像海里几条绕着珊瑚起舞色彩斑斓的鱼。

"小妹妹，你从哪里来？"

"我是来找王子的。"贝拉老老实实地说道，声音比蚊子还要轻。贝拉对这个有着令人窒息的美貌女子生出莫名的好感。她真美，她的眼神是白鲸喷出来的泉水，她的牙齿是最精致的贝壳，她的唇

遗失在光阴之外

比海里的红玛瑙还要亮，她的手臂就像海鸥一样在唱歌。女人拉住贝拉的手，在柔软光滑的丝绸软垫上坐下，慢慢地说起话。女人的声音轻柔、沙哑，像是在自言自语，却酿出香醇得足以让贝拉迷醉的美酒。

"小妹妹，这个世界上有许许多多的国家，每个国家里也都有许许多多的王子。你这样没有目标地去寻找，得找到猴年马月啊?

"小妹妹，你要找的王子就在这里。每天黄昏，他们就像一群归巢的鸟，开着最时髦的汽车，又或者骑白马、驾飞机，带着种种珍贵与稀奇，从四方八方赶到这里。到时候，你就可以随便挑选。摸摸这个，捏捏那个，一直挑到自己最满意的为止。他们会排起队，唱着歌，写来滚烫的情诗。他们之间甚至会打生打死，只为你能多看他一眼。

"他们有浓密褐色的卷发，老虎吼叫时一样的眼睛，狮子巡游草原时一样威武的脸庞。他们强壮、英俊潇洒、风度翩翩。

"你黑亮的杏眼将左右他们的意志；你白皙小巧的脸会让他们的灵魂发颤；你丰满鲜红的小嘴会是他们饮不尽的奶汁；你的乳房会是让他们彻夜难眠的歌声；你的腰肢会让他们喜极而泣；你这世上最迷人的玫瑰花瓣处会是他们永生不愿离弃的天堂。天哪，你的脚简直是无与伦比的艺术品。

"亲爱的妹妹，这世上所有的王子都会心甘情愿地拜倒在你身下。他们将从火里来，从水里来，从刀山里来，从枪林弹雨里来。他们会忘掉一切奋不顾身从全世界赶来这里。能为你舔一次脚指头，那将是他们毕生的荣幸。他们爱你将会超过爱他们自己。"

……

时间是一个舞者，双臂高举，手腕交叉，跃动，旋转，扭身，向左弯腰，向右弓身，猛地停下，一击双掌，满天的星光顿时纷纷掉下。就这样，贝拉开始在怡红院里迎接起她的王子。每天都有很多王子来拜访她。他们就像女人说的那样，为贝拉欢喜，为贝拉哭泣，为贝拉喊叫，为贝拉癫狂。贝拉是真的感谢那个喊她妹妹、被称为老鸨的女人。每天深夜，贝拉总要从这些王子的怀抱里溜出来，在庭院里，在月光下，点起一炷龙涎香，祝老鸨姐姐长命百年。贝拉有时候也很想念大海里的亲人。贝拉写过一封信，托老鸨姐姐捎去。"只要放到那个石礁上就可以。"贝拉对老鸨姐姐说。信的全文如下："亲爱的爸爸妈妈还有祖奶奶，你们好吗？我在这里挺好的。天天都有许多王子陪着我。"

　　所以，亲爱的读者，如果你们有幸光临那个叫怡红院的地方，请记得告诉那个一直生活在梦里的美人鱼，你也是王子。请不要打碎她的梦啊。

　　她嘴角浮起若有若无的笑意，一字一顿地说道，"我叫贝拉，不叫可卿。"他沉默下来，转身出门。他没说自己要往哪里去，也未问她要联系方式。他阖上门。他在门外，她在门里。他们中间是一扇结实的橡木门。他走在路上。那天应该是初一，月亮一眨眼就变小了，很小，弯的，咝咝地响，颜色白里泛青，并把他的影子扔在他双腿中间。他吓着了，拼命跑，跑到黑乎乎的天桥底下，喘出口气，看见天桥对面一幢二层楼房上有三个影子，一个像蜘蛛，一个像壁虎，还有一个像蝙蝠。

　　他走过去，发现他们正从下往上爬，爬得飞快。他跟着往上爬，爬上阳台，爬入窗户，然后，屏声静息。他们在抬一个尺许见方的东西，抬得歪歪扭扭。

　　　　　　　　遗失在光阴之外

他凑过身，在空出的那个角搭上手，嗨了声，也用力向上抬，这应该是一个硬邦邦冰凉的铁家伙。

别吭声，他们中的一个嘘道。

小心点，他们中的另一个说道。

谁？他们中的最后一个压低嗓门问道。

我。他掂了掂，铁家伙分量着实不轻，往下一沉，他赶紧伸腿勾住。

你是谁？他们中的一个问道。

不是老鼠。他们中的另一个说道。

去你妈的。他们中的最后一个喝道。

我妈不在这里。他分辩道。

他们不吭声了，迅速朝屋外蠕动。他托起铁家伙的一只角跟着他们朝屋外迅速蠕动，就是蟑螂王子也没有他爬得快。他这么想，飞快地爬。他们猛停下来，害他差点撞在铁家伙上，门牙被磕去一颗。真疼。他捂住嘴。月亮已变成淡黑的，几朵云在天上画着叉。

他们中的一个说，好像有人。

他们中的另一个说，狗日的警察。

他们中的最后一个说，你去看看。

他咧开嘴，牙肉咝咝地响，里面像藏着一条响尾蛇。他想起什么，抬起头，但那几朵云根本不理睬他，漫不经心地画着圆圈。月亮不见了。

他们中的一个说，叫你呐。

他们中的另一个说，听见没有？

他们中的最后一个踢了他一脚说，快去。

他松开手，他们立刻哼了声。他对他们抱歉地笑，再沿屋脊往下爬。他瞅见一只蝎吻，眼睛被夜色染得墨汁般，蹲着，正目不转睛地眺望远方。

他对螭吻说，嗨。螭吻没理他。它是龙的儿子，尽管可能是私生子，也完全有资格不屑搭他的话。他闷闷不乐朝瓦片上吐口水，继续往下爬。

他从房子的另一边爬下去。

一口闪闪发白光的牙齿拦住了他，他们逃不掉。他说，是的。

另一口闪闪发黄光的牙齿说，我一定会逮住他们。他说，肯定会的。

还有一口闪闪发黑光的牙齿说，辛苦了。他说，没事。这是他应该做的。

他们一起向前扑去。他觉得他比兔子跳得还快，一闪，一跳，就来到那个铁家伙前。他先是按住它的一个角，正打算抬起它，它所有的重量猛然全往手腕上压来。他急忙撒手，往旁边跳开。头顶忽悠一声，一道亮光从螭吻所凝望处冒出，炸裂。

月亮是一只被人拿枪追赶的兔子，从云的背后跳出，两眼鲜红，神情仓皇。云画出来的叉就套在它脖子上，好看得紧。他一时入了迷，正想好好喘出胸口纠结的那团郁气，有人横蹿来一脚，发啥呆，快！声音急促。他悚然一惊，手与腿立刻不听使唤了，一个想往左，一个想往右。他往左边跑了一会儿，又往右边跑了一会儿，没过多久，他发现自己已回到天桥下。

凄厉的警笛声从眼前奔过。红的，黄的，绿的，那是天桥尽头的信号灯在闪烁。他一屁股坐下，坐在一个硬邦邦尺许见方冰凉的铁家伙上，想了一会儿，起身，掀起路面上一个铁铸的井盖，抱起铁家伙，扔进去，拍拍手，吹起口哨，往来时的路上走。影子被发出越来越大声响的月光扯碎，然后，没了。

偌大的世界只有他一个人。

他继续跑动，一眨眼，跑回屋子。他打开电脑，喘出粗气。

遗失在光阴之外

第二章　阿宝

一

他老觉得自己是一个已死去的人。

他忘掉了这种感觉萌芽于何年何日何时。记忆并不可靠，尽管他曾经指望靠记忆来打发丧失激情的岁月——这是一段必然要到来的时间。属于他与别人签合同时那道"不可抗拒"的条款。三十"日立"，四十"松下"，五十"微软"，六十"联想"。这不无悲哀，但要心平气和地接受，否则别人要骂老而不死是为贼。这种奢侈的指望又发生在他偶然阅读了几本立场不同的名人对同一事件所撰写的回忆录后。他们的记忆绝大多数变成虚构，可能是匕首、鲜花，也可能是砍刀、马屁，让人怀疑这些名人在回忆时极可能是一边手握笔杆一边手握生殖器。手虽然不够湿润，但它是自己的，随时随地可以通过它来获得自己想要的东西，并控制其强度，这就是手淫的真谛。不过，手淫者虽然在手淫时飘上了天堂，但对于指望靠阅读他们的记忆试图获知真相与沐浴智慧之光的人而言——所谓读史使人明智——这就几乎等同恶毒的玩笑。但没关系，他喜欢玩笑。他喜欢开别人玩笑，也喜欢被别人开玩笑，准确说是"愚人"与"被愚"。"愚人"是一种充满创造力与想象力的游戏。"被愚"是一种庄严的抵达生命本质的行为艺术。玩笑这种"不良行为"贯穿了他的这三十多年。或可以这么说，没有"玩笑"，就没有他。

他用力敲击键盘。

二

从小他就热爱玩笑，就像热爱红领巾。那时，为了能在脖子上系上一条红领巾，他简直发了狂。最早是干些小儿科的勾当，比如把自己的圆珠笔上缴集体，渴望额头能贴上拾金不昧的标签，又比如天天打扫卫生。可惜他的年轻的女班主任慧眼天生，且谙熟杂技一道，每学期那三个戴红领巾的指标就在沾满粉笔灰的手掌里滴溜溜转。没办法，他咬着牙想主意，咬断了两颗牙齿。他把牙齿用纸包裹住扔到屋顶上，这是他们那的风俗，掉了的牙齿不可以随便扔床下、地上、水里又或者是花丛中，得扔屋顶上让老天爷看，否则以后就要挨饿。

学校院子后面有一排低矮的瓦房，其中一间是女班主任的家。他跟那些小猫小狗似的同学一起去参观过。屋子前后两进。他们没进里面，里间有床铺。

女班主任家门口有几株喜树。这种树的叶子有一张纸大。她儿子常蹲在树下拉屎，拉得气喘吁吁。那天，他在学校的操场上愁肠百转时，灵感——这道看不见但充满强大电流的光线突然击中他。帮那小东西擦一回屁股，老师或许会开恩赏赐一个红领巾的指标吧。他立刻开展行动，快步过去，按住小东西。就在他拿不定主意是从书包里翻出作业本撕下两张还是捡起

遗失在光阴之外

地上的喜树叶子往眼前这个细嫩的、臭烘烘的屁股揩拭时，小东西成了小畜生，鬼哭狼嚎，尖叫不休，声音那个瘆人，方圆几十里的玻璃都怦怦跳。女班主任卷起一阵风沙，狂奔而至，暴走，大脚踢开他，说他把她儿子按地上吃屎。这太委屈人了。虽然小畜生嘴边的确有一丁点大便，但那属于意外，是不小心，可以原谅，至少他的动机是好的嘛。结果他连辩解的机会都没有，就被学校记了一小过。他很伤感，决定不要红领巾了。他爬上学校围墙外的树。那是一株龙柏，枝丫很用力地扭曲着，扭曲了布满虫眼的时间，也扭曲了头顶的天空，青里泛黑的树叶密密麻麻地覆盖了他。他衣服的兜里装满从河滩上捡来的小石子。他朝每一个戴红领巾的学生扔石子。他弹无虚发。他以为这是一种庄严的告别仪式。

与他同住一个院子里的阿宝同学不理解这点，并未顾及他们青梅竹马的交情，毫不犹豫地向女老师代表的组织检举了他。他又被记了一大过。他开始整天跟在阿宝身后，眼睛发绿，像一条狼。他都恨不得找条狗剁下它的尾巴插到自己臀部中间。某日午后，他们一前一后来到那条被他们踩过千百遍幽暗的小巷子里，他汪汪吠对着巷子两边门板上那些被烟熏火燎的门神们大喊一声，就有了勇气。他鼓起胸膛拦住她，手抓住她细细的胳膊，伸腿横扫，放倒她。一开始，她还妄想与他展开不屈不挠的暴力斗争，他马上掏出铅笔威胁在她脸蛋画一只小乌龟，她立刻表示屈服。

最早，他并不喜欢阿宝，不仅不喜欢，还非常讨厌。记得某年春天，空气是被明矾浸过的水，风吹出一片片绿色，就与往年感觉大不一样。院子里的几株杨树早早地扯出一朵朵白色的松软到让人想踩上去的杨絮，偶尔能看到几只不畏春寒的蝴蝶，它们翩翩飞舞，一点也不在意明天要来的死亡。他与母亲在院子后的自留菜地里拔草，菜地旁边有一条清浅的小溪，阿宝蹲在溪边黑色的石头上看水里银白色的小鱼。母亲一时高兴问他，你知道现在刮的是什么风？

他还没吭声，阿宝在那边就说，知道了，是东南风。

母亲问，为什么？

阿宝捡起一根草说，捡一样东西往空中抛，看它往哪边飘，不就知道了吗？

母亲乐了，夸她聪明，要他向她学习。他不服气，捡起一块石头往空中抛说，妈妈，现在刮的是上下风！母亲差点背过气说，不是捡石头抛。他说，石头不是东西么？

母亲的脑筋弄糊涂了，良久定下神说，春夏天刮的是东南风，秋冬天刮的是西北风。

他说，不对，妈妈，你昨天分明说，嫁给爸爸后，天天都喝西北风。母亲气坏了，抓住他的屁股就狂揍。阿宝在一边得意地笑，牙齿比河里的鱼还要白。他很生气，很想把阿宝的脑袋按进水里喂鱼去。可好男不跟女斗，他愤怒地瞪了阿宝一眼。

他的复仇行动因为阿宝可耻的投降行为而不得不宣告流产。他迟疑地、很不甘心地放开阿宝。阿宝没哭，小嘴一撅一撅。他觉得阿宝的嘴顶像鸡屁股，于是在她还没有发育的胸脯上捏了一把。他想把阿宝捏得咯咯叫。阿宝不叫，也不避开，反而把胸脯挺得更高一点儿。阿宝的眼睛亮得像一面小镜子。他在她眸子里看见自己的头发乱了。他把黄书包挂脖子上，里面还有一块没有派上用场的砖头。阿宝用手拍打着衣服上的尘土，拍干净了自己，还帮他拍。他想避开，可总避不开，阿宝挥舞的手掌就好像那些粉白的蝴蝶。他只好说，你再拍我，我就画你。他说得很认真。

阿宝顿时缩回手。

他和阿宝继续一前一后走在回家的路上。他们走出巷子，走过用肘部夹着甘蔗左手齐腕而断大声叫卖的老太婆，走过摆有葵花籽、沙琪玛与芝麻糕的脏兮兮的小摊，走过蹲在油坊月牙状门槛上吸烟的男人，走过一堵堵泥垒的墙与一间间砖砌的房，沉默地走在时间里面。

三

他做过一次行为艺术，在电脑上，网络即时通信软件。他临时申请了一个账号，并在线随机加了五百个好友，男女各一半。

他向好友发信息——"我想强奸你。"

第一个好友说：我三年没洗澡了。

第二个好友说：你是玻璃？

第三个好友说：请先付钱。谢谢。

第四个好友说：请问，你是女性吗？

第五个好友说：你去强奸××毛临吧，他一定乐意至极。

第六个好友说：我教你。包学包会，不会免学费。

第七个好友说：你疯了，我是你老婆。

第八个好友说：一百遍呀一百遍。

第九个好友说：请给出理由与意义。若理由正当，意义充分，热烈欢迎。

第十个好友说：说话一定要算数，不然以后就不理你了。

第十一个好友说：过两天行不行啊？人家那个刚过去呢。

第十二个好友说：请排队。注意，你是第一百〇八号。别加塞。

第十三个好友说：怎么今天那么多人都想？是不是伟哥降价了？

第十四个好友说：你每次都不戴套！害得人家已经大肚子了。孩子他爹。

第十五个好友说：请问能持续多长时间？

第十六个好友说：要注意身体。

第十七个好友说：快把摄像机架起来！

第十八个好友说：我是你妈。

第十九个好友说：你有没有相片？

第二十个好友说：你是东方不败吗？

第二十一个好友说：你一定是X员。

第二十二个好友说：好啊。不过我爸说，凡事都得他先同意。

第二十三个好友说：哇，我家的狗狗今天与你一样兴奋。

第二十四个好友说：一个人？

第二十五个好友说：上帝啊，全世界全变态了。

第二十六个好友说：如果你是一头母猪，我可以考虑。

第二十七个好友说：想和我做爱就明说。我最讨厌别人拐弯抹角的了。

第二十八个好友说：我已查过你的IP地址，并通知了警局，请留意敲门声。

……

信息共发出四百条，二百二十八人不予理睬。回复消息的一百七十二个人中，据注册资料显示，一百零三个为女性，六十九个为男性。

他吐了口唾沫，伸手去拽耳朵，拽了一下又拽一下，拽得耳朵差不多跟毛巾一般宽大，手掌顺势在脸上来回擦了几把，脸上顿时闪现出星光点点的唾沫。他又想起了阿宝。如果阿宝还在，也接到这么一条信息，会如何作答？他在电脑键盘上来回敲打"阿宝"，并使用制图软件把这两个汉字一个个串连成线，再弯曲折叠，做成一张曲线玲珑剔透的女人的图片。汉字是最伟大的艺术。他打量着屏幕上的图片，拿起桌上的竹结紫砂茶壶，嘴对嘴喝了一口，清香甘洌。他咂咂嘴。紫砂茶壶胎质细腻，不渗漏、不烫手，不易酸馊，不易开裂，若有必要可以直接置于炉灶上，最重要的是它能蕴蓄茶味。只要是一把上年头的好紫砂壶，哪怕只往里面添入沸水，亦有缕缕香味扑鼻。

这把紫砂壶的主人曾是一位行为艺术家，曾经身着后背印有"此人出售，价格面议"的中山装游走于大街小巷；曾用烙铁在脊背上烙上自己的身份证号码；曾在手臂上插抽血的针头让血自然流出，同时漫不经心地逛超市或坐在马路边或抽烟喝酒或玩游戏机；曾把十多吨苹果倒入广场水池中，让千千万万个苹果演绎生命从新鲜到腐烂的过程；曾赤身裸体涂满蜂蜜坐在公厕里几小时让身上落满苍蝇；曾在情人节找花草树木谈情说爱或是与一头骡子结婚；曾当着观众的面将一只死猫反复往地下摔；曾钻进剖开的牛肚里，再从牛肚子里赤身裸体而出……这些行为艺术显然还未致生命的极端。而极端却是一切行为艺术的命根子。于是，这位喝高了的哼着"为什么博伊斯要给一只死兔子解释绘画"的小曲，渴望找到自己命根子的行为艺术家就在光天化日之下，进了女厕所，就如同鬼子进了村，也如同骄傲的帝王巡视后宫妃子。行为艺术家从三个脸色发白、蹲在粪坑上、双腿哆嗦鼻涕淌下的女士面前走过，一直走到最里间，按倒了那位不幸的女士——按说，她并没有资格来承受不幸，前面蹲着的三个女子更年轻漂亮，但谁让她遇上行为艺术家呢？这位女士很快就被行为艺术家剥成一头大白猪，不断地发出凄厉的哀号。外间蹲着的那三名女子甚至来不及揩净屁股，慌乱奔出，迅速消失在阳光下。厕所外面很快围上一大群人，他们认真倾听里面的声音，嘴里不时地发出"喔……嗯……呜……ye……yes……"声。没有人拨电话报警，也没有人进来制止，只有几颗脑袋控制不了好奇心，胆怯地、谨慎地，一点点伸进来，又立刻缩回去。

　　半小时后，行为艺术家坐在已晕死过去的女士的肚皮上给一位娱乐记者拨通电话说，刚完成一件作品，主题名《强奸》。行为艺术家没料到那位记者居然"不上路子"，反而报了警。行为艺术家试图向那些愚蠢的、不懂艺术这两个字是怎么写的警察先生们解释——自己只是在做一件作品。警察甩来几记耳光，一名女警还免费送上一记撩阴腿。娱乐记者毕竟是娱乐记者，立刻在报纸上发出愤怒的声浪：中国人＝看客？就有读者说，这人如此胆大，不是黑道老大起码得是某某的少爷，谁敢惹？行为艺术家圈子里的朋友分化成两派，一派说：这个作品做得好。生命诚可贵，爱情价更高。若为艺术故，两者皆可抛。另一派说：可惜了。若行为艺术家在闯入女厕所时不忘在背上粘一张纸条，上面写明——俺爹姓张，人称张三麻子，目前在猫儿巷胡同口摆有修鞋摊一个，还望大家多多捧场。那么，围观的人民群众会立刻扑上去将其暴打一番。行为艺术家就可以完成一件《强奸未遂》的作品，而它所具有荒诞的意义显然比《强奸》更有震撼力。行为艺术家被判了七年刑。对行为艺术家而言，坐牢，也是一种行为艺术吧。也许，人活着，就是一场行为艺术的表演。

　　他听到这个故事，也从讲这个故事的人手里得到这把茶壶。茶盖上有一圈字："可以清心也"。当然，也可以读成"以清心也可""清心也可以""心也可以清""也可以清心"。怎么读，就怎么有意思。他叹口气，放下茶壶，嘴唇嗫拢，吹起了口哨。"社会主义好，社会主义好，社会主义国家人民地位高，反动派被打倒，帝国主义夹着尾巴逃跑了，全国人民大团结，掀起了社会主义建设高潮……"他唱起歌。他从小爱唱这歌，一唱就兴奋，就冲动得不行。这可能与阿宝有关。那时，他与阿宝都上了初中，念一年级，

　　　　　　遗 失 在 光 阴 之 外

并且仍然是同一个学校，同一个班，同一张桌子。

四

阿宝问，为何问老师什么是高潮，老师会生气？

他说，这个问题不应该问老师，应该问《新华字典》。

阿宝白了他一眼，字典上面说高潮有几种解释：一是潮汐涨落的一个周期内水面上升的最高潮位；二是比喻事物发展最兴旺发达的阶段；三是比喻小说电影等情节中矛盾冲突最尖锐、最紧张的阶段。

他懵了，你这不是很明白吗？还问什么老师？

阿宝往左右看，快走几步，在一处凹进去的墙壁窄处站住，朝他伸出右手的尾指。这有说法，叫"拉钩上吊一百年"，意思是说，若双方一起伸出尾指互相勾连，那么双方就形成了一个契约，马上要交谈的秘密绝对不可以让第三方知道，包括父母，要让它烂在肚子里起码一百年，否则以后就要成为上吊鬼，且得挂在树枝上让风吹雨打鸟儿啄食一百年。

他伸出右手的尾指结结实实地勾住阿宝的右手尾指。阿宝的手指头像一根根小葱。阿宝的手掌白嫩得像一块水豆腐。阿宝实在是一盘让人流口水的小葱拌豆腐。阿宝压低嗓门说，徐世民的爹妈吵了架。她路过徐世民家，听见徐世民的爹妈在里屋吵，吓得她赶紧跑。

他没吭声。徐世民是他和阿宝的同学，样子与书上的大熊猫极为相似，两只眼睛一大一小。不过，学习成绩倒是极好，是班长。

阿宝小声说道，徐世民的爹骂徐世民的妈是木头，从来就搞不出高潮。你说，徐世民的爹嘴里的这个高潮是啥意思？他想了很久，也想不明白。他点点头，感觉有地方不对劲，他拍拍脑袋使劲儿地想，蓦然想起一段歪歪扭扭的圆珠笔字迹——"突然间，他像一匹脱缰的野马，用尽全身的力气向里面猛顶，性交的快感达到前所未有的高潮，他们都喘着气，心脏就似随时要爆炸似的，一下，两下……"他的小弟弟伴随着浮出记忆之海深处的这段文字翘了起来，当然，它的长度还很有限，阿宝不可能觉察到有何异常，又或者说"翘"这个词只存在于他的想象里，实际上，它顶多是伸了下懒腰。

他是在学校厕所里读到这段文字的。它在一张粘着粪便的、皱巴巴的作业纸上。纸被发了硬的、黄绿错陈交杂的屎遮掉一大块。他很想掏出削铅笔的小刀把这些可恶的屎撬掉。不敢。他满怀恐惧，满怀兴奋。恐惧与兴奋变成一挺歪把子机枪，他听见子弹出膛时发出的欢快声音。它们惊人的后坐力让他差点一屁股坐粪坑上。他屏住气息，用脚一点点踩平这张书写着一群不可思议的汉字的纸。它们过于肮脏，但它们告诉他一种可能——原来汉字也可以这样排列组合。一团团光线在他眼前浮沉不定，这是蹲得太久导致的大脑轻微失血。他反复默诵，直到确信不可能遗忘为止。他把纸拨入粪坑，歪过脸对着隔在厕所中间那堵凹凸不平的泥墙苦思冥想。那边不断有"嘘嘘"声发出，初始如泉水淙淙，继而似小溪潺潺，俄后，一点一滴，清脆如环佩相击。

他想起那本《赤脚医生手册》第 342 页上那个如团黑色火焰燃烧一般的图案。他嘴腔里的唾液在迅速减少，里面像是有火在烧。他沉默了一会儿，说，徐世民的爹与徐世民的妈不团结，所以他们不能建设高潮。这个高潮的意思，他也不知道。

他隐瞒了自己曾看到的这段有关"高潮"的话，他隐隐约约感觉到徐世民的爹嘴里这个"高潮"的内涵，但他那时的词汇量过于匮乏，他也不善用一些具体生动的事例来表达，比如，两头交媾中的牛，或者狗，或者

遗失在光阴之外

青蛙，或者是一只追着芦花母鸡满天飞、追上后跳到母鸡身上、啄着母鸡的头大摇大摆咯咯叫的大公鸡。总之，他茫然地摇着头，以示自己的纯洁与无知。

多年以后，他才知道，这段话出自大名鼎鼎的《少女之心》，即《曼娜回忆录》。不过，等他花五块钱从摆地摊的猥琐老者那买下它，躺在旅馆房间里翻看时，他已经不再恐惧，不再兴奋，尽管那时他还是处男，但脑子里早已塞下了足本的《金瓶梅》《痴婆子传》等诸多先人所遗笔墨精湛的淫邪诞妄之书，以及更多的文句粗陋直奔下半身而去的现代人所著的黄色小说。

那天下午，他和阿宝没直接回家，他们去了河边靠堤坝处的豌豆田。沿高高低低的石头，他们一前一后。泥土湿润，生满绿草与青色的灌木，鸟雀鸣啭不休，在白桦树上起落。巨大的天空里一半是通红的火焰，一半是湛蓝的海水。风吹过远方的山，就吹到身边。

透过悬挂于眼前的一片片豌豆叶，可以看见河岸边的牛，一头或者两头。它们静止着，不动，在这个色彩斑斓的世界里剪出一个个黑色的窟窿，而一些他不知道的东西就轻轻地踮着脚尖穿过这些黑色的窟窿，从另外一个世界溜了进来。空气清冽，是一块块糖，可以放在嘴里嚼。满眼都是甜嫩的豌豆叶。他抓住一只螳螂，本想拧断它三角形的头颅，并折断它傲慢的自以为是的前肢。这活他常干，爱干，在他不高兴时，这些可怜的昆虫是他的出气筒，而他开心时，它们又是玩具。但那天，他还是放了它。他可以不干这事，他可以去干点别的什么。一种没来由的柔情洇漫了他。

他在阿宝身边坐下，慢慢脱下她的裤子。她闭着眼，没反抗，顺从地抬起臀部，呼吸有些急促。他们都是黄种人，是汉人。但他们可能由完全不同的两种材料制成。他像泥鳅，黄里泛黑。她像一块温暖的洁白的豆腐。

他们那里有一道菜——把泥鳅放水缸里喂养几天待其吐净泥沙，在铁锅内加入凉水、豆腐、盐与味精，再放入泥鳅，加细火，一定不能大。水渐渐热了，泥鳅耐不住热就会一条条钻入豆腐里并蜷缩起来。这样做出来的菜，特别鲜。他这么想着，就屏住气息把头埋入阿宝的胸口，他听见心脏"砰砰"跳动的声音。这给了他勇气。他趴在阿宝身上，嗅到一股咸咸的茉莉花的香味。就这样，他们安静地躺在春天的下午，躺在青涩的豌豆丛里，互相看着，一动也不动，眼睛里都是幸福。

他记得自己是从那一天喜欢上阿宝的。也许不是那一天，或许更早，可他想不起来了。可卿搬走了近一年，在那一年里，他觉得自己像行尸走肉。现在，他又有了喜欢的人。这种感觉真好。他对着阿宝微笑，忘掉了阿宝曾经对他刻薄的嘲笑，也忘掉了自己对可卿刻骨铭心的思念。他拉住阿宝的小手，感觉就像在棉花堆里高一脚浅一脚地走着。他为自己能品咂到这种幸福的滋味而陶醉，他一直陶醉到某天上午的语文课。语文老师是女老师，虽然长相比小学里的那个女班主任要和蔼可亲得多，但他仍觉得她铿锵有力的声调是催眠曲，就趴桌上睡了。桌子也是棉花堆，他睡得又香又甜。阿宝与他同桌，可能睡眠也会传染，阿宝打着哈欠，也睡了。"春眠不觉晓，处处闻啼鸟。"他们俩一左一右，一雌一雄，就在女老师眼皮底下打起呼噜，声音一高一低，一粗一细，一个是树，一个是藤，一个是鸟儿，一个是鸟儿最爱吃的小虫。女老师脸上的肌肉渐次生动，终于勃然大怒，飙下讲台，用沾满粉笔粉的黑板擦敲他的头，很没礼貌地大吼，你，还有你，阿宝，你俩昨晚没睡觉啊？

笑声咕地一下就在沉闷乏味的教室里翻起水泡。有几个与他一样提前被某本书或者某句话性启蒙过的孩子像群被石头砸中的鸭子，嘎嘎叫，并互相古怪地挤眉弄眼。

遗失在光阴之外

他已惊醒，赶紧站起，揉揉眼睛，小声应道，老师，我们睡了！

这回再智力欠发达的孩子也听懂了，笑声再次爆裂。他也明白过来了。这笑声"哗啦"撕开裹在他幼小骨架上的皮肤，往胸腔里撒入了一把盐沫子。他的嘴唇泛了青。女老师的两只眼珠子顿时像两把寒光闪闪的刀子直奔他面门戳来。女老师或许以为他是在故意捣乱课堂秩序。

他闭上眼，准备接受惩罚。他那时所受到的性启蒙并不充分，以为与阿宝"那样过"就意味着"我们睡了"。他为自己不小心在光天化日下，在大庭广众下出卖了只属于他们的秘密而羞惭。他应该被吊死，并被悬挂在树上一百年。

脖子上像缠了一圈冰凉细长的蛇。女老师右手准确地卡在他的喉咙处。捏吧，力度只需再加大一倍，就可以听见清脆的咔嚓声。他捏死螳螂时也是这样干的。他咧开嘴，鼓励女老师。她是大人，他是孩子。任何一个大人都拥有不可置疑的、惩罚孩子的权利，这是一个常识。

他抓住课桌，课桌与他一起摇晃。他感觉到手背上有几滴滚烫的东西，烫得心口一阵阵发麻。他睁开眼，是眼泪。阿宝埋头捂嘴剧烈地抖动肩膀，那些泪水争先恐后地从她指缝间涌出。对不起，阿宝，我不是有意的，他在心里说了一遍又一遍。女老师猛地松开手，他一屁股坐地上。教室里一下子寂静无声。女老师忽然用一种很忧伤的目光注视着他，一字一字慢慢说道，你爸妈供你读书不容易，你不用心听讲，还故意捣乱课堂秩序，以后，你会后悔的。

"少壮不努力，老大徒伤悲。"

他爬起来，眼前出现一道白光。他瞥见教室左侧墙壁上贴着的那张竖条幅。是隶书，瘦劲古朴，骨里藏筋。他入了迷，他被这十个字的笔画顺序以及结构深深地吸引。他没看阿宝，他知道她已经恨他恨得入骨。但等放学铃响起，他背起黄书包，蓦然发现手背上多出一块烫出来的疤痕，它像一只翩翩飞舞的蝴蝶，飞出窗户，飞上屋檐，飞进那一块块雪白豆腐似的白云里。

五

阿宝坐在屋顶上，黑色的檐角像飞鸟一样。天空明亮澄净，风把它擦得比玻璃罩子还要干净。远方的山是一个个青粽子，透着糯米的清香。

阿宝穿着粗布红衣裳，袖子卷到手臂，头发乱糟糟。阿宝在笑。阿宝对着青石巷口喊，"石林，你上哪呀？"

石林站住了，抓住墙角，抬头诧异道，"阿宝，你咋上屋顶了？风要把你吹下来的。"

石林衣服与裤子的边角噼噼啪啪响，石林两条腿麻秆似的。阿宝嘻嘻地笑。

石林说，"你妈要骂你的。"

"我妈才不骂我呢，我妈卖豆腐去了，我妈临走时叫我往屋顶加层膜呢。"阿宝的声音脆生生的，说得又急又快，像豆子，撒进风里。风一下子就小了。

"加薄膜没用，日子一久，风随便一撕就撕开了，得上瓦。"石林走到屋檐下，比画了一下又说，"要不，我帮你上瓦吧。"

"我喜欢薄膜，屋里亮堂。"阿宝向石林扔过去一个白眼，伸伸腰，露出光滑的、一小段白得耀眼的腰肢。石林朝巷子前后看，声音小了，"阿宝，你会着凉的。"石林打一个喷嚏，一脸鼻涕。阿宝咯咯地乐，说，"石林，你腋下夹的啥啊？"

　　　　　　　遗失在光阴之外

"我借世民的书。"石林又打了一个喷嚏，样子狼狈极了。

"你这么用功，也想拿三好学生啊？"

石林赶紧摆手说，"不是课本，是《射雕英雄传》，金庸写的，你知道金庸吗？"石林说着话左腿微屈，右臂内弯，右掌画了个圆圈，嘴里还呼的一声，手掌向外拍去，拍在墙上。墙壁没动，几块灰尘落下。石林看自己红起来的手掌。

阿宝在空中踢脚，"你要死啊？"

石林嘿嘿地笑，"阿宝，这招叫亢龙有悔。以后我练到家了，只需要这么轻轻一掌，你就要从屋顶上掉下来。"

阿宝啐道，"掉个屁。"

阿宝不再理石林，噘拢嘴唇，吹起口哨，吹的是"小螺号滴滴吹"，声音清脆悦耳，一些气流的涡旋像一朵朵淡紫色的小花，在风中微颤、稍顿，再向高空爬去。

石林说，"阿宝，你吹得真好听。"

阿宝还是没理石林，又吹起"小小少年没有烦恼"。

石林抬高声调说，"阿宝，你教我吹口哨吧。"阿宝换了坐姿，双手抱膝，嘴里的口哨声换成，"没有花香没有树高我是一棵无人知道的小草"。

石林挠头，拍拍脑袋，在原地兜过几个圈子，把一块鹅卵石踢出路面，终于垂头丧气地说道，"阿宝，我是屁。你不要生气啊。"

阿宝这才扭过身嫣然一笑，"你快去还书吧，说不定世民都等急了。"

石林说，"阿宝，你要不要看？我去对世民说还没看完。不过，你要快点看。"

阿宝噘起嘴说，"我才懒得看这些打打杀杀的。"

石林又说，"那你什么时候教我吹口哨啊？

阿宝说，"现在。"

石林有点不敢相信，重复道，"现在？"

"石林，你把小指头含入嘴里，拔出来，哎，不要说话，嘴型就保持刚才那样的一个小孔，再往外嘘嘘，就可以了。"

石林皱起眉，嘴巴一撅一撅，可就是没半点声音发出。石林苦恼地看着阿宝。

阿宝一摆手，"别急，需要练习。"

石林耸着肩膀啄着头走远了，天空中慢慢漏下银子一样闪亮的光，开始有微小的雨点打下。阿宝翻过身脚稳稳地勾住屋檐，身子倒挂下来，在空中来回荡了几下，手抓住墙壁上凸起的木榫，拧腰，脚一点点离开屋檐，身子在空中立住，再飘起弧，轻轻巧巧地落回地面。

阿宝那年十六岁。阿宝那年读初三。阿宝家做豆腐。

阿宝妈年轻时是县城里有名的豆腐西施，现在年纪大了，还与她磨出来的豆腐一样好看。

阿宝爸死了好些年。阿宝爸是伐木工，南人北相，骨架粗大，随便往哪里一站，都要站出一堵墙。阿宝小时候刚学会"虎背熊腰"，每次阿宝爸从深山里的林场归来，阿宝便站在门口喊，"虎背熊腰。"阿宝妈慌忙迎出门顺手在阿宝嘴上捏一把，"要叫爸。"阿宝欢快地笑，向前奔跑，赶在妈妈前扎入爸爸怀里。阿宝喜欢爸爸身上的味道。夏天时，太阳落下山，阿宝端水浇湿屋后的空地，浇了一盆又一盆，浇得星星出来后，再搬出藤椅与竹床。藤椅妈妈躺，竹床爸爸睡。竹床吱呀呀响。阿宝睡在爸爸腋下，头枕在爸爸胸膛上。

阿宝数天上的星星。阿宝爸问，"阿宝，你数了几颗了？"

阿宝说，"数了七万四千三百一十一颗啦。"阿宝爸就嘿嘿地笑。

遗失在光阴之外

阿宝问，"爸爸，这天上怎么会有星星啊？是不是谁用胶水粘上去的？"阿宝爸笑得更开心了。阿宝脸红了，拿手去堵爸爸的嘴。爸爸嘴上有一圈粗硬的胡子。

阿宝又说，"爸爸，你看，每天晚上都有一个新的月亮爬上天空。"

阿宝爸点头说，"是的，可旧的月亮上哪里去了？"

阿宝用手指头戳爸爸的额头，"笨，旧的被切成碎片，做了星星啦。"

阿宝爸哈哈大笑，用胡子去扎阿宝娇嫩的脸。阿宝喜欢爸爸。有时，阿宝爸会带来一些可爱的小动物，比如会吃青菜的刺猬，当然最多的还是鸟，各种各样很漂亮的鸟。阿宝就听着这些婉转的鸟鸣声学会了吹口哨。但那年，阿宝爸被砍下来的树压断了腰，连一句遗言都没来得及留下。阿宝很伤心。阿宝不明白。

阿宝问妈妈，"人会动的，树不会动，为什么爸爸会被树压到？还有，爸爸的腰比树还要粗啊。"

阿宝妈嘤嘤地哭，阿宝妈抱着阿宝越哭越伤心，阿宝也哭，阿宝哽咽着说，"妈妈你不要哭，你若实在忍不住，就等我长到能把你搂到怀里时再哭吧。"

阿宝爸死后老有媒婆来登门，一个个紧贴墙壁溜进屋，头发上粘一小块红纸，后脑勺上挂着一个瘿子般的发髻，发髻上多半还插上一根明晃晃的银簪子。嘴尖尖的，因为话说得太多太假，就像一只被老鼠夹子夹坏了嘴的老鼠，脸上还落满苍蝇屎，皮肤从皱纹里挂下来，松松垮垮，一层一层，又像一大块发了霉受了潮的千层糕。她们一进屋，眼睛往四下里乱瞟，颈子的肥肉上下左右颤巍巍地抖动，嘴里说，"阿宝妈在吗？"

阿宝妈在厨房做事，阿宝在堂屋里写作业，阿宝用笔戳作业本说，"妈妈不在。"媒婆大门牙里透出难闻的气息，嘴巴向上斜，说，"厨房里有水在响哩。"

阿宝妈从厨房出来，一边吩咐阿宝去里间，一边慌手慌脚地端椅子倒茶水。媒婆大大咧咧地往椅子上坐，大大咧咧地接过阿宝妈端来的水杯，呷了一口又一口。

阿宝气不过。那是爸爸坐的椅子，那是爸爸喝水的杯子。阿宝拿了段绳子悄悄地缠在椅腿上，等媒婆说得唾沫飞溅时猛地用力一拉，椅子倒了，媒婆滚成一团，脸上的粉滚得满地都是，缠裹得短短的小脚上的那对绣了鲜艳花饰的鞋子东边一只西边一只。

阿宝咯咯地笑。阿宝妈骂着死丫头扶起媒婆，等阿宝妈去门后摸出竹篾条时，阿宝早已跑出门，跑到阳光下。

阿宝妈没再嫁，可能是不满意那些男人，可能是心里舍不得阿宝爸，也可能是怕阿宝受委屈。

阿宝与妈妈相依为命。阿宝妈天天半夜起来磨豆腐，豆子头一天晚上就泡在水桶里，泡得又肥又大。阿宝妈用勺子舀起豆子，放在石磨的面上，再往挂在石磨上方一个底部有小孔的水桶里加满水，水从桶底潺潺流下。阿宝妈推动石磨，有时阿宝妈会小声唱起歌。

"愁来茶水弗沾喉，单为情郎心里忧，天涯海角，想到尽头，寸心千里，何时聚首？小阿奴奴望得眼穿郎弗到，只见白云明月两悠悠。"

阿宝妈唱得清澈，声音轻柔慵倦。

阿宝也帮妈妈推磨。阿宝站在矮椅子上，弓起身，双手推动粗大的檫木磨杆。磨杆滑不留手，阿宝推得一下快一下慢，没多久，阿宝就提不动自己又酸又胀的手了。阿宝妈接过磨杆继续一圈圈地推，动作不疾不徐。石磨咕噜咕噜咀嚼着阿宝妈的汗水，咀嚼着从磨缝间流逝的时间。

阿宝妈做的豆腐是县城里最好吃的，挑到街上不消一上午便能卖得一

遗失在光阴之外

块不剩。用来炒麻婆豆腐或做豆腐圆子汤，真是不要太好吃。

石林说，"阿宝，你妈的手是不是会变仙法？大家都一样做豆腐，为什么味道就不一样？"

阿宝嘻嘻地笑，拿眼角的余光去瞟世民。世民是班长，坐前面一排，在伏案写作业。世民早上吃了阿宝做的豆腐么？阿宝垂下眼帘，脸泛起红色，像抹了胭脂。

阿宝噘起嘴拍开石林越界伸过来的胳膊，石林是阿宝的同桌，石林在玩"关羽战秦琼"，这是傀儡戏的变种，也不知道是谁发明的。舞台是简易的，没有斗拱飞檐雕梁画栋，就是课桌。一根细竹子，削成七截一厘米左右长的小节，一截为头，一截为腹，一截为腰，其他四截为手脚，小麻绳依次穿过，串起"人"形，再另外弄一根小木片，削成青龙偃月刀或两把熟铜锏，绑紧在小竹人手上，然后再将绳子从课桌中间的缝隙穿过，手在课桌下或轻或重地拽，两个小竹人挥胳膊蹬腿地噼里啪啦打成一块。石林嘴里轻声呼哨，满脸笑容。

石林说："阿宝，你是不是每天早上都要吃一碗热气腾腾撒着青绿葱花的豆腐脑？"阿宝点头。石林收起竹节人，压低声音，用课本去捅阿宝的胳膊肘，"怪不得你的手比豆腐脑还嫩啊。"阿宝恼了，挥手去打石林，石林躲开，嘴里嘘道，"老师来了。"

老师推门进来，铃声响起，桌椅声响成一片，同学们稀稀拉拉地站起来。老师勾着的头往左右扭了扭，喉结突突地跳，声音嘶哑，"坐。"

老师的课讲得好，讲得如泼墨山水。阿宝却听烦了。阿宝最腻这些方方正正呆头呆脑的字，它们再怎么平仄弯曲也赶不上窗外的花鸟树木有趣。阿宝竖起课本，挡在面前，小心翼翼地剥葵花籽，眼珠子随着窗外在树上此起彼伏的鸟一上一下地跳。石林把头深深地埋入抽屉里继续玩游戏，嘴里呜呜地。世民在认真听讲，不停地做笔记。

阿宝瞧瞧教室里的这张脸，再瞧瞧那张脸，只瞧得胸闷异常。

阿宝从文具盒掏出削铅笔刀与上次买的橡皮擦，是一大块橡皮擦，有着非常好闻的香味。阿宝在橡皮擦上刻起世民的模样，世民的眼睛是亮闪闪的，鼻子是挺挺的，嘴巴是红红的。世民的耳朵紧贴着后脑勺，不是那种讨厌的招风耳。石林就是招风耳。

阿宝喜欢世民。当然，没有人知道阿宝的秘密。这若被其他同学知道，羞也要羞死了。阿宝刻得全神贯注，没注意到老师走过来。等到她感觉到一道长长的影子时，老师已站在她面前，手指在桌上敲，声音倒不大，"这位同学，上课不要吃零食啊。"阿宝顿时涨红脸。脚边有一包散落的葵花籽壳，它们本来放在抽屉里，阿宝不小心碰出来了。阿宝嘴上打起结，讪讪分辩，"不是我。"

老师说，"不是你，那怎么会在你脚边？"阿宝说不出话。

石林接上嘴，"老师，你家门口有一堆骨头，你家就是杀猪的啊？"同学们笑起来。老师也笑，没再为难阿宝，顺手把阿宝雕的橡皮小人儿揣入裤兜。

老师坏死了，阿宝气坏了。阿宝走在回家的路上，石林跟在她身后。石林说，"阿宝，你别生气。"阿宝看着世民拐上另一条路说，"我就要生气，你管得着吗？"世民住在东边那堆漂亮的房子里。阿宝用脚尖踢石头，踢小石头也踢大石头，踢得脚尖隐隐生疼。

时间从阿宝身体里流过，像一些盐，在阿宝体内留下咸味。

不知从哪天开始，阿宝发现身上的薄衣裳已掩不住胸口与臀部翘出来的曲线。阿宝心慌慌，不再敢看同学们的眼睛，整天低头夹紧腿沿墙壁根走，晚上躲在屋里用布条缠胸，缠了一圈又一圈，缠得胸前那两个小山峦

　　　　遗失在光阴之外

一马平川。月光从窗外泼进来，泼在身上。墙头的草在月光中摇曳。阿宝都要委屈死了，胸可以缠，屁股怎么办啊？又不能拿刀割了去。阿宝没办法，从橱里翻出爸爸留下的裤子，裁剪缝小。阿宝会做针线，是跟妈妈学的，针脚缝得密密实实。

阿宝妈这些日子的眉头蹙得厉害。阿宝的成绩在班上属中下游，要想考中专或技校恐怕不大可能，只能继续念高中，但今年听说县里要搞就近上学划片教育，阿宝就得去读三中。三中建在山边，山上是一片片还没长成林的马尾松林，一条小溪绕学校围墙蜿蜒而过，黑黝黝的石头爬满溪流。风景不错，但声名狼藉，是出了名的坏，这些年就没有考上大学的，而且动不动就有一帮学生在山坡上胡闹。街坊邻居都在叹气说，就算是好人家的孩子到那里不要十天半个月也准变坏。

阿宝妈长吁短叹。街坊们又说，只要交五千元择校费又或县里有人打招呼就仍可以不按区域划分而把孩子送到一中或二中去。

阿宝妈手底下的磨盘越来越重。阿宝妈没有那么多的钱，也不认识县里的人。阿宝妈低头去看木桶里的豆浆，豆浆白得耀眼，月光照在上面，真冷。还有豆腥味，阿宝妈抽抽鼻子，这股熟悉的味道一下子就陌生了，一只只小虫子从里面爬出来，爬进鼻子里，也爬到喉咙深处。四周寂静。老鼠在啮咬木板，叽叽咔咔。阿宝睡了，发出均匀的呼吸声。一些光线把屋子剖成明暗几大块，明亮的地方像雪，暗的地方像黑泥潭。阿宝妈喉咙一咸，咳嗽起来，赶紧用手捂嘴，已经来不及，一口鲜红的血喷出，喷得磨盘、木架、豆浆桶上到处都是。

那年五月，阿宝妈病了，是癌。

阿宝妈身上插满管子。阿宝坐在病床边抽泣，眼泪打湿了她。窗外飘着毛毛细雨。树吐出一片片青翠，大颗大颗的水珠从这片叶子掉到另一片叶子上，一直往下掉，掉到尘土里。还能看见锅炉房，粗大的、黑色的烟筒歪歪地撅着，似乎想撑住那块灰蒙蒙要塌下来的天空。烟筒上有只鸟，突然飞下，在空中掠过几个圆圈消失在屋后。

阿宝妈已在医院里躺了三天三夜，才几天的时间就瘦得吓人。阿宝摸着妈妈的脸，阿宝妈恹恹地扭过头，"阿宝，我走了，你怎么办啊？"

阿宝妈说话了，阿宝妈的眼窝是干涸的。

阿宝说，"你死了我就不活了。"阿宝又说，"妈妈，你不要走。"阿宝妈叹气，"傻孩子。"阿宝说，"妈妈，你不要叹这么多气。"阿宝伸手去捂妈妈的嘴。

阿宝看过一本书，说人在世上叹的气都是有限的，叹到了一定的次数，阎王爷就要派来无常鬼。阿宝妈闭上眼睛，不再说话。阿宝的手在发抖。阿宝妈鼻子里的气息比冰块还要凉。阿宝忍住眼泪，撬开糖水罐头，用勺子舀到妈妈嘴边。阿宝妈歪过头，糖水洒在白色的床单上，濡湿了一大片。床头柜上还有一些苹果、梨与罐头，是街坊邻居们带来的。他们来的时候阿宝妈还昏迷不醒。他们陪着阿宝掉下几滴眼泪就默默地回去了。

那天半夜，阿宝起来上厕所，看见妈妈瘫软在地，懵了，撕心裂肺地喊了一声妈，去摇妈妈。阿宝妈不吭声。阿宝手上是妈妈的血，黏稠的、黑乎乎的血。阿宝背起妈妈，跌跌撞撞地往外面跑。阿宝妈比一大团棉花还要轻。风贴着阿宝的脸颊往后面跑，用力拽阿宝的头发。阿宝疼得上气不接下气。长长的街道空无一人，路两边的房子在深夜里丧失了厚度，散发出一种悲凉呛人的气息。阿宝边跑边回头望，阿宝担心肩膀上的妈妈被风卷走。

天上的星星是打碎了的玻璃碴子。阿宝踩着星光跑，跑出车马巷，跑过跃龙桥，跑过延寿庵，跑过三元路，跑过县广场，跑进位于县城东区的

遗失在光阴之外

人民医院。

阿宝跑得真快。阿宝闯进急诊室扑通下给守夜班的医生跪下，想喊，嗓子哑了，嗓子里全是风声。医生吓一跳，喊来护士七手八脚地把阿宝妈抬上担架，阿宝这才悲嘶出声。阿宝只穿了身内衣，脚是赤着的。阿宝坐在走廊的塑料椅上一直到天蒙蒙亮才感觉到疼痛，左脚弓处被碎玻璃划了一个大口子，不过，已不再流血。

阿宝妈住院的第一天花掉两千多块钱。阿宝在妈妈的梳妆匣内找到存折，里面仅有三千多块。阿宝还找到一只用红纸包了好几层的银手镯，阿宝记得小时候妈妈说过这是她以后的嫁妆。阿宝呜呜地哭，把手镯藏进怀里，把三千块钱交给医院。医生说这只够一个星期。医生问阿宝，家里还有什么大人吗？阿宝摇着头眼泪汪汪。阿宝爸没有兄弟姐妹。阿宝妈的妹妹早年嫁到很远的地方，已断了音讯。医生搓着手叹气问，怎么办呢？

医生可以问阿宝，阿宝不晓得去问谁。阿宝问医生，我妈的病治得好吗？医生不说话。

第七天，阿宝把妈妈背回家。

阿宝没再上学，在县城粮食局对面的聚德楼餐厅做服务员。阿宝不再吹口哨，每天早出晚归努力做事。有时，阿宝会隔着店里明亮的落地玻璃看见世民，世民总是那样匆匆忙忙。阿宝也看见过老师，老师的头垂得更低了。阿宝觉得过去的日子就像是梦。对了，石林还来找过阿宝。

石林站在店门外说，"阿宝，你别哭。老天爷会保佑你妈妈。你妈妈做的豆腐这么好吃。"石林有点语无伦次，声音小小的，"我有钱，你看。"

石林从裤袋里掏出一沓皱巴巴的"大团结"。石林又说，"阿宝，要治好你妈的病还差多少钱？"

石林像瘦了一圈，头缩在脖子窝里，手脏兮兮，指甲缝里满是污泥。

"我到医院看过你，没敢进来，趴在窗外，我听见医生说钱的事。我现在就弄来这么一点，你不要嫌少，阿宝，好吗？"石林跑了。阿宝数了数手中的钱，有二百零五块。阿宝在餐厅做事从早上六点一直到晚上十点一个月也只能拿三百块。

过了一些日子，阿宝妈死掉了。

坐在巷口摇着蒲扇的街坊们说，有天晚上，月亮大得吓人，阿宝妈独自在家，一个喝得醉醺醺的流氓闯进屋，骂骂咧咧地问阿宝在哪里。阿宝妈说，还在餐厅做事。流氓破口大骂，做个屁！这个臭婊子，说好两千块钱睡十次，结果只睡了两次就想耍赖。阿宝妈听糊涂了，小声问，你是不是进错屋了？流氓狞笑着伸手去捏阿宝妈的脸说，跟你长得一模一样，这鼻子这嘴这脸蛋，咋会弄错？不是叫阿宝吗？你这个老婊子是不是想亲自操刀上阵来替女儿还债？流氓前脚刚走，阿宝妈嘴里就吐出一口鲜血，等阿宝回来，人已经硬了，眼睛不肯闭上，这叫死不瞑目啊。

闲言碎语飘向青色深邃的天穹深处。

阿宝怔怔地听着。天真热。空中很少云，也没有鸟的痕迹，它们被太阳吃掉了。蝉一声声叫得狂躁。

阿宝端着一盆水煮鱼从聚福楼的厨房里慢慢地走出来。

店里有桌客人，一群年轻人，七男四女，女的抽烟，男的光膀子、脊背、胸脯、手臂上有青龙白虎的文身。阿宝放下菜盆，扬起下颌，对其中一个又黑又壮的男人轻声地说，"那天晚上，是不是你去了我家？"

男人扬起头环视四周剥着手指甲笑，"是啊。与你妈开个玩笑，没想你妈那么死心眼，一点幽默也不懂。我一说，她还真信了。"

一桌的人嘻嘻哈哈笑起来，说啥的都有。阿宝也笑，从围裙里摸出菜刀，一刀剁去。菜刀磨得锃亮。阿宝每天在餐厅要剁掉上百只鸡头。血溅出来，

遗失在光阴之外

阿宝扔下刀，继续微笑。聚福楼里顿时一片死寂，惨白的光从明晃晃的街头扑进屋。

阿宝出了门，过马路，进了粮食局大楼。大楼高七层，一层层台阶像水流一样把阿宝带到楼顶。阿宝翻过护栏，在屋沿边坐下。这些日子的晚上，阿宝常躺在这儿看星星。可能是因为离天空更近，这里的星星特别大，特别亮。阿宝很想找到属于爸爸妈妈的那两颗星，一直没找到。阿宝叹口气，手按在火炭一般热的水泥上。屋沿平整，没有檐角，因为风吹日晒雨淋，很多地方开了裂，鸟在里面做不了巢。阿宝挺直腰，脱去衬衣，慢慢擦拭身上的血迹。人群在下面马路上迅速聚集，像一堆铁屑，而阿宝脚下就是磁铁所在。阿宝嗫拢嘴唇，想吹口哨，嘴里没有声音发出。楼道咚咚地响，阿宝回过头，看见了黑黑瘦瘦的石林。石林的脸比雪还要白。

阿宝说，"石林，你来干什么？"

石林愣了半晌说，"我看见你杀人了，我就在门外，你没看见我吗？"

阿宝摇摇头说，"你来干什么？"

石林说，"我又攒下二百块钱，我想你用得上。"

阿宝说，"我妈死了，我用不上了。石林，你是偷别人的钱吧。"

石林说，"不是，我下了课去做小竹人卖，一个小竹人可以卖五毛钱。还有，卖一次血就有一百多块，但两个月才能卖一次。"

阿宝就笑，"你真傻。"

石林哇的一声哭起来，"阿宝，我现在会吹口哨了。"

石林吹起了"小螺号滴滴吹"，又接着吹"小小少年没有烦恼"，然后再吹"没有花香没有树高我是一棵无人知道的小草"。

"石林吹得真好。"阿宝夸奖着，抛掉手中的衬衣。

石林身后的楼道口又上来几个穿制服的人。他们在交头接耳，脸色是灰的。阿宝皱皱眉头说，"石林，我妈不是我气死的，我没有与别人睡过觉，真的。"

石林拼命地点头。

阿宝探头朝马路上看，那些嗡嗡响的铁屑更多了。阿宝说，"石林，我知道你喜欢我，但我喜欢世民。你知道吗？世民今年考取了中专，对吗？我还没有去恭喜他呢，你要记得替我祝福他哦。"

石林还没有说话，阿宝已经像一只鸟飞了起来。一只银手镯从阿宝怀里笔直掉下，它穿过惊呼的人群，穿过坚硬的水泥路面，拍了拍泛着点点青光的翅膀，就从这个世界消失了。

六

他推开电脑，往脚下看。

他希望能看到那只失踪的银手镯。他只找到一只蚂蚁，蚂蚁在搬苍蝇，死苍蝇是蚂蚁的食物，蚂蚁的力气也大得吓人，这么小的一只蚂蚁就搬得动那么大的一只苍蝇。

有人是蚂蚁，有人是苍蝇，有人注定是另外一些人的食物。他默默地想。他并不明白自己为什么要把这篇小说的女主人公取名为阿宝，也不明白为什么要把这篇小说里的男主人公取名为石林。也许"石林"只是他身体里的一部分，就像是苹果的核。而阿宝呢？阿宝也会是这只苹果里的一个核吗？苹果有六个核，他数过。另外，若竖切苹果，核的外形极似女人阴阜；若是横切苹果，核的外形就是一粒五角星。但不管怎么一个切法，苹果核都不好吃，苦，而且涩。

这世上有很多的苹果。每年苹果树上都会结很多果实，每个人的脑袋

　　　　　　　遗失在光阴之外

也都是一个苹果，或许还可以当足球踢。

前几天他路过某条较为僻静的马路时看到几个小孩，他们不小心撞翻了一个老头儿摆的水果摊，当苹果滚得到处都是时，他们互视一眼，情不自禁地欢笑起来，嘴里发出尖利的哨音，一脚一个把苹果踢向屋顶、下水道、铁栅栏、马路上，以及更远地贴着瓷砖暗红色的墙壁上。苹果被一双双灵巧有力的脚踩碎。摆摊的老头儿嚎了一声，弯下身在地上徒劳地来回爬动。这些苹果可能也酷爱这项运动，老头儿没抓住一个。红的、绿的、黄的、青的苹果在天空下乱飞乱滚。老头儿喉咙里嘶嘶地响，发不出一句完整的音节。一个胖孩子用鄙夷的目光扫视匍匐在地上耸动的老头儿，从屁股兜里摸出二百元钱随手抛下，说道，够了吗？嘴里又欢呼一声，伸腿从另外一个孩子脚边抢下一只苹果，脚尖一勾，凌空扫射。

苹果正中他的脑袋，他舔舔从脑袋上淌下的苹果汁液，很甜，味道不赖。他捡起破碎的苹果。他很想对这些祖国未来的花朵笑一笑，让他们不那么紧张。孩子们不见了，一眨眼，像有一只巨大的手当空攫下。他眯起眼睛扔掉手中的烂苹果。

他想帮老人把那些好的苹果捡回筐内。老人机警地抬起头，并伸出干柴般的手臂拦住他，老人或许以为他想偷拿一个苹果吃。他冲老人点头微笑，转身，继续往前面走去。

第三章　英莲

一

那年七月，他独自背起行囊，来到山里，沿着羊肠小道，一直往前走，绕过盘在山崖上枝干虬曲的马尾松，再穿过一丛丛烂漫的山花，就再也寻不回原来的路。他并未因此感到恐惧，他也不怕路边茂盛的草丛中是否会蹦出吃人的兽。他本来就是山里长大的孩子。但他并不知道自己来这山里是为什么。

天色眼瞅着暗下来，风从清凉渐至刺骨，山的形状一点点变大。他在溪流边停下，掬把水，往脸上浇，然后看见林边一所屋顶褥有茅草的房子。兴许是矫情，他心中生出的第一个念头竟是杜甫的那首"茅屋为秋风所破歌"。

他不无自嘲地咧嘴微笑。门是虚掩的，应手而开，正在屋里烧火做饭的老人见他进门，放下手中的木勺说，找谁？老人说的是乡音，声音嗡嗡的。不过，他能听懂。他说，师傅，我怕是迷路了，能否借宿一晚？老人的眉毛挑了挑，打量了他一会儿点点头，呷过饭么？

　　　　遗 失 在 光 阴 之 外

他摇摇头放下行囊，在灶前矮竹椅上坐下。老人往锅里添了把米，水咕噜咕噜响。弥漫开来的水蒸气打湿老人的眼角眉梢。老人并未再问别的，比如他从哪来？来这里干什么？也许是陌生，也许是因长期独处而不善言辞吧。他们沉默地坐下。他递过去一支烟，老人一开始不准备接，拿起搁柴堆上的一根黄旧发亮的烟杆，他继续塞，老人接了，点燃，啧啧嘴，眼里渐渐露出柔和的光芒。

窗外已经有了月光，空气里弥漫出苔藓的甜腥味，被风扔进屋。低矮的灌木在大地上高矮相间，黑夜让它们丧失了树种的意义，凸起或凹下，状若野兽，口鼻间喷出冰凉的气息。没有鸟，鸟都睡去了。但若沿门口那条斜斜的小径，绕过湿地，进入不远处的山林，可以在密密麻麻的枝丫间发现它们，一只只，黝黑的，肉质鲜美。这时，只需打亮手电筒，让强光对准它们，再伸出网兜去套，不消半时辰就能弄上十几只。它们的智慧已被夜晚撒下的谎言所彻底蒙蔽。

他把烟点燃，深深地吸了一口。屋子很小，不到二十平方米，左边墙壁下搁了张做工甚粗糙的杉木桌，桌腿上深褐色的树皮都未剥尽。因使用日久，桌面泛出油光，还裂着口子。墙是泥巴墙，焦黄，从豁口处能看见里面隐藏的三指宽的篾条。篾条旁贴有一张很有些年月的伟人像，旁边还有个小门。右边墙壁上方并排贴了两张搔首弄姿的美人头像，下方钉着条一米长半尺宽的木板，上面胡乱放着一支牙刷，一管用了大半的中华牙膏及一些别的生活用具。木板下是垒得整整齐齐的柴火。

老人的脚就架在柴火上，裤腿漫不经心地卷到膝盖处，露出浓密的汗毛与几块椭圆状紫黑色的伤疤。老人的左手抓着他递去的香烟，用力地抓，姿势显得有些笨拙。老人的样子看起来非常享受。老人是护林员，姓林，林师傅。

老人的脸因长期的日晒雨淋呈现出紫黑色的光泽，皱纹叠着皱纹，眼窝深深地藏在皱纹里。老人应该是一个见过世面的人，尽管双手如同钉耙般粗壮结实并满是茧子。老人咳嗽了声，喉咙里嘎嘎响，吐出口痰，用脚拭去。老人没说话他也没。房间里没有闹钟走动的声音，静极了，时间似乎已经不再流动。老人与他屁股底下的竹椅不时地咯吱咯吱响上一阵。屋外传来水从岩石上跌下时发出的哗哗啦啦的细微声响。应是水声，虽然溪流离屋子的距离怕有百米，在这寂静天幕中，也许只有水的声音才能穿透重重夜幕。溪水甚清，水底铺满黑石，映得出人的五官眉目。石头大小迥异，多呈扁圆状，卧于水中，东一个，西一个，踮起脚踩在上面，就能从溪这头走到那头，不过却没见着鱼。也许鱼都被老人抓来打牙祭了吧。他这么想着，微笑起来。屋里的空气活泛了些。老人的脸上也有了笑意。老人此刻的样子有点儿像父亲。

父亲是二〇〇〇年退休的。单位敲锣打鼓送来一块"光荣退休"的牌匾时，父亲正挑着一对木桶去屋后的菜园浇水。家里人都劝父亲不必再去菜园子里，万一磕磕碰碰什么的，就不大好，再说家里又不缺这些买蔬菜的钱。父亲就不肯，说这是锻炼身子最好的法子，还能呼吸到最新鲜的空气。用大城市里的人的话来说，这叫"有氧运动"。话虽这样说，但他想，这恐怕是父亲心里对土地那种本能的眷恋在作怪。土地是庄稼人的命根子，是离不开的。父亲虽托那位据说有一手精湛阉鸡手艺活的爷爷给的几块银洋念了书，考上一所农校当了国家干部，吃上了公家饭，仍与土地打了一辈子交道，先是蹲在田边做农业技术员，后来回老家就改行与山上的树结下不解之缘。父亲是庄稼人的性格，不善言辞，不通人情世故，按母亲的话说，别人在他的眼皮底下分钱他也不会上前问一声，只晓得埋头干活，莫说去别人碗里抢吃的，就连自家碗里的也守不住。最令人哭笑不得的是父亲现在在路上若见到铁钉啥的，总要揣入口袋带回家。这放过去还情有可原，毕竟物质太匮乏了，省一分是一分，可如今都啥年代了？母亲说父亲狗改不了吃屎，就这么大出息，父亲也不分辩。过些日子若要钉箱子、木板，父亲就会从旮旯里找出那铁钉，很得意地摊在手上给母亲看，弄得母亲好气又好笑。

　　父亲吃过很多苦，手比老树皮还黑，一年四季开着裂口。这是粗活干多了的缘故。父亲会不少手艺，尽管不那么精致，但打的桌子一定是平的，砌的墙也一定是直的。当年烧锯屑时窝的一种灶更是远近闻名，不仅火旺，而且省柴。自力更生确实锻炼人，母亲老笑话父亲，说父亲这个人除了不会生孩子，啥都能。父亲农校毕业分配在一个离老家有千里之远的农垦场，半年后就把母亲接了去。他们俩是乡里老人做的主。媒人对母亲说，那是堂堂正正吃公家饭的，跟着这样的人，一辈子也甭想挨饿！连挨饿都甭想，那岂不就是天堂了？比父亲小七岁年仅十八岁的母亲动了心。那时，母亲真美，十里八乡都闻名。他见过母亲年轻时的一张相片，梳齐耳短发，抿唇，笑容腼腆，头发上沾有一块纸片。

　　他问母亲，那是什么？

　　母亲笑，是红纸，在老家，出阁的女儿家得扎红头绳，那时你爸虽寄了钱来，但我舍不得买红头绳，想多留点钱在身边，就用红纸代替。

　　他继续问母亲，那为啥照相就舍得花钱？母亲白了他一眼，嘻嘻地笑。

　　父亲在旁边搭话，猪八戒照镜子，臭美显摆着哩。

　　确实，在那个年月，照相是件了不起的大事。沐浴，净衣，焚香，出门前还得再朝搁神龛上的祖宗牌位拜上几拜。他问母亲，有这严重么？

　　母亲说，咋不？那时老人们都说这相片怕是要摄走人的魂魄。我都吓得够呛，不想照，可又怕你爸不满意我的模样，所以咬咬牙，照了。

就这样，按当时风俗已是大龄青年的父亲满意了，又寄出更多的一笔钱，作为路费。母亲一个人挑着娘家陪嫁的缝纫机出门了，连夜走六十里路到县城，再搭班车坐十几个钟头到省城，上火车，次日清晨才赶到父亲那儿。父亲手捏相片，守在火车站边就不敢眨眼，很快，在熙熙攘攘的人群中认出母亲，赶上前，张嘴喊了母亲的名字。母亲轻轻地哎了声，也喊了声父亲的名字。父亲点点头从母亲肩头接过缝纫机，挑上肩膀。从火车站到农场还有四十多里路，他们当年就这样一个在前一个在后一步步走了过去。场部的食堂当晚加了几个菜算是喜宴，洞房是场部临时空出的一间办公室。他们的全部家当除了母亲不远千里挑来的缝纫机，还有一张床，一张桌子，一个父亲在学校念书时使用的樟木箱。母亲那张相片与父亲梳着三七开小分头的相片并排贴在大红的喜字下。结婚证是后来补领的，一式两份，摊开约十六开大，中间最显眼的位置写着一行金光闪闪的字。

清苦的生活也是幸福的。他们虽然不曾自由恋爱，也恩恩爱爱。或许是因为物质在那个时代是极为渺小的，或许是环境逼得两个举目无亲的人不得不互相取暖。母亲在以后的日子里虽常笑话父亲没本事，但从未否认过父亲对她的好，是真好，家里若有一个桃，一定是母亲吃；家里若有两个桃，也一定全留给母亲吃；家里若有一篮子桃，父亲顶多会吃那几个被虫咬过的。母亲至今不忘那年腊月，她肚里怀着他一个已夭折的哥哥时，突然想吃鱼，想得要命，就哽咽出声。那么冷的天，到处白茫茫的，北风刮着天幕，扬落斗大的雪花。农垦场附近河里结的冰上都可以走人。父亲默不作声地出门，问丈二摸不着头脑的邻人借了渔具，到河边，先搬石头在河面上砸，砸开洞，掀开厚厚的冰层，再赤脚下到水里，忙乎大半天，弄回几条小手指头粗的杂鱼儿，兴高采烈地跑回家，做出碗热气腾腾的鱼汤，然后一点点喂给母亲喝。母亲说，她当时就哭了，哭得特伤心。

　　　　遗失在光阴之外

他从行囊里找出相机，"林师傅，给你照几张相？"

老人回过神，忙摆手，"别，别，别浪费胶卷。"

老人知道胶卷，但不知道他手中拿的是数码相机，数码相机的风行也就这几年的事。他抓拍下老人挥手的一瞬间，定格，调出画面，凑过身，给老人看，"这是数码相机，不费胶卷，我给你多照几张，挑几张好的，到时洗好，再给你寄来，行吗？"老人疑惑，他试图把数码相机的成像原理讲清楚，可肚子里那一点儿墨水实在晃不出啥声响。听着他结结巴巴的声音，老人的喉结蠕动着，绷直的上身渐渐放松。老人掐灭烟头，拿起烟杆，嘬了口，又放下，手往衣襟上擦，"我能摸摸它吗？"他点点头。老人接过相机，侧头，眯起眼，就着灯光打量起屏幕上显示的画面，嘴角浮起笑意。他伸手来回按动"放大""缩小"键，以便老人看得更清楚。老人左下颌有道斜斜的刀疤，被拉拉茬茬花白的胡子掩着，若非距离这样近，还真瞧不出来。

老人有什么样的过去？一个人在深山里却不孤独。不是每个人都可以享受孤独。这需要大智慧与枕石漱泉的骨骼。他望着脸庞与父亲颇有几分神似的林师傅出了神。老人递还相机，倒了碗水。他接过来，喝了。水在牙齿缝里是那样甘甜。老人说，会下象棋么？他说，会一点点。老人说，来几盘吧。他说，好的。

他读过茨威格的《象棋的故事》，文章讲述了一个曾被迫害、在监狱里学会用自己的左脑与右脑下棋的神经病。他也看过阿城的《棋王》，是讲一个舍棋之外再无他物的棋呆子。老人既非神经病，亦不是棋呆子，棋艺并不高，第一盘，他没输；第二盘，老人没赢；第三盘，他剩孤卒单相，老人余双士。当他摆好棋子，打算下第四盘时，老人喟叹，"要是我儿子还活着，怕也有你这般大了。"

老人原本有一个幸福的家，孩子从小酷爱象棋，十岁那年，从母亲衣兜里偷拿了几毛钱买了盒木制象棋，被母亲发现，气得半死，抄起锅铲就打，没打几下，孩子口鼻流血，送医院抢救，已经不行了。孩子的母亲发疯后没过几年咯血而死。老人心若死灰，来到深山做了护林员。脸上的刀疤，那是偷木材的人砍的。老人的语调平平淡淡。他问一句，老人答一句。左脚脚踝上扁状深紫色的疤是蛇咬的，右腿腿肚上那个特别大呈旋涡状的创口，是野猪獠牙挑的。

　　他没再问下去，好奇心要适可而止。他端起相机，为老人拍了几组相片。当他放下相机，老人叫住他，眼神有了点浑浊，问能否帮一个忙。他说什么忙？老人起身进了内屋，再出来，手上小心地托着两张寸许宽发了黄的相片，上面有一个浓眉大眼的女人与一个眉清目秀的男孩。影像并不好，发糊。女人的相片背后写着两个字——英莲。这应该是妇人的名字。他愣了一下。老人继续问，能否用数码相机把刚拍的相片和这两张相片弄成一张合影，就是全家福那种？他说能。在数字化的今天，这并非难事。

　　夜风凉凉，月已挪至山林后面，几束青白的光从罅隙里溅出，打湿黝黑的天幕。老人从柴火堆里摸出一个巴掌大平底卵形黑色的器物凑至嘴边，呜呜地吹。大抵是埙吧，那种先人们模仿鸟兽叫声制成的原始乐器。他竖起耳朵，闭上眼睛默默倾听。

二

　　父亲是一个谨小慎微的人。这从走路的姿势也能看出来。哪怕马路有十米宽，父亲必定紧紧地挨着电线杆，步子碎碎，头往下垂，身子前倾，眼睛直视地面，一只手夹着破旧的印有"上海"字样人造皮革的公文包，另一只手小幅摆动。父亲不嗜酒，不赌牌，不耍麻将，不爱照相，若身边有女同事，距离一定保持在一米以上。衣着从来是乱七八糟，一只裤管卷到膝盖，另一只会踩在鞋底。一年四季穿的都是解放鞋，若鞋底磨破，父亲会问修车师傅讨来一小块自行车外胎，剪好，用胶水粘起，而这双鞋的鞋面早已是补丁摞补丁。

父亲年轻求学时曾风光一时。

他见过父亲年轻时的相片，真是英俊潇洒，浓眉，挺鼻，大眼，额头略凸起显得格外饱满，眼神清澈，嘴抿成薄薄一条唇形。从小到大，父亲都是班干部，入农校就做起学生会主席，毕业到了农垦场更是深得领导器重。没多久被推荐成全省代表，手持红宝书，跑去北京参加"积极分子代表大会"。那时，农垦场里有不少上海下放的女知青，凰求凤之类的事没少发生，其中最痴情的是一个姓刘的，竟然在全场春节茶话联欢晚会上，乘着酒意，把亲手织的一条绒毛围巾系在父亲脖子上。这在当时可是了不起的勇气，得冒被打成女流氓的危险。

那时母亲还不曾出现。按说，父亲大可坦然接受这份爱情，说不准，他也有机会降生在上海。父亲却畏之如蛇蝎。多年以后，父亲与母亲开玩笑时就解释，天晓得这女人的家庭成分是啥。

由此可见，父亲那时对从五湖四海聚到这个农垦场的异性都时刻保持着一颗警惕的心。当然，这也能理解，百恶淫为首，作为组织上重点培养的苗子，那是绝对不能在生活作风上出问题的。

父亲说，那时的男女关系还是很单纯的，除了工作还是工作。

母亲对此话报以冷笑，立刻反驳，这是因为你是木头人，看不见罢了。

父亲说，那是你没见过世面，人家大城市里来的，大庭广众下动作稍显亲昵那也在情理之中。

母亲冷笑，那个给你织围巾的英莲，就不记得了？

父亲闭上嘴，眉头一跳，眼角皱纹深深地往眼眶内挤去。母亲意识到失言，赶紧扯开话。他们俩老了以后老爱斗嘴。他好了奇。当时，他没问，过不久，母亲独自在厨房烧饭，他帮母亲剥豆荚，有意无意地提起英莲，这一回，母亲却开始长长叹息。

英莲，应怜，汉字的神奇或许即在此处，通过音、形，在冥冥间射出一道神秘的光束，将两种原本风马牛不相及的事物紧密地联系在一起，令人嗟叹。英莲应是一个敢作敢为的奇女子，可惜有命无运。父亲是没有那福分娶人家。

那年冬天，天空被寒风的爪牙挠出嘶嘶的响声。鹅毛大雪又急又密，覆盖大地。一头头看不见影子的嗜血凶兽在天地间纵横跳跃，远远瞭见山岗上歪歪斜斜一个人影，飕飕几声，各自咧开雪白的獠牙，凶狠地扑去。

父亲被农垦场领导派去总场送份紧急材料，抄小路去，虽不甚远，就三十四公里，但陡，且滑。父亲秉着一颗年轻火热的心跌跌撞撞赶到总场，拿到批复，当即往回赶，一路冰屑，手足软了，好不容易爬上一处叫女儿坡的坎，再下去就是农垦场外围那几所破破烂烂却被白雪打扮得诗情画意的房子，心头松开，脚下一绊，从高处摔下。幸好雪厚，没断胳膊没断腿，但头在凸起的岩石处一撞，当场昏迷不醒。

暮色沉下，偌大的天空连只鸟儿都没有。父亲眼瞅着就得被大雪冻成冰坨。事有凑巧，英莲那天不知道中了啥邪，居然紧裹着一身军大衣跑到这要吃人的冰天雪地里来散步。这可能是她从大城市带来的小资情调在作怪。也有人说，这是因为她心里一直惦记父亲。这话就让刚过门不久的母亲愤怒了。但不管是哪种原因，总之，英莲来到父亲身边，踢了父亲几脚，赏了父亲几个耳光，见父亲仍没反应，没选择跑回去叫人，而是弯腰挽起父亲，背上肩，再一步一步往回挪。

按说英莲若把父亲背到场部又或母亲处，此事也就算完结，英莲还有可能成为女英雄，并赢得母亲一辈子的感激，她偏偏把父亲背回自己与另一个女知青同住的小屋。那女知青也是饭桶一个，见英莲如此鲁莽，不去提醒这样做的风险，只晓得紧搓双手满脸惊恐，咋办哩？咋办哩？这人是不是要死了，脸都青了。此刻的父亲活像一块冻硬的石头。也许父亲正梦见天堂。当一个人的体温降到某种程度，意识就会模糊不清，然后被一种甘美的恍惚感笼罩。他阅读过一位学者用一段华丽的辞章对这种体验做出令人怦然心跳的描述——数千条光彩夺目的光线在眼前闪耀，数千台大炮的轰隆声在耳边微微地响。一种令人平静的倦意不断地涌现，好像自己就已从世上所有的焦虑及苦难中解放出来。空气流淌着的清新优美的音乐缓缓爬上树梢，轻颤……

父亲并不知道自己即将葬送掉一个黄花闺女的一生，躺在别人的被窝里僵硬着、幸福着。

母亲说到这里，放下锅铲，揉着眼圈喃喃地说："她咋这傻？"

他把一粒剥好的豆子抛入嘴里，轻咬，青涩的，舌尖微甜。他问："咋傻了？"

母亲说："她帮你爸脱去衣袜，自己也脱光，再钻入被窝，就当着另一个女知青的面，紧紧抱住你爸。她就算不晓得去屋外抓把雪把你爸的身子擦暖，也可以去喊人，犯得着这样？"

他说："不是犯得着与否的问题，或许是她根本就没想到那茬儿，只是一心一意想救回爸爸。爸爸年轻时真有魅力嘛，让一个姑娘家如此这般，不简单。"

母亲啐了他一口，脸上泛起一丝茫然说："我也这样想过，可这是不是有点儿不知羞耻？"

他说："这或许令人羞耻，但不可耻。如果那时你是那位英莲姑娘，又不懂得拿什么雪去擦暖冻坏的人的身子——我怀疑你那时根本就不懂这个，说不准还会急忙烧盆热水把爸爸的手脚放进去煮——你是否会像她那样做？"

母亲的脸红了，声音不大自然："胡扯，我们是夫妻，她与你爸是什么关系？"

他说："她喜欢爸爸，或者说是爱，你也一样。"

"放屁！"母亲用锅铲敲得锅沿当当响。

英莲就这样成了农垦场众所皆知的破鞋。流言蜚语杀死人，各种有鼻子有眼的说法热气腾腾地出炉，而英莲所扮演的毫无疑问全是不要脸的婊子、人尽可夫的荡妇。父亲在事后始终谨慎地保持沉默，或许父亲对英莲心存感激，但不能为她作出辩解，一则父亲确实无辜，当那个女知青喊来场部领导时，父亲仍未醒来；二则父亲若辩解了，父亲与英莲就是奸夫淫妇，不仅将名誉扫地，政治生命结束，母亲恐怕也不会轻易饶过。所以，在众多版本的说辞中，父亲逐渐被虚化成一个雄性生殖器的符号，或者说是一块别有用心的阴影，其存在的意义只为凸显英莲是多么贱的一个烂货。

尽管英莲装作没事人般每天照常出工干活，却再也没哪个女知青愿意与她在一起做事。"烂货"这个词汇不仅具有巨大的杀伤力，且比瘟疫更有传染性。她们避开她，远远地躲在一边。这些人中自然包括那位与英莲同住一间小屋原本情如姐妹并曾目睹事情全部经过的女知青。英莲心中的难受可想而知，毕竟她当时还只是一个二十岁出头的姑娘，对于众人这种突如其来的唾弃，她缺乏相应的心理承受能力，人迅速憔悴，整日沉默寡言，心神恍恍惚惚。

　　　　遗 失 在 光 阴 之 外

女人的身体显然具有娱乐公众的功能，哪怕她什么都没干。在那个娱乐极度匮乏的年代，英莲的所作所为无疑为大家提供了最值得反复咀嚼的话题。她身体上的某些特征，比如乳房上的一块圆形胎记，从她曾经的女伴嘴里传播开来，被夸大、形容，无数次地出现在那个冰凉的冬天。人们津津乐道着英莲和她的身体。

她哭过吗？她是否对自己那天的冲动深感后悔？她为何不从这个已无她容身之处的农垦场逃回大上海？哪怕饿死，被火车撞死，被人活活掐死，也比这般屈辱地活着要好啊！

这些他都无从知悉，在母亲欲语还休断断续续的叙述中，他只知道过了段日子，附近村庄几个较闻名的"二流子"——一种无所事事靠酗酒、赌博、斗殴打发时间的人，跑到农垦场，嚷着要看英莲，这个传说中有几个阴道的女子，然后开始动手动脚，说种种下流话。在远处旁观的几个女知青以为英莲会挥动锄头赶开他们。事情却出乎所有人意料，包括那些"二流子"。英莲放下手中的锄头，弯腰，捡起一根树枝，褪下臃肿的毛裤，将树枝插入自己下身，用力一拗，拔出。猩红的鲜血激涌而出，洇湿仍在春寒里战栗的泥土。英莲的嘴里如释重负地吁出口气，抿紧唇，目光痴痴呆呆，轻轻说道，"好了，我现在不再是处女，你们谁第一个上我就嫁给谁，做他老婆。"然后，躺下，躺在冰冷的土地上，叉开四肢。人心终究是用肉做的，面面相觑的"二流子"中一个年纪稍大的，清醒过来，望着脸上正淌着大串大串泪水的英莲，飞快地脱下上衣，裹住她的下身，朝着其他几人就吼，快，找赤脚医生来。

母亲说到这里皱起眉头。

他纳闷了，场部不是有医院么？英莲为啥不上医院做妇科检查证明自己的清白？

他没有问母亲为什么没再提父亲，这显然是一个愚蠢的问题。

你问我，我问谁去？其实场部里不少人都心知肚明英莲是黄花闺女。只是不说罢了。这看眉毛就知道，母亲小声嘀咕了下，老人们有经验。

母亲说的这话他信。那些活出年头的老人确实一眼就能辨出大致端倪，颈细背直、鼻翅未开、眉梢未散、腰不婀娜、臀不浑圆……这有一定的科学依据，他浪荡天涯时，也曾有幸见识过这样的老人。当然，老人的经验中也不乏比较富有幽默感的无稽之谈，比如，在马桶中放入浮灰，让检测的人退下裤子坐在其上，在她鼻里放花椒或用鸡毛轻拨，使她打喷嚏，如果灰扬起，就不是处女，反之就是。只是，老人们为何不站出来替英莲说句公道话？难道大家都忘了她是在救人吗？这并不奇怪，受她救命之恩的父亲又何曾站出来说一句话。

母亲的眉头皱得更紧了："你说，她是不是疯了？"

他没有回答，只是反问了声："然后呢？"

"被农场领导调到别的省去了，再后来就没音讯了。"母亲惊叫一声，急忙挥动锅铲，锅里的菜已散发出煳味，此刻，对母亲而言，没有比这更重要的事了。

他把洗净的豆荚放入盆内，出了厨房，沿那条走过千百遍的小路往后山行去。说是山，其实就是一个小土坡，山路窄窄，路两边开满黄色的小花，花瓣是椭圆状的，每朵花皆是五瓣，一朵朵，活像一个个握紧的小拳头，而那密密麻麻长钩形的花蕊从拳头里悄悄地伸出头，观望着他。山下是片灰墙黑瓦，房舍的尽头是那条白色的丝带般静静缠在县城腰腹上的河流。点点阳光打在上面，泛出令人窒息的光芒。这么多的时间流过去了，它的模样仍无半分改变。

没有什么不会被人遗忘，不管谁都逃脱不掉沧海桑田。再怎么样的疼

遗失在光阴之外

痛都会被岁月一点点过滤成"没有"。终有一天，母亲会忘掉英莲这个名字，事实上，母亲一直未说起自己在那件事中曾受过的煎熬，而那种煎熬是不可能不存在的。他在山坡上坐下，任微风轻抚脸颊。

三

他是在一次长途旅行中遇上她的。

那是春天，路两边的山上开满映山红，一簇簇，被雨水洗过。还有很多叫不出名字的小花，浅白或粉红，散在一片蒙蒙绿色里。山与山之间是金黄热烈的油菜花，隔着密封的玻璃窗，也能嗅到它们的香味。田埂上偶尔会出现几个弯腰劳作的人。天空略显灰暗，挂在车窗外，不时地从中跃出几只翅膀很大的鸟，有一只通体雪白，另外几只浑身漆黑。他没听见它们的鸣叫。显然，它们对眼前的"美"已熟视无睹，或者说，它们成了"美"的一部分，故对"美"这个概念毫不在意。他目不转睛地朝车窗外看。

他刚从一处处于深山深处的明清古建筑群参观回来。

在城市里待久了难免心神皆疲。城市是一台榨汁机，齿轮密合，高速旋转，把人的血肉榨成鲜红的葡萄汁，再倒入高脚的玻璃杯，由只剩下一具臭皮囊的自己亲手端给那些从流水线上包装出来面目暧昧的女人们。他讨厌这样，他不大喜欢城市。去乡村旅行，尽管可能是一种逃避——事实上，谁也逃不开。城市的旨意无所不在，每条路，不管是马路、公路、沥青路、黄泥路、羊肠小路，都是城市的毛细血管。所以他现在又不得不回来——但那偶尔还是能把被城市强行设定的生物钟拨到某个与自然和谐微妙的共振处。这句话真拗口。这样说真矫情。

他冲坐旁边的妇人点头，想对她抒发下感情。他早就想这么干了。尽管她年纪要比他大，而且肯定不止大一点。她的眼角都有比较深的鱼尾纹，但她是女人，一个看上去还挺有风韵、赏心悦目的女人，这就足够了，何况在漫漫旅途，有人说说话，排遣寂寞，也是好的。他注意她很久了，从她一上车。她拎的那个牛仔布大包裹还是他帮她塞入车厢上的行李架，可她说了声谢谢后，就侧头瞧向窗外。窗外那些流动的斑驳的色彩并未舒展开她的眉结。她的唇真性感，厚厚的，噘着，让人想咬一口。她上身套件浅灰色的夹克，下身穿条黑色的裤子，衣着朴素，也未涂脂抹粉，可不知咋地，给人的感觉，竟无端端与性感两字有关。他得承认他刚才之所以看窗外就是因为她，她的脸庞，她脸庞的侧影，她脸庞侧影的轮廓，都是性感的。

他早就看腻了那些"美"，他深知它们的底细。它们不过是城市用来自慰的工具。他已过了在乎女人心灵的年龄。他只在意女人的肉体，不管这具肉体是衰老还是年轻，只要拥有他眼里的性感，那种鼓鼓囊囊时时刻刻都欲鼓胀出来女性独有的性感，就好。她礼貌地冲他点头，眼神虽谈不上嗔怒，却宛如冰山拒人千里之外。如果身为冰山，就应当爱着海洋。可惜他的名字与海洋无关。她扭回头，抿紧嘴，目光又瞟向窗外。她并不想多加理会一个陌生人，或许她早已洞悉所谓陌生人试图搭讪的真正含义。这让人伤感。这种女人除非她心甘情愿，否则男人是没法子找出缝的。他这么想着，正想得心猿意马，车身猛地颠簸几下，然后翻了。

等到他恢复清醒，人已站在湿漉漉松软的泥土上。四周是惊恐的人群，一个个面色如土，互相张望，舌头僵住，连声音也窒息了。她在他怀里，他抱着她，紧紧地抱，没有一丁点邪念，双手忍不住发抖。他目瞪口呆地望着屁股朝天的巴士。车翻在沟渠的陡坡上，车头被沟渠边的树卡住，渠边的青草与小花被压坏了，大块的泥土覆在上面。翻起的泥土上有几只被

遗 失 在 光 阴 之 外

拦腰截断正痛苦挣扎的蚯蚓。车尾高高翘起，一只麻雀歇在上面。车窗上的玻璃全碎了，四处散落。他离巴士的距离足有十米远，脚下也躺着一块三角形的玻璃。车身上涂有几摊褐色的血，车轮还在晃悠悠缓慢地转，发动机发出低沉呜呜的吼声。

他的目光突然被什么东西拽住，往下，回到车身，一只软绵绵的小手正从没有玻璃的车窗内伸出，浑身不由激灵灵一悚，毛孔炸开，寒毛竖起。他迟疑地小声说："里面还有人。"

在这一刹那，他分明感受到手中那具软绵绵的肉体蓦然间就已绷直，挺起，跃下。她轻轻说了声，救人。可能也没说，是他听错了，反正她迅速往前跑去，步履敏捷，原本鸦雀无声的人群顿时活泛起来，叽叽喳喳立刻冒出各种声音，也跟了上去，绕车厢不远不近地围成一个圈。

她先是跪下，轻轻地拽了下，没拽动，扭回头，求救似的往后看。人群中挤出几个小伙子，刚凑过身，车厢突然剧烈地晃动了一下，吓得立刻往后缩回身。

这车还得翻，沟渠陡了。树太细，撑不住。有人小声嘀咕。司机呢？

不知道，可能出了事怕被人揍，跑了吧。

妈的。他妈的。

她的视线落在他脸上，一瞥，又转开，弓起身，小心地钻入车厢。车厢一颤，撑住它的树枝咯吱一响，倒把他吓醒了，没再想什么，赶紧从地上抱起一块大石头，扑过去，塞入车身下，一咬牙，挑了个比较安全的角度，站稳，手撑在车体上，回头，吼，妈的，帮个手，不会死哪。

里面的人被救了出来，是个衣衫褴褛的小男孩，左手被折断，露出白花花的骨头，挂在嶙峋的胸口，大拇指与食指间仍紧捏着一根城里孩子早就不吃的棒棒糖。男孩胸口凹下一大块，眼神在一点点涣散，血从瘪的嘴里涌出，可能牙齿被撞掉了。很奇怪，他在车上并未见到小男孩，按说一个穷苦孩子不大可能坐得起这种豪华巴士。他从哪里冒出来的？或许是趁人不注意溜上车趴在座位底下。他有经验，小时候，他也曾趴过。不过，他是幸运儿，小男孩比他倒霉。小男孩要死了。

没得救了。有人下了断语。

她朝那人瞪了眼，俯身，从小男孩嘴里抠出污血，将小男孩放平，跪下，开始嘴对嘴做起人工呼吸。每吹两口气，再双手按压小男孩胸口约十五次。她可能学过某种急救法子，动作简洁而富有韵律，手指细长而充满力量。小男孩的血很快便弄脏她的脸，她的头发，她的衣裳。她嘴里不断发出轻轻的噫。终于，她放弃努力，似精疲力竭，一屁股瘫坐在泥地上。他从泥地上搀起她。她对他咧咧嘴说，死了。他说是的。然后他们就各自扭过头。

事情本就这样过去了。谁料第二天他在机场候机时又遇上她，更巧的是他们将搭乘同一趟飞机。这回，她身边没见那只牛仔布的包裹，拎着只手袋，紫色羊毛呢大衣，V字低开领胸衣，奶白色的裙子，开衩到大腿根部，被丝袜绷出的线条柔和优美。说老实话，若非她先向他致意，他还真认不出来。也许是化妆品的魔力吧，这时的她看上去年纪就与他差不多大。

她说，巧啊。他说，真巧啊。他们随便聊了一会儿，没问各自姓名、电话、职业，但不知如何就提起婚姻。她说，你应该结婚了。他说，是的。

她说："你为什么要结婚呢？"

他说："我要弄明白她为什么要嫁给我。"

她说："像你这样的男人一定是她哭着、喊着、闹着要嫁给你的吧。"

他说："不对，是我哭着、喊着、闹着要娶她的。"

她说："为什么呢？"

他说："我想弄明白她为什么要嫁给我。"

遗失在光阴之外

她嗤嗤地笑，低下头，打开包，找出本书，专心致志地看。他没再打扰她，也没有告诉她，他虽然结过婚，不过，已经离婚很久了。他漫不经心地打量机场里的人。人很多，蚂蚁似的。他不明白他们为什么活，为什么要这样忙忙碌碌地活着，但他们慌乱的动作还是一点点抽紧了他的神经。他心知肚明，这次短暂的出游已然结束，除了脑海里一些浮光掠影的片断，就什么也没有了。他所看见过的、亲手触摸过的，都并不能证明他的存在。时间让它们变得毫无意义。

飞机误了点，中午十一点钟的飞机推迟到晚上十点起飞。她忽然推了下他，说："饿么？"

他说："饿，我请你吃饭。"

她笑起来，露出一口雪白的牙齿说："好的。"

他们在机场餐厅坐下，喝了点红酒。他没有问她为何孤身在外。她也没问他为何独自旅游。他们随便地聊着，比如音乐、宗教、路牌广告的创意。

她的谈吐显示出她曾受过良好的教育。渐渐地，他们就没话说了，相视一笑，又各自扭过头看四周的人。他们谁都没提昨天的车祸，还有昨天那个小男孩。就在他决意结束这场无聊透顶的谈话时，她伸手指了下屏幕说："那男人真傻。"电视里正在播送一个"法制在线"的栏目。一个男人与两个女人结婚，分别为她们投下巨额人身保险，再雇人杀死她们。

他说："鸟为食亡，人为财死，这很正常。"他呷了口红酒，喉咙里甜丝丝的。她摇摇头，眼睛里浮出一缕难以捉摸的光彩。她说："是的，那很正常。不过，我的意思是说那男人用的法子真蠢。"

他好奇了，问："为什么蠢？"

她就笑，冷不丁地说："你看我像杀人犯吗？"

他哑了声，说："如果你是杀人犯，我情愿在你手里死上千百回。"

他的奉承话一向说得很好。她咯咯地笑，手捂住嘴，笑得花枝乱颤，然后轻叹口气，眉眼间蓄满盈盈笑意，"你们男人，真笨，笨得无可救药。"

他说："你们女人也好不到哪儿去，贱就一个字。"

他并不真正认识她。他们是陌生人，他也不打算勾引她。说老实话，自从亲眼看见她给那男孩做人工呼吸后，他就对她的肉体不存太多想法了。她应该是特蕾莎修女式的人物。与这种女人上床，会打碎自己对美所保留的幻想。他的话显然比较恶毒，并与刚才的绅士风度不大吻合。

她愣了下，又笑："你真有趣，不过，笨男人通常要死在贱女人手上。"

他说："何以见得？"

她又笑，眼里的光愈为晶莹。

她说："我嫁过两个老公，他们跟你一样，傲慢，自以为是。"

他也笑，说："所以你杀了他们？瞧你说得一本正经，你就不担心我喊警察过来逮你？"

她笑得越发大声，近于肆无忌惮。她眯起眼，耸起鼻，左眼眨了眨。她说："我怕么？怕，我就不是英莲。"

他也忍不住笑，为她斟上酒，压低嗓门，问："你是怎么杀了他们的？"

她哦了声，眉间拧起结，朝他凑过身，声音放低："你看，我的手多漂亮。"

她的手确实很美，甚至可以拿去做手部模特，但他不明白这与杀人有什么关系。

她敢情是在调戏他嘛。他抓住她的手，拿不定主意。

她妩媚地笑，抽回手，平放在桌上，双目凝视着，嘴角竟有了无限的笑意。她咳嗽了声，说道："早上，我给他们做凤爪、皮蛋粥、蟹黄包、种种风味小吃，中午做翡翠虾球、燕焖海参、酥皮鸡、柠檬牛肉，晚上做淮杞炖

遗失在光阴之外

羊肉、蒜爆兔片、麒麟鲈鱼、煲仔鱼丸、珊瑚鳜鱼。若他们吃腻了嘴，就再上些甜点，比如柠檬羹、梨条、玉米、南瓜饼、苹果球、奶油、果肉什么的。我会做川菜、徽菜、鲁菜、闽菜、湘菜、粤菜、沪菜、京菜、淮扬菜、东北菜、云南菜等。我还熟悉日本料理、法国大餐、意大利餐、韩国料理、东南亚风味以及其他各种各样的吃法。这双手保证了我所做的菜的色香味形，若不客气地说，就算是垃圾，到我手里，也能化腐朽为神奇，变成一道玉盘珍馐。"

这话太牛皮了，简直食神再世。原来女人吹起牛皮来也可以这般无耻。他撸撸鼻子，刚想说话，她又笑，接着说："男人还会发情，'寡人有疾，寡人好色'，却忘了老祖宗也说：'二八佳人体似酥，腰间仗剑斩凡夫。'《玉房秘诀》曰，男女交合有七损，绝气、溢精、九脉、气泄、厥伤、百闭、血竭。简单说，只要他们想要，我就陪着他们要，就算他们不想要，累了、醉了、乏了、倦了，我也想方设法把他们弄得想要来，一次又一次。这样双管齐下，男人还有得救吗？"

她笑嘻嘻地望着他，红唇艳艳，你说我怕不怕你喊警察？

她喝了口酒，把手指噙入嘴里，轻轻地咬，眉梢挑起。她是桃花眼，绝对是，眼薄，略黄。他的脑海里电光火石地一闪。靠，酒是穿肠药，色是刮骨刀。原来谋杀也可以这样进行。只是男人纵然明知这是场谋杀，恐怕也会争先恐后地扑上去。他愣住了，脊梁骨阵阵发寒。她的眼睛一眨也不眨地紧盯着他。他突然意识到这女人的话极可能不是玩笑。只是她为什么要杀了她的男人？

他迟疑着，问道："为什么要说这个给我听。"

她又指了指屏幕，"男人笨嘛。"她的眼里露出狡黠之色。也许并不是狡黠，他转过头。她站起身，幽幽地叹了一口气，说："真无聊。"他说：

"是的。"

她走了。也许冥冥间早已注定人与人之间的缘分。后来，他又见到她，在一个婚礼上，她穿了身黑色吊带晚礼裙，说不出来的高贵典雅，手挽着一个灰不溜秋的男人的胳膊，言笑晏晏。他吃了一惊，赶紧问身边一个眉目精致的女孩，"她是谁？"

女孩说："她叫英莲。"

他挠挠头，想起她仿佛对他提过她的名字。

女孩的眼睛一眨也不眨地凝视着她，继续往下说："她曾在家报社任职，现在辞了。在老少边远处捐了不少钱搞希望小学。听说嫁过两个男人，一个是私营企业主，一个是区工商局长，都死了，嫁过去没两年就死了，都给她留下笔丰厚的遗产。命真好，眨眼成了钻石女人。那些有钱臭男人咋就光盯住她嗡嗡地响？嗯，今天那个灰不溜秋的男人也命好，白捡一个大便宜。"

女孩亭亭玉立，脚下鞋跟足有三寸长，言语间不无羡慕，眼神也不无愤怒。

他没吭声，把身子小心地缩入女孩身后。在英莲流光溢彩的笑容下，那灰不溜秋、勾头弓背男人的形容确实猥琐。不过，他知道这个男人的身家。这男人是他一个朋友的朋友，虽不曾说过话，却也听说在好几年前就拥有上千万的资产。

四

人，不是透明的物体，纵然是初生婴儿，眼神再清澈无邪，那颗混沌的心也深深地镌刻着几千年人类记忆的烙印——所谓集体无意识。人的善

遗失在光阴之外

与恶一直处在科学尚无法解释的某种互相博弈的状态里。好人与坏人，应只是同一个人在不同时间、不同地点被阳光映耀所投下的影子，比如正午，影子只有一寸长，而到了黄昏时候却能铺满整条街道。而事实上——一个人，只要是好人，是一个符合中国传统道德的纯粹的好人，那么就注定了这辈子要倒够八辈子霉。

他不能说父亲是好人，也不能说是坏人。他不说能英莲是好人，也不能说是坏人。好与坏是一座充满歧义的迷宫。他并非不了解好与坏的内涵，但生活让它们互相交错，让站在十字路口的人茫然失措。母亲一直痛恨一个孤寡老妪。没有名字，大家都叫那人婆婆，已经衰老得奇形怪状，眼角永远挂着一块擦不掉的脏眼屎。人很慈祥，应该说是极好的人，信佛，从不杀生，若路上不小心踩死一只蚂蚁都会脸色煞白。母亲怀着那个没见过面的哥哥时，婆婆经常过来缝缝洗洗，陪着说些解闷的话。当母亲生下还未取名的哥哥后，婆婆来得更勤快了，用附近乡亲的话说，简直比亲妈还亲。事情突然发生了。婆婆熬了一碗草菇汤，说给母亲补补身子。那时母亲奶水并不足，手里那个还是一团粉红的孩子老吃不饱，而当时的乳制品，不是花钱就能弄到的，得凭关系托人情。母亲舍不得喝那碗香喷喷的草菇汤。母亲那时太年轻了，竟然忘了问一声草菇汤是从哪弄来的，就忙不迭地喂给孩子吃，全喂下去了。然后，孩子死了。

那是一碗毒菇，婆婆太老了，老得已不能分辨从山上毛榉林里辛苦摘来的菇子是否有毒。那种菇，俗称"死人帽"，毒性强，菌帽呈橄榄绿，菌肉白色，茎干苍白。只可怜那个孩子在半夜剧烈呕吐、腹泻，手足痉挛成一团，赶紧送去医院，但已经没有用了，熬过三天就彻底闭上稚嫩的眼。母亲几乎要疯了。那是她的第一个孩子，而且是男孩！他不知道母亲是如何撑过那段时间的，至今母亲一提起那孩子就哭。"他要还活着，那多好啊。"

母亲像祥林嫂反反复复地唠叨个没完，"我要先尝一口就好了，我真傻，那汤明摆着味道不对，我咋不先尝一口？"

"她是不是存心想害死我的孩子？我想起来了，她一进门，屋子里的灯光都打了两个突突。她一定会不得好死，死了没人埋。"

母亲绘声绘色地讲起当时的桌子、椅子、床、窗外透入的光线，越讲越发认定那婆婆不怀好意，不是鬼上身就是中邪祟。他没问母亲那婆婆后来怎么了，母亲也没说，但从母亲咬牙切齿的诅咒声中，想必那位婆婆还是克服了愧疚之心安享终年。

什么是好？什么是坏？不仅仅是人，包括我们的生活，这里面的疑问都太多。也许都是命。命里有时终会有，命里无时莫强求。他哥哥是这样说的。他哥哥比他聪明，比他能干，比他更知晓人情、明白世事，自然也比他记得更多的《增广贤文》，从中随便挑出一句，就能琅琅接上，一口气背诵至"奉劝君子，各宜守己。只此呈示，万无一失。"他上小学一年级，父亲就开始勒令他背诵"昔时贤文，诲汝谆谆，集韵增广，多见多闻"，不要求理解，一定得滚瓜烂熟。他背不好，就挨打，父亲一般不亲自动手，多由母亲操起竹篾抽手心或屁股。那玩意儿打在身上真疼，叭叭作响。

父亲说："为什么不背？"

他说："我背不来。"

父亲说："背不来也得背。"

他说："我笨。"

父亲说："笨就要受人欺负。我家不养笨蛋。"

父亲的这句话显然逻辑混乱。他是笨蛋，父亲也是笨蛋。有一年，父亲单位上有一个高级工程师的指标，排资历，数成果，应该属于父亲，可

遗失在光阴之外

父亲却让给另外一个人，原因仅仅是那人拿了张医院的诊断书给单位领导看，说得了肝癌，活不长了，希望组织上能给予照顾。结果职称评定下来，那人居然啥事也没了，说医院误诊，至今仍堪比生猛海鲜。母亲气得直哭，父亲只嘿嘿傻笑。应该说，很多事情父亲都清楚，或许是因为念多了君子有所为有所不为，一方面父亲想捍卫传统文化里的做人准则，另一方面又不希望他与哥哥以后的日子不再清苦，所以才要把《增广贤文》中充满生活智慧的点点滴滴想法子烙在他们的心底。又或者说，父亲是把自己对生活的困惑有意无意地踢到他与哥哥脚下。

哥哥脚法好，一盘二带三过，就把球踢入龙门，年轻有为，出有车，食有鱼，不是一般的草鱼鲢鱼，是从千里之外弄来的新鲜鲈鱼，那鱼鳞极细，肉极嫩，入口即化。屋里还有貌美如花的娇妻，当真前途似锦灿烂无比。要说他不妒忌哥哥，那是假话。去年春节，哥哥开着黑色奥迪领着老婆与儿子从市里赶回老家，在邻里羡慕的目光以及啧啧称赞下，从车厢内搬下茅台、五粮液、玉溪、中华烟、整筐的水果、各种名贵衣物。

在中国传统价值体系里，一个儿子是否有孝心，大抵也就靠这些东西来体现。不管是哪种情感，都需要实实在在的物质以为镜子，否则没有谁能看得清。这些道理他懂，所以他并不怨恨父母围坐在哥哥身边嘘寒问暖，他只能坐在厨房灶台旁黯然。相对哥哥而言，他是一个失败的人，一个可耻的人，一个让父母痛心不已的浪荡子。他咬紧牙关，不让泪水滴下，洗菜、切肉、烧饭。他买不起那些高档烟酒，他是双手空空回的家。尽管他也曾发达过，有过不少钱，但他终究还是选择了现在的这条路。路是自己选的。从某种意义上说，性格决定了命运。

五

从他迈入幼儿园门槛的第一天起，埋藏在性子里的桀骜不驯就露出端倪。

老师叫他把手反背，坐端正，听讲。他不背。老师劝他听话的小朋友有小红花戴。他对纸扎的小红花不屑一顾。他觉得手放在前面，舒服。老师生气了说："不听话的小朋友晚上睡觉时会有呜呜咬人的大灰狼找。"他说："我喜欢大灰狼，我还没见过大灰狼呢。"老师气得直翻白眼。

上课了，老师问孩子们："一减一等于多少？"他高高举起双手，说："手里有一个石头，再'捡'起一个石头，一'捡'一就等于二。"老师没理他，又问别的孩子。他见老师没理就越发大声了，"一加一等于三。"老师愤怒了，大叫："一加一为什么等于三？"他说："我爸加我妈，就等于我爸、我妈还有我三个。"全班哗然。老师的小脸都白了。

没多久，他在幼儿园里就闹出大事。兴许是厌倦了被铁栅栏围起来的日子，他突发奇想往栅栏外爬。那栅栏真高，上面竖有一排类似长矛尖锐的铁杆。他骑在铁杆中间，仰头，对着蔚蓝的天空发出怪啸。幼儿园里的阿姨吓坏了，叫他下来，他撇撇嘴，置之不理，仍然兴高采烈大声地喊。

他就像一个最蹩脚的演员，哼着当时最流行的儿歌，"一二米三，三什么三，三面红旗，打到台湾"，两条细腿在铁杆与铁杆之间绕来绕去。阿姨脸色苍白，尽管她是大人，但铁栅栏的高度在她的能力之外，而他随时可能被铁杆洞穿肚腹的危险让她失去应该有的判断能力。阿姨呆呆地站在铁栅栏下，呜呜地哭出声。他瞅了阿姨一眼，大模大样地爬下来说："我要回家。"

阿姨活像看见一头怪兽，猛地捂住脸，往园长办公室跑去。园长一路

遗失在光阴之外

小跑赶来，喝令他回教室。他说："我要回家。"园长愤怒了，伸手拽紧他的手，怒吼："你这个小孩太不像话。叫你父母来！"他说："好，你打开门，我回家去叫我爸妈。"园长被他的话呛得张口结舌，脸色瞬间青白，"我就是叫唤一条狗，它也晓得摇尾巴，你咋这样不听话？"他说："我又没有尾巴。"

园长在那一刻彻底失去控制，暴怒中甩手给了他一记耳光。他跌倒在地，顺势打滚蹬腿，放声号啕，哭着，嚷着，鼻涕、眼泪涂了满脸，"我要回家！"

之后的事就是大人之间的争吵。母亲看着他脸上浮现出的五根指印，心疼坏了，与园长大吵，说："怎可以动手打孩子？孩子再不听话，也是可以教育好的。"

园长说："你的孩子我们教不了。"

父亲在一边听那个抽抽搭搭的阿姨讲清事情缘由，心头火起，转身，一个巴掌又甩在他的脸上。母亲不肯了，骂父亲没本事，只晓得打自家的孩子。弄得园长的脸半红半白的就在一边尴尬着。

"我的事，我做主；我的路，我选择。"

他下意识里总是在试图拒绝大人的安排。血管里涌动的红色液体里似乎时有一些不知名的因子在熊熊燃烧。可惜事情并非由他的意志所决定。他虽不惧怕父母的武力，却常屈服于母亲的泪水。对某种不可言状的东西的向往与对母亲的妥协这两者之间的冲突，让他在很大程度上，日渐变成一个沉默寡言的人。小学毕业以后，他不再爱出风头。但风头自己会找上门。

初二那年，阿宝仍与他同桌，俩人有时会在一起"关公战秦琼"——一种傀儡戏的变种。阿宝玩得眉开眼笑。这就惹恼一个身高体阔的男生，一位爱学螃蟹走的主儿，嘴口叼根剔牙的火柴棒，眼睛乜斜，一个大劈叉，脚搁他的课桌上，歪头，双手交叉握紧，捏得骨节处一连串爆响。

"你小子蛮拽的嘛。"

男生叫贾国强，说话时的口气与他爹一样牛。他爹是县公安局长，号称县城八大金刚之一，一张麻脸浑似被一口沾满灰垢的平底锅砸过，走在路上，活脱脱一尊凶神恶煞，人却不赖，据说做了不少为老百姓伸主张的事儿，西藏下来的退伍兵，嗜酒，嗓门粗壮。不过，人的遗传似乎不受孟德尔所发现的规律约束，向来都是老子英雄儿混蛋。

他对贾同学自然连眼角眉梢都没抬，继续玩游戏。阿宝吓着了，怯生生地退往另一张课桌。这也难怪，人毕竟是动物，而几乎所有的雄性动物因发情进行较量时，雌性只会选择在旁边观望。失败的人是可耻的，就像多年以后他在荒漠中见到的那头牦牛，一头为赢得众多母牛而在残酷的比斗中被挑瞎一只眼，头上只剩一截秃角的牛。那牛站在满是砾石的石壁前，孤独地望着灰蒙蒙的天空，全身毛发脱落，裸露出大块被太阳烤成焦黑色的皮肤。牧人告诉他，这牛已经活不了几天。

牧人说，这是优胜劣汰的法则，并无其他道理可讲。被淘汰下来的牛将不会再被别的牛群接受，对于这些渴望成为王者的牛而言，它们的命运全部取决于那场厮杀，要么赢，要么输，绝对不会选择像人那样苟且地活，更不会像人那样卑鄙无耻，它们从来也就是一对一。

他能明白牧人的话。

贾国强在他的沉默中咆哮了，嘴角龇出白沫，一双手朝他的脖子掐来。他身材单薄，被贾国强拖出来。课桌椅子噼里啪啦翻倒在地。贾国强抬起膝盖，凶狠地撞击他的腹部。他弯下腰，一口咬住贾国强的手指。贾国强尖叫起来。平时跟在贾国强屁股后面耀武扬威的几个男生窜上来，其中一个挥出一拳，击中他的面门。他仰面跌倒。他们扑上来，一个死死地按住他的双腿，另两个分别拽紧他的胳膊。贾国强嗷叫着一脚踩在他的胸口，

遗失在光阴之外

弯腰,左手扯住他的头发,右手抡圆就是一记响亮的耳光,一、二、三、四、五、六、七、八、九,共九下,九个热辣辣的巴掌。血从他的嘴角迸出。他没求饶,没呼救,只一下一下地数着。这是一种奇怪的感觉,仿佛是躺在青石板上数夜穹里的星星,心里安静得很。

贾国强终于放开手,瘫坐在地上,喘着粗气。贾国强的手可能是被他的骨头弄疼了。贾国强骂骂咧咧,渐渐闭紧嘴,与那三个男生面面相觑。他始终没吭一声。这在他们的经验之外。他闭上眼睛,任他们殴打,他深深地知道,在那一刻,他无能为力。上课铃响了,他们松开手。他爬起来,拍去衣上的灰尘,擦去脸上的血迹,扶好桌椅,坐下,瞟了眼阿宝。阿宝没看他,始终低垂着头。

那堂课他听得特认真,虽然一直低垂着头,是几何课,老师最后出了一道据说是很难的题:已知等边三角形 ABC 内一点 P,且 PA=3,PB=4,PC=5,求等边三角形 ABC 的边长。他花了五分钟求解,先在三角形外作一个和△ APC 全等的△ ADB,联结 PD,易证△ APD 中等边三角形和△ DPB 为直角三角形,所以∠ APB=150°,再用余弦定理即可。他没把写满求证过程的本子给老师看,从练习簿上撕下它,折叠成一只纸飞机,再望着窗外湮没在夕阳下校园的青草绿树发呆。

阿宝坐在窗户边,嘴唇上有一圈细细的茸毛,脸庞活像一个剥了壳的光滑的鸡蛋。阿宝真好看。他想起去年那位问他与阿宝有没有睡觉的女老师。女老师已经调离这所学校。他微笑起来。尽管阿宝有好几个月没理会他,但暑假里,他们还是和好了——只是这样的"好"里面仿佛藏有无数条肉眼观察不到的裂痕,虽然没有充满让人在半夜忍不住长嗥出声的疼痛,却也别别扭扭。他和阿宝再也没有去过河边靠堤坝处的那块豌豆田。那块幸福的豌豆田。

他从铁皮文具盒里摸出那把几分钱买来的削铅笔的小刀，用纸飞机拭去上面沾着的铅笔屑，攥在手心。下课的铃声响了，老师一蹦一跳地出了教室。老师挺年轻，甚是有趣，有一次，有个学生向老师请教，挺简单的一道题，老师非常生气，骂学生笨蛋，不肯动脑筋，手在作业本上使劲儿地戳，喷了那倒霉的学生一脸口水。于是，过了段日子，那学生找了道特难的题来请教，老师一看，眯起双眼，似乎进入了思考状态，然后开始踱步，然后嘴里念念有词，然后开始向教室外踱去，然后就消失了。他挺喜欢老师的，老师的女朋友很漂亮。他见过他们搂在一起啃嘴，就在县城西边矗有人民英雄纪念牌的山坡上。

他背起书包，又深深地看了眼阿宝。整整一节课，阿宝没有与他说一句话，甚至连看他一眼也没有。阿宝一直在发呆。阿宝在想什么呢？他从教室的门背后捡起块砖头塞入书包，加快脚步，在教室门口拦住贾国强，也不多话，手中的小刀朝贾国强脸上就是一挥。刀折断了。鲜血直涌，所有的人都愣了。他抡起书包，砖头结结实实地砸在贾国强的脑门上，沉闷地响。他不晓得他那时的表情如何，也许足够凶恶，跟在贾国强后面的那三个男生眼里无一不露出恐惧之色，猛发几声喊，四散开来。他去了校长办公室，一直等到贾局长与父亲赶来。

暮色沉沉坠下，时有黑鸟绕校园上空飞过，发出啾然的鸣声。那一刻，他虽年轻，却第一次真正地触摸到无常两个字所蕴藏的悲哀。他认定自己马上就会被学校开除，甚至被那个远近闻名的贾局长送去工读学校。他决定给母亲写封信，趴在校长那张油迹斑驳的桌上，摊开练习本，手却拿不住笔，一个劲儿地抖，好不容易歪歪扭扭写出个"妈"字，眼里不可抑止地滴下泪水。那时有部《少年犯》的电影，据说是由十八个"真人少年犯"出演，片中有首唱给母亲的插曲，叫《心声》——妈妈，儿今天叫一声妈，

　　　　遗失在光阴之外

禁不住泪如雨下——当时，他脑子里满满都是这旋律。

父亲赶来后所做的第一件事，就是飞起一腿。父亲的脸庞被愤怒扭曲。他的头在校长办公桌的锐角处重重一磕，眉骨断裂，鲜血淌下，热的，黏的，腥的，糊满眼眶。他没叫疼，伸手按住额头，小声说道："爸，他们先打我的。四个人。"

父亲又吼起来，你怎么可以动刀子！又想一腿踢来，被围上来的老师抱住。父亲那时真像个男子汉。多年以后，他问父亲，那时，你咋那狠？他的眉骨处至今仍有一道几厘米长的伤疤。

"不狠，行吗？人家是公安局长。你爸是什么？唉，当时人就像中了邪，都不晓得自己在干啥。"父亲长长地叹气。

虽然是贾国强同学四个人先打他的，他的伤毕竟轻，而且千不该万不该，他不该动刀子。尽管那是削铅笔的小刀，也可能被定性为执械行凶。他不是说笑话。他们那里曾有两个少年帮派，一个叫站前帮，一个叫沙龙帮，谈不上是有组织的黑社会，大抵是少年人的血性，常因琐事大打出手。有次约好在城隍庙附近山脚下斗殴，因警察赶来，没真正打起来，万幸的是，这些孩子个个经验丰富，瞥见警察的影子慌不迭地往草丛里扔铁管木棍。不过，有个诨名大头的就倒了大霉，跑了几百米，以为没啥事，从口袋里摸出这种削铅笔的铁皮小刀，自以为很潇洒地夹在手指间兜圈玩，被从侧面冒出来的警察一脚踹倒，说是手执凶器，是主犯什么的，结果被送去劳动教养了整整三年。

或许是父亲这一脚挽救了他在学校里的命运。

贾局长赶来看见满脸鲜血的他，皱眉，叫人帮忙把他与他儿子一并送入医院检查。托老天爷的福，他当时手上只有那把小刀，它所划出的伤痕尽管看着吓人，实质性的伤害却不大。医生给贾国强同学敷过白药，就指着他缝了五针的眉骨处，一个劲儿地说："若伤处再往下一点，他的右眼就算报废了。"但不管怎么说，他得感谢这位贾局长。贾局长有跺一跺脚整个县城地皮就要抖三抖的实力，却没更多地为难他，只是说："孩子嘛，难免打闹，回家拿鞭子多抽上几回就行。"贾局长甚至都没理会随后赶来鬼哭狼嚎并扇了他两个耳光的老婆。可惜天不假年，没多久，贾局长在一次午夜醉酒后跑去上厕所竟然跌入茅坑，被捞起来时，身上已爬满白色的蛆虫。

好人不长命。这个世上的人太多，老天爷没有那么多双眼睛看得过来，否则纵然一定得死，也该给这位贾局长安排一个稍体面的死法，哪怕不能死在歹徒枪口下，病死在床上，也是好的。贾局长的葬礼办得并不风光，酒席只摆了寥寥几桌。县城里得贾局长恩情的人不少，很多人自发地放起鞭炮或在家里焚上一炷香以示哀悼。贾局长应该是得罪过一些有权势的人，哪怕这些人只是一小撮。这是很简单的逻辑推理，而这从贾国强未能顶替父亲到公安局上班一事中得到证明，因为顶替在那时几乎是不成文的惯例。他也为贾局长焚了一炷香。不为别的，只为贾局长曾大大咧咧一挥手，对试图给他记大过的校长说："算了，莫把处分记入孩子档案里，害人家一辈子啊！"

贾局长的老婆不久后改嫁给菜市场一个满手油腻的杀猪佬。这令人愕然，这两者之间的身份相当有差距。贾局长的老婆好歹也是粮食局里的正式职工，那时的粮食系统简直是金子打的饭碗。便有人传言，说她是贪图杀猪佬那玩意儿够威、够猛。还有人说，贾局长是被一对奸夫淫妇害死的。传言并不可信。但过了两年，他读高一时的那个暑假，就听人说贾国强死了，是吊死的，吊死在他亲生爸爸坟前。这让他很是伤感。

贾局长的老婆也叫英莲，当然，这是很多年以后他才知道的。贾局长的老婆现在在县城开了一家卖粮油的小店，五十来岁的人，头发全白了。

第四章 吴姬

一

他坐在电脑前活动着略显僵硬的手指，起身在紫砂茶壶里续了些水。他放松身体，脊背靠在椅背上。水是温暖的，一点一滴流入胸腔。

他阅读着他刚写下的汉字。他皱起眉头。他觉察到有一个东西正如同一根大号粗铁丝哽在他的胸腔内，并不断拧出种种几何形状，比如圆，比如三角。但每种形状就像亚历山大大帝所曾遇上的死结。

他叹口气，放下茶壶，先是拿刀，后是摸老虎钳，接着又找出一柄铁锤。他毕竟不是亚历山大，他没有相应的智慧洞察这个死结的意义——这不怨他，这几千年人类文明史也就出了一个亚历山大。所以尽管他努力得头发一根根竖起，就是没有结果，幸运女神并不肯青睐于他。也许是因为他所居住的这间屋子过于狭小逼仄，没法子装下幸运女神那具丰腴性感的肉体吧。

铁丝继续扭动，他奈何不了它。它如率然。率然者，常山之蛇也。击其首则尾至，击其尾则首至，击其中则首尾俱至。他突然意识到，再这么努力下去，自己恐怕就要被这条神话中的蛇吞得连骨头渣也不剩。他嗅到了一丝血腥味。他停止努力，感到了害怕。这种不可言说的冲动是怎么跑到身体里面并潜伏下来的呢？无耻、狗屎、蠢猪。他大声咒骂，猛地大力捆自己耳光。很快，他成了猪头。他用左手抚摸已发烫的右手，再用右手抚摸发烫的左手。能温暖自己的也许只有自己的体温吧。他怔怔地想，仔细端详桌前的那面长方形的镜子，镜子里蹲着的生物确实是一只不折不扣的蠢猪。

生命如樱花飘落，猪蹄子在樱花上跑过——他吟起诗。日本小鬼子最喜欢吟这种清寂无趣的俳句。他吟了两句，把剩下的还在大脑里晃悠的句子和着嘴里的唾沫搅拌成一块，喷入废纸篓。他望着镜子里的自己发呆。别人的一生就是我们的这辈子，每张脸庞都是一面沾满灰尘的镜子。把灰尘擦去，就能看见自己。他是在很久很久以后才明白了这个道理。这个世界是荒诞的，任何强行赋予它意义的人，无一不别有居心。他们通过这种强行赋予意义的行为获得支配他人进而麻醉自己的权利，所以他们往往形体巨大实则不堪一击。当然，这不重要，也无可厚非。毕竟"意义"也是一剂兴奋剂，能给我们五彩缤纷的快感。

他打了一个饱嗝，用手抠耳朵，并在键盘上倒出一堆褐色的耳屎。因为长时间未曾清理，耳屎与他小时候在屋角疙瘩里扫出的老鼠屎差不多大小，差不多硬度。老鼠屎并不可怕，还是极为有趣的玩具，撒在清澈的溪水上，可以让那些寸许长的鱼儿争先恐后。而为了赢得童年一个小伙伴手里会呱呱怪叫的塑料玩具，他更曾大胆地往肚子里咽入一把老鼠屎。老鼠屎本来就是一味中药。味道不赖，甜的，就是黏牙齿。他把一粒耳屎塞入嘴里。金圣叹因文庙聚哭一案行将就戮时，遗下一个美食方子：五香花生米与豆腐干同嚼有烧鸡的味道。那么，把耳屎与口香糖同嚼又有什么味道呢？他细小地感受着口腔里的滋味，默默地注视着电脑屏幕上的那些汉字。

遗失在光阴之外

它们已经失去了疏密、斜正、高矮、方圆等书法上的审美趣味，略嫌面目呆板，但因为趋于无限的排列组合的可能，它们仍然是这样优美生动，富有诗意与灵性。"星垂平野阔，月涌大江流"，每一个汉字就是一个画面，就是一个小宇宙，它们在一起构成了这世上最神奇的魔方。

他继续把这些汉字按某种冥冥中的意愿不断组合。他在排列的过程中忘掉了女人、蠢猪、耳屎、胸腔里的铁丝以及自己。

二

他与沈萝离婚后，认识了一名女孩，叫吴姬，是某医药公司驻杭州的销售代表。

他们是在网上认识的，先是有一搭没一搭地说着话，说着说着，也许是他说的哪句话拨动了吴姬的心弦，吴姬把相片寄给他看，结果吓了他一跳——这是一个脸蛋上可以长大米的大美女啊。在这个恐龙遍地走的网络世界里这可能吗？天上砸馅饼了？他立刻把自己的相片发过去。

那时，他对自己还是比较自信的。宁可信其有，不可信其无，或者说宁可错信，不可放过一个。能孤身一人在杭州那个美女比韭菜还要多的城市里打拼的女孩应该有几分拿得出手的本钱。他对着吴姬的相片手淫了好几次。他已经做了几个月的苦行僧，确实饥渴。很快，吴姬打来电话说她马上就要过生日了，却没人祝她生日快乐。他立刻准备赶到吴姬那里，准备用实际行动祝她生日快乐。动身前，本来他还打算尽可能地收集吴姬生日那天全国出版的报纸以为礼物，吴姬提醒他，那玩意儿堆家里头只会招来老鼠做窝，他打消了这个浪漫的念头。然后与那个时候的大多数网恋一般，他手里拿着一本《第一次的亲密接触》，在杭州解放路百货商场见到了同样手拿着一本《第一次的亲密接触》的吴姬。

　　他们没有"见光死"，第一天他们在肯德基吃完香辣鸡翅后就上了床，第二天他们手拉手逛了苏堤春晓、曲院风荷、三潭印月、花港观鱼、断桥残雪、平湖秋色、雷峰夕照、南屏晚钟、柳浪闻莺、双峰插云。第三天他决定在这个城市里留下来。与沈萝离婚后他辞了职，靠为一些时尚杂志撰写一些煽情的文章过日子。吴姬对他的好感或许也是从阅读到他的文章开始。而在哪里写文章也都是一个"写"字。他迷上了这个每寸土地、每块砖石都有一段历史与一个美女脚印的城市。这个城市的空气都有一种妖媚的气息。最让人着迷的是杭州的小巷，巷子是窄的，看起来就更窄，两边的墙壁一概是黑白色的，它们从时间的指缝里偷下一沓老照片。墙很高，没有窗，只有黑压压的门。门也窄，把屋子里的人与事全关在里面，于是，在巷子里走着就会不由自主地抬头去看天空。天空，也不是穿形的，一小块一小块，从墙碟处闪现出来，偶尔飘过几缕白色的云，便感觉到云在与自己说话。他们同居了。每天晚上他们都做爱。每天早上他们也做爱。他们住在吴姬在巷子里租下来的一套小房间里。小巷是悠长的，时间在这里是静止的，石板上有着淅淅沥沥的青苔与灰藓。因为寂静或汀汀淙淙的雨水又或是其他什么，来往的人显得格外清洁。那些蹬三轮收废品的老者一声声慢慢地喊着。吴姬上班后，他趴在靠窗的写字台上写点文章。吴姬下班，他们一起手牵手去街上玩。他以为自己会这样一直下去，忘掉一些自己想忘掉的事，但春天很快就来了。那是一个不大好的春天。事实上他对此仍存有不少记忆，比如大块、大块不要命似的往人头上凶狠砸落的雨点。

　　他喜欢看女人穿丝袜的腿，它们有珠圆玉润的光，把女人腿上的汗毛、色斑、疤痕、隐藏在皮肤下像蚯蚓一样爬着的青色的静脉血管全部覆盖了。这样说显得他活像一个色情狂。但他不是，他向毛主席宣誓，他绝对没有

遗失在光阴之外

撩起姑娘的裙子去看丝袜尽头的想法，他没有那么下作，只是觉得姑娘们露在裙外那一段特别好看，特别轻盈，特别赏心悦目。总会有几双被丝袜紧紧包裹着的美腿蓦然出现，随滚滚人流，从落满灰尘的灌木边掠过，在商店橱窗边偶然停下，一晃，眼前留下一片洁白的光。这种白光总弄得他魂不守舍，没少出洋相。一些少不更事的女孩被他窘得满脸通红，另一些性子泼辣的姑娘则毫不客气地剜上他一眼，似乎被他看了，身上就要少掉一块肉。

吴姬撮起牙花子斜睨起眼，下巴上抬，冷哼一声，流氓。

他拿起手中的书挡住吴姬锐利的视线嗫嚅着嘴唇，我真没别的想法，就是随便看看。

吴姬挑挑眉毛，夺过书，迅速翻动，咦道："假如我是年轻人，你是那公主，你的手指会伸向哪扇门？"

这是一篇乏味的小说。年轻人爱上了公主，被国王置于两扇门前，一扇门后是吃人的老虎，另一扇门后是倾城的美人。除了国王及从国王梦呓中得知秘密的公主，没有人知道这两扇一模一样的门后到底关着什么。年轻人若打开关有老虎的门，要被吃掉，若打开关有美女的门，则要与美女成亲。关键在于选择。年轻人因为与公主心心相印的爱情把选择的权力交给蒙着面纱的公主，只要公主往哪扇门看，年轻人就将毫不犹豫地打开那扇门。这也是一篇抄袭国外斯托克顿写的《美女，还是老虎》的小说。这或许无耻，可他对此已无愤怒，被愚弄过 N 次后，他对那些使用汉语写作的人早已失去了信心。可不管他有多么平心静气，这显然不能解决吴姬提出的问题。

他说："我是男的，你是女的。"

吴姬生气了，脸艳如桃花，脚往他腿上踹，鼻子里发出咻咻的吸气声，这不重要。重要的是，你得选择，你必须回答。假如门后是一头老虎与一个帅哥，你会如何做？

吴姬把他的腿踢得当当响，这得需要使上多大的劲儿！而这完全不像是吴姬那两条柔嫩得宛若花枝的腿干出来的。

他说："我肯定成全你与帅哥了。"

他继续说："哪怕我爱你爱到流鼻血，明天要死掉了，我也会成全你，爱是祝福，不是索取。"

吴姬对他的回答还算满意，眉开眼笑，鼻孔里却继续冷哼："虚伪。"

他说他不虚伪，那是一种政治家才配拥有并且一旦拥有别无所求的素质。

吴姬就翻眼珠子说："把'伪'拆开，就是为人，为人就是'伪'。"

这话就说得很没意思了，若用辩证法看，算犯了形而上的大忌，可凡事若不形而上，将其孤立、静止，只怕任何观察也无从进行。

吴姬说："你爱我吗？"

他说："爱。"

吴姬说："你有多爱我？"

他说："比你爱我多一点点。"

他得承认，自己是一个极其无耻的人，当初就靠这些不能当饭吃的甜言蜜语哄得沈萝晕头转向，现在也哄得吴姬晕头转向。吴姬与他在网络上交流感情时，还有几个有钱的男人正在追求她。结果，甜言蜜语打败了金钱。吴姬弃他们不顾，嘴里一边唾骂他比世上所有的流氓加起来还要无耻，一边毅然投入他的怀抱，像小猫小狗一样，鼻子蹭蹭，舌头乱舔，弄得他满脸都是鼻涕与口水。

没上床前的吴姬真是天使。可惜天使下凡时不是每一个都能平稳降落。不小心脸先落地的从来就不会是少数。更郁闷的是，脸先落了地还不大要紧，

遗失在光阴之外

因为震荡，从而迅速清醒，双眼恢复或者说进化到鹰隼般的清醒，就叫人无限沮丧。再则这才是多少天的事啊。

他暗自叹气，在袖子里数着自己的手指头。结婚是错误，离婚是醒悟，再婚是执迷不悟。为什么这世上有这么多人执迷不悟？估计多半是被性欲逼的。

他微笑着，眼睛继续在人流中的那些花瓣上打转。

吴姬说："我爱你爱得满满的，你再多出一点点，岂不要溢到别人心里去？"

他赶紧向毛主席宣誓，并指出他的心比吴姬的心大，多出一点点，是不会溢到别人那儿的。话未说完，他马上意识到错误，立刻改正，一个劲儿地扇自己耳光，既然他的心比她的心大，多出一点点，那自然没有爱她爱得满满的，还留下空间准备装别人。

吴姬似笑非笑地看着他，嘴里说好了，却不拉住他，眼瞅他半边脸庞渐然红肿，又说："过日子真没意思，把一些话车轱辘似的来回转，还不如谈恋爱好。日日新鲜，崭新的，比书上的小说还有趣。有好吃的烤牛排、漂亮的香水瓶、滴了水珠的郁金香、各种各样的尖叫，对不对？"

这回他提高了警惕，但想不出什么话来回答——据科学家们分析，爱情的保质期只有十四天，而他与吴姬已经在一张床上睡了好几个月，也算是老夫老妻了吧。

他只好抱住吴姬，用力抱，抱得吴姬像一只正在偷香油吃发出叽叽叫声的老鼠。

他感觉自己仓促来到杭州的决定有些草率。距离产生美感，男女一旦熟悉了就会厌倦，这或许是人的天性。

三

那年春天的雨水真多，浸得人的皮肤上都生绿毛长灰藓，一个一个斑点接连不断地出现在墙壁上，并且意味深长地凸起，呈不规则的几何形状，像一小片一小片的被弄碎了的山楂片。

现在，他桌上便搁着这么包山楂片，已经碎了。他忘掉它是怎么出现在桌上的。好像是从空中掉下来的。他伸出两根手指头拈出一小片塞入嘴里。山楂片甜里泛酸，甚是可口。他边嚼边望窗外。他记得斜对面人家的阳台上有一盆半红半白的花，但已经不见了，取而代之的是一盆深褐色的鸡冠花。他不明白他们为什么要这样做，也许是哪天晚上的风刮走了那盆花。总之，鸡冠花的花盆被几根铁丝紧紧拧在铁栅栏上。他不喜欢这种被"拧"的感觉。

他把手从键盘上挪开，起身注视着窗户外的小巷。是什么东西在折磨着我们的生命？高兴、滑稽、喜欢、爱慕、伤心、冤枉、痛哭、悲伤、郁闷、悲哀、嫉妒、生气、愤怒、不平、诅咒、震惊、糊涂、无奈、发呆、恐惧、激动、无聊、困倦……如果一个人的一辈子只是这些单词，人仅仅是为它们而活，那么人这种注释有必要不断重复？一定还有别的东西。究竟是什么东西隐藏在这些单词背后？再比如眼前这条小巷又隐喻着什么？是女人的阴阜？一切将相王侯皆从此处出亦于此处死？也许所有的隐喻都是谎言，豆腐可以做成素鸡，永远不会有鸡的鲜嫩。隐喻或许是自己在撬自己的头盖骨。

他微笑着。他喜欢观察。他总以为现实与自己没多大关系。他是一个写小说的人，而小说是源于内心的渴望，是作为否定现实而存在的，它要给人一个乌托邦。观察是为了找到进入这个乌托邦的途径，并非停留在小

遗失在光阴之外

说本身。有时他还是觉得糊涂，或许形式往往要大于内容，每当看见那些水灵灵的女孩撑起黑伞从小巷里走过时，他总难免心旌神摇。女孩们已经穿起了丝袜，粉桃红的、豹纹的、金色的、格子纹的、带蕾丝花边的、露脚趾的、渔网的。他最喜欢穿透明丝袜的，在薄如蝉翼的包裹中，女孩们露出的修长结实的腿，比洗净后的藕还要白，他能嗅到从那上面散发出来的香味。

吴姬曾经说他是一个意淫者，意淫文字，也意淫活在文字中的人与物，尤其写到与女人身体有关的文字时，笔触特别魅惑，简直像一个乱抛媚眼的半老徐娘。他不知道吴姬是在夸他还是骂他，可他确实喜欢听吴姬说话，不管吴姬是骂还是夸。他喜欢看吴姬那张香喷喷的小嘴，颜色鲜艳欲滴，唇形轮廓分明，一噘一噘，活像一只嗷嗷待哺的小鸟。吴姬所渴望的又是什么呢？他已经三十多岁了，他还是不能把那年春天全部回想起来。

他又喝了点水，重新在椅子上坐下，继续敲打着键盘。

四

他做了一个梦。明黄色的草，从一大团深褐色里长出来，过程与花苞开放差不多。草里出现淘气的小鸭，嘎嘎地叫，排着队跳下河，在水波里摇晃着柳树垂落的影子。很多房子在唱歌，音符飘向空中，变成一堆标点符号。他梦见自己从草丛跳上屋顶，再从屋顶跳进天空。就在这时，空中出现一张巨大的嘴，嘴里还喷出一道明亮的光。光线像刀子劈落。

他被这把刀劈下床，赤脚站在地上，想了半天，惊疑不定，才想起这是一个梦。若弗洛伊德做了这个梦，他会怎么解释给人们听呢？阳光已移至窗户外。光线在墙壁上，与镜子一般。他扯过枕巾，擦把脸。浮在阳光里的桌椅与往日有了不同。恍惚有某种神秘的力量抽出了原本隐藏在这些物体深处的特质，并以线条的形式呈现。横竖撇捺折，清晰得紧。线条意味深长。

他勾起地上的衣裤，套上身。衣领与袖口脏得发亮。他哼起小曲，刷牙洗脸。牙膏味道有点怪，一支却要十几块钱。吴姬真有病，这么贵也舍得，当钱是鸟铳打的。报纸上早就讲了一块钱的牙膏与十几块钱的牙膏根本没有实质性的差异，主要成分都是发泡剂。他张开嘴，牙龈里有点溃疡。前天，他说牙齿疼，结果吴姬昨晚拎来一大包东西。牙膏是吴姬买的，毛巾是吴姬买的，洗面奶是吴姬买的，内裤也是吴姬买的。

吴姬无处不在，像蟑螂。他手中的动作突然停顿，一脚踏下。蟑螂每小时能跑五公里，有六条腿，在没有头的情况下能存活七天，在没有食物的情况下，能存活三十天。它们在盒饭里、衣服上、书本中，还会出现在电脑内。他蹲下身，研究蟑螂的残破的酱紫色尸体。这是一只大肚子的母蟑螂，蟑螂有惊人的繁殖速度，一只雌蟑螂一生可生育上千个小蟑螂。有些雌蟑螂只交配一次便可终身怀孕。要把这种罪孽深重的生物从地球上消灭掉，几乎是不可能的任务。上帝需要它们让人类知道自己有罪。在厕所里倒出膀胱里的液体，对着洗手池上面那块碎了半个角的镜子龇牙咧嘴，双手食指抠入嘴内，将脸部表情用力向上拉，再停下来研究，来回折腾几遍，终于满意了。

空气里有隐隐约约的桃花香，咀嚼它们，像嚼桃酥饼，嘴里生出甜津津的味。他张开嘴一连咽下几口空气，空气确确实实能充当食物，每个挨过饿的人对此多少都有点心得。虽然几秒钟后，大家不得不把它从双臀中间放出，可有几秒钟的充实感毕竟好过一点也没有。他快活地走，猛地停下脚步。一个头上扎羊角辫的小女孩在啃手中的烤羊肉串。小女孩圆圆的脸比苹果大多了，白里还透红，让人垂涎。他舔舔嘴唇，在女孩儿抬头望

　　　　　　　　遗失在光阴之外

来时，转过脸，往流出酸水的腮帮子上拍了一下。妈的，现在就有蚊子。这世道还让人活不活了？他暗自嘀咕。马路上没几个人。这是一个发情的季节，大家忙着在屋子里做爱做的事。他把混杂有自己声音的空气咽回肚子里。肠与胃叽里咕噜地响。他进了一家清真牛肉餐馆，要了碗牛肉面，埋头大口地吃。没多时，额头沁出一层密密的细汗。这汗水比胶水还有黏性，可以拿来粘脱胶的鞋底。他的目光从自己脚下爬向马路。环卫工人把这条马路扫得可真干净，连只蟑螂都找不到。肥胖的餐馆老板是一个感觉迟钝的人，把面条端来时，乌黑的大拇指头有一大半浸在汤汁里，也不觉得烫。他头上那顶脏兮兮的白帽，是一面向生活宣告投降的小白旗。他把最后一口面汤倒入喉咙，身体里的细胞因为面汤的热量变得充实，脑袋里那根恍恍惚惚的弦暂时不见了。梦打不赢生活，迟早得被各种细节驱逐。斜对面餐桌上有一个女人，在把面条一根根往嘴里塞。面条在她嘴里发出生硬的声音。女人穿得整齐，腿从短裙下伸出，分得很开。

女人眼神空洞，五官倒颇为精致，涂了眼影，扑了胭脂，可她的手与她的人很不配，指甲里有黑黑的污秽。女人因此格外憔悴。一只模样乱七八糟的狗蹲在女人脚边。他感觉到自己双腿中间那玩意儿逐渐坚硬，硬得发疼，硬得像案板上那根擀面的檫木棍。他别过脸，付过账，回到马路上。

光线在天空里互相追逐，好像一把把锋利的剑，被一只只看不见的手握住。他在鱼鳞状的云的底下兜了一大圈，掏出手机，拨吴姬的电话。对方已关机。餐馆里的女人虽然漂亮，比起吴姬来还是不如。吴姬腰肢纤细，臀部尖尖，雪白，乳房上还歇着两只让人嘴唇发麻的蜜蜂。不过，自己的手指似乎并未检阅过那女人的身体，仓促间下结论，或许对那女人不公平。他吐出一口痰，在新马路电影院门口站住。不锈钢的广告栏上有一块巨大的喷绘画，是一部国外引进的大片。女演员有一对豪乳，身材该凸处凸，该凹处凹，没糊弄观众。据各种八卦小道消息，女演员波涛汹涌的豪乳纯属天然，不掺一点技术含量，这很了不起。他斜睨着女演员凹凸起伏的胸与臀，拿不定主意是否要去观摩外国女演员的乳房，手指反复地摸裤兜里的钞票，钞票厚度太薄。售票窗口边有两个约十四五岁的少年，女的枣核脑袋，男的大饼脸。俩人背双肩包。男孩抱住女孩的腰，抱得深情款款。女孩的脸竖在男孩肩膀上，竖得千娇百媚。女孩唇上有艳丽的夸张的口红，这该是为男孩特意抹上的礼物。

　　一个女孩也曾为他在嘴唇上涂过这种口红。他想不起女孩的模样，时间抹去了那张曾经以为是一生一世的脸庞，只留下一点淡淡的草莓味。他索性蹲下身，点燃一根烟，凝视着敞开着大门的电影院。大饼脸男孩的嘴已完全遮盖了枣核脑袋女孩的唇。大饼脸男孩的舌头正在枣核脑袋女孩口中不断旋转，奋力搅拌。他们双唇的肌肉因为吮吸运动不断产生出美妙无比的啧啧声。他们的技巧值得赞叹。他又摸出一根烟，叼在嘴上。吴姬的接吻技术也好，能让头部的血液变得极少，让大脑空虚。粉红的、柔软的、甜蜜的、清香的，这些形容词都属于吴姬的唇。有时，吴姬用舌尖托起一块糖果，送进他的嘴里，一直吻到糖果在口腔里融化。这是一种让他要窒息的吻。巷子里拐出一个瘦条男孩，手里拿着一串臭豆腐，显然是大饼脸男孩的相识，伸手拍拍他的头，嘴里说："哥们，新把上的妞？借我玩几天。"

　　他嗤地笑出声。大饼脸男孩从枣核脑袋女孩嘴里拔出舌头，扭头来看他，眼里冒出几簇愤怒的火花。他赶紧起身往前走。这样大的少年最可怕。前不久，市里出了一桩案子，一个十三岁的少年强奸了一个未成年少女，并用非常残忍的方式杀死了少女，最后因未满十四岁、未达到刑法规定的追究刑事责任的年龄，不负刑事责任，由其监护人加以管教，仅赔偿少女家人八万余元而已。天晓得大饼脸男孩的岁数究竟多大，书包里又是否藏

　　　　　　　　遗失在光阴之外

有刀与玫瑰。

他脚底下有了弹簧，走到十字街时，眼瞅对面几个踩滑板的奇形怪状的少年呼啸而来，两条腿不由自主地拐进路边小巷。巷口有间公厕，有些人就管不住自己的肛门。他在一堆堆粪便间踮起脚尖，进一步，退两步，左迈一小步，右跨一大步，双臂挥动，嘴里嘘嘘有声。苍蝇真多。怪不得那些文学女青年到出版社后无一不小脸发白，气喘吁吁。他拍拍脑袋，里面那锅稀粥里冒出一个大气泡。他终于想起自己出门是要干什么了。

他掏出手机拨通倪峰的电话。是忙音。他叹一口气。江南出版社在车水胡同二号，离十字街就几步路。这是一栋时代久远的巴洛克式建筑，造型豪华夸张，富有戏剧性。墙壁上爬满已吐出铜钱大小青叶的藤。窗户极多，呈穿形，上面点缀着繁复的花纹。门口立着的石柱上有许多斑驳的伤口。铜制的门牌嵌在深褐色的砖里。三角形的阁楼蹲在天穹下，脸庞傲慢。倪峰是社里的编辑，对曾在这幢大厦里发生过以及正在发生的各种风流韵事了若指掌，能一个结巴不打地讲上几个钟头，其中不乏历史上有名有姓的人。倪峰昨天晚上打电话叫他今天下午去出版社讨论一个选题。

他上了台阶，敲响传达室的门，张师傅，倪编在吗？

龟儿子的先人板板，倪编早回去喽。

窗台上冒出一个被岁月弄得干瘪皱巴巴的猴头，目光却凛冽，嗓门也大，嗡嗡震耳。张师傅的容颜与六小龄童扮演的孙悟空有几分神似，只是四川口音重。倪峰说，因为张师傅，江南出版社还曾掀起过一阵学习四川话的高潮。他不解。倪峰大笑："不可说，不可说。佛说，一说就是错。"

他说了声谢谢，对张师傅摇手致意。

天空开出红色的莲花。他咒骂着倪峰，掏出手机再拨，倪峰已关了机。倪峰有两个手机。他在马路上兜了半天，没想起倪峰另外一个手机的号码，决定上倪峰的家去。

太阳不知何时已收起酷热，静悄悄地挂在天上，像女人暧昧的嘴唇。说不上红，也说不上不红。胭脂洇散，让这张嘴唇没了轮廓，让人见着心里堵得慌。

他喘着粗气，抹抹汗湿的额头，那碗牛肉面已经在胃里壮烈牺牲。倪峰的脸比老鼠尾巴要小三分，偏爱在鼻梁上架一副奇大无比的黑框眼镜。脸色与梅菜扣肉一般，据说因为常熬夜，也据说是难消美人恩。这很让人怀疑美人儿的品位。或许宠狗、宠猫已不能彰显美人儿独特的审美口味。他露出笑容。

倪峰毕竟尚未婚娶，有一套七十平方米的房子，有一份能把女人打扮成美女作家的职业，这就足以让一批女青年绕着他上下盘旋，目露凶光。

他拍响倪峰的房门。门里没动静。他干脆把手指紧按在门铃上，没再放开。铃声叮叮铃铃地响。门开了，是一个女人，眉眼有点儿熟悉。他挠挠头，想起她叫秦燕。他对着秦燕微笑。

秦燕生得高，比他高半个肩头。她不应该写诗，该去T台上走猫步。

倪峰与秦燕好过一段日子。那段时间，秦燕老把身子挂在倪峰胳膊上。他见了，掉了一地的鸡皮疙瘩。后来，不知为什么，秦燕与倪峰形如陌路。

秦燕去医院打过胎，一个人去的，回来的路上，中暑晕倒在地，还是他遇上，把她送回医院。他与倪峰聊天时就旁敲侧击，言下之意，做人得适可而止。

倪峰说："有种雌性生物，比如母蝎子，在交配完后，一定会把公蝎子吃掉，不管旁边有多少丰美的食物。先吃头，再啃手，继而啃脚，最后只剩下公蝎子插在它体内的那根阳具。"

他问："你哪条胳膊、哪条腿不见了？"

　　　　遗失在光阴之外

倪峰就说："我心里残疾了行不行？"

他没话说了。

倪峰这回是想把母蝎子浸酒喝吗？母蝎子浸酒，滋阴壮阳补肾。他不无好奇。换过鞋，倪峰身边坐着一个垂着头的长发女孩。他嗅到女孩儿身上一股青涩的水果鲜嫩味。女孩儿的脸新鲜得像刚去了皮的水果。

倪峰咳嗽一声，说："要想了解语义的微妙，不妨把一大堆近义词放到一起去研究。比如大红、深红、紫红、粉红、桃红、橘红、茶红、玫瑰红、牡丹红，琢磨它们有什么区别与联系？琢磨它们里面蕴含的信息。大红热烈喜庆，情绪张牙舞爪；紫红是苦难与母性，它有一种沉，被婴儿咂吮的乳头是紫红的，楠木桌是紫红色的；桃红轻盈暧昧，有一点色情。古代的房中术里有男白女赤一说。红象征着性能力、快乐等。"

女孩儿脖颈处有一泓像水一般轻轻漾动的白，因为倪峰的话语，白里泛起红。他看得眼馋。倪峰好口福，今晚有撒鲜姜末与葱花的豆腐脑吃了。现在的美女作家都是从侏罗纪跑出来的生物。这位可参加中国模特大赛，类似大熊猫这种存在的女孩从哪来的？他狐疑地瞅秦燕，不会是她拐来孝敬倪峰的吧？

秦燕在看墙壁上的画。画上有一条黑色的河流，水从桥洞里流出，像在呕吐秽物。岸边的草地是黑色的，这与他下午做的梦不一样。草地上躺着一位腰细臀肥的裸体女人，女人默默地望着画布外面的世界，目光散淡。一个穿西装的男人在抚摸裸体女人如布袋一样松软垂落的乳房。女人下身有一条盘起来的蛇。画很古怪。

他摸摸鼻子，没闹明白秦燕为何看得这般专注。

倪峰有结交女人的癖好，高的、矮的、胖的、瘦的、丑的、靓的、年轻的、衰老的、模样古怪的，只要时间允许，一律来者不拒。倪峰说自己是中国的卡萨诺瓦。女人什么模样、什么学历、什么出身不重要，重要的是她们确实存在的肉体，可以把时间填满的肉体。倪峰酷爱与他交谈他与那些女人欢爱时的各种细节。时间、地点、姿势。你知道吗？女人的高潮像癫痫症发作。性高潮是一种短暂的死亡，是灵魂从肉体出发抵达另一个世界时的尖叫。

他的目光在长发女孩儿的长腿上停下。在这两条绞在一起的长腿尽头有一条像羽毛般轻盈飞舞的蛇。每个女人都有这条蛇。不过，当女孩成了女人，成了秦燕时，蛇再也飞不动了。秦燕细细长长的手指在敲打茶几玻璃，嘴唇上有一点干裂的皮屑。

他想为秦燕倒杯水，想了想，懒得动，后脑勺枕在沙发上，眼角余光去瞥女孩被倪峰鼻息弄乱的发丝。倪峰嘴里有长江、黄河，舌头几乎要舔到女孩脸颊。

女孩听得并不专心，左手在倪峰看不到的地方摆弄一盒火柴。火柴杆在跳舞，随着女孩手指的抽拉，不断卧倒站立。这是一种小魔术。女孩指甲上有闪亮的星星点点。女孩抬头，朝他瞥了一眼，马上又低下头，脸上涌出更多红晕，几乎要滴落。

女孩前生不会是一只虾米吧？就算是，这里也不是一锅沸水。他忍不住微笑，目光落下，吃了一惊，自己一路走来，竟然没拉裤裆的拉链。小熊维尼从吴姬买来的内裤上露出头。他侧身去拉拉链，劲用大了，该死的拉链头跑到手上，小熊维尼咧嘴笑得更欢。

他大窘，想把裤裆处凸起的布料抚平，女孩已掩嘴哧哧笑出声。女孩的眸子像夜空的星星，像在水中荡漾的星星，亮晶晶。

倪峰的话语被打断，不无疑惑地看看他。他夹紧双腿，把那块不老实的布料牢牢夹住，冲倪峰无辜地摊开双手。秦燕嘴角扬起，眉眼似笑非笑。

　　　　　　　遗失在光阴之外

手机响了。是吴姬打来的。他慌忙起身，歉意地笑，暗自感谢吴姬的电话来得及时，踱进厨房。吴姬说晚上不回来吃饭，要加班。

倪峰跟进来，手指挠眉骨，说："见鬼。我操。"倪峰说到"操"时，嘴张得很大，让人有想往里面吐痰的冲动。他干咳一声，那不是洛丽塔吗？咋是鬼哩？

倪峰说："刚收到一条短消息，白裙子说在文化广场的梧桐叶茶厅等我，我哪走得开？还有，你得替我想个办法，把那……"倪峰朝外面努努嘴，"把那只母蝎子弄走？"

倪峰的表情类似痔疮发作，痛苦不堪。

他压低声音："这妞是秦燕带来的？"

倪峰点头："说是她表妹，既然把人带过来，咋老不挪窝？"

倪峰搓着双手，手指头绞来绞去，"你替我去看那个白裙子，若是车祸现场，当没看见。若非常漂亮，马上打电话通知我。"倪峰瞅瞅屋外沙发上的女孩儿，一咬牙，"算了，不管长得丑还是漂亮，你替我搞定，你说你是绿帽子得了。"

"你才戴绿帽子。"

"呸，这是我的网名。网友见面，便宜你了。记住，她穿白裙子，白衬衫，背小熊维尼的包。"倪峰睁圆眼，"帮我弄走母蝎子。"

他点头，这不是问题，"我可没钱招待白裙子。"

倪峰恶骂一句，摸出二百块钱。

"少干点缺德事，老天爷在上面看着。二八佳人体似酥，腰间仗剑斩凡夫。倪兄，一滴精十滴血，日夕征戈，也得悠着点儿。"他抓过钱，踢了一脚在厨房角落里蹲着的冰箱。

他没再说什么，出去坐了一会儿，起身告辞，走到门口，想起什么，喊道：

"秦燕，你过来下，我有件事问你。"

太阳是一个打烂掉的臭鸡蛋，颜色有点脏。几只鸟飞过天空。他走在秦燕身后。秦燕的影子从她的身体里流出来，流在地上，是一块烂掉的木头。俩人走过几丛被修剪整齐的海桐，走过几个慢跑着的膝盖已入了土的老头。秦燕问："什么事？"

"没事，叙叙旧。"

犯得着吗？秦燕在面朝大街的石椅上坐下，折下脚边一丛绿色植物里的一朵浅黄色的小花。花有六个瓣。枝条在她细长的手指上窸窸窣窣。他觉得眼前这个场景很熟悉，却想不起自己在哪里见过。心脏通通地跳，他把手按住胸口，想起选题的事，叹口气，把手插回口袋。

"你是不是奇怪我赖在那不走？"秦燕扬起下颌。她的下颌近乎透明。秦燕脖颈处爬出几根青筋，青筋一跳一跳的，"你来找他干吗？"

"谈书的选题。"

"就为此，你把我叫出来，让他去祸害那女孩？"

他张口结舌。母蝎子说话也太直接了吧。他心里一阵烦躁，"那你为什么要带她去？明知倪峰是这种人，你又不是没干过这活，结果竹篮打水一场空。我真不明白你。"

秦燕不吭声了，噘起嘴。风，出现了，初始并不大，只是几个简单的音节，很轻柔，自海桐叶子上滚落。他的手心发了麻，吸吸鼻子。秦燕揉碎花瓣，把脸埋入手心。手背上的皮肤已经失去了光泽，有点松弛，是年龄的原因，也是因为她自己的生活。她毁了自己。风渐渐大了，嗡嗡地响，在空中左右旋转，像一只巨大的手臂，把光线抛起抛落。

他说："要不，我们找个地方坐坐，春天是娃娃脸，说变就变。"

秦燕说："不，你去吧，我在这歇歇。"

遗失在光阴之外

"那我走了。"他起身走了几步，又踱回来坐下。

"怎么？不放心？怕我上去打扰倪峰在干的好事？"

"不。我想不明白你为什么要把这样一个女孩带到倪峰这儿来。"

你以为她是干什么的？

"有点像学生，说不准，如果真是学生，我更不明白你了。"

"没听过妇人心，黄蜂尾上针吗？"

"我前天写了一篇小说，写一个被男人玩弄的女人，当男人玩弄她时，她把男人看成老鼠，把自己的身体当成捕鼠夹，我觉得这样也挺好。"

"你说这话是什么意思呢？"

"我也不知道。"

"你与倪峰是朋友？"

"不是。"

人这一辈子，真说不清。秦燕的事他有所耳闻。当年，追她的人不少，还有开宝马坐奔驰的。秦燕却中了文字的毒，不理睬那些英俊男士翘起的尾巴，一心一意想出书，结果兜兜转转熬到现在，书没出一本，人已沦为出版圈里的公共厕所。他暗自感叹，心头突突一跳，看见牛肉馆里那个穿短裙的女人。女人在跑，跑得很快，边跑边嚎。听不清女人嚎什么，但可以判断得出女人的目标是两个男孩——他在电影院门口看见的大饼脸男与瘦高男孩。他的心顿时被揪紧，情不自禁地起身。男孩偷了女人的钱？街道上的人多起来。一群群苍蝇从人们嘴里飞出。天色迅速暗下。

女人的衣衫已被风扯开，露出大半个雪白的乳房。那只狗跟在女人身后，跑得不慌不忙。该死的畜生为什么不勇敢地扑上前？他都恨不得在这条狗的臀部端上一脚。

秦燕抬头，眯起眼，突然说道："这女人是住我那小区的。"

他回过头，问："你认识她？"

"我记得你在大学里写过一篇小说，讲一个女孩被两个歹徒当着男友的面强奸了，男友娶了女孩，几年后，却掐死了女孩，因为他无法与女孩做爱，他觉得女孩的存在是对他的羞辱。"

"我都忘掉了。"

"我记得。"秦燕慢慢地说道，"这女人几个星期前被两个人当着男友的面强奸了。你小说里写的事变成了现实。不同的是，女人的神智有点糊涂，整天在街上逛来逛去，找那两个人，没想到是两个男孩。男孩还没变成男人就这样坏。"

"她男友还有她家人都不管？"

"她是外地人，她男友在她出事后立马消失了，用你常说的一句话是，像水消失在水里。"

"那是博尔赫斯说的，与我没关系。"

"你们男人都是没鸡巴的博尔赫斯。还有那只狗。"秦燕捡起一块石头，牙齿在唇上咬出血，眉梢剧烈跳动。

那女人已仆倒在地，哀哀恸哭。那只狗冲着男孩消失的方向吠吠几声，绕着女人兜起圈。围上来的人在女人身边围起一个更大的圈。

他后脑勺像挨了一棍，摸摸头，想起那个枣核脑袋的女孩，喃喃说道："不一定是这两个男孩吧？可能女人认错人，或许她凶恶的表情吓坏了他们。"

秦燕手指骨节已发了白。

"我去看看。"他说。

"看一个受辱的女人的脸容，是不是很有快感？"

"我没这个意思。"

"怎么不去想把那两个跑掉的男孩逮住呢？你们男人都该死。"秦燕嘴里冒出阴冷的令人毛骨悚然的笑声。一股寒意扼住他的四肢。他往倪峰住的那幢楼房望去，楼房在巨大的云层下像要坍塌。乌黑的云在天上已堆积成愤怒的石头，一块块裹着风的石头从天而降。秦燕的眼角已潮湿。

"你想去救倪峰吗？晚了。"

他心脏缩紧，如同被雷电击中的麻雀，眼前景物疑真似幻。他有点透不过气，愣愣地听着被风扯成烂絮一样的女人的哭声。

"她是我表妹，你见过她的相片，不过，她那时还是丑小鸭，你说她一辈子也是一只丑小鸭，为此，我还与你生过气。"秦燕目光迷离，"那时，我们多开心呀。那都是十多年前的事吧。"

他没吭声，脑袋里一片空白。

秦燕继续说道："她今年才十八岁，她是好女孩，在广东做文员，很求上进。她被强奸了，不知道是谁。在回家的路上被人用棍子打晕了。她本来想忍受这份屈辱，把它咽入肚子，像小说里的那样。可男人把艾滋病传染给了她。她想死，她想看一眼我这个对她还算不错的姐姐后再去死。她救了我。你看，我割得可深呐。"秦燕缓缓撸起衣袖，手腕上有两道触目惊心的伤口。

"其实我要谢谢你，是你把倪峰推向死亡。我都下不了决心，虽然是他让我下了地狱。倪峰更要感谢你，从今天开始，他每时每刻都会与你做伴，趴的在你肩头，哪怕你与吴姬做爱，他也会站在一边欣赏。"秦燕哈哈大笑，疯狂地笑，蜷缩的身体一下子张开，向后反弓，脸色青里透白，眼已血红，已不是人，已是兽。

他挥起巴掌。秦燕仰起脸，眼泪大颗大颗地滚落。他手上没了力气，他往倪峰的住所跑。

门被擂开。倪峰从铁门里探出半个脑袋，惊怒："你回来干啥子？"

他用力推搡开他，女孩不在沙发上。茶几上有两罐开了盖的可乐。他奔向卧室，被褥零乱，那女孩已熟睡，似从一整块白色大理石上凿下来的雕像，被男人剥去遮掩的肌肤比雪还白，腹处有着几块刺疼眼球的青瘀。

他涩声说到："你上了？"

倪峰满头雾水，一巴掌拍在门上，"你发羊痫风？"

"我问你，有没有上？"他的嘴唇发了青，心脏越跳越急，心脏成了鼓槌，那裹在骨头上的皮肤已经受不了鼓槌的猛击。

"我不上，还留给你吗？你以为你是什么东西？你也只配喝我的洗脚水。滚。马上滚出去。"倪峰戟指指向他的眉心。

他咬住唇，怔怔地看着倪峰，扯起被子，盖在女孩身上，走到门口，回头，望着怒冲冲的倪峰，说："她有艾滋，你赶紧清洗，还来得及，不一定会被传染。另外，别怨她，这是你自找的。"

文化广场的中心有一尊抽象的女体雕塑，不锈钢材质。水珠在大理石基座下翻涌，捕捉着一闪即逝的光影。水坛里浮着一条死去的花鲢鱼，巴掌大，头尾覆盖泥沙与草，肚腹处一点惨白。水坛四周宽大的可供人坐下休憩的环形木椅上有许多歪歪扭扭的字迹，多半是甜美的爱情誓言与某某某到此一游，还有不少内容不雅的句子与图案。广场的面积并不大，抽根烟便能踱上一个来回。周边高矮不一的房子都有威严的脸。梧桐叶茶厅在北边那排房子里。房子与房子中间是小巷。烤白薯老头用汽油桶改造的炉子，和他的三轮车翻倒在地上，老人坐在一旁哭。几分钟前，吴姬从一辆的士下来，看了老头几秒钟，就进了茶厅。茶厅有宽大的咖啡色的落地玻璃，水珠沿着玻璃一层层往下漫。

他身边坐着一个额头发暗的中年人。这是一个喋喋不休得让人生厌的中年人。一个黑瘦妇人弯着腰在替他擦鞋。中年人在不停地问妇人是哪里

遗失在光阴之外

人？有几个孩子？他们都在干什么？妇人满脸沟壑，看不出多大年纪，衣服上缀着补丁，但洗得整洁。中年人旁边是一个长头发的十八九岁的女孩，个高，腿瘦，鼻塌，胸脯小小的，脸上线条粗糙。膝上搁着一本《知音》，手上拿着彩屏手机，拇指一直按动。女孩对面，是一个椭圆脸、容貌甚美的少妇，扎马尾发辫，穿一件奶白色的大翻领镶褐红色花边的衣服，个不高，中指戴银饰，也一直在低头发短信。一个七八岁大的孩子在往一个白球里填沙子。球上有一根橡皮筋串联而起的绳。孩子灌好沙子，用胶布缠上，边缠，眉毛边飞起来。这样的"流星锤"再从手心飞出去时，能把人打得很疼。球自孩子手心弹出，在离他鼻尖零点五毫米的距离惊鸿一现，又迅速返回。

他剥着手指甲，慢慢地看着。头很疼，疼得厉害。时间被风卷走。天空被巨大的穹隆笼罩。雨落下来，一滴一滴。从天空掉下，又从地上弹起，上上下下，节奏渐趋激烈。

他坐在木椅子上。木头是他身体的一部分，并从他双腿中间垂落。地上升腾起潮气。在广场上的人，终于被暴雨驱散，像被鞭子驱赶的羊，匆匆奔跑，奔向那些由水泥与钢筋搭建的建筑深处。巨大的轰鸣声由深处传出。这是某种东西吞噬他们时所发出的咀嚼声。他们没反对，没抗议。风摇晃着房子，房子的线条被融解。它们变成一群嘎嘎叫的鸭子，对着天穹尖叫。

手机响了，是吴姬打来的。吴姬问他在哪，有没有吃饭。

他没说话。雨水把他的手指洗得近乎透明，洗得发烫。他起身往梧桐叶茶厅走去。两点之间，直线最短。直线是一种箭头指向绝望的想象。上帝也不能在你与我中间画出一条真正的直线。他推开茶厅的门，在吴姬对面坐下。吴姬被他湿漉漉的样子吓了一跳。

他望着吴姬的白衬衫、白裙子，以及搁在桌上印有小熊维尼图案的背包，想了想说："你是白裙子，我是绿帽子。"

吴姬愣了。他咧嘴乐了。脑里浮出一根微妙的弦。弦被吴姬的表情拨动。吴姬也有两颗好看的门牙。他终于想起把电影票撕碎的大学女同学的名字。她是秦燕。他嘿嘿地笑。

"你怎么了？"吴姬不安地问。

他为自己倒了杯茶，把茶倒入喉咙。又去摸口袋。口袋里的烟都湿透了。他把烟一支支揉碎。良久。他抓起吴姬的手，轻轻地说道："他不会来了。我们回家吧。"

五

那天，他忘掉是星期几了，他坐在小屋子里，双腿中间奇痒无比，只好伸手去挠，越挠越痒，不得不更用力地挠下去，很快，皮肤发了红，一个个小红点钻出来，并迅速蔓延，或大或小，个个都饱满结实，精神抖擞，很硬，这令人疑惑，不过他没惶恐。他虽没多少医学常识，日常生活倒也比较注意清洁。这应该是某一种皮肤癣，这该死的湿漉漉的天气！他从抽屉里找出一盒针，放碘酒里消毒，咬牙，用针尖挑这些让人头疼的硬疙瘩，挤出黄水，再敷上药膏。疼痛是微微的，隐隐约约，还有别的一些说不清楚的东西。

那天下午，他记得很清楚，电脑上的时钟正指向下午三点十一分。当电脑屏幕保护程序开始自动运行时，房门开了，吴姬来了，见赤身裸体的他，又见桌上放着的大小不一的针与几支药膏，吃了一惊，"干吗？"他说："没干啥，我可没有 SM 的倾向。"

吴姬张张嘴，没说什么，眼睛里显出一丝疑惑。她的脸色不大好，青白，手扶墙壁，感觉特别憔悴，可能是被雨淋的。虽说窗外并无雨丝飘动，但蹲在云里那几头淘气的大象最爱在这个季节与人开玩笑。他瞟了眼在窗外翻卷的、黑压压的云。它们执拗地踱过对面那户人家的屋脊，把一束束光线掷入人间。他说："我给你倒杯热水吧。"他站起身，双腿处一疼，不由"啊"地叫出声。他对此种疼痛确实没有经验，脸上肌肉不自然地痉挛，嘴角又挤出一句多余的话："这是尖锐湿疣，是你传染我的吧，你知道的，这么久来，我也只与你上床。"

他说的是笑话。他只是见吴姬的气色不好，想逗一下吴姬。真的，他脑海里就这念头。他真不应该说这话。有些话，虽是笑话，也不应该说出口。如果他知道说出这句笑话后的结果，他一定会闭紧嘴，闭得牢牢的，不让心里孵出的任何一只苍蝇飞出来。

吴姬的脸色由青白变成灰白，像一个被刀子划了条口子的充气娃娃，颓然坐倒，一只腿伸，一只腿屈，胸膛干瘪下去，喉咙里嘎嘎有声，说不出话，目光里竟全是惊慌与疑问，左颊太阳穴处青色的动脉剧烈起伏。她好看的脸在这一瞬间变了样。她咬紧牙，叹气，更用力地咬紧牙，牙齿咯咯地响。她嘴里像含了一口沙子。她低下头，手按腿，不是按，是掐。她腿上穿的丝袜是透明的，丝袜上沾有几枚青色的苍耳。

没想到杭州也有苍耳。这种有刺的小东西是童年时的他非常喜爱的一种玩具，常常趁人不备把苍耳扔进别人的头发里，再装作好心地帮人家理顺头发，其实是让头发死死地缠在苍耳上，然后狂笑着跑开。他曾经往阿宝头上扔过，害得阿宝最后不得不用剪刀剪去那一小绺头发。苍耳的生命力极强，到处都是，墙缝里都能长，一到春天，进出院子的路两侧就被它们完全占据。院子隔壁医院背后的山坡上就更多了。他曾经跟着其他孩子在傍晚时分翻过墙壁，跑到后山上，用石头去砸藏在草丛中的一对男女。

那对野鸳鸯惊慌地跳起来，七手八脚地拍着头发与衣裳上的苍耳，就赶紧往山下跑，跑着跑着，女的"哎哟"一声叫滚成一团。这可真有趣。

吴姬的表情让他模模糊糊地意识到一些不大好的东西。

他穿上裤子，没再说话，转身出门，奇怪的是，心中并没有伤感。他甚至还点燃了一根烟，云南红塔山，烟味纯正，还不贵。他去了医院，是大医院，他一向不讳疾忌医。医生给他开了十元五角钱的药，说："这是一种癣，常发病于司机等长期坐着不动的人群，待天气晴朗，病情会有所好转，目前一定不能伸手去挠，不管感觉多痒。"医生是一个慈祥的老太太，说了很多话，他都忘掉了，但记得老太太问他的职业是什么时，他说无业游民，老太太就瞪了他一眼。老太太可能觉得他是骗子。他还记得的是，那天他从医院回来时，天上下起了雨，雨特别大，而且脏，脏透了。杭州的雨原来也有不妍丽的时候。

他无意抱怨。吴姬把能给他的早就给了他。我们的身体并非由自己做主，苍蝇无处不在，掉在酒杯里，就是催情的苍蝇粉。吴姬没做更多解释，没大喊大叫，静静地看着他收拾行囊。是谁说的？爱情是烛，燃到后头，满桌灰烬。是谁说的？爱情是电子游戏，先是迷恋，再是厌倦，最后憎恨。

他吹起口哨，吹的是"小螺号滴滴吹"。他去了车站，一个人，买了张火车硬卧票。很快，车窗外的景色迅速向后倒退。万物迟早被抛之脑外。茫茫夜色化作一阵阵海浪，不停地从车窗外冲刷而来。他躺在卧铺上，感觉自己成了一座礁石。人会被犬牙交错的痛楚掏空，渐然面目狰狞，被腥的海草以及各种柔软的软体动物所覆盖，或许突然轰然塌下，变成一堆泡沫，散开，不在这个尘世遗存任何的痕迹。

车厢内有六个人。他躺在左边中间铺位上。对面是一个妇人，眉眼间残存几缕青春，妆甚浓，可惜色彩呆板，把并不难看的脸弄成一块调色板。

遗失在光阴之外

妇人聚精会神地捧着本小说看，是一部无聊透顶的小说，但书里廉价的情感显然吸引了她。妇人肉乎乎的肩头在灯光下呈现出一种不健康的红晕，嘴不时地朝左撇，朝右歪，朝下拉，朝上噘。妇人俯在铺位上，没戴胸罩。吴姬也不爱戴胸罩，吴姬说那是束缚。但吴姬有几个非常精致的胸罩，黑色的，粉红的，一律嵌有蕾丝花边。上铺是一个老人与一个孩子。老人身上有酸臭的腐烂味，那孩子柔嫩如花枝。老人已睡了，发出鼾声，手臂从床上垂下，干涸的，没有血肉，印满铜钱般大灰白的老人斑，手掌更吓人，宛若一块干裂的树皮，中指上套着一只粗大的黄金戒指。那孩子没睡，也趴着，兴致勃勃地望着下铺的两个年轻人。他们在说话，声音尽管轻微，仍清晰可辨。

"有一次，我在朋友家喝啤酒，喝得肚子鼓鼓囊囊的，或许醉了吧，来到街道上，没走上几步，憋不住，就对准徘徊在沉沉夜色里的冷风撒尿，边走边撒，尿没撒完，人已到了街道尽头。那儿有条河，说是河，没溪宽，仅三四米，却深，淹死过不少淘气的孩子。我家就住在河流上方，自家盖的房子，二层楼，嵌在夜幕里，安静得很。四周是稻田与起伏不定的虫鸣。水声潺潺，月光黝黑。我突然发现，滚烫的尿液滴在手背上的感觉竟与眼泪差不多。我没骗你。你若不信，不妨试试，这不难，只要是人，身体里都有很多的尿与眼泪。我记得那天我哭了，突如其来地，一个人，趴在坑坑洼洼被拖拉机压坏的路面上，跪着，脸埋在泥土里，放声大哭。路上的石头真硬。"

这应该是一个擅长抒情的男人，职业可能也是与文章打交道的。他瞥了男人一眼，男人脸上有呕吐过的痕迹，可惜是酒糟鼻，不然，也是挺俊的一个小伙。男人闭着眼，右下巴一条淡淡的刀疤随着声音微微扭曲。男人埋在洗得雪白的被褥里。但他看不见睡自己下铺的男人的同伴的脸。

"还记得英莲吗？"男人继续往下说。

"不大记得。名字听起来有点儿熟悉。"一个嗡嗡响的声音。

"挺朴素的女孩，老穿件蓝衣裳，她母亲厂里发的工作服，洗得泛了白，可套在她身上就觉得好看。嘴上有细细透明的茸毛，坐我前排。我常用脚踢她。你知道的，我一向顽皮。可她从不报告老师，尽可能地挺直背，左右移动身子。结果有一次我踢翻她的凳子，她一屁股摔地上了，可能摔得极痛，扭回头看我，眼泪汪汪。后来，我就再也没踢过她。"

"真损。"嗡嗡响的声音发出嘲笑。

"我是损。当年我干过太多的缺德事。把抓来的癞蛤蟆、四脚蛇什么的放在女生抽屉里，趁女生专心听讲时在她们的辫子上绑石头，眼瞅哪个女生进教室赶紧在门上放盆清水淋人家一个落汤鸡。我是恶毒的孩子，一个肆无忌惮地寻找任何可能的机会来表现自己的孩子。我精力旺盛，兴致勃勃，自以为了不起，整天大呼小叫，惹事斗殴。直到某天，被一伙孩子堵在学校操场，当着许许多多人的面，摁住手，掐住腿，往嘴上糊了一大砣屎，人拉的臭不可闻的屎，我才明白了自己是什么。众目睽睽之下彻底的羞辱啊。是英莲给我的，准确地说是那伙孩子中一个喜欢英莲的男生给我的。"

"哦。我想起来了。这事是我干的。"嗡嗡响的声音似乎在抹嘴，"你那时真张狂，人嫌狗憎的。"

"我们都是狗日的。"

"你提英莲干吗？有毛病。"

"记得有一天下午上第一堂课，你跑到我的教室门口喊英莲。教室的门是破的，你并不是站在门外喊英莲。你是把脑袋从那个破洞里伸入门内喊。老师被你气坏了，拿黑板擦掷你，没掷着。你冲老师眨眼。老师想冲过去打你，

遗失在光阴之外

被讲台绊倒，吃了个狗吃屎。"

"是啊，那老师真蠢。你不说，我全忘掉了。对了，你为什么那么蠢？我喊英莲，你凑什么热闹？敲桌子，高喊爱情，还纵声放歌，'我们的爱情像太阳，撒播在祖国的四方'。不要以为别人听不出来，别说你当时是嗓子痒哪。"嗡嗡响的声音呵呵地乐。

"英莲喜欢你。她亲口对我说的。"

"哦，真的吗？我说你，好端端地提英莲做啥？"

"她去外面打工了。"

"这我知道。"

"她被人贩子卖到山沟里还生了一个脏不拉丞的孩子。"

"这我知道。"

"她被公安局解救出来，又自个跑回山沟里，过了段日子，还带着孩子、丈夫回了一次娘家。"

"这我知道。"

"她变得好丑。"

"这我知道。"

"她咋这样蠢？"

"这我就不知道了。你得去问她。"

"她生的孩子死了。"

"这我知道。"

"她被她丈夫卖了，那个看起来很老实的山里男人。"

"这我知道。也很正常。老婆终究是别人的闺女。"

"你没人性。"

"你口口声声英莲，为何就不帮她一下？"

"我帮不了。"

"那就是了。"

"英莲死了，她做了人贩子。"

嗡嗡响的声音又哦了声，起身，把空啤酒瓶放在靠窗的托儿上，啧啧嘴，"这个我不知道。不过，英莲对于现在的我，一点也不重要，我已忘掉她了。"

"还记得李勇吗？"

"记得。当年跟你打过架，出动各自哥们，上百人聚在学校后山那块空旷处，按说，这么大的场面是打不起架的，可你们偏偏就干上了。板砖、木棍、刀子，也不晓得弄坏了多少花花草草。还好，没出人命。"

"李勇也是一条好汉呐。可惜死了，真不值。英莲去外面打工，他居然因此不念书，从家里偷了几百块钱，扒上火车去找英莲，结果被车碾死了，血肉模糊稀巴烂的一大团。"

"我听人说起过，这件事够轰动。"

"是啊，想想也让人伤感。还有那个大雪夜蹲在英莲家门外，鬼哭狼嚎唬得四方人家脸白眼赤的主儿折腾出的事儿也挺轰动的。"

"你是说陈刚吧？他现在如何？"

"娶老婆过日子呗。喏，这次你回来有没有上菜市场？一字儿排开肉铺最里头的那个。对了，千万别买他的肉，别说我没提醒你。上次我看同学份上，称了两斤，回家一晾，居然是母猪肉，还少了几两。靠他大爷。害我妈妈骂我半死。"

"别靠了，他大爷在棺材里。"

他得承认，一开始是他们嘴中的"英莲"这个名字吸引了他，很显然这个英莲肯定不是他和母亲各自曾遇过的"英莲"，也不是那个贾局长的老婆。他没再听下去，抬起头，躺上铺的女孩睡了，嘴角垂下一丝亮晶晶

遗失在光阴之外

的口涎。他再往对面看去，那妇人扔开小说侧身伛偻，妇人不会也叫"英莲"吧。世上的英莲可真多。他无声地笑。什么东西才是永恒的？吴姬不是，英莲不是，老人垂下的手臂不是，正发出轰隆隆响的钢轨也不是。它们已分别被现实、记忆、欲望、时间、空间所侵蚀。或许，重要的，仅仅是小女孩嘴角那丝亮晶晶的口涎。

他与吴姬曾做过一次游戏——玩牌，很普通的扑克牌，玩十三张，输者老老实实地回答对方提出来的问题，必须回答具体的人、具体的事，新闻写作所要求的五个"w"一个也不能少，并必须以母亲的名义起誓。他一盘没输，他通晓如何合理地作弊。这是当年毕业分配到那家国有工厂所遗留下来的财富，比如洗牌、叠牌、借物知牌等各种技巧。吴姬一直输，他只好随便发问。

吴姬左肩胛下方有一小块文身，乍眼瞧去，更像一块伤疤，也许是时间吞噬掉它曾拥有过的精致，但指尖触摸其上凹凸不平的感觉，还是帮助他分辨出它本来的面目。那是一朵玫瑰。从其茎、叶、花瓣甚是模糊的轮廓、粗糙笨拙的线条、略显黯淡的色泽，不难推测出它出现的年月。这让人好奇。

吴姬说："还记得我曾在圩江路口撞倒的那个风烛残年的老人吗？"

他说："记得。他在路上歪歪地走，一个人，挂着拐杖，嘴是斜的，眼里全是眼屎。他的脸沟壑密布，额头那些纵横交错的皱纹深得完全像个迷宫，可以在里面捉迷藏呢。他的手很像鸡爪子，黑，而且瘦，没有一丝水分，枯得像烧焦了的树枝，上面满是伤疤。他摔倒后，我想过去扶起他，可你紧紧地拽住我的衣服不放，示意我赶紧离开，表情活像见了鬼。他是谁？"

"我伯伯。"吴姬吁出一口气，不耐烦地扭动双肩。

"咦？"他惊奇地注视着吴姬的脸。

"肩上的玫瑰就是他文的。他是手艺人。曾经挺有名的。不过，你刚才说对了，他确实把他那两只爪子伸到火炉里烤过，所以，才会那样奇形怪状。"

"为什么要在你的肩头文玫瑰？那时你还是个小女孩，会很疼的。"

"他变态。"

"你千万别说你伯伯打小就变态了你。"他呵呵地笑。

"那倒不是。我妈妈背着我爸爸与我伯伯好了，我爸爸就打我妈妈。我妈妈用玻璃碴碎片划开动脉血管，死了。我伯伯就给了我几粒大白兔糖，让我脱光上衣，说与我做游戏，然后把我绑在床上，用布塞住我的嘴，花了一整天的时间在我的肩胛下文下这朵玫瑰。我妈妈叫林玫瑰。我害怕死了。我爸爸气坏了，说我是野种，用绳子吊起我，拿皮带抽。我伯伯赶来了，与我爸爸打架，不小心把我爸爸脑壳打开了，白的，红的，淌了一地。我爸爸当场死掉了。我伯伯就嚎，也不放下我，死命地鬼哭狼嚎，突然把手伸入炉膛，还拿头撞墙。我以为我伯伯要被枪毙掉，谁知我伯伯坐了十几年牢，又出来了。老天爷没长眼呢。"吴姬咬咬嘴唇，眼角一挑，瞥向他。

"等等，你是你伯伯的女儿？"他差点叫出声。

"我没这样说。我爸爸被我伯伯打死了。"

他没再吭声。他发现这种游戏不仅危险、愚蠢、乏味，还毫无必要，于是，起身把牌扔出窗外。牌如樱花飘舞。

车厢内终于死寂，夜深了。面目姣好的服务员已替每一扇窗户拉上那种厚重淡蓝色的帷布。脸上有刀疤的酒糟鼻发出均匀的呼吸。藏在车壁下方的几盏小灯吐出几团金黄色的光芒。滚滚夜色敲击玻璃，发出咔嚓咔嚓

　　　遗失在光阴之外

意味深长的声响，像一个拄拐杖的老头。

他睡不着，从床铺上爬下，拉下靠窗装有的弹簧座子，坐下。面前木制茶几上有瓶喝了一半的矿泉水、一块口香糖、一张折叠成飞机模样的报纸。他挪出一小块位置，搁上肘部，把脸埋入手臂里，闭紧眼，感觉甚是疲倦，没多时，突然一惊，赶紧抬头，这才发现对面铺位那妇人不知何时已端坐在对面，凝视着他，目光幽深，脸、脖子、胸口乃至全身仿佛都笼罩在一块块颜色时深时浅、湿漉漉、雾蒙蒙的水蒸气里。

妇人跂着的鞋底在来回蹭着他的腿，轻轻地，一下又一下。

"这俩人说的话你都听见了吧？"妇人扬起下巴，妇人的声音虽嘶哑，却甚性感，出乎他的意料。他点点头。

"女人。唉。"妇人停顿了一会儿，"你在想你的女人吧。我看得出来。"

他继续点头。眼前蓦然出现一道光线，泼刺刺地一响，无数裸体的女人在这光线里或浮或沉，并从嘴里吐出一个个奇妙的水泡，鲜红、黝黑、金黄、碧绿、深蓝、浅紫。水泡急速出现，飞快消逝，形状不停地扭曲，但每根线条，不管是直还是曲，都勾勒出一种让人难以言喻的挑逗之意。这应该是幻觉。他深深地吸入一口气。列车已停下，一个巨大的、不掺有任何感情色彩的声音响起，"本趟列车停靠鹰潭站十分钟。"他挑开帷布。炽热耀眼的灯泡下，一个女人从站台上迅速跑过，挺胸翘臀，身体接近透明，嘴唇一张一合。女人是一条快要渴死的鱼。女人是在为自己的情人送行吗？女人的情人在哪？他没听见女人的声音。他粗鲁地抓起面前妇人的手。

我们因为肉体所以互相诱惑，所以彼此憎恶。他笑出声。妇人鼻孔里传来一声不屑地冷哼。妇人毫不犹豫地拍开他的手，起身往厕所那方向走去。他没跟过去。他突然想明白了。吴姬能明白吗？

六

他曾经问过吴姬想要什么。

吴姬说："钻石恒久远，一颗永流传。"他们就肩并肩出了门。

那天下午，风很大，应该说是极大，"很"字还不足以扯碎悬挂在电线杆上的"做女人挺好"的横幅。风从没有云层的高空扑下，沿宽阔的人民路横扫，一脚踢翻码在银行门口整整齐齐的自行车，望了眼簌簌发抖不锈钢制成的宣传栏，猛地向巷子里窜，眨眼奔到吴姬面前，嗷的一声狂叫，弓起背，张大嘴喷出灼热的气息，肩头一沉，斜撞，顺势把紧裹在风里的阳光兜头撒出，晃出千万根金针，然后哧哧发笑，拽开揉着眼睛的吴姬的上衣，撩起衣角，拈拈，似乎觉得里面的东西分量还够结实，抄起，就往吴姬脸上扇，"叭"。

吴姬蓦然一惊，手往口袋上按，来不及了，风已掏出吴姬口袋里的一万块钱，往空中一抛。漫天飞舞的钞票，全是百元的。

几张钞票沿斑驳墙壁根往前跑，攀上墙头，跃下去。更多的，则在空中互相碰撞、盘旋，噼里啪啦地响，活像一群因获得自由情不自禁发出阵阵欢声的鸟，横冲直撞，大呼小叫。其中一张拍着翅膀撞在他的右脸颊上。

他伸出手，但没有逮住它。它灵巧地翻身，从他的指缝间掠过，斜斜向后飘去，并意味深长地朝吴姬那个方向瞥了眼，然后被风牢牢地按在一张巨大的被阳光长期暴晒而泛了白的帆布上。这是他第一次在现实中见到如此蔚为壮观的钞票。不是因为数量——他曾在某依山而筑的小城的银行里见过堆了满满几张办公桌的钞票——它们飞得太漂亮了，简直在逼人犯罪。他屏住呼吸，胸腔处一疼，手足发软。

　　　　　遗失在光阴之外

从巷口拐出几个歪歪斜斜的人。他们不无疑惑地打量着空中花花绿绿的纸片，又瞧瞧兜圈乱扑的吴姬，明白过来。其中一个胖乎乎的女人刷地抢起褐色的手包就往飞舞的纸片砸去，砸了几次，呸出口浓痰，赶紧弯下腰，迅速四处滚动。

又有一张钞票被风卷到他身边。这回，他抓住了它，非常新，边缘竟然如小刀般的锋利，在手背皮肤上划出一道浅浅的白痕，紧接着，他又抓住第二张、第三张……也就一眨眼，风已无影无踪，路上的人也已无影无踪，它们似乎被某种东西一下子给吞到肚子里头去了，连骨头渣都没剩下。

阳光垂直照耀，火辣辣的。他的手上有十七张钞票，吴姬在他对面，双手全是钞票。一共是五千三百块。他想起帆布上的那张钞票，折身，从地上捡起它，抖掉上面的灰尘，好了，五千四百块了。然后他想起翻过墙头的那几张钞票，退后几步，发足疾奔，嘿了声，蹿上墙，跳下去，从一个鸡蛋壳与一只破烂的皮鞋的缝隙间捡起一张，再从一摊红白交缠的某种动物的内脏上捡起一张，又继续找了十来分钟，终于死心了，翻墙回来。现在一共是五千九百块。吴姬刚才在巷子口又捡回了三张。

这是他的钱，他还没把它们换成钻戒套在吴姬手上。这一万块钱是他刚从银行取出来，叫吴姬帮他拿着，准备过一会儿上商场。吴姬在说话，但他没听清她说什么。

吴姬脸上的肌肉在奇怪地跳，一耸一耸，像只惊慌的小兽，龇牙咧嘴的。他突然陷入不可救药的恍惚中，为啥自己不把钱捏手里，干嘛让吴姬代劳！

巷子较长，不窄，曲折着，水泥路因年久失修而布满大小不一的坑洼，在阳光下呼呼地喘着粗气。在他身后是早点排档，昨天早上他就从面孔黝黑的老板娘手上买了三个烧饼带回住处，吴姬吃三个，他一个也不吃。他吃前晚上剩下的饭菜，用开水一泡，就上一点咸菜萝卜干，香着呢。他这样想着，便伸手从墙壁上抠下一块青苔，他发现吴姬的嘴唇其实很厚，肉嘟嘟的，与两片切下来的香肠差不多。美女的嘴唇也可以做香肠啊。他想咽口唾沫，一时间又觉得心慌得厉害，整个天地刹那间被某种不可抗拒的力量扔入一瓶质量很好的胶水里。他甚至抬不起一根手指头。

吴姬一直在说话，喋喋不休。热气从吴姬头发根上冒出，一根根地竖起。吴姬的左眼皮在跳，右眼皮也在跳，左眼皮每隔一秒钟跳一下，右眼皮每隔五秒钟跳一下。吴姬是双眼皮，右眼的褶皱里藏有一粒小小的红肉芽，当眼皮跳的时候，不管是哪个眼皮跳，眉间就开始拧，越拧越大，现在差不多有整张脸大，并从正中央那个凸起的位置滚出一些油油亮亮的小水珠儿。

他还注意到吴姬的下巴，那个骄傲的下巴正愤怒地朝上噘。他往四周望去。他怀疑自己在做梦，这太像梦了。不，它只能是梦，只有梦里头，钞票才会长上翅膀变成小鸟，而他刚才分明看见了一大群。他在腿上掐了一把，感觉不到痛，这让他有了点安心。

他冲吴姬微笑，再扭过头，继续看墙壁上那张法院布告。

他伸手慢慢揭下布告，折成小方块。他讨厌这个在布告后面涂胶水的人。这人粘得太牢，害得他撕坏了两个角，这让它立刻变成次品，已不具备收藏的价值。他发了一会儿愣，注意到手掌洇出一片血，可能是刚才不小心弄破了。血珠儿悄无声息地从略微发白的肌肉里渗出，也是一粒一粒，还没滚到掌沿，颜色已泛黑，并粘上不少肉眼可辨的灰尘。

他挠挠头，这回他听见了吴姬叫他，"喂。"

他很高兴地应了声，说："什么事？"

他还吹了声口哨，同时，目光为地面上一枚闪闪发光的东西吸引住。它令他心痒痒的。

痒，皮肤或黏膜受到轻微刺激时引起的想挠的感觉。有段时间，他甚至背起过《新华字典》。吴姬又开始支支吾吾地说话。他讨厌女人像只小老鼠，就在他准备弯腰捡起那枚闪闪发光的东西时，巷口奔来个黑影，穿件破褂子，喘着粗气，头发向后飘，是个小孩，十来岁大，还没到跟前，黑闪闪的眼睛里那束光芒锥子一般当胸刺来。他往后退了一步，吴姬往前迈了一步。

小孩站住身，鼻翕掀张，咻咻的，胸腔一起一伏，鼓或者瘪，像小时候爆米花老人拖着的板车上的风箱，脏兮兮的脸蛋上全是黄豆大小的汗珠儿。小孩又喘了几口气，然后用一种非常古怪的声调，说："你们丢了钱？"接着，抿紧嘴。

其实，小孩伸长舌头的样子更好看。他在心底笑了声，没说话。吴姬一把拽住他的衣领，喝道："是的。这是什么？"

小孩手上有一沓钞票，是百元的，他不知道它本来是谁的，或许曾在某个时候是属于他的，因为他看见小孩立刻就把钱全塞入吴姬的手心，然后情不自禁地伸出舌头，"热死了，哎，放手，我爸爸捡的，我爸叫我来还给你。"

小孩嘴里的"你"指的应该不是他，而是吴姬。

他把折成小方块的布告塞入裤兜，饶有兴趣地往巷子口望去，一个骑三轮的男子正朝这边望，见他看过来，马上扭头。小孩挣脱吴姬的手，啧啧嘴，不无羡慕地看着吴姬手中厚厚的一沓钞票，他听见小孩的喉咙咕啷声响。小孩转过身，又开始飞跑，跑到三轮车边，跳上去，一眨眼，又不见影了。

"好了，现在咱们有六千五百块了。"吴姬点点钞票，说，"再等一等？"
吴姬的脸被惊疑与喜悦弄得凹凸不平。

他点头，说真的，若不能弄回一万块钱买来那枚钻戒，他也不晓得去干什么好。

就这样，他们又等来了一只狗，是哈巴狗，浑身雪白的卷毛，又干净又漂亮，可爱极了，可惜嘴却不争气，紧叼着一块肮脏的骨头，跑得颠三倒四。他们还等来了一位老人，弯腰驼背，这害得吴姬不得不紧随老人的视线缓缓移动。他们也等来了一个妙龄女子，撑把洋伞，高扬着下巴，臀部扭得极为夸张，露出白花花一大堆肉。他们还等到一个会说英文字母"SB"的年轻人和一个在胸口连画十字的中年妇女。

天气真热。没有风，风死掉了。

他扭扭头。他拿不定主意。虽然他确信这不过是一个梦，可一直站在酷热的太阳底下，就是在梦里也不那么好受。这话真拗口。他听见吴姬说："怎么办？"

他说："不怎么办。"他听见吴姬又说了声："怎么办？"

他说："我把今天下午发生的事情写成一篇小说，卖出钱来，就可以帮你买钻戒了。"

他又听见吴姬说："那得写多少字啊？"

他说："千字四十，写十万字就差不多了。"

吴姬"呀"了声。他就不再看吴姬。他突然想起一件一直惦记却没时间去做的事，于是，走过几步，弯腰，伸手，往那枚闪闪发光的东西上摸去——它的位置似乎发生了变化，不过，这不重要——指尖微凉，黏黏的，是一口痰。

他跳起来，谁把痰吐得这么圆？然后，他发现自己活像一条快要晒干的鱼。而蔫蔫的吴姬正使劲捏着手中一沓残缺的钞票，捏得咯吱咯吱响。吴姬弄丢了他的钱，也弄丢了即将属于她自己的钻石戒指。但这并不怨她，是命。是这样的吗？他在梦里问着自己。

遗失在光阴之外

七

他在海里，海水淹没了他腰部以下，是蓝色的水，蓝得不可思议。天空中没有太阳也没有月亮，只有一条飞翔的鲨鱼，它飞得那样傲慢，那样不可一世，牙齿上还滴着鲜红的血。很奇怪，每滴血落到海面，就成了红色的珊瑚礁。然后他到了一个巨大的屋子里。屋子里坐着一位面目阴沉但无法看清脸庞的妇人。妇人对他说："你走吧。"

房子消失，他在路上，前方有岔路，路口有株很大的樟树。一个女子挥刀剖牛皮，手下不停，嘴里喊道："要牛皮吗？"牛血淋淋卧于树下。他纳闷。女人咋可如此凶残？那女人似乎洞悉他脑海里的想法说："这牛跑田里吃了我家的稻子。"

女人又似乎不是对他说这句话。他在此刻成了一个隐身的旁观者。女人身边围上一大群人，他们纷纷指责女人，说她是贼。那牛身上的皮又回来了，四蹄却被女人执在手中，女人冷笑，身形纵起，如燕，跃上树丫，一晃消失了。他看着那只牛。它的眼睛里有一朵充满悲伤的白莲花。它说它叫雅各。他开始向女人追去。那一层细密的、黏黏的、透明的网从天而落。他动弹不得。他被它裹住，在天地间迅速移动，他身下的道路、山川、人变成一个个小黑点。他被它扔入一条溪流中，是初春的溪流，水比冰还冰，万物都还未萌绿芽。河边沙滩上有一个白发老者。老者对着河中央水塔上喊，"咄。"水塔上有一个精瘦的男人。男人的任务是揭开覆盖在水塔平屋顶的那一层薄冰。这无疑是一个难题。但只有完成，男人才能成为老者的弟子。老者在微笑，男人在沉思。他进入男人的身体里，男人的疼痛与疑惑也都是他的。冰比纸还薄。他听见男人说："怎么办？"

他说："杀了自己，血液就会冰凉，这样就可以把冰放到血液里带去。"

他这么说着，就动手这么干了。他扼紧自己的脖子，一扭，咔嚓一声，他成了一个死人。他又回到河水里。河水成了一块巨大的平面，他每踩一下，就会凹下一个脚印。没有水花，水里有几只清清浅浅的鱼，它们用银灰色的眼珠吃惊地望着他。河滩上的老者已经不见。藏在他胸膛里的冰块哗啦一下掉到水面上，在水面上滑动，像一把剃刀，刀锋不断伸长，削割着河的两岸。

他低下头看自己的心。他听见自己说："傻了吧。"

穹形的天空里飞来两个小黑点，是两只燕子，其中一只猛地俯冲，啄起他。他这才意识到自己竟然是一只虫子，《唐伯虎点秋香》里的那只小虫子。他微笑起来，他发现它们并不是燕子，而是米粒大的小人。它们肋有翼，头生双角，身覆鳞甲，胸前还有两处凸起。它们叼着他在一片青色流光中出没。他又看见了一头鲨鱼，那头庞大的牙齿锋利的鲨鱼。他是这些小人的食物。这些小人都是鲨鱼的食物。这是他的命，也是这些小人的命。

他这么想着，就开始往下掉，越掉越快，眼看要摔得粉碎，身下晃起一点耀眼的白光，那光一颤，由点成线再成面，生出黏性与厚度，如蜘蛛网就托住他。他刚吁出一口气，正想辨清方向，下方传来窸窸窣窣的声音。他抬头望去，是一只庞大的蜘蛛！通体乳白，腹部背面呈"人面"形状，嘴、眼、鼻等面部轮廓清晰，酷似京剧脸谱，八爪锋利，布满黑色长毛，嘴里喷出散着浓烟的腐蚀性极强的液体，狞笑着，朝他飞快地移来。他再也忍不住，骇叫出声……

然后他就醒了。

遗失在光阴之外

八

"你怎么了？"

阳光从蔚蓝的深处浮起，来回轻晃，映出一张惨白的人脸，耀眼。

是吴姬。一身淡紫色没至脚踝的裙裾。吴姬脸色苍白。阳光灼热，这么大的一块玻璃也无法抵抗它的力量。他舔舔嘴唇，把已涌至嘴边的烦闷、厌恶重新咽回肚子，心口却没来由地一阵狂跳。他又做噩梦了。他爬起身，没有看吴姬，"你怎么知道我在这儿？"

"我知道。"

屋外是轰鸣的建筑机械。这些年县城里建起了不少房子，不再是那个撒泡尿便能从街东头逛到街西头且不耽搁与朋友打招呼的地方了。因为与沈萝结婚，他爸妈为他在临街的一幢商品房的六层买了套九十平方米的房子。每平方米三百多块钱，几乎掏空了爸妈的积蓄。他却没有什么东西给爸妈，反而不断地惹两位老人家生气。他与沈萝离婚后，他妈说以后上街得往脸上戴一个木面具，否则羞以见人。他哥哥就把爸妈都接去住了。真惭愧。也不知道爸妈是否习惯那里的水土？他闷闷地看着窗外。

几个戴安全帽的工人爬在脚手架上。一只塑料袋在黑色沥青路中间滚动。一伙少年在争先恐后地跑着。一个撑着太阳伞躲在树荫里的女人正大声斥责面前的孩子。更远的百货商场门口坐着两个歇脚的农民，一男一女，应该是夫妻，男的喝了几口纯净水后把瓶子递给女人，女人蹲着，从行囊里翻出面包，掰成两块，先递一块给男人，再大口大口地嚼起来，哽住了，咳嗽。男人俯下身轻拍女人的脊背。他抽抽鼻子，头疼得厉害，转身为吴姬倒了杯水，再为自己倒了杯，端起，杯子里有一只眼睛。他一饮而尽，眼睛没有了。

"你怎么来了？"

"我坐飞机来的。"

"你怎么进来的？"

"你忘了？我有钥匙。"

"你怎么有这儿的钥匙？"

"你忘掉了？你给过我的。虽然这还是我第一次来。"

"什么事？"胸口的烦躁愈发令人难以忍受，他转过脸，凝视吴姬。

吴姬的双眼肿得像已经溃烂的桃子。吴姬小声地说，"你忘了带走属于你的东西，所以，我给你送过来。"

他喘口气，努力让心神平静，"什么东西？"

"我。"

"你？"

"我爱你。没有你，我要死了。"吴姬仰起脸，目光里多了一份企盼，急急切切。

"别说得这么严重，我们已不是孩子，没有谁，一样可以过得好好的。"他压低嗓门，耳根有了点发烧。吴姬的身体是透明的，神情已不再似那天般惊恐，似乎已想通了什么。他不清楚是什么勇气支撑吴姬赶来这儿，但他以为没这个必要。

吴姬的声音干巴巴，"请你相信我，那是最后一次，好不好？"

"我相信。身体本就是可供交换的资源，并不需要为此担上不洁之名。我之所以离开，不是因为那。"他皱起眉，转过身，继续眺望窗外。那对夫妻已经开始行走在烈日下。男人的脚可能是受了伤，女人牵着男人的手，很小心地往四周张望。他的心突然被某种坚硬的物体捣着、扭转、掰开、撕裂。

遗失在光阴之外

他情不自禁地闭上眼。他已不再是个孩子了。可又能如何？

吴姬猛地揽住他的腰，脸紧贴他后背，一耸一耸，剧烈抽搐。脊梁处一摊湿漉漉的冰凉。吴姬哭了。他压低嗓门："不要这样好不好？让人笑话的。"

"我爱你，我不骗你。我知道你嫌我脏，是吗？"

"没有人是干净的。"他小声地说。吴姬柔软起伏的胸部太烫了，烙得他浑身不自在。他小心地掰开吴姬的手指，扭转身，回床上坐下。被子零乱得很。他并没能从刚才那个噩梦里清醒过来。吴姬靠在墙壁上，歪头，怔怔地打量前方的太阳。太阳很脏，破破烂烂，挂在屋顶上，像一只坏掉的鸡蛋黄，到处散发出一股刺鼻的腥味。他抽抽鼻子。

"还记得我们在断桥边玩，你唱给我听的那首歌吗？"

他点点头。那是他与沈萝离婚后的一个夜里填下的一首词。

"早就习惯一个人，独自寂寞到黄昏。看那夕阳黯然声，我心里面有些冷。人生莫要太认真，千秋岁月大如轮。不妨随波任浮沉，偶尔看看夜色深。枯木总会再逢春，野草何惧山火焚。洗尽浑身风尘，坐下渴望清晨，夜里不可多怨恨。啊……身边有酒香且醇，倾入口中欢喜生。美人能否献上你的红唇？让我心中没伤痕。"吴姬轻轻地唱，冷不丁地笑，一字一字地说，"其实，我明白，我心里早也明白，你从来就没爱过我，对吗？我只是你用来磨去伤痕的美人。"

"你别这样说。"

"唉。尽管这样，我还是爱你。真好笑。总得想法证明这点吧。否则这辈子就真白活了。你说是不是？今生今世，你再也找不到比我更爱你的人了。我要让你后悔，让你每天晚上都睡不着，就算好不容易睡着，也会被虫子咬醒。"吴姬笑起来，咬了咬唇，"你还记得吗？我们刚在网上认识的时候，你说，希望我有一天会来到这儿。希望我有一天会成为这里的女主人。我来了，今天。"

吴姬凝视着他，眼神里的水分一点点消逝，越来越少，很快干涸了，里面长出一些坚硬的东西，接着这坚硬的东西也不见了，只剩下一片岑寂的空荡。吴姬合上眼睑，深深叹口气，闭上嘴，垂下头，脖子从淡紫色的衣领里弯出雪白的一小截。吴姬低头看自己的脚，然后像一片没有重量的花瓣，翻过窗台，轻飘飘地落下。在吴姬所站立过的地方遗有一粒皱巴巴、褐黄色的苍耳。它孤独地嵌在那个灼热的上午。吴姬轻掷了她的生命。

九

忘了是哪月哪天，他还是个孩子，一个人在父亲的单位玩，一个人坐在石阶上。

石阶的尽头是一口痰与几块灰褐色的青藓。石阶旁边有一株枇杷树。树枝遮出荫，或浓或淡的阳光滑过稀稀疏疏的树叶，溜在地上，跟随着石阶上的一只不知从哪冒出来的青虫从东向西慢慢地蠕动。他想摁死这只虫子，又舍不得，摁死它，他就找不到更有趣的玩具了。虫子爬得很慢，可能是受了伤，身后有一条淡淡的青色的痕迹。几只小蚂蚁就沿着这条痕迹匆匆忙忙地走动，不时互碰触角，传递着某项他所不能理解的讯音。

在他对面是办公楼，四层，很端庄的那种房子，青砖灰瓦，檐角老老实实地往上挑，屋顶的造型类似戏文里的乌纱帽。房子底层是单位的各科室，第二层是局长、书记的办公室，第三层住了几户人家，楼道里堆满各种灰蒙蒙的杂物，整日散发浓重的尿臊味，第四层最东端是会议室，其他几间屋子做单位的贮藏室，另有二间屋子住了一户人家。户主姓姜，是财务科

　　　　　遗失在光阴之外

的科长。他不喜欢这人。姜科长太矮瘦，人还似在煤渣里滚过，黑得不像话，脸庞板得比窗户上的玻璃还要平整。姜科长不爱吭声说话，走路的姿势与猫有得一拼。有几次他想爬到四楼那个小阳台上玩，都被姜科长从身后悄无声息地赶来拽住脖子上的衣领拎了下来。不过，他喜欢看姜科长老婆，高高大大，四肢匀称，脸庞桃红，颜色比三楼那些蓬头污脸苍白的女人强太多了。据说人家才二十出头，从乡下来的，刚嫁给这个已死过一个老婆年逾四十的姜科长。

那天母亲来找父亲，不知道为什么事，急急切切。他聚精会神地看。玻璃把他们的声音拦在屋里。母亲不停地伸手比画着什么，父亲一个劲地点头。

然后他眼角的余光瞥见那个女人。那个女人出现在四楼那个小阳台上，迅速地攀上栏杆，身子就往前扑，人掉下来。枇杷树的枝丫发出难听刺耳的断裂声，大片大片的叶子旋转着飞下。那个女人从石阶上滚落，额头沁出一缕血迹，原本好看的脸扭曲得不成样子。那个女人的胳膊把那只青虫压成一团肉酱。他望着那个女人。那个女人大大地睁着的眼里滴下泪水，闭上了，喉咙里嘎嘎地响，嘴边流出痰液。没过多时，那姜科长从楼里窜出，嘴里急吼，一只脚光着，另一只脚趿着只皮鞋。姜科长抱起那个女人，背起来，往外面跑。越来越多的人从楼里飞快地涌出来，但奇怪的是似乎没有人发现他的存在。

他想哭，哭不出声。他的身子不知何时已挪到了另一边，手紧紧地按在那口滑腻的痰上。他在人群里看见了他爸妈。母亲的眉毛在迅速地跳，越跳越快。父亲的嘴大大地张着，都能塞入好几个鸡蛋。他从地上爬起来，小声地喊："妈。"

他弄不清到底发生了什么事。过了一个月或许是一个半月，他又看到那个女人，脸庞仍然桃红，仍站在四楼阳台上晾衣服。他想对那个女人笑。那个女人一转身就进了屋。这真让人莫明其妙。

＋

一抹发了黑的月光爬上办公室的摇窗玻璃，嘶嘶地喘出冰凉的气息。头很晕。这个世界被装入一个古怪并不停摇晃的水瓶里。还有什么不可以被虚掷？烂菜头、塑料袋、老鼠、污水、易拉罐、废旧证件、死鱼眼睛、脏猫、脱毛的狗、挂在铁丝上五颜六色的衣服、塑料、昏暗的灯光……生命不是被浪费就是被谋杀。他对面前的女人露出笑容。

女人扶了下鼻梁上的珐琅眼镜，笔在桌上敲了敲，是圆珠笔，街上到处都有卖，一块钱可以买两支。女人的身子与棕褐色的桌腿保持着一个奇怪的角度，好像腰部拧伤了。女人颈部的细发还沾有几粒水珠，这可能是旁边茶杯里的水汽所凝结的。女人的声音慢条斯理，"你是人渣。你是一坨狗屎。我就不明白怎么会有女人爱上你。"女人音量不高，但足够尖锐，声音划在墙壁上，划在皮肤上，很疼。

他扭过头，目光往下瞟去。

屋外的大院里停住两辆警车，蓝白相间。几个小时前，他在那辆特别新的桑塔纳里。派出所的警察说叫他去协助调查。他知道，他们想弄清事情的真相——究竟是吴姬自己跳下去的，还是他把吴姬推下去的。毕竟人命关天，而事发现场只有他与吴姬。他没想到会遇上徐婉。他以为自己早已经彻底忘掉了这个女人。徐婉见他的那一瞬间显然也愣了，坐在车内，一直没吭声，更别提与他打招呼。奇怪的是，最后却是徐婉一个人为他做的讯问笔录。这好像有点不大符合程序。警察人手不够？他长得不似凶神

　　　　　　　　遗失在光阴之外

恶煞？别的原因？

他坐在硬木椅子上。

椅子在房子的中间，只有一把。他与徐婉的距离有两米远。徐婉坐在桌前，一脸严肃。他老老实实地回答着徐婉的提问，包括回答那些徐婉早就知道的问题，比如姓名、性别、籍贯、年龄、职业等。笔录终于做完，他粗粗地浏览一遍，签上名字，递还给徐婉。徐婉塞入卷宗。然后，他们都沉默下来。早已过了下班的时间。他们谁也没吃晚饭。他不觉得饿，徐婉似乎也不饿。徐婉没看他，凝视着手掌心。灯光爬在徐婉的制服上，像一些水珠。窗户上的月光此刻已开始簌簌发抖。

他与徐婉有过合欢之好。徐婉身体里还流着他的血。他和徐婉曾一起去某地旅游，准确地说，他们是在一个离老家千里之远的旅游景点不期而遇，老乡遇老乡，两眼泪汪汪，更别提徐婉是沈萝最要好的女友了。徐婉爱摄影，爱往人迹罕至处走。他也喜欢没有被人糟蹋过的山色水影，俩人就结伴往那苍莽黝黑的深山里行去。徐婉一直小姑独处，听说是因为条件太高。一路上，他说着各种笑话，徐婉很是开心，小女孩一样蹦蹦跳跳，突然踩到一块松掉了的石头，摔下崖，摔断了腿，还好，没把人摔碎。他被飞来的横祸弄懵了，撕开衬衫，折成条，勒住徐婉的伤口，背起她跌跌撞撞地走出那段人迹罕至的山路，赶到当地的一个小医院。他以为徐婉要死了。徐婉的身体随着血液的失去越来越轻。不过，幸运的是，他们血型相同。那天，他为徐婉输了400cc的血。走在路上，就像走在天花板上。徐婉比他要大三岁。他是射手座，徐婉是天蝎座。他已不记得是什么缘故让他们分的手了。他忘掉了，忘得干干净净。

遗忘是件能力，至少，它可以让他不那么心虚地面对徐婉。但他忘不掉的是当沈萝发现他与徐婉躺在一起时那张写着愤怒、被背叛、难以置信、迷惘等字眼的脸。

沈萝就是因为这个才坚决要离婚的吗？为什么与沈萝离婚后，他没有与徐婉相好呢？他数了一回天花板上看不见的绵羊，一阵心慌，他希望徐婉能告诉他为什么。可徐婉愤怒地喊出那一嗓子后就闭紧嘴，脸部线条绷紧。徐婉左手无名指上仍套着他买的那枚不值钱的玉戒指。徐婉还是一个人生活着。他注意到徐婉眼角的鱼尾纹。时间对女人真残忍。

他双手抱头。他还是想不通。吴姬又到底是为了什么？他仔细地回想自己与吴姬说过的每句话。有的能想起来，有的想不起来，脑袋碎掉了。徐婉说得没错，他是一大坨狗屎。"他"当时去了哪里？为何会那样心不在焉？那样冷漠？他本来是一个敏感的人，居然不可思议地未觉察到吴姬话里藏着的自毁的念头？若他伸手抱抱吴姬，事情可能完全两样。他在潜意识里是否就渴望现在这个结果？换句话说，尽管他没推吴姬一把，却也是杀人的凶手？

他的头愈发地疼。他想起自己曾对徐婉讲过的一个故事，是在某本书里看到的。说某男人厌倦了妻子，用毒药谋杀妻子，并伪造出相应的遗书。警察核对那可怜的女人的遗书及日记、账本，发现笔迹完全相同，只好判定是自杀。男人不是催眠大师，女人也不可能在他甜言蜜语的欺骗下写出这封遗书。他问徐婉，男人是如何伪造的？徐婉想了一会儿说不知道。他就笑，说笨，说那男人还可以同时伪造那女人的日记、账本嘛。这听起来倒是个合理的解释，可问题是，那女人留有笔迹的地方肯定不只日记与账本，银行的对账单、邮局的汇款单、与朋友同事的信件、单位上的工作札记……这世上有这么笨的警察吗？或者说，这只是一道似是而非的智力题。徐婉一针见血地指出了问题的实质。

事情的真相到底在哪？难道说，是他杀了吴姬，再一厢情愿地以为吴

　　　　遗失在光阴之外

姬是自杀？他流下来的汗湿透了衣襟，他的手指在发抖。灯光是虚的，桌子是实的；表情是虚的，墙壁是实的；屋外是虚的，屋内是实的；他是虚的，徐婉是实的。虚与实不断重叠、置换。空间与时间明灭不定，像一副牌，在手指尖上跳舞。但不管这只手如何轻逸、迅速、确切，或说性格鲜明、花样繁复，牌总是得被不断重洗。结果并不确定。

他仰起脸，问徐婉："能抽支烟吗？"

徐婉点点头。他摸出烟。徐婉朝他走来。他站起身。徐婉猛地飞腿朝他的裆间踢来。他叫出声。徐婉抡圆手，又给他一记耳光，啪。

"为什么？"他哑着声问。汗珠子又从额头上蹦出几颗。

徐婉脸色铁青，眼神里全是仇恨，活像一头受了伤的母兽，牙缝里挤出几个字，"手痒，难受。"

"那你接着打吧。"他舔舔嘴角的血，尽管疼痛让他趴地上了，但不妨碍他继续苦思冥想。他并不关心徐婉为什么，哪怕徐婉用拳头把他锤成肉糜。

徐婉蹲下身，眼里涌出泪花，目光痴痴，手指按在他的嘴唇上。徐婉的手指柔软，他的嘴唇冰凉。徐婉没再说话。他反手抱住徐婉。徐婉瘫软下来，脸比月光还要白，还要冷。徐婉终于哽咽出声，声音断断续续，"你到底要祸害多少个女人才甘心？"

祸害？好熟悉啊。他记得小时候母亲就一口咬定他是祸害。一种潮湿的、令人疲倦略带咸味的温暖淹没了他。他一直想伸手去拥抱什么，但那"什么"却不停地从臂弯间滑落。在他怀里的女人是如此陌生。关于徐婉更多的细节他已想不起来了。他一直以为自己是活在记忆里，指望记忆能帮助他找到灵魂所在，或者说最起码能寻找到一些暖意，而事实上记忆早已被大脑有选择地筛选，并修改。他忘掉了他想忘掉的事情，记住了他想记住的事情。

但若无记忆在场——哪怕它是虚假的——生命还能指望什么呢？

徐婉。他在心里轻声地叫。他们之间到底还曾发生过什么？

时间从月光里流下，粘在窗户上，像一片枯叶。他捧起徐婉的脸，这张脸已被压抑着的泪水冲刷成一个点。他也是。每个人都是一个个可以忽略不计的小黑点。他愣愣地想，凑过嘴，吮吸徐婉脸上的泪水。徐婉又给了他一记耳光。这回，轻多了。

黑暗而轻薄的月光一片片飞下，覆盖了他，他们。

接下来的几天他就若行尸走肉，吃饭、喝水、睡觉。睡不着，总从梦里惊醒，梦见各种奇怪的事物，比如玫瑰花制成的匕首，上面还缠着一条毒蛇；比如全是闪耀着蓝色光芒的刀尖的山峰；比如几个裸体女人构成的一幅骷髅图。徐婉一直陪在他身边。他忘了具体是星期几，徐婉突然说："事情搞清楚了。"

他说："什么事？"

徐婉说："你那朋友吴姬杀了人，也是畏罪自杀，与你无关。你别再这样折磨自己了，你再这样下去，迟早得完蛋。"

他说："我并不是为此感到难过。"

徐婉扬起眉："那是为什么？"

他转移话题问："吴姬杀了谁？是一个奇形怪状的老头吗？"

徐婉叹口气："是两个医生，还有一个药房主任。另外，我们在她房间里还发现了一份写给你的遗书，你先看看吧。"

他接过徐婉递来的，因为泪痕已经发了脆的信笺，匆匆浏览了一遍，没再言语。窗外，一只麻雀，脖子上套着黑纱，寂静地栖在阳台的不锈钢防盗栏上。生是肉体覆盖着骨头，死是永生覆盖着灰烬。活着，其实是一场疾病，唯有睡眠才能减缓它的疼痛，也唯有死才能真正治疗它。他忘了

遗失在光阴之外

自己是在哪里读到的这句话。或许它不是读来的，而是从自己心底长出来的，就像一棵有毒的蘑菇从土壤里长出来。

他默默地望着天空。

第五章　沈萝

一

雨，一丝一缕，挂在渐渐发黑的天幕上。

阡陌交错的巷子潜入夜色，蜷缩起长长的身子。他把手伸出窗外，空气冰凉，指尖发烫。月亮从几片薄云间探出脸，被雨浸冷了，浸得湿漉漉的，在黝黑的、难以辨明形状的楼房之间滚动。几个模样羸弱的孩子从月光中冒出，沿着马路两边的铁栅栏飞快地跑，嘴里高声呼喊，跑到红绿灯下，消失了。雨珠一粒粒的，由小渐大。这应该与氢原子、氧原子无关。他默默地思索，手指轻轻地抚摸时间的起承转合，以及时间在年轻与苍老之间转动的容颜。石碑矗立在充满光线的黑暗中，矗立在每一个交叉的路口，并为那一盏盏红绿灯所映耀。

死是一种需要。事实上，任何一种死，任何一个人的死，都为生者，一个人，或更多的人，或其他别的生命形式，提供着隐秘的养分。这是一环扣一环的链子。

他悲伤地抬起头，注意到桌上的绿箭口香糖。这是昨晚在酒吧里遇上

遗失在光阴之外

的那个女人遗忘在桌上的要求——上床前得嚼一片清除口气。他想了起来。他一下子就找到了希望。他剥掉口香糖外包装与里面的锡纸包装，塞入嘴里，用牙齿凶狠地咬，再鼓起腮帮子拼命咀嚼。

他为这种有前提的做爱勃然大怒。这不叫做爱，这叫性交易。虽然他并没有为此付出金钱。为什么当初要委屈自己满足这种非分的要求呢？就是因为这种委曲求全的态度，所以现在的女人岂止是半边天，都已经是整个天空了。不管是黄昏还是黎明，天空里映满了从女人身体里流出来的血。他开始用手拍击桌子。他愤怒的情绪感染了桌上的电脑。

电脑呼哧呼哧喘出粗气。一个个汉字在屏幕上朝他翻起白眼。

二

那年，他就职于某国营工厂供销科，虽可以享受一些灯红酒绿，但仍是一个实打实的穷光蛋，一个月拿三百零八块工资——也不是说跑业务时没回扣拿，只是花得总比赚得多。

那时，他还是个愤青，恨不得见谁灭谁，天底下唯有自己这颗大脑才有真正的智慧，尽管也吃过几回瘪，总以为是天降大任于斯人，内心那叫狂野，走在路上，鼻孔朝天。也不肯与父母一起住，缠着单位上领导要了间十来平方米的小屋，下了班蹲在里面写东西——爸妈那成了餐厅。当然，也玩，玩得疯狂，隔三岔五与一帮狐朋狗友到处乱窜，窜遍县城里每个美女出没处，偶然在一间舞厅里遇上了沈萝。

沈萝是个好姑娘。沈萝最早叫他哥。沈萝是老师，分配到县一中教语文才一年。沈萝的父亲是工商局副局长。他们的恋爱是艰难的，门不当户不对，整个过程更像一部烂透了的肥皂剧，总有莫明其妙的事发生，总有奇奇怪怪的人梗在其间。这样说真不厚道，对不起那个一直鄙视他、讽他为流氓、说他是癞蛤蟆想吃天鹅肉并跑到他父母那大吵大闹诉他拐走女儿的曾经的岳母大人。当他与沈萝有幸结为夫妻后，他感激上苍。他发过誓，就算沈萝突发奇想打算尝尝人肉的滋味，他也会毫不犹豫地剁下一只手臂为沈萝熬汤做煲。他没说假话。时至今天，沈萝若发话叫他去死，他还是会从楼上跳下。

沈萝为他付出过太多，待他一心一意。沈萝会用俩西红柿加鸡蛋做出鲜美的汤。沈萝会一边骂一边把他满屋子的臭袜子捡入塑料袋拿回家瞒着父母洗干净。他出差要回来了，沈萝会在暴雪突降、寒风怒吼的夜晚独自在车站守上几个钟头。他常穿些地摊货，沈萝用私房钱买来不错的西服逼他换上。她甚至为了他抗住了父母的各种威逼……人心是肉，不是铁，不是钢，这些点点滴滴他这辈子也没法忘掉。

他们结婚了，没有酒席、鞭炮、祝福声，更没有一间真正属于他们的新房，甚至连大红喜字都未在墙壁上贴一张。他们的父母不知道他们结了婚。沈萝拿着身份证、从家里偷出来的户口簿、相片以及在单位偷盖的证明，与他一起来到婚姻登记所花三十五块钱领了两个红本本。沈萝的父母被胆大妄为的女儿气得半死，把他过年时送去的烟酒全扔出窗外——烟，他捡了回来；酒，只能便宜地上的蚂蚁，可惜了那么好的"剑南春"。

他常夸沈萝有"帮夫运"。与沈萝结婚没多久，他写的几本小说幸运地获得出版。

他以为自己会与沈萝白头偕老，一生一世恩恩爱爱一辈子。他还曾认定这世上所有的天使加起来也不及沈萝的万分之一。在相当长的一段时间内，沈萝一直鼓励他、安慰他，拯救他，比圣母玛利亚还要圣母玛利亚，在黑暗的、门窗紧闭的铁屋子投入一束明亮的光线，让他得以低头审视内心，

遗失在光阴之外

瞥见灵魂之所在，而不至于在绝望没有信仰的时刻自暴自弃地把自己践踏成尘埃。他不止一次向上苍祈祷：如果真有神灵，就让我们做一对小小的老鼠，笨笨地相爱，傻傻地过日子，即便大雪封山，还可以窝在暖暖的草堆紧紧地抱着互相咬彼此的耳朵……

他没想到仅仅过了一年，过了三百六十五天，过了八千七百六十个小时，过了五十二万五千六百分钟，过了三千一百五十三万六千秒，他们就离婚了。一秒有多长？滴答一声。而且这一年里的一大半时间他还是在出差在外，为那间投资一千七百万几年后改制以三百万价格卖给原经理的国有工厂创造利润。

三

沈萝确实是高中课本上屠格涅夫所著的那篇《门槛》里的那个姑娘。这是一种比大熊猫还要稀罕的生物。问题是他并不相信那个声音，他无法违背内心与沈萝一起再迈入那道门坎，尽管他们是夫妻，但这种冲突显然不可调和。他是怀疑主义者，是虚无主义者，是冷漠的旁观者，从某种意义上说，他甚至是可耻的参与者。沈萝的脸颊因为愤怒显露出一抹酡红。沈萝剧烈地挥着手，看样子，很想给他一巴掌，他知道，沈萝还想骂他懦夫、胆小鬼。沈萝焦躁的情绪让她那对鼓鼓囊囊的乳房更加迷人。沈萝杏眼圆睁。他很想说，"是否只有这样，你才能获得比性高潮还要猛烈千万倍的高潮？你是不是已经湿了？"

他没说，这种恶毒的反唇相讥只会让事情更加糟糕，两害相权取其轻，他情愿忍受沈萝对他更大的羞辱。毕竟他爱她，尽管他已经听到不少风言风语，说他的头发都绿了。

沈萝是一个激烈的人。沈萝喜欢圣女贞德。可惜贞德只有一个，而黑衣狱卒却有无数。他承认他对任何意识形态上的东西都漠不关心，他只观察人性，注视"人"这种东西。不管那些已过去了的季节是什么颜色，人群已选择失语，在沉默中咀嚼食物，排泄粪便，心满意足地睡去——这自有道理，甚至可以说是天道轮回的道理。

他也并不反感一些人挥舞着自以为是、其实换汤不换药的棒子试图叫醒那些睡着了的人，不管怎么说，这种行为是一股足以刺激肌体的电流，或者局部，或者直抵中枢神经。但他并不愿成为他们中的一员，这样将丧失他个人的意义。

丑陋之所以存在有其合理性，至少它作为参照物为整个人类提供了一面活生生的镜子，或许组成这面镜子的人因此倍感煎熬，但更多有机会观察到镜子的人将受益这种存在。

沈萝骂他狂发谬论，是一条没心没肺的狗。沈萝真可爱。

如果沈萝所捍卫的东西不允许人们有不作为的权利，那么，这种东西他就看不出它比它要驳斥的好到哪儿去。

他对沈萝说："那分明是一盆脏水，你硬逼着我在里面洗手，甚至唆使我干脆去夺盆子，这不大对劲吧？"

沈萝冷笑："那你就等着被人拿盆里的脏水泼吧，只怕到时，泼的恐怕就是硫酸了。"

"生命如樱花飘舞。"他淡淡地笑。

沈萝急了眼，"犬儒主义者。"

"至少我们是美的。你可以砍下我们的头颅，装饰你的城楼，但我们已经享受过那缕阳光。"他一向佩服沈萝这种扣帽子的本事。

沈萝立刻尖叫，"无耻、自私、愚蠢，简直不可救药。"

　　　　　　　遗失在光阴之外

沈萝迅速下出几个断语，"你并不是为你一个人而活，怎可为追求那缕根本不存在的阳光而逃避你对亲人的责任？"

沈萝继续说："如果有一天，我被人当着你的面强奸了十遍百遍千遍，你是不是还要做那只缩头乌龟？"

"我从来就不是缩头乌龟。对我来说，你是我身体里的一部分，放心，不是盲肠。不说那些大词，坦率说，有人要强奸你，我会与他拼命，这是我做'人'的底线，也是我的尊严所在。"

"只怕没两三下就被人一脚踹翻，几刀下去，就成了肉酱。"

"我尽了力，我不后悔。飞蛾扑火，知其不可为而为之，实是天性使然，那种决定它成为飞蛾的属性，可不是想自己成为烧烤别人的火焰。"

"说得好，知其不可为而为之。"

……

争论并无多大意义，大家都时时刻刻带着嘴巴而忘掉带上耳朵，尽管嘴巴只有一个，耳朵有一对，也许是因为摩擦嘴巴有快感，所谓的口舌之欲。人一向擅于断章取义，是喜欢断章取义的，更何况涉及信仰这种不可言说的东西。他曾经是一个愤青，一年后就不是了，这个转变可以说是突然的，也可以说是慢慢思考得出的结果，甚至也可以说是因为结识了某个人的结果。同样是因为认识了一个人，沈萝变成一个比当初的他更愤怒的青年，而且是女青年，这无疑最适合摆上祭坛做供品。而对于每一个自愿走上祭坛的人而言，"献身"这种词汇是会制造出崇高之类的幻觉，让他们往往以为自己接近了神灵。这是人性的弱点。他是真跪下来求沈萝，求沈萝别不要他。男儿膝下有黄金，天知道他有多么爱沈萝，他甚至保证，只要她不离开，晚上回家，哪怕她在外面杀人放火他也决不多问一声。沈萝什么话都没说，沉默地递来一张离婚协议书。沈萝铁了心。一个女人如此这般当有原因。谁都不是傻子。

他问："他是谁？"

沈萝凝视他，缓慢地说出一个人的名字，然后轻声地，像自言自语，"人是为梦想而活的，我们有权利拒绝庸俗。"沈萝没再与他谈论那些词汇。他无话可说，或许沈萝当初爱上的并非是他，而是一年前的他所呈现出来的一种狂乱的激情。上帝知道，若能赢回沈萝，他愿意比那时更狂乱千百倍，哪怕是伪装。可惜沈萝的心不再在他这了，沈萝的目光从他的身体里穿过，像穿过一扇透明的玻璃，没做任何停留，飞快地投向窗外。天空蔚蓝，澄静，几只鸽子在飞，翅膀噼里啪啦地响。它们是和平的象征，也是穴居在钢筋水泥里的人类所豢养的一种禽类，若有谁饿了，它们还是喷香的肉。风很大，从鸽子的翅翼间漏下，在高楼上一撞，溅起一束束耀眼的光线。

他小声说道："你听过霍姆斯马车吗？"

这是一个古老的假设，是一架本该只有上帝造得出的马车。当马车的轮子正常地转过最后一圈，其车轮、车轴、车身、底盘、弹簧……在最后时刻同时解体报废。没有哪个部件比其他部件享有更长的寿命。每个零件体现的都是"充分均衡"的某一部分。这种马车是对"整体"概念最狂热的描述，也因此拥有极其重要的经济学价值。其重要性几乎等同于著名的"木桶理论"。每个工厂主对着员工喋喋不休这种马车的神奇。它能飞过悬崖，穿过浓雾，会像长腿的鹭鸶一样在一望无垠的沼泽地里自己寻觅食物，会比身上没有一丝杂纹的白老虎跑得还快。工厂主眼里有着比银子还亮的光，瘦小干瘪的胸腔内跳动着宝石蓝的火。工厂主忧伤地说道，若是见不到这种马车，我会死的。

　　　　　遗 失 在 光 阴 之 外

热泪盈眶的员工们拍打着胸脯，暗暗下了决心，决心为这种马车奋斗终生。他们把头发绑在梁上，拿锥子扎大腿，只吃猪的苦胆，实在困了，在棘藜铺的床上打一个盹。"为有牺牲多壮志，敢教日月换新天。"他们三过家门不入，甚至甘愿戴绿帽子。在戴第一顶绿帽子时，他们有点难过。绿帽子戴多了，他们从中找到幽默。他们在制造霍姆斯马车的车间里一来一往。一个人说："昨天我戴了一顶款式特别好的，是一个拉板车搬煤球的。"另一个人说："我戴的款式不咋地，都是开宝马的。不过，戴了三顶。款式不好，还好有一个数量。"他们不约而同地哈哈大笑，绿帽子真的能伤害他们那颗为霍姆斯马车献身的骄傲的心吗？不会的，他们只会化悲痛为力量，为自己早日变成一个符合霍姆斯马车需要的"纯粹的人"而努力。

纯粹的人啊，比螺丝钉还神奇。他们骑着银马，放牧着整个世界。啊，这一小撮高尚的人，这一小撮有道德的人，这一小撮脱离了低级趣味的人，这一小撮重如泰山的人，这一小撮推动历史书写人类的人……车间里的喇叭播放着数量众多的关于"纯粹的人"的诗歌。句子与字词在空中飞来飞去，有的变成大头金蝇，有的变成丝光绿蝇，有的变成丽蝇，有的变成伏蝇，有的变成麻蝇。它们嗡嗡地飞，落在他们的手上、脚上、头上、肚腹上、睫毛上，从嘴里吐出嗉囊液，啃着皮屑，边吃、边吐、边拉、边与这些身体逐渐透明的人共同想象那驾马车。这种想象是深刻的，意味着一个动人的伟大的时代即将来临。它们也以自己的身子为辛苦劳作的他们提供足够的营养与蛋白质。

当最后一只苍蝇被他们吞入嘴里的那天，突然地，一下子，霍姆斯马车凭空出现。他们惊讶地发现大家同时变成了纯粹的人。确实纯粹，甚至可以称得上是水晶人。没有亲眼看见过的人无法想象这种壮丽。世界在这一瞬间停止流动，变得晶莹纯净。一架集中了尘世所有色彩的马车，向整个宇宙抛出数以亿计的向日葵状的旋涡。水晶人跟随着旋涡伸出的臂膀奔入马车体内。马车发出一声声轻啸。水晶人情不自禁地喊出声："看哪，霍姆斯……"声音顿住了，然后往地上掉，好像是烈日下的雪花。然后，他们不见了。马车开始奔跑。

　　这有两种可能。作为霍姆斯马车一部分的他们意识到自己的声音将损坏这驾马车，所以主动地闭上嘴。又或者是，他们已经丧失了语言的能力，从那一刻起，他们只能被称之为它们，仅作为霍姆斯马车的一部分而存在。车轮滚滚。这驾完美的马车就这样来到人们的面前。

　　沈萝没说话，她走了。他流下眼泪，绝望地看着她的背影。她的影子越来越薄，像被某种生物给啃了去。他见过那个人，是所谓的"著名人士"，矮，且瘦，极瘦，剖开的毛竹片般，走路还呈外八字脚，颧骨泛白，秃顶，说话时爱挥动双手，身子还会随着语速的加快而剧烈摇摆。他不喜欢那个人，从瞥见那个人的第一眼开始，尽管还是跟着别人毕恭毕敬地喊了声老师，但瞧着那个人那口发了黑的烂牙、那几根被烟熏黄了的手指，心里就别扭。不过，那个人的眼神倒凛冽，剃刀边缘似的闪闪发光，唬得他不时地垂下头。那人当时含含糊糊地说了些人生的大道理、青年人愤怒的必须以及历史使命之类的狗屁话。他却留意到那人的目光不时地停留在沈萝柔软的腰肢间。那天的沈萝异常美丽，穿件印蓝色小花的短裙，胸脯微凸，腿细细长长，露在外面，因来得匆忙没穿丝袜，但皮肤的光泽比景德镇的瓷器还要好。沈萝的双眼因为那人的话发了光。整个人都变得流光溢彩。这让他深感不舒服，就插话说："我们，年轻人，是否可以不相信？是否有不跟随的权利？"

那人眼皮一跳，人弹起来，手来回紧张地搓动，嘴唇颤动，用一种近乎抽泣、断断续续的语气说："你怎么可以这样说话？年轻人都不相信了，这个世界还有得希望吗？红日初升，其道大光。河出浮流，一泻汪洋。潜龙腾渊，鳞爪飞扬。乳虎啸谷，百兽震惶……"然后是半文半白的一大堆。

梁启超先生的《少年中国说》他恐怕背得比那个人还要抑扬顿挫。不仅如此，杨度的《湖南少年歌》他也曾是滚瓜烂熟。他张嘴，还想说什么，沈萝赶紧踩他的脚，他只好闭上嘴不说了。他真蠢，如果他知道后来事情会演变成那样，他一定要在那时毫不客气地揭下那只畜生的画皮。他真蠢。

也许沈萝决定分手还可能是因为与他母亲的关系不大好。婆媳问题真是一个解不开的死结。他与沈萝曾经讨论过这个问题。当然，他承认他在不停地偷换概念，不断地试图转换话题。

沈萝说："你有很不对的恋母情结。"

他说："我们这一代人未曾受过父母那一代人所受过的艰辛、屈辱，对于我个人言，母亲是一个苦难的象征符号，唯有正视它，理解它，依恋它，我们才能不为眼前的浮光掠影及那些喊得震天响的、美妙的口号所惑。母亲用血肉磨去了掺杂在苦难中能让人变得猪狗不如的负面力量，苦难开始变得纯粹、清澈，被镶嵌在一块晶莹的琥珀里。通过对它的回忆与思索，苦难将清洁内心，从里至外淬洗着我们的肉体与灵魂，我们因此能触摸到各种微妙的震颤，进入到一条人类之河，真正明白生命的实质，生命的价值。"

沈萝问："那你明白了什么？"

他说："创造与爱。生命的价值是创造，生命的实质是爱。苦难无法避免，人存在的本身无疑就是一种折磨。人为何不能像鸟一样飞？像豹子一样跑？像鱼一样游？这种与他人他物比较的落差必须会携来疼痛，更毋论悲欢离合阴晴圆缺这些字眼。"

他说："每个人都在承受着折磨，无时无刻的折磨，折磨别人，也被别人折磨。这种折磨有时像铁锤敲着脑门，有时像大锯锯开骨头。"

他说："不管这些折磨的形态有何迥异，究其本源，也是单调，无非是肉体上的劳其筋骨饿其体肤以及精神上的行拂乱其所为，所以人们就需要创造，一种来自灵魂的原动力，不停地创造，新观念、新思维、新事物，从而拒绝乏味，得以站在针尖上放声歌唱。"

他说："创造是给生命注入'意义'的唯一方式。而爱，这种超逾了所有观念、法则、定律、规律，也超逾了必然、因果、时间的奇怪的东西则平衡了人的内外，让人既不会因为苦难而彻底沦丧，也不会因为创造的冲动性而将人类推向悬崖。它是和谐的力量，是美的力量。所以从某种意义上说，爱，也只有爱，才能拯救世界。"

他说得滔滔不绝，沈萝瞪圆了眼睛骂出声："放屁！那你爱我吗？应该是爱的吧，这个世界咋不见有多美好？还有，你咋不爱街头那个快要风干的老妪？"

沈萝气极了就会口不择言。他也为自己逃避了沈萝对其"恋母"情结的指责而得意，那是一个没法回答的话题。

他说："狭义相对论与广义相对论，虽然都是相对论，毕竟还是两回事。我爱你，这是男女之爱，是狭义的，里面还掺杂着性欲等。我也爱那个老妪，她若跌倒了，我会扶她过马路，这是广义的，是人类之爱。爱即善意，不怨憎。"

沈萝愤怒了，"老妪说是你撞倒她，赖住你不放，要你赔钱，你还爱她吗？别说这样的事没有，电视新闻里到处都是。"

遗失在光阴之外

他说："这是她心里泯灭了爱，连最起码的感恩的能力也没了。从某种意义上说，她已不再是人，不再是神创造的那个伟大的艺术品。"

沈萝冷笑一声说："所以纳粹理直气壮地把犹太人送入毒气室，搞种族灭绝。在他们眼里，犹太人也不是人。干下令人发指罪恶勾当的，多半就是你这种打着神圣旗号的人渣。别拿爱做幌子了。清谈误国，实干兴邦，如果你心中真有爱，还不如放下手中的笔，去为老百姓多做一些实实在在的事。哪怕在街角摆一个修自行车的摊子，也比你如此拿一些耀眼炫目的文字蛊惑人心的好。"

沈萝太偏激了，爱走极端。诬告的老妪在他眼里虽是"非人"，但老妪曾经是人，至少在其刚诞生之初。是这个社会把她们弄成这样的。这不是她们的原罪。

对于"非人"，心中只应该存有"悲悯"，何来灭绝一说？何况，老百姓要修自行车的，也要一些精神上的暖意以抵抗寒风。他所扮演的角色是告诉他们生活还别的方式，有另一种可能，或许这样，他们将获得勇气。

他闭上嘴，没把这些话说出口。这些话显得他像圣人，他并不具备圣人的品质，只是模模糊糊地意识到某些东西，但这些东西还未深及他的灵魂，还不足以让他摆脱那个自私自利的"小我"的束缚。他擦去脸上沈萝喷来的口水，闷闷不乐。沈萝的话不无道理，圣人不死，大盗不止，若一个社会全是面目呆板、乏善可陈的圣人们，那也无趣得紧。

他只希望，沈萝不会被她所坚信的、捍卫的、不惜献身的而嘲弄。

他可不希望沈萝成为圣女贞德。

后来，出事了。沈萝与他离婚后从学校辞职，跟着那个人去了省城。沈萝为了那个人真正地抛弃了一切。但头顶"导师"光环的那个人竟然是一个吸毒者、是王八蛋、是杂碎、是狗、是猪、是牛屎堆、是死后要堕阿鼻地狱被寒冰锥脑万刃加身永不得超生的畜生。神哪，请原谅他这样恶毒的诅咒。但这诅咒若能实现，他情愿剜出双目，以为奉献。那只畜生毁了沈萝。

他是在戒毒所看到沈萝的。他找到朋友帮忙以某杂志社记者的名义看到了沈萝的案卷。厚厚两大沓，每一页上都有他熟悉的、娟秀的签名字迹，还摁有红指印，一枚小小的、鲜红的像一颗心脏的红指印。他无法形容围绕在沈萝身边的那些卑鄙、贪婪、龌龊、阴险、凶恶、歹毒、疯狂、残暴。他真不敢相信自己的眼睛，原来这世上有这么多披着人皮的畜生，而其中几只还是曾与他喝过酒、拍过肩膀称为哥们的。他没有勇气去提及沈萝所受过的、种种残忍的折磨。他潸然泪下。他从戒毒所出来后，就像一具行尸走肉。他走在路上，看不见路上行人的脸庞。他跌跌撞撞。他不明白为什么人很快学会直立行走，却始终学不会相亲相爱？

他看苍天如狗屎。苍天看他应如是。

那天，天空似被烟熏火燎，让人没来由地怕，光怪陆离的云霞里不时跑出一只只浑身冒火的凶兽，舌头是鲜红的。黑色的鸟惊慌地飞，留下一堆杂乱无章的痕迹。风在更远处的、泛着青色的地平线上到处乱窜，像被某种巨大的、不知名的力量所追赶，嘶嘶地吼。他对他所信奉的爱发生了动摇。如沈萝所言的道理，对那个人他无法悲悯，心中只有愤怒，恨不得寝其皮啮其肉饮其血。他是虚伪的。他承认。他想杀了那只畜生。他在城市里走了一夜，一直走到第二天清晨，走进蒙蒙的天空里。

四

蒙蒙的天空，灰白一片，是放电影的银幕。他很久没看过电影。他有

　　　　　　　遗失在光阴之外

一个搞电影的朋友，常疾言厉色电影的哲学意义及其诸多细枝末节，比如我们的现在无一不是在银幕上播放过的，所不同的仅是人名与地点，电影不仅给出人的悲欢离合，还给出了梦——一个想象空间，人们在那能找到现实中不属于自己的东西。他想起沈萝说的——"人是为梦想而活的，我们有权利拒绝庸俗。"

他笑起来。无非是一些声色光影，无论怎样的构思、剪辑，电影里的人物终究是一些在一张平面上移动的小黑点。它们有通俗性、典型性、娱乐性、现代性、艺术性，但它们就是缺少了庸俗，一种深刻的庸俗，一种与口号无关、与言论无关、与革命无关、与时代无关的生存状态。它是在烈日下挥舞镰刀收割小麦汗水滚滚滴落的农人，是在暴雨中披张塑料薄膜推着小车在水洼中歪歪斜斜边走边高声叫卖的小贩，是在积雪盈盈的夜晚穿网眼丝袜靠在电线杆上招徕生意不时惊叫仓皇奔逃的流莺，是不足七岁就扛起一个家庭跑到菜市场捡烂白菜帮子熬粥给瘫痪的母亲喝再匆匆赶往学校衣衫褴褛的孩子……他们是瘦的小的营养严重匮乏的脸庞，因为麻木或者说忍受而显得格外安静。没有激烈，没有喊叫，没有信仰，没有目的，没有意义。而这或许就是吞噬一切的真相。

他朋友说："你真他妈的矫情、真他妈的虚伪、真他妈的恶心。"

他说："我们都矫情、虚伪、恶心。比如窗外那个捧着一束香水百合其中还点缀了几根红玫瑰穿绿裙子梳马尾辫笑意盎然的小姑娘，若她肯面对这么一个事实——花，是植物的生殖器；采花，无异割睾丸——她还会手捧这一大堆刚割下来的事物并把头埋入其中露出满足惬意的笑容吗？"

朋友愤怒了，说："无耻、变态！你心底还有一丝半毫的美吗？"

美是什么？美是羊大，是功利性的，是人类为了自身需要，骗别人、哄自己而臆想出来赋予其色彩的一个词语。美拯救不了世界，除非我们对美的理解能突破风花雪月，深深地进入那些正为我们所厌恶唾弃的事物的内脏。我们敢于面对一切我们现在以为的狰狞可怖，洞悉其真相，不为其左右，坦然视之，那时，他们的态度或许就是美的，真正的美。他的话激怒了他的朋友。

朋友用一句话结束争论，摔门而去，"你吃屎去吧，屎是人们所厌恶的，你去和那些手脚流脓好逸恶劳的乞丐们为伍吧，放心，你不会成为特雷莎修女那种圣徒，乞丐并不需要你，只要钢币儿。你以为自己悲天悯人，其实你是在沽名钓誉！"

他无意拿刀戳人，更无意戳完人后再在伤口上撒盐。他也不是想阐述内心。他不知道自己的心在哪里。他说的话，他自己并不清楚是怎么一回事，也许只是说说罢了，也许就是他曾批评沈萝时使用的那个"口舌之欲"吧。他想——他曾经希望沈萝不会被她所坚信的、捍卫的愚弄——现在，他是不是也被自己所坚信的、捍卫的愚弄了呢？这真是一个让人头疼的问题。

他闭上嘴。他在街头走着。他被人拉住。

一个孱弱脸色苍白的男人，胡子拉碴，嘴角还糊有几颗饭粒，旁边结块血痂，眼窝凹得厉害，眼神却凛冽。

男人说："兄弟。"

他没吭声，试图摆脱男人拽住他的衣襟的手。男人的手似乎已焊在上头，指甲深深地抠入衣物的纤维里。男人的手真脏，说不清是啥颜色，上面纵横交错着不少黑色的小裂口，里面淌出褐黄色的液体。这令人愤怒。他转过脸准备朝男人脸上吐口水。

男人又说了声："兄弟。"声音古怪地颤抖。

四周围过来嗤嗤发笑的人，或大或小的人，或圆或扁的人。

他涨红脸小声说："谁是你兄弟？"

　　　　　　　遗失在光阴之外

"你是。"男人斩钉截铁地说，嘴唇上的血痂掉下几块碎屑，语速快起来，"你有父母两人，祖父母四人，曾祖父母八人。每上溯一代，祖先的数目就多一倍。上溯N代，祖先的数目即二的N次方。对不对？"

他缓慢地点头，事实本应如此。他用衣角裹住手，继续扳男人的手指头。这件衣服算是彻底报废了，就算是送干洗店，怕也不能洗去男人所带来的肮脏的气味。男人的嘴角向上挑，"一百年出现四代人，多不多？"

"不多。"人群里有人高嚷，一个满脸雀斑的小伙子，得意扬扬地挥舞手臂，"我刚弄大一个十八岁女孩的肚子。"

"很好。"男人沉吟着，"三皇五帝那太远，就不说了，仅说夏商，这有文物出土的，它们离现在怕有四千年。一百年四代人，四千年能出现几代人？"

"一百六十代。"一个小学生兴奋地喊道。

"那么，二的一百六十次方是多少呢？"男人瞳孔里的光芒愈见炽烈。

小学生怯怯地摇摇头，老师没教过。

这是一个巨大的数字。很小的时候他就听过一个故事。皇帝赏赐臣子，臣子提要求说只需要在棋盘格里，第一个方格放两粒稻谷，第二个方格放四粒稻谷，依此类推，放满六十四个格子，就心满意足。结果，臣子被砍头了。因为整个国库的稻谷也不够堆，而那还仅仅是二的六十四次方。

人群中的一些人看着另一些埋头心算的人嘴角露出冷笑。

男人满意地点点头，也就是说哪怕地球上只有一个人，往上溯去，四千年前地球上每一寸土地上也都站着人，甚至还站不下。这可能吗？不可能！据《后汉书》记载，禹平水土，还为九州，民不过一千三百万。问题出在哪里？

他松开手，竖起耳朵。

是因为他们忘了表亲之间的通婚。他们之间的亲属关系远比想象的要接近得多。"事实上……"男人的手臂定格在那个雀斑小伙的鼻尖，"你弄大肚子的那个十八岁的女孩就是你的远方亲戚，而且还是多重亲属关系，一方面，你得叫她奶奶，另一方面，她得叫你哥哥。无论你姓张还是姓李，她姓周还是姓郑。只需上溯一点点时间，你们就有一个共同的祖先。四海之内皆兄弟。对不对？"

"疯子。"有人小声嘀咕。

"嘁，五百年前是一家。小屁孩子都知道嘛。"有人拂袖而去。

"所以，你爸与你妈是乱伦吧。"有人嗤嗤发笑。

他脱下外衣，扔下，继续向前，没回头。阳光把那男人的影子抛在他脚下。男人不是他的兄弟。尽管四海之内确实是兄弟，尽管男人讲了一个显而易见却被人忽略的常识。他挤上公交，坐过几站路，下车，对穿制服的保安点点头。他从未到过这个小区，但保安没有多问他一句，目光从他还算整齐的衣服上掠过，挥手放行。黄昏的光线再一次从云层后面撒下，路两边花坛里的玫瑰、月季、叫不出名字的紫色小花送出缕缕清香。他悚然一惊。沈萝是不是另外一个自己？一个有着雌性生理结构的自己？一个从另一个时空处投来的影子？当初沈萝为什么那样爱他一年后却义无反顾地不再爱他？为什么这样为什么会那样？为什么花是红的，草是绿的？为什么沈萝叫沈萝，不叫沈媛沈娟沈秀？为什么啊？在失去沈萝后的某个深夜，他曾用打火机吐出的蓝色火苗炙烤手腕，咬紧牙关，额头溅出汗。那是一种让人忍不住要鬼哭狼嚎的疼痛。黄皮肤迅速发了黑，发了脆，干枯了，呈网状剥落，尽管仅铜钱般大小，时至今日，仍未能愈合。也许他并不如自己想象中那样爱沈萝，要不然，就没法解释当年他与沈萝最好的女友徐婉上床的事。他在开始的回忆里几乎都忘掉了这件事。自己真无耻。自己真虚伪。

　　　遗失在光阴之外

他默默地想着。他在小区中央的广场上停下，眼前有座不锈钢制成的雕塑，脚下是光滑的大理石，每隔三米，矗有包裹铁皮的灯柱。灯柱旁边是深绿色的、一米多长能容纳三口之家并肩坐下的钢椅，年轻的妈妈侧头听孩子讲话，年轻的爸爸兴致勃勃地眺望不远处在两株树间忙忙碌碌挂银幕的人。

更远的一间亭子里几位老人或坐或站，站着的几位有板有眼地一起合唱着"唱支山歌给党听"，坐着的有拉胡琴的，有吹竹笛的，还有轻轻拍巴掌的。

他朝银幕的方向走去。这应是小时候见过的露天电影。

五

小时候看露天电影感觉就像过节。

多半是在爸爸的单位上看的，一般由单位工会牵头，可能算职工福利又或是丰富群众业余生活。破烂的篮球场上还未支起那两根专门用来挂银幕的木头，有小道消息来源的孩子，如工会主席的儿子，就早早出动，呼三喝四地扛来椅子、板凳，一气占下几个最好的位置。更多孩子的父母既没当官又不肯抹下脸皮去占位置，所以当孩子们在放学进家门听爸妈说晚上有露天电影播放的一刹那，立刻甩下书包，抄起板凳，力气大的，拎手上，力气小的，顶头上，再一路狂奔。当然还有几个孩子从不如此惊惶，那掉身价。再晚去，位置也在那，只需叱喝几声挤到中间就有人乖乖退往两边，给他们空出一块场地。

为占位置，孩子们没少打架。一般用拳脚或者嘴，从彼此问候对方所有女性亲属，突然变成搂在一起滚成一团；偶尔用砖头、木棍，冷不丁蹿到某人身后，一砖头拍下；极少数情况下，那位势单力薄吃过大亏的，赶回家，摸起把菜刀，再冲杀回来，口口声声要灭某人全家，要被砍杀的某人见势不妙多半脚底擦油溜之大吉。也有做大哥很多年的，不避，敞开衣襟迎上前，嘴角还叼一根小树枝什么的，眼里凶光毕露："砍啊，你他妈不砍就孬种。"

有人就砍不下去了，发抖，嘴里嗬嗬有声地嚎，这样的主儿以后自然就甭抬头做人。

也有不怕虎的牛犊，牙缝里溅出口唾沫，一刀剁下，做大哥的此刻就见真章了，色荏内虚的撒丫子就撒，拿刀的在后面追，一时间鸡飞狗跳，围观人流随着俩人跑动的方向，忽啦向左忽啦向右，说啥的都有，冲那俩人扔石子的自不是少数，跑过一会儿，做大哥的脚下滑倒，跌个狗吃屎，拿刀的人赶上前，嘴里喃喃有词，这刀就砍不下去，说实话，撵得做大哥的如此狼狈，实在是一桩罪过。

还有的大哥那是一向称英雄惯了，见刀剁来，夷然不惧，抬手，咔嚓，衣袖破了，露出藏在里面用毛巾密密实实缠作护腕的筷子。拿刀的人还没回过味，裤裆里已挨上一脚，人马上瘫软，刀被劈手夺去，脸上顿时迎来一场暴风骤雨，不消几秒钟，脑袋立刻肿成猪头。不过，不管架怎么打，电影是要看的，随着几次斗殴事件的发生，一个心照不宣的秩序就在无形中建立起来了，就算有不晓得事的孩子瞧见正中间那位置没人坐，想挤过去，别的孩子都会在旁边拽住他的衣角，小声说："那是某某坐的。"这或许也是什么"潜规则"吧。显然，他只会是那更多孩子中的一员，每每辛苦地跑到篮球场上，只剩下边角旮儿，也好，总比跑到银幕后面看强。惭愧的是，他哥哥和他虽是亲兄弟，同一个爹妈，但他哥哥从不必像他这样跑得面无人色。总有别的孩子替他哥哥早早占好位置。他哥哥成绩好，性格打小也不似他不合群。

银幕总挂在球场北头，后面是一堵长满绿藓的墙壁，边上还有一棵尺许粗的树。一般情况下，人们脸上都会溢出难得的喜气，互相打招呼，女人嗑瓜子，或打毛线，谈论张家的孩子有出息考上大学、李家的孩子懂得体恤父母小小年纪就晓得量米下锅时再从锅里抓回把米放回袋里；男人则抽着烟，"壮丽""劳动""飞马"，最常见的是"大前门"，最高档的是"牡丹""凤凰"。"凤凰"烟是金黄色的外包装，抽的人不大觉得香，可坐一边的人闻起来那个香哟，简直心旷神怡。价格也不菲，两块多钱一包，烟盒里还有锡纸，小心撕下，折叠成两头尖尖的元宝，很骄傲地给别人看，看，银元宝！再懂点事儿的孩子就会咄道，银元宝？烧给死人的钱哩。人们就哄笑起来。

一张"凤凰"烟盒纸能换两张"牡丹"、十张"大前门"、二十张"壮丽"或一大把花花绿绿的糖果纸。之所以要换，有原因的，那时男孩子之间非常流行一种游戏，即，把烟盒纸折叠成等腰三角形，叫"打万岁"，玩法仍与"拍洋画"差不多。他曾拥有满满一抽屉各种各样的"万岁"，大部分是赢或者交换来的，小部分是出没各种垃圾堆捡来的，可惜未保存下来，初中毕业后，被母亲嫌脏，一把火烧了干净，否则时至今日，说不定他也是个小小的烟标收藏家。

那时，为找一张自己没有的"万岁"所耗费的心力及疯狂劲，如今想想都不禁唏嘘不已。他曾因为与别的孩子抢着捡别人扔下的烟盒纸，大脚趾头扎进一块玻璃，差点整个烂掉，打了几天的青霉素，仍暗自得意自己比那个笨蛋跑得快。

也捡糖纸，捡来，洗净，放课本里晾干，夹平整，再拿去与有"万岁"的女孩交换。

女孩们喜欢用糖纸折成一个个五颜六色的小圆柱形，中间再穿上钓鱼用的结实的尼龙线，一根根挂好，居然就是非常漂亮的门帘。

他是吃过捡来的糖纸上的糖。糖纸上偶尔会有一些没吃干净的糖，粘牙齿，很甜，最甜的是大白兔。这可能与那时的人都舍不得吃有关，人们一般都将糖果留到不能再留，已开始融化的时候才给孩子们吃。他蹲在水盆边，小心翼翼地用牙齿啃上面残余的糖，被母亲发现，一个巴掌打来，说他不要脸，却自己红了眼圈。唉，他真不应该惹母亲生气。

他记得那时他还犹自强辩，说自己在家里吃，又没在外面吃。

母亲就哭，哭得可伤心了。他哥哥在一边脸色铁青，仇恨地看着他，并不断提醒母亲，他曾犯下的另一些罪恶，确实，在当时他哥哥的眼里，他的种种行为已给家里带来奇耻大辱。他哥哥作为家里成员的一分子，有必要指出他的错误并给予惩罚。

多年以后的一天，他在他哥哥家里做客。他的侄子骑着三轮小车在他们坐的真皮沙发之间穿来绕去，手里挥舞折叠式冲锋枪，不时地瞄准他们，喝令他们举手投降。他哥哥注视着他的心肝宝贝，不无喟叹，摇头说："他们真幸福，童年比我们拥有得太多。"

他表示反对，"尽管我们没有三轮车，没有不断发出'冲啊、冲啊'响声并冒火光的枪，父母对孩子也不会捧在手心怕冷了含在嘴里怕化了，但我们的童年同样是这些在高楼大厦里长大的孩子所无法拥有的。幸福感从来就不会因为物质的多少而有丝毫增减，一小块糖纸就能是天堂。何况我们那时，是人与人在做游戏，糖纸所扮演的角色究其实质是中介，通过它，孩子们交换快乐、争吵，并为以后留下不可磨灭最珍贵的记忆，而现在这些独生子女，他们只能与玩具做游戏，冰冷不具有人味的玩具几乎就是他们的全部世界。"

他哥哥提起当年他啃糖纸的那事，"至少他们不必去啃别人吃剩下的

遗失在光阴之外

糖。"

"可耻吗？"他问。

"不可耻吗？"他哥哥反问他。

"我那时还是一个孩子，无法自食其力。当父母的能力不足以为我提供奶糖，我一没偷，二没抢，只是把别人吃剩下的，洗净，放入嘴里，并为自己所尝到的甜味而满足，这有何可耻？我做错的只有一件事，就是当时不小心，让母亲发现了。这对她而言，的确是一种羞辱。比如现在，你以为你的孩子'不必去啃别人吃剩下的糖'是幸福的，但因为糖唾手可得，他们丧失了对甜的理解，还丧失了去把糖纸捡来偷偷洗净塞入嘴里时的紧张、恐惧、兴奋，以及期待。要让孩子对糖保持饥渴，这时的他们才有能力去感受幸福。"

他的话让他哥哥哈哈大笑，他嫂子白了他哥哥一眼。他与他哥哥闭上嘴，一起把目光投向屋中央那台宽屏液晶电视。

放的是老片《小兵张嘎》，尽管是黑白片，白洋淀的风景仍被拍得如诗如画。

嘎子在湖边长大，与奶奶相依为命。为掩护八路军连长钟亮，奶奶不幸牺牲。为报仇，也为救出被抓走的老钟叔，嘎子带着玩具木手枪历经艰辛找到八路军，并奉命进城侦察。不小心被捕后，嘎子勇猛反抗，坚强不屈。当部队攻打岗楼时，嘎子设法在里面放火，成了扭转乾坤的"英雄"，最终里应外合，全歼敌军。嘎子之所以是嘎子，与别的红色题材儿童片不同之处在于，嘎子是一个真正的孩子，比如，嘎子跟村子里的小孩胖墩比赛摔跤，输了就要把玩具木手枪送给胖墩，结果却输不起，还跟胖墩打了起来。当看到那个胖翻译喊："老子在城里吃馆子都不要钱，别说吃你几个烂西瓜……"他与他哥哥相视一笑。那时，《小兵张嘎》《地道战》《地雷战》

《闪闪的红星》等几部电影里的台词，他们都能倒背如流，说上句，接下句，顺溜得好像黑帮切口。

"我们都是神枪手，一颗子弹消灭一个敌人；我们都是飞行军，不怕那山高水也深……"歌声在他哥哥的喉咙里轻轻滚动。他哥哥略显发福的身躯往前倾，脚在木地板上踩着节拍。他的侄子不高兴了，一瞪眼，拿起玻璃茶几上的遥控器按下，电视画面出现了一只老鼠与一只鸭子；又按，这回是大风车的节目，他侄子不停地按着遥控器，可能因为选择太多，有些无所适从，干脆不耐烦地关掉电视机喊："爸，你给我做马骑吧！"

他哥哥是幸福的，至少是在享受着世俗的幸福，而不被一些虚无缥缈的东西折磨，每一步都走得踏踏实实。他羡慕他哥哥。他从小就一直在嫉妒，只不过自己不肯承认罢了。是这样吗？他哥哥弯下腰，手脚着地，开始笨拙地爬动，他的侄子骑在上面扯起嗓子喊："驾。"

他静静地看着，心里一阵发酸。他所追寻的到底是什么？

六

他小时候常为捍卫父母的名誉与人打架。说是名誉，其实压根扯不上，一群八九岁大的孩子围在一起玩，难免要玩起火花。那时男孩子间流行"打包"，即，拿纸折叠成四角形的包，我把一个包正面朝上放在地上，你再挥动手臂甩一下手中的另一个包，若我的包翻转成反面，则算你赢，我的包就归了你，反之，他则捡起地上的包继续这一过程。玩法与现在的拍洋画类似。这种游戏的输赢很大程度上取决于折包的纸的硬度，因为它里面所包含的技巧成分并不高，稍稍用心，当能掌握。最好是账册纸，这几乎是可遇不可求的；其次是单位上使用的一种红头公文纸；最后才是孩子们

遗失在光阴之外

书本里的作业簿。

有一天，他弄到了一张账册纸。他用这种纸折出了一个刮刮响、威力等同于屠龙刀的包。他赢走了另一个男孩所有的包。这在当时，无异赢了一笔巨大的财富。那男孩不肯了，舍不得，央求他还。他说："我好不容易赢的，都花了一下午的时间，咋能还你？"男孩涨红脸，没话说，过一会恶狠狠地喝出口痰，"你还不是仗着你爸从单位偷来的纸。你爸真不要脸。"

纸是偷的，不过，不是父亲，是他在父亲单位财务室里的废纸篓里偷偷捡来的。大丈夫是可忍孰不可忍。他当即反击，"你爸才偷东西。前天我都看见你爸摸黑从单位的工地上挑了两担沙子回家糊墙。你爸才是坏人，不要脸。"到了这种时候，女孩一般还要叽叽喳喳你一言我一语下去，男孩子就似两头被人捶到睾丸的牛犊，嘴里喷出白沫，眼里殷红，大喝一声，纵身扑上，膝盖互相一撞，身躯滚作一团，手死劲儿掐，身强体壮的自然占了便宜，而他一向羸弱，没几下就被压在下面，于是动嘴，张口就咬，逮哪是哪。

那时他有个绰号叫癞皮狗。与他年纪相仿的不管其绰号是老虎，是狮子，是猴子，还是一头卷毛洋种狗，在他这口土生土长的牙齿下都纷纷败阵。无它，癞皮狗只要一口叼住某处，哪怕身上所挨的拳头就似墙壁上的青砖一样大，腿瘸了，甚至手指头被拗断了，不到自己心满意足的那一刻，就绝不松嘴。多年以后，他在杰克·伦敦的名篇《雪狼》中看见那条矮小笨拙名字叫切洛基的斗牛狗时，不由地发出会心的微笑。对于他们这种人来说，战斗并非撕、咬，跳开，再撕、咬、跳开。

咬住，紧紧咬住，不顾一切。哪怕身体已被人拿刀剁成肉酱，牙齿也不松开。这是他们这种生物唯一可能获胜的法子。他们没有其他可供炫耀的，没有钱、没有文凭、没有脸庞、没有家世背景，也没有位居高位的朋友，他们所能拥有的只是意志，铁打的意志。

他哥哥不与人打架，他哥哥是所有人眼里的好孩子。年年拿三好学生，年年德智体全面进步，年年在学校大操场的礼台上发言，年年学雷锋做好事去帮附近的鳏孤寡独挑水、洗窗、抹桌子。他与人打架急了，他哥哥只会跑去报告老师。他们是兄弟，可他一点也不喜欢他哥哥。

他哥哥不是没有干过坏事。每个少年的心因为无知，在某种程度上来说，都是残忍的。比如老鼠，这种童年的玩具。他承认他曾经非常喜欢用绳子绑住这些毛茸茸的小动物的脚，在空中抡圆，耍流星锤般往路两边的花草树木上砸，嘴里还喊，呀呀呀——呔！

他承认自己没少干恶毒的事，在他尚无沐浴理性之光的少年之时。所以他也能理解他哥哥。

那只他抓不到但被哥哥点燃的老鼠仓皇奔入屋后的柴火堆，木柴迅速燃烧。他与他哥哥傻了眼，慌乱扑火，但损失还是不可避免地造成了。他们俩也弄得灰头土脸。母亲回来后，脸色铁青，问是怎么回事？

他哥哥垂着头小声说："老鼠跑到柴堆里。"

母亲从门后摸出竹篾，厉声再问："我问你的是火怎么烧起来的？"

他哥哥瞟了他一眼，战战兢兢地说："老鼠身上浇了煤油，点着了。"

母亲没再问，竹篾立刻抽下，抽的是他。他右边的脸立时肿胀。他觉得特委屈，就分辩说："不是我浇的煤油，不是我点着了老鼠。"

母亲听都没仔细听，眼里滴下泪，嘴里只说："不是你，还会是谁？打死你，你这个要败家的仔，你这个不争气的畜生。你不是我生的。"

竹篾劈头盖脸。他分辩得越急，母亲打得就越凶。他哥哥在角落里蜷缩起身子，始终不置一词。他有前科，所以，这世上所有的坏事一定是他干的。这就是逻辑的力量。他就不吭声了，直挺挺地站着，任母亲打。

遗 失 在 光 阴 之 外

长大后，他与他哥哥提起过此事。他问他哥哥："你那时咋那缺德，也不吭一声？我或许也会少挨点打。"他哥哥就笑，呷口茶水，稳稳当当地放下手中的杯子，"你不记得妈那时有多狠？她不打你，就得打我。反正你挨惯打，多挨一次，也无妨。其实事后，妈妈也知道自己打错了人，我对妈妈说了，但她不可能再打我一次。那没必要，已经失去了惩罚的意义。而且，我的事后承认，让妈妈更相信我是被你带坏了。虽然我是你哥。妈妈是狠，也许是因为枯燥、乏味却重得让人喘不过气的生活一直沉甸甸地压在母亲肩头，妈妈需要为这种'重'寻找一个可供发泄的口子，否则就易崩溃，而父母在传统文化里一直拥有不可置疑的惩罚孩子的权力，那毫无疑问，母亲自然会滥用这种权力。这并不能怨母亲。"他理解这点，所以当妈妈打完他后，他对老鼠迸发出更大的仇恨。他不能反抗母亲，他哥哥又是他奈何不了的，他只能将愤怒转移到那种可怜的生物身上。他同样在滥用他的仇恨。

他哥哥的话让他哑口无言。

他哥哥指出了一种普遍的构架起道德、法律等上层建筑的人性：

一、事实不可能完全被得知，握有惩罚权的人并不能在任何时候都明察秋毫辨清是非，当真相被你争我辩地熬成一锅糨糊后，被惩罚的总是那些曾受过惩罚的人，哪怕他确实无辜。惩罚一旦做出，就不会更改。母亲事后可没对他说对不起。所以从某种程度上讲，事实并不重要，重要的是握有惩罚权的人的需要。

二、要逃避道德的谴责、法律的制裁并不难，只需要在恰当的时机摆出一个忏悔的姿态。时间会抹去切身受过伤害之人的影子，忏悔的人不必再付出任何实质性的代价，或许还能在公众中赢得一个更美妙的形象。因为公众需要它。

三、有一种人注定这辈子都要成为被冤枉的、被牺牲的，这种人的名字叫"异端"。不管他自己是否意识到这点，他其实是一个可悲的角色，要么充当一个被那些制订规则的人相互之间进行交易的筹码，要么是炮灰。"异端"永远不会成为主流，那些打着"异端"的旗号攀上某个世俗意义上的高峰的人只是一群幸运的投机者。

他哥哥继续做好孩子。他继续恶劣。母亲对他深感绝望。母亲曾说过一句很经典的话，"你若肯学好，日头都会从西边爬出来。"这话魔住了他。在相当长的一段时间，他拼命寻找着一切可以证明他能学好的可能。但他的努力终究是无济于事，人们对那个突然变得怪异、四处奔跑的男孩嗤之以鼻。他们说："看，就是他祸害了那畦莴苣。"而实情是他为制止一伙掐莴苣菜心去喂养蚕宝宝的同龄人被打得口鼻流血。他没受到菜地主人的夸奖，被那个怒火满腔、一蹦三跳地赶来的中年男人狠狠地扇了一记耳光。那中年男人的劲真大，打得西边天空里的几抹云霞浑似太阳呕出来的一口血，鲜红鲜红。

他沿着长长的河堤往山里走去，河里有条鱼，金光灿灿，他就喊："鱼啊。"

鱼摆下尾，潜入深水。

他在河堤上坐下，捂紧脸，放声大哭。

没有人看见他的泪水。晚风阵阵，撩起天地间的秘密。他渐渐止住哭声，惊讶地注视着身边的草。草叶上沾有几滴他的泪水，晶莹剔透，他听见它们在黄昏发出一组组神奇的音节，明亮透彻，与故弄玄虚的魔术无关，就像一根手指，为他轻轻地推开那些掩藏在灰尘下的一个纯净的世界的门。这是一种突如其来的感受，并且是如此巨大，如大锤在胸口重重一击，他忍不住轻咳出声。

遗 失 在 光 阴 之 外

他得生活在这个世界，这个与俗世无关的世界。

他用手指触摸着草的颜色与形状，都是绿色的，浅绿、嫩绿、深绿、翡翠绿，而且长度、宽度，以及锯齿都不一样。密密麻麻的草丛中就没有两片草叶是完全相同的，但它们结成强悍的部落，星星点点地撒在石头结成的堤坝两岸。阳光在它们的叶梢喧嚣，它们的根虽然扎在无限的困难中，但它们只有一颗心，即生长。

任何苦难、践踏、疼痛、煎熬以及所有人为的因素都无法摧毁它们的这颗心脏。有的草从石头罅缝里钻出，有的草虽被拔出大半根须仍不减青色，有的草满是虫咬过的痕迹仍然迎风骄傲。

"离离原上草，一岁一枯荣。野火烧不尽，春风吹又生。"

他把头埋入身边的青草，贪婪地呼吸着带涩味的草的清香。他渴望大自然能以一种不可言说的方式悄悄地抚慰自己结满血痂的创口。但当他抬起头时，他发现河堤边有几条死鱼银白已经腐烂发了臭的身子。他怔怔地看着，似被魇住，眼泪又慢慢流了下来，越流越多。

七

那天中午，阳光淌满大街小巷，并在不远处的山顶堆起金光闪闪的一大坨。天很蓝，蓝得不像话，不是世上的画笔可以绘出来的蓝，随便瞭上一眼，心就往透明里坠。这是一种奇怪的感觉。不过，幸好天上还有云，它们能把心又从那接近无限的透明里捞出来。那云也真白，软软的，活像一群羔羊，排着队从东边往西边走，走走停停，不时"咩咩"叫。

羊蹄下是房子。

房子高矮不一地蹲在路两边，泥砖砌起，沾满灰尘。说是路，其实是巷子，最宽不过三米，窄处仅二尺，铺着鹅卵石，赤脚踩在上面，非常舒服。路边房子的门多半敞开，露出一口黑乎乎的牙齿，里面涌出一些冰凉的略带甜味的气息，这可能与堂屋中间青石砌成的天井水塘有关。房子很老了。

石林在一扇特别巨大的门前面站住，望着藏在荫翳里门板上的那个独目圆睁挥舞着钢鞭的尉迟恭，对门里大喊，"李卫国。"石林的声音很大，坐门槛上打瞌睡穿黑衣服的老人被惊醒了，嘟囔一声，眼珠子从一大片褐黄色的眼屎里慢慢鼓出，浑浊的，瞅瞅石林，摸摸搁膝盖上黄澄澄的竹拐杖，头又往石壁上靠去。她真丑，嘴瘪得像烂掉的树根不说，嘴角还挂下一丝亮晶晶的口涎。被石林的喊声惊起的几只苍蝇在空中盘旋几周后又落回在这串口涎上。老人好像是李卫国的奶奶，也可能是姥姥或其他什么人。

石林弄不清李卫国与她的关系，因为不仅李卫国叫她老逼壳，李卫国的爸、李卫国的妈也都管她叫老逼壳。李卫国说，"老逼壳特能吃。"李卫国说着话从河里石板下钳出一只墨黑色的虾，手指一夹，撕开，剥去壳，挤出虾肉，塞入嘴里，用力地嚼，双手再往外一扒拉，"这么大的碗能吃两碗哩。"

李卫国把这个"哩"字拖得长长的，猛翻转身，扎入水里，翘起尖尖的、黝黑的两瓣屁股，哧溜下，从河这边钻到那边，起身，掀开杂草，猫腰，钻入芦苇丛中，灵巧地越过几道土坡，过不多时，奔回来，手里赫然出现两只"青羚角"，然后迅速趟入水里，湿淋淋地回到石林面前，一屁股坐下，抛给石林一只，一笑，"吃吧鲜哩。"

"青羚角"真的很好吃，扯去土黄色的薄薄一层皮，就全是那些白白嫩嫩的，张嘴一咬，脆生生，牙齿都快活得直哆嗦。石林喜欢吃，它比红薯好吃得多，不粘牙齿，就算吃多了，也不管撑得有多难受，也不会放屁。

嘴里甜津津。石林使劲儿地啃。

　　　　遗 失 在 光 阴 之 外

李卫国是石林的朋友，应该比石林大，不晓得大几岁，个子却足比石林高出一头，脑袋很大，搁在细长的脖子上，瘦，胸口肋骨历历可数，嘴巴细尖，整个人活像一只黑不溜秋的鸟。李卫国常高举双臂，嘴里呼哨，在他们面前跑来跑去，一会儿跑上堆在屋后的柴火堆，一会儿跑上隔壁大院里栽的白果树的枝丫上，一会儿又跑上高高的围墙，歪歪斜斜地趔趄着来回走。李卫国就没有消停的一刻。可李卫国真聪明，真能干，大家都这样说，连石林爸也不例外。

有一天石林爸问石林："树上有三只鸟，猎人开枪打死一只，树上还剩下几只鸟？"石林说："两只。"石林爸说："笨蛋。"石林想了想又说："一只也没有，那两只吓飞了。"李卫国在旁边笑，"不一定。"石林爸就奇怪了，说："为什么？"李卫国说："如果树丫太密，被打死的卡在上面不掉下来，树上就还有一只；若树丫不密，而树上三只鸟，是一只大的和两只刚孵出来还不会飞窝巢里头的小鸟，那就会剩下两只。"石林爸一脸诧异地瞅李卫国，问他读几年级。李卫国不好意思地笑。李卫国那时与石林一样，念二年级。

李卫国坐在教室的最后排，石林个子矮，坐最前排。李卫国上课老爱打瞌睡，可考起试来，成绩总名列前茅，这让一些孩子非常气愤，就在李卫国睡觉时冷不丁地把冰棍塞入他的衣领里。李卫国醒过来，搜出冰棍，啧啧嘴，就舔上了。

那可是五分钱一根的冰棍，羡慕得石林直流口水。

李卫国在学校最出名的一件事是有一次上数学课，李卫国又呼呼地睡了，坐他旁边的同学捅他，小声说："老师叫你上去擦黑板。"李卫国迷迷糊糊地站起来，一个箭步往讲台上奔，二话不说，拿起黑板擦就擦，可怜那头发花白的数学老师辛辛苦苦满黑板的板书，一下子就被李卫国弄成一个大花脸。老师气得抓狂，喝问他干吗？李卫国一脸委屈地说："不是你叫我上来擦黑板的么？"老师就去拧李卫国的耳朵，拧得他龇牙咧嘴的，于是，过了几天，这位老师再次推开教室门时，一坨裹在废纸里硬梆梆的屎从门楣处落下，准确地砸在他的额头上。

这件事的直接后果是李卫国差点被开除，后来好像是因为李卫国的妈在学校里哭哭啼啼了一整天——也可能是别的原因，才得以记大过全校通报了事。石林见过李卫国的妈，甚是羸弱，走路歪歪的，一点也不像穷人家里的，眉眼很俊，皮肤白里泛黄。她在一家印刷厂做工，不是开那种轰隆隆响特带劲儿的印刷机，是挑字，整天趴桌边一个一个地挑出那些沉甸甸的铅字，再小心翼翼地放在模板内。那铅字真沉。李卫国偷偷地塞给过石林两个，一个字是"王"，一个字是"八"，石林拿着它们到屋后玩，那里足够潮湿柔软，于是，挂满青苔绿藓的泥地上很快就满满都是"王八"了。这是足以令所有孩子都垂涎三尺的玩意儿。

石林与李卫国成了要好的朋友。

石林忘了当初他们是如何建立起友谊的，也许是在回家路上，他们都要经过一座石孔桥，石孔桥左边是一个小山，山上不长树，只长草，还有石头，石头是黑色的。山巅有所房子，孤零零地蹲着，一到放学时分，或蓝天如洗，或落日烁金，屋檐斜斜地挑入天幕，特别好看。石林家住在石孔桥右边，沿灰蒙蒙的泥路往前走，穿过参差不齐一排卖日用杂货的小木寮，拐过弯，那排低矮的房子中的第三间与第四间就是石林家了。石林不喜欢回家。石林爸老忙，石林妈也忙。

石林常趴在桥栏杆边儿看那所房子，看它是如何出没于各种颜色的云彩中。那时石林看《西游记》大闹天宫的连环画，翻来覆去地看了不下五十遍，石林记得很清楚，孙悟空在与二郎神打斗——那大圣趁着机会，

　　　　　　　遗失在光阴之外

滚下山崖，伏在那里又变，变一座土地庙儿：大张着口，似个庙门；牙齿变作门扇，舌头变作菩萨，眼睛变作窗棂。只有尾巴不好收拾，竖在后面，变做一根旗杆——石林就想，这山上的房子是否就是孙悟空变幻化成的土地庙呢？于是，不敢眨眼，生怕孙猴子突然现身，一直到眼睛都看疼了，这才揉揉，继续看。

那天，李卫国突然喊住石林，"石林。"

石林应了声，便回头，李卫国光着上身，脱下的汗衫垫在左肩挎着的那个黄书包的带子下，李卫国笑嘻嘻地看着石林，"石林。"

石林说，"李卫国。"

李卫国把手从书包里摸去，过不多时，掏出一样东西，递来，"给你玩。"

是一把自行车链子制成的火药枪，是新链子，上面还涂有泥油，枪柄是用老虎钳拗成的硬铁丝，再去家里摸出盒火柴，用小刀把火柴头上的磷刮在纸上，倒入枪腔，扣动扳机，就会"嘭"一声巨响。这是他们那时每个男孩所梦寐以求的家伙，石林惊疑不定地看着李卫国，李卫国就笑，"给你玩两天。"李卫国乐呵呵地把火药枪往石林手上一拍，肩膀抖抖，就往石孔桥中间那条路走去了，边走边唱，"小嘛个小二郎，背着书包上学堂，不怕太阳晒，不怕风雨打……"

石林不明白李卫国为什么这么大方，但一直没问。

也许是因为他们在班上都没有什么伙伴吧。石林是性格孤僻，而李卫国本来是有很多伙伴的，可自从母亲在学校哭过后，与李卫国玩耍的伙伴就越来越少了。

李卫国带石林到处去弄好吃的东西。他们俩活像两只直立行走的害虫。青羚角、莴苣菜心、红薯、蚕豆荚、豌豆、虾，以及某种叫不出名字的灌木细枝——剥皮，掐尾，淡紫色一小段，放入嘴里嚼，略苦，微涩，却嫩。

还有辣椒，红的，或绿的，最好是那种尖尖的朝天椒，摘下来，洗净，放玻璃罐内，撒上点盐，过些日子拿出来嚼，可好吃呢。对了，还有麻雀儿，要想弄到它们可不容易，一般是拿弹弓去射。弹弓的架子倒不难弄，山上到处都有结实的小树杈，就是用作皮筋的从自行车轮胎上剪下来的皮带难搞，得去街头满手污泥的修车师傅那偷。

李卫国就有一把弹弓。

他们常汗流浃背地奔走在烈日下，听到鸟叫，屏声静息，小心翼翼地挪过去，再从裤兜里掏出精心挑选的一般大小浑圆的小石子，拉开弹弓，瞄准，啪一下，射出。麻雀真好吃，裹上一团田边黏性较强的黑泥，泥里再撒入点从家里摸来的盐，捡些枯枝，找僻静背风处，生起堆火，等黑泥发脆，开裂，颜色变白，踩熄，手忙脚乱地扒去它，撕去泥，要很小心地撕，既能撕去麻雀的羽毛，又不至于损坏麻雀的皮肤，然后往嘴里塞，真香，香得连舌头也想吞下去。

李卫国的妹妹叫李卫兰，但李卫国背着爸妈时总叫她小逼壳。她老跟着他们，老爱大惊小怪地叫出声，害得那些麻雀扑腾腾就飞远了。

李卫国这时会沉下脸来骂，"小逼壳。"李卫兰就往后退几步，眼睛睁得大大的，小脸涨得通红，鼻尖沁出汗珠，似是惊恐，可过不多时，又凑过身，拼命地朝正匍匐在草丛里的他们打手势，示意麻雀又飞回来了。她的动作太大了，麻雀呼啦下又高高飞起。石林也不喜欢李卫兰，她的鼻涕太长，老挂着，哧溜哧溜地响，头发又干又黄，稀稀疏疏的，一点也不好看。石林与李卫国就会想方设法甩脱李卫兰，一般是跑，互视一眼，撒丫子就朝远方跑去。李卫兰便在后面追，边追边喊："哥，哥啊。"声音颤颤地，听起来就似没发育成熟的小母鸡在打啼。

那天，石林记得很清楚，石林在堂屋门口喊"李卫国"，李卫国还没应声，

遗失在光阴之外

李卫兰就从屋里蹿出来，头上扎着朝天辫，一耸一耸，"石林哥。"

石林没理她，她怯怯地又喊了声："石林哥。"

石林说："你哥呢？"

她说："在河里玩。他坏死了，拿石头扔我。"李卫兰撸了把鼻涕，样子显得分外委屈，手一甩，鼻涕落在门槛上醋睡的老人的脸上。她吃了一惊，吐出舌头，老人却没睁眼，头歪了歪，伸手在脸上胡乱摸了几把，喉咙里咕噜一声，李卫兰嘘了声，拉起石林，往屋后小路上走，"你知道吗？她吃饭可凶呢。这么大的碗，要吃俩大碗。我爸说老逼壳再不死，咱家就得去喝西北风了。石林哥，西北风到底是啥？好不好喝啊？"李卫兰拽着石林的手，一边絮絮叨叨，一边蹦蹦跳跳。看来，是石林的到来，给了她再去李卫国身边的勇气。石林没吭声，石林才懒得理她。石林把她的手甩开，她又执拗地握住，"石林哥，你教我游泳吧。我哥不教我，我哥坏死了。"她的小手冰凉冰凉。

李卫兰说了两声，"我哥坏死了。"

李卫国那天就真的被水淹死了。

当石林在河边找到了李卫国，他正在水里扑腾来扑腾去。中午的阳光打在李卫国的脊背上，溅起一串串湿淋淋黑色的火星，河面波光粼粼，甚是湍急。李卫国看见石林，就嚷，"你咋带她来了？"石林说："她自己跟来的。甭理她。"然后，石林开始脱衣服，脱得赤条条，一个筋斗扎入水底。水很凉，骨头都要酥了。石林游过一阵，就往河对面游去，那天的蝉叫得特别凶，一声高，一声低，声嘶力竭。石林打算去弄几只青羚角，天热得厉害，嗓子眼冒烟。

等石林回来，河里已不见了李卫国，河边也不见了李卫兰，水流哗啦啦，沿河床发出叹息。草丛里有窸窸窣窣的响。整个世界突然就静下来。蝉的叫声一下子变得非常遥远。一阵没来由的巨大恐惧猛地扼紧石林，扼住咽喉，用力地勒。他们上哪去了？石林叫起来。石林都快喘不过气来。阳光把石林的声音扯得七零八碎。石林光着身子，沿河滩来回跑，拼命地喊："李卫国。"

然后，石林喊："李卫兰。"

没有人回答石林。脊背处火辣辣地疼，石林听见自己心里的呜咽，真的，那么大的阳光活像一记又一记狠狠的巴掌，不停地扇在石林的脸上，眼前不断冒出闪闪的星。石林吼起来，继续喊。

那是一种巨大的、深入骨髓的、突如其来的恐惧。石林就感觉自己像是被扔入时间的旷野里，一个人，不管朝哪个方向跑，他都跑不出去。身边熟悉的景物幻化成一种有黏性的白色胶质，他逐渐分辨不出它们的模样。越来越多的汗水争先恐后地从他的毛孔里跳出，被阳光一抖，搓成千百根坚硬的钢针，扎得他周身都痛，很快，疼痛消失，身体就似被紧紧包裹在一张正被暴晒的牛皮里，肺变成冒着火星的炭，脑海一片空白。

石林渐渐地停下脚步，开始认定是李卫国带李卫兰回家了，石林回去捡起那几个青羚角，吃过半个，把它们一个一个地扔入水里，再穿上衣服回了家。

李卫国死了，李卫兰也死了。后来的事，石林是听人说的。黄昏的时候，大人们捞出他们的尸体。李卫国的左脚被河底两块石头卡住了。李卫兰的尸体出现在下游，光着脚丫，肚子鼓鼓胀胀。李卫兰应该不是为学游泳偷偷下的水，可能是不小心跌到河里，李卫国为救她，脚抽筋不小心崴入石缝。但有人对这种说法表示反对，说这更可能是李卫国的脚先抽筋崴了，在岸上光脚丫玩的李卫兰想跑去救她的哥哥结果被水冲走了。

没有人提及石林。人们不无叹息地指出，这是水鬼在作祟，并言之凿凿，这一定是一男一女两只，它们每年都要寻找两个替身。河滩上阵阵哭音很

　　　　　　　遗失在光阴之外

快就已散去，并没有人知道石林曾在那天中午大声喊过"李卫国"。李卫国唤作老逼壳的老女人不久以后也死去了，她比李卫国兄妹幸福得多，躺在杉木棺材里，四周是喧嚣的锣鼓、震耳欲聋的鞭炮声以及漫空飞扬的纸钱，由四个人抬出县城的西门。她将有一个坟堆，一块青石牌。而李卫国以及李卫兰却什么都没有。

仅仅是一声呼喊啊。一个微不足道的声音就葬送掉两个鲜活的生命。人是如此脆弱，轻易也就碎了。光影交叠处，是蝴蝶的翅膀。

石林匍匐在黑夜里，注视着梦里所呈现出来的种种光怪陆离，冷汗沁出，浑身颤抖。它们幻化出蛛网、狐尾、蛇、猴子，紧缠着他，缠着他的手，缠着他的脚，缠着他的四肢百骸，越缠越紧。很多个夜里，石林总能听见有人在喊"李卫国"，声音穿过嵌在木框上的玻璃，再深深地刺入他的脑海。石林心头突突一跳，眼前马上就会浮现出李卫国与李卫兰的样子。然后醒过来，夜风如水。他所置身的这个有着四扇墙壁的房间就像一座冰冷的坟墓，他甚至能听见房间里还有第三个人所发出的呼吸，但他找不到他们在哪里。石林想，是自己害死了他们，至少，是害死了李卫兰。石林伸手去推睡在旁边团身握拳的父亲，声音打战。石林说："爸，你听见？"石林爸嘟哝声，问石林听见了什么。石林说："有人在哭，就在房间里。"

石林爸跳起来了，嗓子眼里立刻迸出一个字，"贼？"

没有贼的，就算真有，那也只会是一个可怜的贼。

住石林家隔壁的邻居是一个为领导开车的司机，家里经常有好吃的，他们家的孩子吃西瓜从来就不会把西瓜啃成一张皮，吃完常随手一扔。这让石林羡慕不已，也不无怨恨。西瓜可好吃了，不仅是瓤，就连吃剩下的那薄薄一层的西瓜皮，石林妈也会把它们收集起来，放太阳底下暴晒干，再拌以腌菜炒，撒上一些小小的鲜红的朝天椒，真的让人胃口大开。

那一年，年二十九，石林记得很清楚，月亮是暗黄色的，爬在屋脊上，活像一只毛茸茸的小狗。石林做完寒假作业就去睡了，约凌晨三四点钟，突然惊醒了，听见父亲在外面嚷，"捉贼啊！"

父亲穿了条大裤衩。父亲是上厕所时发现那贼的。那贼跑得真快，一闪，就出了厨房后门，撒开脚丫子飞奔，可惜百忙中跑错方向，竟然奔入石林家屋后那条死胡同，愣了，退后几步，发足，猛力往围墙上蹿，一只手已攀上围墙，却忘了另一只手上仍紧攥着的蛇皮袋，身体失去平衡，扑通声，人立刻跌下，哼哼唧唧就爬不起来了。石林赶过去，手里举着根从厨房摸来的烧火棍。贼，本来是怕的，可爸爸在，就不怕了。那贼应该是个中年男人，月光下觑不大清楚，嘴角有两撇抖抖的胡子，右颊有粒极大的痣。石林爸扑到那贼面前，一把夺过蛇皮袋，打开，手往里摸，定睛再瞧，却是石林妈晒的西瓜干以及前些日子从街上买来放厨房里刚炒好的葵花籽、花生。

石林听见父亲骂了声脏话，说偷啥哩。要偷也该偷隔壁的。父亲显然气坏了，这么冷的天，光着膀子追出屋，可不是一件令人高兴的事儿。石林就想拿烧火棍往下砸。石林爸拦住石林。那贼躺地上哼过几声，说："隔壁家没有西瓜干。"

石林爸就问："咋非得偷西瓜干？"

贼说："孩子想吃，拿别的，也不敢。"

石林爸就生气了说："咋不让你老婆晒？"

贼说："死掉了。没晒，孩子想吃，过年哩。"

贼说的话断断续续的，大意是：老婆死掉了，家里没人去路上捡西瓜皮晒干，快过年了，想帮孩子弄点吃的，别人家那些贵的苹果、梨子什么的不敢拿，就瞧中石林家的西瓜干，在拿西瓜干时，看见葵花籽、花生，就拿了一些，没拿多少，每样也就是抓了几把，让孩子过下嘴瘾。

遗失在光阴之外

石林不大记得那时的葵花籽、花生是多少钱一斤，应该不超过一角钱。那时流通第三套人民币，最大面额十元，叫"大团结"，他们这些小孩是看不到的。而一角钱的图案则是一群去田里劳动的人。它可以买到十三粒糖，那种略酸微甜、硬硬的话梅糖。嘴里若能含上一粒，整整三天都会感到无比幸福。

贼说话的口吻始终平平淡淡，并无一句讨饶。石林爸嘀咕了声，似乎是说，"你拿了我的，我的孩子吃什么？你想过年，我就不要过了？"

石林爸的话含混不清，石林没听得很清楚。那晚的风并不大，并不足以把声音给吹了去。石林爸挠挠头，拎起蛇皮袋，转身就往回走，走了几步，拧过身，在那贼面前蹲下，再从蛇皮袋里抓出几把西瓜干、葵花籽、花生，没吭声，然后起身领着石林回了家。石林记得很清楚，那天的月亮确实是暗黄色的，爬在围墙上直喘气，活像一头瘦骨伶仃、被人打瘸腿的小狗。

这种感觉真古怪。

石林爸拉亮灯，屋里确实没有贼，石林鼓足勇气把头伸出床沿往下望，床下也没有。石林很想说，是不是有鬼？

石林没敢说。这种东西超过石林当时的心理承受能力。不要提说，就是偶尔想一想，皮肤上的毛孔也会冷不丁地炸开，寒毛竖起，人就成了一只受惊的刺猬。那时，石林虽半大不小，认识的中国字也并不多，可鬼故事真没少听。比如鬼撞墙，有名有姓的某某人去屋外上厕所，百十米路，还有月光，可回来时居然找不到回家的路，一直到天色大亮，才发现自己在围着厕所兜圈。最可怕的还有一种传说，若半夜听见有人拖长声调叫自己名字，万万不可答应。若应了，魂魄就会被鬼吸了去。当然还有不少鬼剃头之类因对科学无知而深感恐慌的故事。

石林是害怕鬼的。

这种害怕可能更源于他所亲眼睹见的几块雕有鬼的木板。

那时石林并不知道那雕有十殿阎王里第六殿专司枉死城的卞城王毕以及专司肉酱地狱的第七殿泰山王董的木板是不可多得的文物。石林是在县城城郊的城隍庙里看见的。城隍庙里并无和尚、道士，不大，墙壁被风雨剥蚀得凹凸不平，屋角挂满蛛网，撑起房子的几根木柱全都开了裂纹，里面塞满碎石、瓦砾、干了的牛屎，风一吹，感觉就摇摇摆摆。庙里没住人，正殿圈养了两头水牛，两侧厢房则堆着从附近山上搂来做柴火的枯枝。

石林在正殿后面一个废弃的厨房里发现了它们。当时石林还以为上面雕有花鸟虫鱼，掀起衣襟拭去上面的灰尘，然后，石林就看见了鬼，各种各样的鬼，或在沸油中翻滚，或被钢钉凿头，或被黑狗啃吃，或双手反缚卧于铁钉床上被巨石锤打，或身子已被大锯剖成两半。其中最唬人的当数一个身子在石磨里打转血肉冒酱只剩下两只脚高高翘起的鬼。

石林吓着了。木板图案的雕刻甚是精美，虽年月已久，颜色不无斑驳，却更见凶厉虐杀之气。石林扔了木板，就往回跑。那天还下了雨，淅淅沥沥的。石林回到家后就发高烧，说胡话，病了整整一个多星期，上医院打青霉素也不管用，屁股都扎肿了，而青霉素在那时的人眼里几乎等于神药，不管啥病，一针下去，多能见效。老人们就说，不会是魂丢了吧？

最后石林妈没法了，就按老人们的吩咐买了点香烛黄纸插巷子口的泥地里烧，再一边往家里走一边高声喊石林的名字，"石林，回家啰。石林，回家啰。"说来真怪，过了些日子，病真好起来了。这或是属于心理暗示的那种治疗手段吧。

石林没对爸爸说屋里有鬼。石林爸关了灯，石林屏住呼吸。石林喜欢李卫国，但李卫国若是变成了鬼来找石林玩，他是否还喜欢李卫国？石林觉得是自己害死了李卫国，还有李卫兰。石林觉得自己若不喊那么一声，

遗失在光阴之外

李卫兰就不会死，李卫国也就不会死。石林把李卫国送给自己的东西全烧掉扔了。石林无法相信李卫国已真的死去。石林总希望李卫国能从巷子的拐弯处跳出来或从后面赶上来拍拍他肩膀，用力搂紧他说："石林，你他妈的。"石林还曾无数次站在淹死李卫国兄妹的河边，祈求老天爷让李卫国从水里再湿淋淋地钻出来，对着自己狡黠地说，这一切不过是他耍石林玩的。

石林不仅求了老天爷，石林还求了菩萨，求了关云长，求了孙悟空，求了玉皇大帝，求了如来佛祖。那时，石林并不知道这世上还有耶稣、穆罕默德等神祇，要不，石林也会虔诚地把他们的名字用树枝一个一个地写在沙滩上。

八

死亡（或它的隐喻）使人们变得聪明而忧伤。他们为自己朝露般的状况感到震惊，他们的每一个举动都可能是最后一次，每一张脸庞都会像梦中所见那样模糊消失。在凡夫俗子中间，一切都有无法挽回覆水难收的意味。

他在键盘上慢慢敲下这段从时间的河流里飘来的诗句。

人既然要死，为什么非要在此世上走上一遭？活着的人又为什么都怕死呢？

或者说死凸现了生的意义，所以生者要善良、勇敢、公正、真诚，可凡人都要死——在死面前人人平等，圣人、大盗、贞女、荡妇都要一样死去——那么生者又为何不可以选择凶残、懦弱、自私、无耻？

若说生的意义是创造，是被人缅怀，但吊诡的是，创造得越多，死去时失去得就越多，这种痛苦在临终那一眼里实在不好过。而事实上，我们所创造的在我们死后就与我们完全没有了关系，我们所留下来的名字也仅仅是贴在上面的一个标签而已，我们不再为它们喜悦与疼痛了。甚至不妨说，我们现在自以为骄傲的创造都是一块橡皮擦下的字迹。

没有人能够触及死亡。它不是桌子、椅子、杯子，它也不是火焰光亮与色彩，它让任何胆敢触及它的东西在顷刻间化成乌有。乌有，一个绝望的词汇。我们的存在难道真是子虚乌有的事吗？也许不是"乌有"，但不管我们怎么争辩，就在我们所争辩的这一刻，包括我们的眼睛瞥见这行文字时，死亡也不紧不慢地跟在我们的身后。这是一条大尾巴狼。在它绿幽幽而又近乎庄严的目光的注视下，人不是小丑还能是什么？真的是没有半点意义啊。

他在黑暗中流下眼泪。他默默地敲打着文字。这些文字在此刻，是有生命的东西。它们从不可知的空间飞来，装满了屋子。

也许只能这样安慰自己——生与死是一个硬币的两面。没有死就没有生。没有碎裂的果壳就没有饱满的种子。我们用肉体向时间提供丰腴的养分，我们或可以活在时间里。

也许只能这样安慰自己——生与死都是伪命题，它们都不存在，存在的只有"现在"，一个转眼即逝但可以无限拉长的点。

也许只能这样安慰自己——死是对生的祝福，生命像秋叶一样轻轻飘落，这就是最美。

也许只能这样安慰自己——人们害怕死亡只是害怕无家可归，当人们认识到大地是母亲时，人们或许会视死如归。

也许只能这样安慰自己——死亡并非真的死去，它只是变成了无机物，而无机物同样有着属于自己的活动方式，尽管那是人们所定义的无意识，但这种无意识或许也是我们尚未理解的生命的某一种形式。

遗失在光阴之外

也许只能这样安慰自己——死亡或许是一种解脱，是智者给一些厌倦了生活的人留下的一处最神奇的空间。普鲁斯特说，总有一天，当我们失望地发现，不可能彻底把握生活时，我们就会转而投身坟墓，求助于死亡。

也许只能这样安慰自己——死亡对死者并非不幸，对于生者才是不幸。

也许只能这样安慰自己——肉体只是灵魂的袋子吧。袋子坏了，灵魂就去睡了，并在某天被一个世上最动听的声音唤醒，亲爱的宝贝，你是妈妈生的……

第六章　那妞

一

青色的烟雾在屋子里弥漫。一个几乎被他遗忘掉的面庞从电脑屏幕深处爬出来。不是贞子。是一个说话爱拿腔作势胖乎乎又白又干净，因为太胖没有脖子脑袋摆在肩膀上的人——赵远桥，可能是念哲学的，可能是博士，非常古怪，有一段时间，常来找他，或许说什么，或许不说什么，但烟是一定要抽的，一根接一根地抽，还不断地咳嗽、喝水、上厕所。

他的手没有从键盘上离开。

赵远桥叹息着把篮球般大小的头朝他拱过来，说道："死，是一种诱惑，尤其对一个指望靠死来证明什么的人而言，死，简直就是一堆无与伦比闪闪发光的筹码，尽管它的分量可能无限轻，但，拿起它时，冰凉的指尖一定会在瞬间滚烫、发颤，而这时已然足够。"

他没吭声，回过头，去看赵远桥身后墙壁上的画。

那是一幅金黄灿烂的画。太阳拖着一条蓬松火红色的尾巴朝几户低矮的农舍滚去。有很多耀眼的光芒从画中央的一个裸体女人身上射出。说是

遗失在光阴之外

裸体，也不尽然。几块布条还是遮盖住女人的乳房，这更让人想跑入画里撩起这些侮辱观众的布条。女人躺在一望无垠的田野里，灿烂的麦垄在她身下起伏旋转，并堆出一阵阵泡沫般的香味。女人的腿拗得很开，成一个巨大的钝角，而正常人，哪怕跳芭蕾舞的，也很难把腿劈成这模样。这可能因为趴在她身上的是宙斯化成的公牛。女人的左手似在推开公牛，右手却死死地搂紧了它，脸上痉挛的肌肉扭成几团，令人难以分辨她是欢愉还是痛苦。在他们旁边还有一个死了的光着下身的年轻人。年轻人裸着的胸腔上有两个被公牛角洞穿的伤口，汩汩地流着血。大约死去不久，他能听到生命离去时所发出的声音。

他不大喜欢这画，也未取下它，那太麻烦了。这是前任房客留下来的礼物。在这幅画的旁边还有一张小一点的城市素描。城市被线条勾勒成一只兽，胃部塞着钢铁、玻璃与变形的号叫着的人。城市的腹部沉沉地向下拖坠，每一块皮肤的褶皱里都藏有呕吐的痕迹、污秽的粪便以及各种腐烂的动物内脏。

二

那天，赵远桥黑口黑脸地进屋，进来就开始乱翻。

他问："找什么。"赵远桥说："找文章。"他说："什么文章。"赵远桥说："一个年轻人失恋了，想自杀，就订购大量的花圈，以种种名义送给自己。"

他发了一会儿愣，想起特罗亚写的《最好的顾客》，虽说主人公是孤苦老人并非是失恋的年轻人，毕竟情节相似，且都与花圈有关。他从床铺下面的纸箱底层翻出一本外国小说选扔过去。

赵远桥捏捏书，打开已发潮的书页，胡乱地翻，又问："看了今晚的电视吗？"

他说："没。"

赵远桥说："一个精壮的男子为自己在山上修了座坟墓，用最高标号的水泥灌注，里面搁最好的螺纹钢筋，四周砌青砖。墓里的石棺是一整块青石雕成的。墓室四壁放满清水及干粮食品。"

他说："这有什么奇怪。金庸小说里的活死人墓你又不是没读过。"

赵远桥说："那是小说。这是现实。两回事。男人现就住里头等死呢。别人叫他出去，他不肯。你知道是为什么吗？"

他说："关起门练九阴真经吧。又或者说他想把我们这个时代的文化包括自身的遗体以墓穴这种横着切的方式留存给未来的人类研究。"

赵远桥哼了声说："男人失恋了。"

他哦了声，不再说话。

男人不失恋那还叫男人吗？男人裤裆里的那玩意儿是一杆枪。男人成长的历程就是扛枪走四方。失恋只是弹药飞出枪腔后所带走的后坐力。男人必须失恋，失恋意味着一个女人已被消灭，无数个女人同时浮现在瞄准器里。否则男人只开一枪就被后坐力掀翻在地，这人生未免过于乏味。

他笑起来。小时候他有一位同学，身高臂长，体格健壮，酷爱打架。后来长大了，混少年帮派了，当老大了，对一个笑起来脸上有俩酒窝的高中女生动心了，死缠烂打地把人家的肚子搞大了，就想去医院打胎。没钱，又不敢向父母要，便在晚上一口气打劫了一条街的店铺，结果被抓入狱。等再出来，已物是人非，江山易手。脸上有俩酒窝的女子已沦为别人的老婆。愤怒的同学抄起磨得锋利的菜刀把女生全家六口人全砍成一截截的。

他也曾在某张娱乐时报上看见过一个粗大的花边新闻。一个年轻人为

遗失在光阴之外

挽回爱情，不远千里赶赴女友的家乡，一下火车，立刻双膝落地，跪行数十里，一直跪到女友家门口，连续吃了几天闭门羹，民警同志强行将其送上火车，该男子仍偷溜下车，乘着安谧夜色的掩护，把自己挂在女友家门口的樟树上，并吐出长长的性感的舌头。

这些死都堪称干脆利落的行为艺术啊。

赵远桥嘴里飞快地蹦出一连串人名，苏格拉底之死、阿多尼斯之死、克娄巴特拉之死、俄耳甫斯之死、马拉之死、阿克泰翁之死……很多人名是他从未有所耳闻的。他不明白赵远桥说这些人名的意思。赵远桥说话的速度真快，他怀疑赵远桥的牙齿会咬断舌头。他也希望看到这一幕，但赵远桥灵巧的舌头还是挫败了他的这个愿望。

他耸耸肩膀。死，他见多了，不管哪种死法，实质并无区别。它是唯一可以被确认的事。其过程不可逆，不可重复。

他小时候去学校，若想抄近路，就得路过一所医院的太平间。那里死人很多，没完没了，所以靠太平间那堵墙上的野花开得特别茂盛，粉黄的，指甲般大，密密麻麻。就有人爬上去，摘花，编成花束，偷偷地放到女生的桌上，等女生一边嗔怒地说讨厌，一边随手撕下朵花瓣凑到鼻尖嗅时，就大喊大叫，吐舌头，扮鬼脸。

死亡或许还是一种游戏。当老人或病人即将死去时，总要先请尼姑到屋子里念经，念阿弥陀佛，并把木鱼敲得格格响，然后把蜡烛从卧室一直插到大门口。等人死硬了，再移至正屋，头南脚北面朝天地摆，同时敲开大门，门口烧点锡箔寿纸什么的。死人穿寿衣，头前供碗倒头饭、脚下燃盏引路灯、脸上盖张黄纸。再就是小辈们披麻戴孝。女要俏，一身孝。那些披发扎麻穿白布衫裙蹬麻布蒙面布鞋的小媳妇们真好看，嫩嫩的，掐得出水……整个过程着实搞笑，尤其是出殡时的干号，简直响彻行云。说真的，他也没少见往眼睛里面抹辣椒水的人。

赵远桥问："假如你已病入膏肓，自知时日无多，你会如何打发掉所剩余的时间？"

赵远桥坐下来，在纸上哗啦啦地写起字，字迹龙飞凤舞。赵远桥提供了六种选择。一是，尝试各种没有经历过的直接作用于感官之上的体验，比如吃摇头丸、滥交、旅游、疯狂花钱；二是，一个人阅读、思考；三是，关心别人，比如亲人、友人、爱人，试图为他们做点什么；四是，继续按部就班地活着，顺其自然，等老天爷扣扳机；五是，自杀，早点解脱，早死早超生吧；六是其他。

赵远桥的问题让他感到了虚弱。一种古怪没来由的感觉突地从心底深处凸起，横梗在胸腔处，发凉，生疼，有着铁锈的味道。他取下嘴里叼着的烟，扳断，揉碎，撒在地上。他不无愤怒。他曾路过埋在巷子深处的延寿庵。庵里在做水陆道场的法事，屋顶上的瓦都在咣当咣当地响。他一时好奇进去逛了一圈，在蒲团边看见一本佛经，捡起翻了翻，一边站着的俊眉俏眼的尼姑就说结个善缘，执意要把这书送他。他只好把书往怀里揣去，同时从怀里摸出十元钱往功德箱里扔去。花钱买的书自然是要读一读的。他读了一晚上，背下了那段二百六十字的《般若婆罗蜜多心经》。不生不灭，不垢不净，不增不减。他脸上露出古怪的笑容。

赵远桥说："怎么了？"他用力地朝地上吐出一口发了的绿痰，呸。

他厌恶抽象。他对那些形而上的问题已经感到深深的厌倦。它们是观察的方法，借此，人类或可以大步往前，但天晓得在前边等着人类的是什么。他嗑了下牙花子，腮帮子隐隐发疼。

赵远桥冷笑，"什么意思？"

他说："未知生，即言死，这是一个比屁还要大的诳语。好臭。"

遗失在光阴之外

他用手在鼻子前来回扇动。在他与赵远桥之间升腾的香烟烟雾或如羽毛蓬松一团，或呈片状层层叠叠。赵远桥眼睛里窜出一束火苗，亮得让人心里发毛。

赵远桥皱皱眉，算了，不说了。赵远桥起身走到门口，扭回头，嘴唇嚅动，又欲言而止，终于推门出去。

他又发了半天呆，凝视着藏在角落里的一块块几何形状的黑暗。几何意识是人的本能，尽管它缺乏生气，但人就是通过一个圆柱形的通道来到这个世界，然后被矩形、圆形、三角形、方形、椭圆形、长方形等种种所制约，渐渐四肢僵硬，面无表情。他觉得冷，双手交叉，握紧。他不晓得自己的体温是否能够温暖得了自己，但在某一刻，一种巨大的令人毛骨悚然的恐惧突然伸出手，猛地推开窗户，往他咽喉处一扼。他跳起来，抓住摇晃着的玻璃窗，身子外俯。街道躺在浓浓夜色里，像一根结实的绳索。绳索尽头是几幢破旧、悲伤、鼓出青灰色双眼的楼房。没有脚步声。世界死一般寂静。他慢慢地扭回头，赫然看见地板上躺着的那本外国小说选。

赵远桥没带走它。原来赵远桥来找他不是为了它。他往屋外追去。他没有追到赵远桥。事实上，就算追上了，他也无话可说。他回到屋子里。一些银白的颜色从躺在地板上的月光里剥落，再一点点干硬、变脆、发灰，堆在床脚，越堆越高。他突然明白赵远桥为什么找他。真冷。这么晚了，应该没哪家花圈店开门营业吧？

他这么想着，迷迷糊糊睡了过去。

过了一段日子，他在报摊上看到了赵远桥的名字。标题是"谁来关心他们的心理健康？"赵远桥死了。死得非常坚决。不仅服毒，还跳楼，那颗抽象的脑袋像一个摔在地上碎成几块的西瓜。他对此并不感到诧异。谁也拦不住一个真正想死的人。他花了五角钱买下这张报纸。他钦佩刊发这张犹带着血腥味图片的责任编辑与报社老总所拥有的勇气。不过，这则新闻的标题让他感到不大满意，不应该这么繁赘，四字即可——哲学之死。

他用报纸折了一只纸船，比小时候折过的纸船要大上好几倍。可惜街道不是河流。他走了几步就把小船塞入垃圾桶内，吹着口哨向前走。他越走越难过，越走膝盖越软，他不再吹口哨。在他拿不定主意去哪时，手机响了。一个也陌生也熟悉并饱含绝望的声音："我是那妞，你有空吗？"

他发了几秒钟的愣，终于想起那妞是谁。

那妞是赵远桥的女朋友。当然，也曾是他的女朋友。

三

这是一张小小的、白白的、让人心生爱怜的脸——这也是那些明清线装艳情小说插图里的标准的狐狸脸。他叹息着，伸手抹去那妞眼角的泪珠。被爱人如此背叛确实不大好受。

他抹掉了一颗，里面又涌出更大的一颗。那妞细长的眼睛在效率极高地生产着泪珠。若是泪珠能卖钱，那妞与他就大发了。他把那妞搂入怀里，指尖弹去那妞俯过身时滴在他膝盖上的泪珠。

晶莹的泪珠发出微弱的喊声，落到脚下，在草尖上晃，像黎明遗下的一滴露，不再与人有关。它似乎忘掉了刚从人体眼眶中挤出来时的疼痛以及在脸庞上流淌时的悲哀。它似乎已被自己体内不断迸射出来的红橙黄绿蓝靛紫迷住。

没人能捡得起一粒露珠。他扭过头，一只白色的鸟蹲在离草丛不远的树下望着他们。他们宛若一对恩爱的情侣。他继续抚摸着那妞的尖瘦光滑的下颌，像抚摸着一块轻软濡湿了的丝绸。他注视着树旁边那幢老式宿舍

遗失在光阴之外

楼二楼的窗户。窗户与窗户之间是几根锈迹斑斑的下水管道。

他念初中时，一个女老师曾经指着他的鼻子破口大骂，说他以后只能去扫厕所，不仅扫男厕所，还要扫女厕所。于是，他就沿着一条这样的下水管道，像猿猴一般灵活地攀缘而上，把装着屎尿的玻璃瓶扔进女老师的家，共扔了三瓶，其中一瓶砸在墙壁上滚落到床上，在雪白的床单中央溅出一朵颜色与向日葵一般、线条更为热烈的花。

空气中有白玉兰的香味。

树在一堵堵被精心修剪过的女贞灌木边悠闲地舒展着枝叶，投下一块块或大或小的影子。这所著名的高等学府里的一切都让人迷醉。他目送着一个翩翩女生近乎透明的身子消失在一大片金光灿烂的阳光中，感受到那妞胸前的柔软。那种麻酥酥棉花团一样的电流正透过膝盖往下面流。他没有说"节哀顺变"这种客套的外交辞令，轻轻地拍着那妞瘦削单薄并不断抽搐的脊背，意识到他与那妞现在的这种姿势很像是那妞在为他口交。他略感局促与不安。他瞟了一眼四周，马上就为这种姿势所带来的甜美与舒适所陶醉。

那妞目前也算是某种意义上的"小寡妇"。虽然死去的赵远桥已经主动放弃押其去民政局伏法的可能。但"小寡妇"就是一块挂在窗户上等待着家猫与野狗们来咬上一口的肉。

那妞或许感受到他双腿之间的异样，仰起脸，瞟了他一眼，坐直身，像石头，一动也不动，过了几分钟，理了理头发，嘴里轻吁出一口气，起身往前面走去。他跟在后面。他们出了校门，拐过几条小巷，到了那妞在校外租住的房间。

那妞掏钥匙开门进去。他在门口疑惑了几秒钟，还是迈进去。房间不大，家具也不多，一张床，一张书桌，一个简易衣柜，一把木椅子。床上的被子叠得见棱见角，桌上的书码得整整齐齐。那妞掩上门，又随手拉上印有淡蓝色小花的窗帘，屋子里的光线黯淡下来。他的心脏一阵急跳。他咽着口水，喉咙有点发干。

那妞在床上坐下，开始解衣服上的扣子，解胸罩上的搭扣，解腰间系着的皮带。每脱下一件，就小心地折好放在床边椅子的靠背处。她不慌不忙地脱着衣服，好像他是一个隐形人。但当她脱下那条乳白色印有一个卡通米老鼠的内裤后，身子就开始瑟瑟，宛如风中的树叶。她不无羞涩的双手抱住肩膀，头埋在胸前，蜷缩成一团。她太瘦了。胸口那两只乳房青桃子一般细小。腹部有肋骨凸出，臀部也是尖尖的，腿上还有一些青紫色的瘀痕。她就像一个还未发育成熟的孩子，却对男人有着古怪的近乎致命的吸引力。他深深地吸了口气。他知道她的一切。她今年已经二十六岁了。

他站着没动。过了许久，他听见那妞说，你对我没兴趣了吗？他摇摇头又点点头。他不清楚自己摇头与点头到底想表达什么。他不无难为情。他扭过身去看在床头墙壁上挂着的一面圆形的小镜子。他在镜子里面。他与那妞也是在网上相识的，那时那妞的 ID 叫"小镜子"。

他们曾经是那样肆无忌惮。他们缩在火车尺许宽的卧铺中做爱，躺在高速公路边的草地里做爱，靠在学校实验楼的水箱边做爱，躲在图书馆的楼梯死角处做爱，但终于有一天，他们不再做爱了。也许是他并不能真正理解她身体里的奥秘。不管他多么努力，也不管她的高潮有多么猛烈，她的身子还是那样瘦小单薄，并未因为他的辛勤开垦而变肥沃。

他说："我怕我不行。"

那妞的身子缩成更小的一团。手下意识地绞着床单的角。指节发白。床单咯吱响。那妞说："你刚才不是很想要吗？"他说："刚才是刚才，现在是现在。"那妞叹口气，没再说话。他在那妞身边坐下，想为她披上

遗失在光阴之外

衣服。那妞抱住他。她细长冰凉的手指头像铁丝一样划过他的皮肤。他感到了灼热。他察觉到她的乳房、颈项、臀部、脊背与腿已紧绷成一根线。他是否会拽断这根线？

他犹豫地扭过头。那妞没有避让，眼睛亮得吓人。他们默默地凝视。他推倒她。她终于开始了大声哭泣。他在她体内。他被她巨大的悲伤裹紧，裹成皱巴巴的一团。他有些惊慌地抬起头。他再一次看见了墙壁上的镜子。它已经是一个幽深冰凉的洞穴。他跌入其间。

他想起曾阅读过的一篇童话《小猪照镜子》：小猪的脸很脏。小兔送给小猪一面镜子。第二天，小猪把脸洗干净。但当照镜子时，苍蝇把苍蝇屎拉在镜子上。镜子里的小猪是脏的。小猪拿毛巾擦来擦去，小猪仍然是脏小猪。小兔把镜子上的苍蝇屎指给小猪看说："脏的是镜子，你的脸已经擦干净了。"从这以后，每当小猪照镜子看到镜子里的小猪脸脏了，就想，这是镜子脏了，自己的脸其实是干净的。所以，尽管小猪天天照镜子，小猪还是一只脏小猪。

他想起马克·彭德格拉斯特的《镜子的历史》里的一些文字：我们在这个奇特的平面上所看到的一切可以告诉我们许多关于自己的东西。在整场人生戏剧中，镜子似乎都是人们用来自我认识或者自欺欺人的工具。我们既用这个能反射的平面来揭示真相，也用它来掩盖事实。一方面，我们想看清事物的真实面目，想探索生命的神秘之处；另一方面，我们又想让神秘的东西保持神秘。我们渴望获得确切的知识，但是同时又陶醉在想象、幻觉和魔力之中。

他想起在明人张岱所著的《夜航船》里读到的破镜重圆的典故。南北朝时期，徐德言是陈后主之妹乐昌公主的驸马。其时，隋朝强盛，陈朝国势颓。徐德言与乐昌公主将一面铜镜破为二，各分其半，约定万一两人失散，就凭此信物互相寻找。后来，乐昌公主为杨素所得，为其宠姬，但不忘约定，每年的正月十五，都叫老仆拿着半块铜镜沿街叫卖。很多年过去了，徐德言来到长安，得见破镜，涕泪而下，即在镜上题诗曰，镜与人俱去，镜归人未归。乐昌公主看到诗后，悲泣不已。杨素询问缘故，亦是怆然，便把乐昌公主还给了徐德言。

他想起智俨于《华严一乘十玄门》中为阐明理与事之间的相互涵融所打的比喻。"帝释殿网为喻者，须先识此帝网之相以何为相。犹如众镜相照，众镜之影现一镜中，如是影中复现众影，一一影中复现众影，即重重现影，成其无尽复无尽也。"

他想起罗伯特·富特在《虚幻境界：探索宇宙中的镜子物质》一文中所说的镜子宇宙。那是一种区别于反物质的一种物质，是造成天文学家一直没有找到的所谓"黑物质"的原因。这个镜子宇宙以看不见的和谐的方式和我们的宇宙共同存在。当然，如果镜子物质存在的话，那么就应该有镜子恒星、镜子行星，甚至是镜子生命的存在。

他想起比拉·阿姆斯特丹在《两岁前镜中自我形象的反应》一文中对人类婴儿在镜子中自我认识的研究文章。最开始时，婴儿似乎只认识镜子里的母亲而不认识自己。到六个月时，婴儿可以在镜子前玩耍和露出笑容，但是他们仍像对待另一个孩子那样对待镜子里自己的形象。一岁时，他们开始到镜子后面寻找那个神秘的玩耍伙伴。

他想起奥森·韦尔斯执导并主演的电影《上海小姐》。结局设在了旧金山娱乐公园里的娱乐宫，里面的哈哈镜通向一个有魔力的镜子迷宫。漂亮、不守贞操的丽塔·海沃斯和身患残疾、愤恨怒怨的律师丈夫相互冲着对方的形象开枪，结果却打碎了一面又一面的镜子，直到最后他们真的击中了对方而双双身亡。

　　遗失在光阴之外

他想起扬·凡·艾克完成的《阿尔诺芬尼的婚礼》画作。画家在背景墙壁上的镜子里画上了从背后看到的情景，其中有画家自己和另一个男人。画家在这里是证婚人，所以，画家在镜子的上方郑重其事地签上了自己的名字。于是，艺术家在历史上第一次成为真正的目击者。

他想起了把盾牌当作一面镜子所以斩杀美杜莎的英雄珀尔修斯，想起了把水面当作镜子在孤芳自赏、死去的美少年那喀索斯，想起了《哈利·波特》小说里厄里斯德的那面能向人们展示心中最深切、最迫切的欲望的镜子，想起了十七世纪法国文学中最耸人听闻的书名《淫妇赎罪之镜：玛丽·希格斯因为与她的狗犯了可憎的兽奸罪行于 1677 年 7 月 8 日星期三被处以死刑，她的狗同一天也被吊在树上绞死》，想起了但丁逝世前不久完成的《天国》里充满了对镜子的虔诚赞美，想起了西德尼·谢尔顿所著的《镜子里的陌生人》……

他也想起博尔赫斯说的"镜子是污秽的"这句话。最早，他还并不理解。后来看到了一个动物学家做的实验。两只海豚喜欢在一起做游戏，但是当面前有了镜子时，它们的性欲达到亢奋状态。在半小时之内，它们想把阴茎插入对方达四十三次。在所有这些尝试中，它们都采取了能在镜子里看到自己的位置，如果它们的身体漂游出了视野，它们就立刻中断性交，再回到镜子前继续游戏。再后来，他又在许许多多本书里看到了关于镜子与性的内容。当然，这里面自然少不了《红楼梦》里那把两面皆可照人的风月宝鉴。

他也看见小时候在一顶从远方飘过来的巨大的帐篷里那些哈哈镜面前的自己。

他还看见身边所有的孩子都在发出欢快的尖叫声。他目瞪口呆地看着在眼前不断闪现的肥矮侏儒与瘦高巨人。他用奇形怪状的手摸着奇形怪状的脑袋，试图转到镜子后去了解这些镜子的秘密。但后面什么也没有。一个滑稽的小丑坐在售票的椅子上冷冷地注视着他。他感到不安。他揉着眼又重新回到镜子前。这一次，他看见了一片芦苇在水边吐出雪白的芦花。

阿宝在水中擦洗比芦花还要雪白的身子。

水伏在阿宝脚下，缎子一样，渐渐收束成团。阿宝骑上去。水微微摆动。阿宝的阴阜没有毛发，左乳房上还有一个鲜红的唇印。他赶紧抓住水呈扇形的尾翼纵身跃上，水顿时生出口鼻耳舌须发，赫然是龙，是金黄的龙，立刻飞腾上空，眨眼间就已来到星辰之间。有的星星只有指甲般大。有的星星如山崖峭立。一只船在星光之间飘荡，船上有打捞星光的人，他们使用一种透明丝线编织出来的网兜，那些星光在网兜里一团团颤动。他们还揖舟而歌，"日暮长江里，相邀归渡头。落花如有意，来去逐轻舟。"

他问阿宝。天上也有长江么？阿宝不见了。

他的手上蓦然一空，身子随即失去重心，往前扑去。脚下那金龙砰然化作水珠，在星光中一颗颗滚动，就滚成星星。黑色缓慢地升起，天空像个口袋，被看不见的手合上拉链。他站在湿漉漉的赑屃上，足底温凉。四周是山，山石平滑，上面镌有古怪的他一个也不认得的楔形文字。月亮在青灰色的口袋上剪出一个残缺的圆，一束束光线从缺口处浇了下来。更遥远处是一轮金黄的太阳，它好像仅仅是一个概念上的存在，他感受不到它半分热量。赑屃缓慢地爬。

它对他说，你是螭吻。他说，你不是屋脊。它对他说，你是蒲牢。他说，你不是钟纽。它对他说，你是狴犴。他说，你不是狱门。它对他说，你是饕餮。他说，你不是鼎盖。它对他说，你是趴夏。他说，你不是桥柱。它对他说，你是睚眦。他说你不是刀环。它对他说，你是金猊。他说你不是香炉。它说你是椒图？他说你不是门楣。他们一问一答。一些黑色的石头在他们的身边滚动。它沉默下来，开始吞食月亮撒下来的雪。

他听见一个声音在说，"龙生九子，子子不成龙。"

他皱起眉头。山在他眼前一点点变成海水。山石上的字渐次扭曲端正清晰，成了他熟悉的汉字。上面记载了一个故事，说的是龙流出的血。蚩尤是龙族，黄帝是人族。最早，龙族统治着大地，它们近乎完美，餐风饮露，铜头铁身，力量可以在眨眼间覆盖山岳与河川。而人族，原本只是龙族的仆从与食物。人族不甘心被奴役的命运，在黄帝的引导下与龙族展开厮杀，一开始人族节节败退，他们在骄傲的龙族面前不堪一击，但人族善于学习，学会智谋与诡计，往往布下死局，让一条龙面对成千上万拿着利刃的人族。最重要的是，人族的繁衍速度太快了，呈几何数字地增长。龙族杀掉了一千个人族，人族同时可以再生产出一万个。而龙族则要等好几年才能哺育出一个新生命。龙族慢慢虚弱。人族逐渐强大。造物的神也厌倦了龙的统治，他们要给这片大地换一个新的领导层——这是他们的游戏。他们派出九天玄女。终于在涿鹿之野之战中，蚩尤被杀。天下归了人族。但还有许多龙族未在这场浩劫中死去，它们潜伏于荒原大泽、冰凉的雪山、幽深的海洋。有些龙放弃了重新主宰这片大地的念头。有些龙不甘心，混迹于人族中，学会了用人类的皮肤来掩饰自己。它们最后的努力是建立起一个叫商的王朝。它们是饕餮的一支，所以在青铜器上刻下饕餮纹来记录它们的血统与骄傲。但那是回光返照。周灭掉了它们。从那以后，龙族再也没有建立起一个真正的王朝。龙的子孙们也几乎忘掉了自身高贵的血统，它们甘于被人奴役，心甘情愿地立于屋脊、钟纽、狱门、鼎盖、桥柱、刀环、香炉、门楣。

他听见一声悲伤得比时间还要长的叹息。

或许真正的龙只剩下神话中的那些了。所谓共工触不周山吧。他发现脚下的巅峰也不见了。阿宝在虚空中现出身影，神情狞厉，把他一推。他往下坠，无力动弹。无边无际灰色的虚空像流水一样飞泻。他的胸口突起一个扭钮，半边红，半边绿。红的那边在闪光。他按下绿的那边。绿的开始闪光了。他头顶的虚空凝聚成一面镜子，他看见自己，他成了一个女人，而且他就是阿宝。他吓一跳，赶紧去按红色的半边，这回，按钮碎了，他成了一条龙，呼啸着，在虚空之中，身体里流动着红与绿两种血液。与此同时，镜子也碎了，无数银白色的星辰密密麻麻飞溅而下，就似悬崖上的瀑布。

他蓦然惊醒，从床上坐起，耳朵里仍是轰隆隆的水声。

四

你怎么了？那妞小声问道。那妞坐在椅子上，脸上犹残有被泪水啃过所遗下的一些糟糕的痕迹。淡淡的阳光把一抹惨淡的血色抹在上面，也把一丝惊疑不定的暖意抹在她身上。那妞穿着整齐的衣服，一只手托着腮。他凝视着她暴露在衣袖外面那截蜡黄的手臂，慢慢镇定下来。

他说："我只是想起了小时候的女老师。她丈夫也是教书的，不过是在另外一个县。他们两地分居。她丈夫可能读书读得，有点迂，做事比较搞笑。这个人听到有女人在路边的屋子里哭喊救命，就踹门进去，惹恼了趴在女人身上的派出所所长，当场被打个半死，还不服气，居然去告，左折腾右折腾，最后被那高喊救命的红唇白齿的女子一口咬定他是强奸犯，幸好所长及时赶来，这才强奸未遂，结果被从重从严判了七年，想不开，撞墙死掉了。"

那妞说："女老师岂不是要难过死？"

遗失在光阴之外

他摇摇头，"不，难过总是要过去的。不久之后，女老师嫁给了一个男人。是司机，虽然不懂茴字有几种写法，但生活得还不错，当然，也吵架，不过，这不影响他们生下一大堆孩子。她的孩子也都争气，有一个考上了北大，现在在外交部任职。我前些年回家，她已经是一个受人尊重的慈祥的老太太。"

那妞嗯了声，轻轻说道："谢谢你。"

他开始穿衣服，说道："没什么，我只是担心我做得不够好。"

那妞脸上的表情有了一点古怪，一点犹豫，一点尴尬，语气也略有一点结巴。那妞问道："我可以问你一个问题吗？"

他说："可以。请随便。"

那妞说："你找过小姐吗？"

他愣了下说："为何想到提这个？"

那妞用力地把薄薄的嘴唇向一边撇去，眉宇间的表情既迷惑又不无自嘲。那妞弯下腰，拉出桌子底下的抽屉，摸出一沓打印纸，说："这是我整理赵远桥的遗物时发现的一篇文章，名字叫《嫖娼问题》，他死的前一天写的。上面有落款时间。他可能去过。我们已经很久没有过性生活。也说不准。他是如此一个腼腆的人。你们是好朋友，你应该了解他。你说他到底有没有去嫖过？"

他接过那妞手上的稿纸，沉默下来。

五

  暗红色的幕布慢慢拉开。背景：某洗浴城桑拿房。水汽雾汽四处弥漫。房内有两个赤条条的男人，一个卧东南角，一个卧西北处。

东南角的男人肥壮白嫩，肚子大如孕妇。西北处的男人干瘦猥琐，老鼠眼，嘴边有两撇黄胡子。俩人年纪都约在五十上下。老鼠眼说："这事有点复杂，有必要先说说那一家老中青三代。"大肚子嘴里嗯嗯地应着，翻过身，下颌抵至木椅上，脸上露出极为惬意的表情，说："不着急，慢慢讲，咱们别的没有，还怕没时间么？"老鼠眼就笑，"这倒是，现在有钱不算成功人士，得有时间。"俩人开始交谈。老鼠眼咳嗽了一声，开始说话。

石解放，男，现年六十岁，市林业局调研员兼人大政协委员。生于一九四五年九月二日。这天，在东京湾的美国"密苏里"号战列舰上，日本签署无条件投降书。在满中国的欢呼声里，石解放的妈——一位来自北平的十九岁的女学生，在一处逼仄狭小的窑洞里顺利地成了一对双胞男婴的妈。石解放的爸是老红军，时年三十八岁。"解放区的天是晴朗的天，解放区的人民好喜欢。"漫山遍野都是踩着高跷、扭着秧歌、头缠白巾、脸庞黝黑、把锣鼓敲得震天响的陕北汉子。山岗上是一轮红彤彤、光芒四射的太阳。远在前线战壕里的老红军双手捂脸热泪从指缝里淌下。老石家不容易啊，三代单传人丁稀薄，而今终于盼出头，打了翻身仗，一下子收获俩"带把的"，这若没有毛主席领导咱们干革命，可能吗？具有高度思想政治觉悟的老红军发去电报为俩孩子取名，一个叫解放，另一个叫战争。

解放生得黑瘦，是哥，爱咬手指头，整天面目深沉；战争生得白胖，是弟，爱笑，没事就朝人吐舌头。不久，国共较量，白山、黑水、黄土、红血。孱弱的十九岁的北平女学生显然没法像回娘家的小媳妇那般左手一只鸡右手一只鸭似的把两个孩子拎在手中跟着大部队转移。一番思忖，捧捧这个，亲亲那个，眼泪就止不住地往下流，最后一咬牙，背起了笑成一朵花的战

遗失在光阴之外

争，把愁眉苦脸的解放留给老乡，也留下一路的号啕。有妈的孩子是块宝，没妈的孩子是根草。这应该说是石解放的不幸。不过，石解放也因此拥有了平生唯一的神话。

那年三月，龙抬头。排成镰刀状的国军剃过解放区里的一个个村庄。枪声不断响起，不断有人跌倒。没逃掉的村民被美式武器装备到牙齿的士兵赶至村头的池塘边，挤成一堆，沉默着，准备接受绝望的命运。突然，在老乡怀里的石解放说话了。两岁大的孩子眼泪汪汪地对一个正准备下令射击的军官喊了一声，叔叔。"叔叔，等会不要把我扔进池塘，就留岸上，好吗？要不，我妈会找不到我的。"童音稚嫩，清晰入耳。所有的人都愣了。先是池塘的水面出现一圈圈涟漪，然后是池塘边老树上的那些还沾有血迹的树枝与叶开始剧烈摇晃，紧接着天空中出现一道耀眼的光，如倚天长刃，猛地劈向那灰蒙蒙冷漠的苍天的心口，雷声溅起，万千乌云翻滚而出。军官被震撼了，士兵被震撼了。这不是才两岁大点的孩子，是神！只有神才能借助于这具细小的肉体说出这等煽情的话语。石解放不仅没死，整个村庄还因他得救。可惜差点被村人当成菩萨拜的石解放终是没找到他的妈妈，他甚至没有见过一次他的亲生父亲。

一九四九年，北平女学生带着石战争冲越封锁线时不幸踩响地雷，被炸成碎片。同年，老红军也在一次战斗中壮烈捐躯，身体被罪恶的子弹打成筛子。幸好人民政府在。石解放这个富有传奇色彩的孩子经过一番辗转来到专为烈士遗孤开设的孤儿院。在那里，他遇到他这一生的爱情，一个脏兮兮流鼻涕的同龄女孩。女孩常悄悄地爬上孤儿院的穹形屋顶，对着天上的每一颗星辰许下愿望。她一点也不贪心。她只想再看一眼爸爸和妈妈，听他们说话。天上的星星很多，但从来没有哪一颗能满足她的愿望。石解放听到她的哭泣，就捏了两个泥人儿送给她，说："这个是爸爸，那个是妈妈。"女孩就不哭了。很多年过去，大约是十五个春夏秋冬吧，其间经历各种重大事件的考验，比如离别，也比如再聚，他与女孩积极地响应"人多力量大"的号召，幸福地结为夫妻，生下儿子石大寨。

十九岁的爹不好做。二十四岁病死了老婆的爸更不好当。石解放是个好同志，顶住一切艰难困厄，没向党和国家伸手，更没利用自身职权搞歪门邪道，他作风正派，工作踏实，不仅独自为石大寨撑起一片天空，还做出诸多有功于人民的成绩。他组织推广了拖拉机集材伐区生产工艺设计，承担过高陡坡森铁线路设计。在担任长达十年的市林业局局长时，抓管理，搞经营，使本市森林覆盖面积一直位于全国首列。他还发表了《林区采伐与更新》等一系列有重大影响的科研论文。

大肚子说："很牛的人嘛。可石解放六九年死了老婆，为啥不再娶一个？何必苦苦忍受性欲折磨？他做了十余年的处级干部，这投怀送抱的应该不少。你可别对我说革命时期就没有男上女下。"

老鼠眼说："石解放为何不续弦？那会儿都说后妈是披着人皮的狼，你说，石解放敢再娶吗？儿子重要还是性欲重要？"

大肚子说："黄蜂尾上针，毒蛇口中牙，毒不过妇人心。我操这天下的女人。"

老鼠眼说："也别操全天下的女人。嘴上留点德。你妈你姐你妹会不乐意的。你还别说，石解放的老婆就挺不错。石解放没再续弦可能与她也有关。说来你可能不信，六九年到现在三十多年了，石解放写了三千多首悼亡诗词献给她。"

大肚子说："你咋知道？"

老鼠眼说："孤陋寡闻了吧。啥时，我带一本石解放自费出版的诗集

遗失在光阴之外

让你瞅瞅。有古诗、有乐府、有绝句、有词牌，还有几十首现代诗。念一阕《点绛唇》，让你开开眼界。'人在旅途，相思望断云生处。花间起舞，影比孤月枯。酒仅一壶，落寞天涯路。泪很苦，灯下剪烛，不忍见它哭。'这意境不简单吧。"

大肚子说："屁，平仄都没。还是说说石解放的老婆，我好奇。"

老鼠眼说："也没啥说的。你去看沈三白写的《浮生六记》之闺房记趣。又比如写《梦溪笔谈》的沈括。老婆是母老虎，天天对他拳打拳踢，扇耳光拔胡子罚跪，他反爱得不行。老婆死了没几年也抑郁而亡。"

大肚子说："你说石解放是受虐狂？"

老鼠眼说："扯淡。你是看多了小日本的 DV。这样对身体不好。我是说夫妻之间的恩爱怨仇，外人是觑不出端倪的。就如穿鞋，合适与否，只有脚趾头知道。"

大肚子说："我明白了。这是他老婆死得早。若一直与他敲着锅碗瓢盆，石解放还能写出三千首悼亡诗词，我才真服丫的。怀念死人，谁不会？这与打仗一样，占据的是道德制高点呢。你还是说说石大寨。别编小说，讲瞎话。腻。"

石大寨，男，现年四十一岁，市远大住宅集团董事长。生于一九六四年十月十六日。这一天，中国爆炸了第一颗原子弹。当然，石大寨的名字与这件大事无关，而缘于当年二月十日《人民日报》刊登的那篇在神州大地掀起浩浩荡荡"农业学大寨"运动的《大寨之路》。石大寨五岁死了妈。父亲在运动中上上下下折腾了好几回。他年纪小，没觉得委屈，城里山里，哪一处都有阳光与雨水。他苗壮成长。他一帆风顺。他十八岁那年考上上海的一所大学。他二十岁遇上了他的第一次爱情。

"爱情"要过生日了。他向哥们借钱准备在当时最高档次的人民饭店请客。得让姐俏有面子啊！钱不够，不敢写信向石解放要。石解放手指下能掐得出分文。石大寨在街道上溜达一整天，最后灵机一动，捡来一件破烂衣衫套身上，往脸上涂几块墨汁，用绷带绑起左胳膊，上街头一跪，面前再铺一张痛述悲惨史的白布。结果乞丐还真是一门前途远大的职业，几个晚上下来，收入着实不少。他欢喜之下就买了当时颇为稀罕的烟花。焰火升起，"爱情"心潮澎湃，他热泪盈眶。他用手把"爱情"揉得像面团就想那个。"爱情"迅速地把嘴唇从他的额头移开。"爱情"说："我们是不是相爱？"他点头。"爱情"说："结婚时，再把身子给你。好吗？"他摇头。"爱情"说："爱是需要一个仪式的，比如婚姻。结了婚的人才可以那个。""爱情"的声音很细，像蚊叫。月光把"爱情"的脖颈洗得比煮熟了的虾还要红，这可真奇怪。他就点了头。然后，他们大眼瞪小眼，眼睛里水汪汪了好一阵子便各自回去睡觉了。等到他明白身体便是爱所能举行的最好的仪式时，"爱情"已把最圣洁的初夜奉献给了系主任，从而得以留校，成为骄傲的上海人。当然，这样的人生挫折显然是微不足道的。石大寨毕业了，回父亲所在的城市，在工商局上班。一年后，因难耐荷尔蒙的躁动，同时，也因为父亲的安排，他与父亲世交的女儿，一位风情万种爱穿开衩旗袍的银行职员结婚，生下儿子石林。三年后，银行职员爱上一个摆地摊出身的大款，送来离婚协议一份，并愿意以十万元人民币的代价冲出围城。石大寨大怒，收下人民币，签了离婚协议书，把儿子托付给石解放，下海了。那是九二年。邓公南巡，在南海边画了一个圈。

三年的时间里，石大寨做房产发了大财。这期间种种不必细说。

那年，那个天使降临人间的夜。在一架从北京飞往上海的飞机上，石大寨偶遇上一个女人。女人的脸似工笔小画。睫毛长，且弯，就像覆盖在

遗失在光阴之外

画上的一把不停扇动的小扇。眉修长，渐细渐淡，隐入鬓角。唇向上嘟，厚，红润丰腴，玫瑰花瓣般。女人比一颗被热带阳光晒干的进口水果的果仁还要香。石大寨的眼珠子都要掉地上。自然，女人也被石大寨深深地吸引。他是那样英俊、博学、幽默，并且富有——这从他的衣着与腕表就不难看出。他们一见钟情坠入爱河。就在他们约定下飞机后共度销魂之夜时，意外发生了，飞机的起落架失控，不得不紧急迫降。飞机燃起熊熊大火。烟尘呛人。女人昏迷过去。为了保护她，石大寨的脸被火焰烧伤。镜子里的他活像鬼魂。石大寨叹息一声，摘下雷达腕表，搁入女人怀里，转身离去。尽管整形手术进行得还算成功，石大寨脸上还是留下了许多伤疤，整个人有了非常大的改变。石大寨回到上海的公司，继续自己的生意。一次偶然，石大寨又看见了那女人。女人居然是北京某公司的营销总监，手腕上戴着那只雷达表。石大寨心口一热，想起小时候看过的某篇小说，就把公司托付给信得过的人。那年，宏观经济调控，公司里的事务并不多。石大寨跑去女人所在的公司应聘，成了女人手下的一名员工。石大寨开始追求女人。显然，女人没认出石大寨，毕竟他们只相处了几个钟头。女人应该只记得那个英俊的他。不熟悉石大寨底细的同事纷纷嘲笑他是癞蛤蟆。女人矜持而又礼貌地拒绝了石大寨，说她已有心上人。女人的心上人应该是那个曾经英俊的自己。石大寨继续苦苦追求，仍没结果。石大寨实在忍不住，趁与女人同机出差的机会，重复起那个夜晚与女人说过的话。女人终于认出了他，惊果了，问怎么会这样？石大寨说："那场火不仅烧毁了我的容颜，还烧掉我的运气，生意一败涂地，我不得不北上谋生。"石大寨是骗女人的。他只是想看看女人究竟会爱上什么？女人沉默了。过几天，他们回到北京。翌日，石大寨收到一纸解聘通知，还有那只腕表。石大寨去问女人为什么？女人凝视着窗外的蓝天白云，慢慢说道："你不是他，你是凶手，你打碎了我的梦。"

石大寨冷笑一声，掩上门，离开。他回到上海，幕后操纵了一段时日，买下女人所在的这家公司，派出经理解雇了女人，还派人跟踪她，让其一次次地陷入灭顶之灾。一切都开始与女人作对，所有的人对她似乎都是居心叵测。女人并不明白究竟是因为什么。被绝望吞噬的女人不得不靠出售身体维持生计。石大寨再一次出现在女人面前。那也是一个天使降临人间的夜晚。他是女人的客人。女人很敬业。他问女人过得好不好。女人不吭声，脸是浮肿的，脂粉很厚，唇上有很多细小的皲裂，左额处还有一块青紫，是被嫖客殴打造成的。石大寨把事情原原本本地告诉女人，包括他的脸是因为什么被火烧毁的，再转身离开。

大肚子说："兔崽子真狠。这么报复女人啊。"

老鼠眼说："无毒不丈夫。又或许是他爱上这个与果仁一样可口的女人。爱有多深，恨就有多深。两者的距离不会大于一微米。对这个女人的报复，意味着他与爱情的彻底决裂。这是他的宣战书。爱情，一旦成了敌人，当然得不择手段痛歼之。"

大肚子说："他咋不去报复当年让他受伤的'爱情'与那个给他戴绿帽子的银行职员？没道理啊。"

老鼠眼说："也许那两个女人已经没有了让他报复的资格。记得你曾对我说，读初中时，一个混混扇了你九个耳光，当时你发誓一定要杀了他全家。现在人家在大街上擦皮鞋，你咋不开着你的雅阁2.0去压断他的狗腿？"

大肚子说："两回事。"

老鼠眼说："一回事。"

大肚子说："也是。那石林又是哪回事？"

遗失在光阴之外

石林,男,现年十七岁,市十一中高三学生。生于一九八九年十一月九日。

这天,轰动法国的毕加索名画盗窃案宣告破获,主谋是毕加索的孙女玛丽娜家中的警卫。这天下午六点五十七分,柏林墙轰然坍塌,德国结束分裂。

为什么石大寨没给儿子取名为石名画或者石柏林或者其他? 或许是因为石大寨作为普通老百姓已经厌倦了那些风云变幻的政治。老百姓是要踏踏实实地过日子的。又或许这纯属表达石大寨对云南石林——那个美得几近传说之地的向往之心。

石林从小在爷爷石解放身边长大。石林三岁能背唐诗三百首,在观看八月三十一日首映的《秋菊打官司》时就开始整天对着人生的天空嚷"讨个说法";四岁当着电视台记者的面把圆周率念到五百位后,提出《废都》是垃圾的著名论点;五岁在幼儿园里成为孩子王,喜欢上《樱桃小丸子》《机器猫》《美少女战士》《灌篮高手》《流星花园》等卡通片,对王志文在《过把瘾》中的表演不屑一顾;六岁独自跑去影院观看阿诺·施瓦辛格主演的《真实的谎言》,并广泛发动群众逮获青壮级别小偷一名;七岁入读小学一年级,每次考试都拿双百,成为老师们的宠爱;八岁对柯受良驾三菱车飞越黄河之举嗤之以鼻,在省《少年文艺》发表第一篇文章;九岁在观看电影《泰坦尼克号》时潸然泪下;十岁把家中数十辆遥控汽车出租给同学赚到平生第一个一百元,并在 E 时代的滚滚喧嚣声中,第一次光临网吧,阅读痞子蔡的《第一次亲密接触》,下决心要找到属于自己的"轻舞飞扬";十一岁耗费数百元买下一只 CD 口红与一盒 CD 粉饼,送给学校新来的音乐老师;十二岁念初一,获全市青少年书法大赛一等奖,同时迷上哈利·波特;十三岁获得奥林匹克物理竞赛金牌,喜欢上蜡笔小新,常口出惊人之论,并为雪村的《东北人都是活雷锋》制作 FLASH;十四岁,打爆了市面上的所有单机游戏，反恐精英、三国志、古墓丽影、沙丘魔堡、仙剑奇侠、毁灭战士、星际争霸等，开始玩盛大公司的《传奇》，并在网络上撰文强烈谴责制造911事件的恐怖分子；十五岁以"杀手"之名享誉中国电子竞技界，对拍摄《汤加丽人体艺术写真》的汤加丽姑娘表示了强烈的好感；十六岁，出版了一本小说；十七岁……嗯，嫖娼，而且一次弄俩，玩3P。

大肚子说："石家祖上坟头冒青烟。一代更比一代强。牛。不服不行。"

老鼠眼说："确实如此，所以二〇〇五年四月七日夜，在我公安干警的亲切关怀下，牛人们大聚会。七点三十分，石解放在市宏远新村某街边发廊被抓；八点十二分，石大寨在香格里拉大酒店桑拿室里被抓；九点四十五分，石林在青云宾馆被抓。还真赶巧，老少三代全被起风街派出所的警察起获。"

大肚子说："哈哈。简直是第六代导演拍的电影嘛。刺激！过瘾！继续说。"

石解放是老同志，处惊不乱，见儿子进门，以为他是来交钱保释的，一边纳闷儿子咋有了千里眼顺风耳？一边板正脸皮严肃地说："他们搞错了，我是去洗头。"跟在警察身后垂头丧气的石大寨听到父亲熟悉的声音，一惊，明白过来，脸皮上抹上一层蚊子血，瞪父亲一眼，靠墙蹲下，转过身，不再看父亲，喘着粗气，静候发落。

石大寨，那是明白人。虎落平阳被犬欺，龙游浅滩遭虾戏。这是游戏规则。可石解放毕竟是初来乍到，见儿子这般，脑筋没转过弯，以为儿子是唾弃他为老不尊，气愤了，哼哼中想往门外闯。

警察拦住，说："你老还没交钱呢。"石解放朝石大寨一努嘴，"他

— 207 —　　　　　　　　　　　　　遗失在光阴之外

不是来了么？"警察一愣，手指头就往石解放脑门上戳，说："他是他，你是你，搞什么'飞机'？老实点！"

石解放这才恍然大悟。石大寨这时抬头又瞪了石解放一眼。石解放火大了，估计肚子里打的主意是——你嫖得老子就嫖不得？老子若不嫖你妈，哪来你这只小畜生？石解放大步流星迈到石大寨身边，也是一指就往石大寨脑门上戳去，厉声喝道："石大寨，你这是什么意思？"

石大寨？远大集团的董事长。经常在市电视新闻里出没的大人物。门边那几位警察似闻操练口令，齐刷刷地扭过头。一个小警察乐了，哇，大水鱼了。

"水你妈个头。"一个老警察反应过来，当场骂道，"你耳朵有毛病啊。"

石大寨办妥手续，出门，想去隔壁接老爷子。"坏事了，"那边的警察高喊起来了，"快，快叫救护车！"你猜这是怎么着？

大肚子说："嘁。估计是石林同学大驾光临造成石解放同志中风偏瘫脑溢血。"

老鼠眼说："偏瘫倒不至于，好歹石解放也算是久经革命考验的。满脸桀骜、头上凸起几个大包、嘴里还骂骂咧咧的石林被警察反剪双手扔入门内，嗷叫一声，从地上弹起，想朝门外蹿。屋子那边的石解放瞥见自己最心爱的孙子也进来了，撑不住了，血压迅速飙升，脑袋里的血管啪地炸开。"

大肚子说："我操。脑袋里的血管是炸了一根还是全炸了？"

老鼠眼说："你也太缺德了。你以为老同志脑袋里的血管全是雷管？"

老鼠眼说："有趣的在后头呢。石解放虽然退休了，调研员还做着，人大委员还干着，组织上等他出院后，派一老太太上门找他谈话了，严肃地批评他无组织、无纪律、放松自我修养……罪名一大摞。石解放不作声。

隔壁屋里思过的石林不服气，扯起嗓子喊，管天管地还管睡哪？说来也可怜，石林犯下与石解放、石大寨一样的过错，却只有他一个人要在纸上写上三千遍'我错了！'，每个字必须半尺见方，且得有王右军之笔意。"

大肚子说："谁逼他写的？"

老鼠眼说："石大寨呗。那天他是急了眼，听警察一说，就照这小兔崽子脸蛋上抢了一嘴巴，把石林当场打晕过去。你还别骂他狠。他狠得有道理。这嫖娼，是作风问题，罚点钱，也就那么回事。但这玩3P，拎起来怕有千钧重，够得上聚众淫乱罪，年龄够了，可以送去蹲号子。性质不同。石大寨那是水里火里闯过来的人，这一巴掌抢得结实。石林的头在门框铁拉手处一撞，溅出血。警察被唬住了。石大寨把老子、儿子送上救护车，转身朝刚才问他话的老警察走去，拉进屋，深深地鞠了一躬。"

大肚子与老鼠眼一前一后出了桑拿室，在外间的休息室里坐下。大肚子说：你手上拿的是什么？

老鼠眼说："石林小朋友愤怒之余投寄报社的稿子《卖淫必须合法化》。"

大肚子瞥见一个开头：

卖淫必须合法化！

在古代中国，卖淫一直是合法的。这是历史。事实上，由于古代中国的妓院所提供的不仅有性交易还包含棋琴书画等，故衍生出了"青楼文化"。

目前，通用的卖淫定义包涵四个要素：双方自愿、有性行为、有现金交易、以性交的次数或时间长短来计算价格。这显然是一个混账定义。首先是不……

遗失在光阴之外

大肚子说："十七岁少年写的？"

老鼠眼说："是的。"

大肚子说："这文章，你那张报纸没法用吧。一个问题，石林嫖妓时是不是还没来得及"插入"就被逮了？"

老鼠眼说："是的。他看那俩女的跳脱衣舞正看得兴致勃勃呢。"

大肚子说："难怪这般愤怒。这被打断了，确实不舒服。那两个女的，最后怎么处理？"

老鼠眼说："各罚三千，放了。一个叫小真，一个叫小丽。都是'三进宫'。盘子挺靓，石林的品位不赖。我这有她们俩的电话，要不要？的确是倾国倾城的姿色。"

大肚子起身从衣柜里拿出公文包，摸出笔与记事本，回到座位上，说："你写纸上。都干净吧？"

老鼠眼说："干净，比天上的月亮还要干净。要不要我现在替你叫来？放心，绝对安全，就怕你对付不了噢。"

大肚子说："靠。这般小觑我？我现在就打电话。老子今天就当着你的脸，一炮双响。"

手机铃响。过不多时，进来两个几乎啥也没穿腿长得吓人的女孩。她们脸上化着极浓的妆，举手投足间媚得入骨，嘴里喊着老板。与此同时，帷幕缓缓拉上。

六

这不是小说，不是剧本，不是新闻稿，不是杂文。这也是小说，这也是剧本，这也是新闻稿，这也是杂文。赵远桥写的这玩意儿可真令人郁闷。

他把稿子放回桌上。他本来不打算笑，在脸上套着那副哭丧脸的面具的感觉并不赖，但不可救药的笑声就像呛入喉咙里的水。他不得不迅速捂住嘴，满脸通红，颈脖上的青筋立刻变成了几条肥壮疯狂扭着的蚯蚓。那妞不无诧异地看着他，眼睛里的迷惘从最早的一丁点变成了一大块。

为什么笑？那妞等他平静下来问道。那妞剥着手指甲。

飞刀，又见飞刀。他嘟哝着翘起嘴唇，伸手去捏喉结，想把这些笑声扼死掉。那妞见他古怪的样子，摇摇头，脸上的神情似笑非笑，你是不是觉得我想得太多，很可笑？

那妞撑住脑袋，脚趾头踢着桌腿，说道："我只是疑惑赵远桥之所以走上这条路，是不是因为我没有尽到一个女友的义务？当然，我也想弄清楚自己还是不是一个有性魅力的女人。我都快忘掉了性这个字眼。真累。每天都要强行往脑袋里装那些所谓的知识。好了，这事到此为止。现在关于赵远桥的一切，我也不再去想，不再去问。"

那妞说着话猛地拽过桌上的这沓稿子，哗啦一下撕成两半，冷笑起来，"我明白你笑什么了。"

他吓一跳，劈手夺过稿子，说道："你明白什么？别胡思乱想，那妞。我只是觉得这世上的姓名万万千，赵远桥为何偏把文章里面的人物取名石林呢？"

"这得问你自己。"那妞扭过脸不再看他。

"我饿了。"那妞继续说。

他嗅到那妞嘴里鸡翅膀的味道。

他和赵远桥是因为那妞才相识的。一次很偶然的相遇。他与那妞一起上了离住所不过一百米远的永联商厦逛店。那妞在"店中店"里挑衣服。

他等得不耐烦，对那妞说要去看看数码产品，出了店中店的门，没走几步路就被俊俏的厂方促销小姐拦住去路。小姐指着货架上的一条丝棉 T 恤，很诚恳地说道："先生，今天这衣服特价，三十八元一件。"

他怀疑耳朵听错了，又怀疑自己看错了，走到货架边老老实实地把 T 恤衫翻来覆去地看了十来遍，看牌子，看厂家，看布料，看款式，看包装，最后确信，这件 T 恤与他上个月买的 T 恤应该是亲生兄弟，唯一不同的是，他上个月付了二百六十八元。

他很愤怒，想说什么，身边嫣然生香的笑脸又让他实在说不出什么。他打算撤退，打算从此以后见到永联商厦的招牌就往地上吐痰。一边有人说话了。一个胖乎乎白净得像一只软体动物的戴着眼镜的年轻人。说的正是他心里的不解——你们是不是开黑店啊？上个月我在这买了同样一件 T 恤，花了二百六十八。小姐，你别看别处，就瞧我身上这件，是不是一样？

年轻人与小姐辩论起来，尽管年轻人口里不断地蹦出令人费解的词汇，但在小姐犀利无比的词锋下，却只是自取其辱，很快，年轻人就出了一身汗，不停地拿手在额头上抹。

他就笑。这时，那妞出来了，问他："笑什么。"他说："我也曾花了二百六十八买了一件。"那妞的眼睛顿时就亮了问："真的？"他说："当然是真的，而且还没来得及穿呢，发票也在家里。"那妞就下命令让他立刻回去拿。他有点犹豫，不就二百多块钱吗？吃一堑长一智嘛。那妞说："你有几个二百多块钱？这也不是钱的问题。"于是，在那妞严厉的目光之下，他还是老老实实地回去把 T 恤拿过来。这时，那妞已经与几位小姐互相凶猛地对轰炮火。他把 T 恤交给那妞。那妞用轻蔑的眼神扫了眼旁边那位已经完完全全插不上话的年轻人，径直走到永联商厦门口喊起来——这里的小姐说，这件衣服进价三十八，所以要卖二百六十八，而且就这，也叫利薄啊。

那妞用的是美声唱法，音调一咏三叹，足可绕梁十日。

十分钟后，出来一个胸前挂着"值班经理"铭牌的胖子，吩咐小姐收起货架上的T恤，态度不无谦卑地退给他与那位年轻人各二百三十元。

他乐呵呵甩着二百三十块钱——两张一百的，三张十元的。钞票哗哗响，声音悦耳至极。他想起小时候因为偷母亲二角钱买棒冰吃被母亲拿钢筋差点打断了腿的自己。他忍不住夸奖起那妞。那年轻人就笑，说这钱是捡回来的，想请他们吃饭，以示感谢。不吃白不吃。他们就在永联商厦旁边的肯德基餐厅要了二十个上校鸡块、五十个香辣鸡翅，美美地吃了一顿。

他忽略了这个叫赵远桥的年轻人看那妞时那种直勾勾的眼神。他以为这并不重要。再直勾勾的眼神也没法扒下女人身上的一件衣裳。除非女人主动配合。

他没想到仅过了一个月，那妞就与赵远桥搞到一张床上了，害得他现在每次看见肯德基餐厅便想进去把那种垃圾食品倒进自己的胃里。

他对那妞笑。那妞的牙齿是雪白的。这让她平添了几分妩媚。他把赵远桥被撕成两半的文章塞入口袋，试图牵起那妞的手。那妞拒绝了。他笑着为那妞拉开门。她有一个小小的、结实的、尖尖的被裤子包裹起来的香甜的臀部。

他们回到阳光下，来到肯德基餐厅。里面的人不少，他们等了几分钟才找到位置。他要了二十个上校鸡块、五十个香辣鸡翅。洋快餐店就这点好，鸡块与鸡翅的味道两年前是这样，两年后还是这样。他把装鸡块与鸡翅的盒子一层层码好，码得像两个丰满的小山坡。他笑容满面地对目光已由迷惘转为疑惑的那妞说道："那妞同志，如果我现在向你求婚，你是否愿意嫁给我？"

遗失在光阴之外

他说得一本正经，态度严肃。

"我不愿意。"那妞盯着他的眼睛，把触摸过香辣鸡翅的手指塞入嘴里，吮吸了一会，一字一字地说道。他没再说什么，呵呵地乐。阳光洒在他的身上，溅起一些耀眼的金光闪闪的粉末。他摸着下巴，端详着眼前这位正在名校攻读硕士学位的女子。他往嘴里塞下一根香辣鸡翅，慢慢嚼着。他为自己偶然地知晓了她的另一面感到遗憾——她还是一名妓女，一名高级应召女郎。

当夜色来临后，她脸上这些浮现在阳光下的小褐斑会被那些金光闪闪的眼影粉与胭脂覆盖。她羸弱瘦小的身子会成为一朵盛开的让男人心甘情愿死在上面的睡莲。

夜，是一个伟大的魔术师。他相信，就算是那些在夜色里一掷千金试图博她一笑的嫖客们也无法把这个安静的、气质高贵的、眼神悲伤的女子与那个疯狂的、对性无比贪婪的却同时有着一个孩子般未发育成熟身体的女子重叠起来。他情愿自己不知道那妞的过去，可惜脑袋不是可以格式化的硬盘。他还知道，她之所以走上这条路，是因为念大二那年，父母因车祸双双死去。在流了几个夜晚的泪后，她就选择了通过出售身体换取学费与生活费，并且一直做到现在。当然，这并不可耻。若被那些道德家的谎言所欺骗——辍学到鞋厂、制衣厂、餐饮店一天工作十六个小时只拿还不一定能拿到手的六百块钱，且一辈子都可能这样生活下去，任由自己的身体与心灵被充满暴力的生活羞辱、凌虐到死——或许才是真正的可耻。

他往嘴里塞下一块上校鸡块，大口嚼着。他只是为自己在一次酩酊大醉后偶然地把此事告诉了赵远桥感到遗憾。如果，那天晚上能重来一次，他一定会告诉赵远桥，他曾经所说的那些不过是因为嫉妒而编出来的瞎话，所谓的证据也全是子虚乌有。可惜生活并不能被假设。

他朝那妞眨眨眼。昏暗的阳光在肯德基餐厅落地玻璃窗外的街道上滚动，一块块，石头一样。渐渐，四周有霓虹亮起。一块块镜子相继出现，墙壁、餐桌、灯泡、屋顶，疾驶过来的车辆以及那妞的眼睛里……到处都有它们的踪迹。每块镜子都是一个柔软的洞穴，一个深不见底的洞穴，一个可以吞噬一切的洞穴。它们是湿滑的，黏涩的，像一尾尾在明与暗中游泳的鱼。

他伸手触摸着镜子，抚摸着它们细细密密的鳞片，嘴角漾起微笑。

他深感欣慰的是，他可以确定那妞并不清楚他所知道的。这样，她就可以在他面前骄傲。他喜欢这样。他喜欢骄傲的女人在他身下骄傲地分开双腿。

月光一点点出现了，出现在泼满光线湿漉漉的街道上，出现在面无表情黑色的人群后，出现在离地球千千万万里皎洁的天堂里。

遗失在光阴之外

第七章　春江

一

一抹月光在山巅垂下眼睑。没有云，黑沉沉的暗把纵横交错的旷野抹成一张不能书写的平面。没有了厚度，没有了空间，连时间也成一摊黏稠的液体。列车行驶的声音不断敲击心脏，并以一种单调枯燥的方式，暗暗拨动某种不可言说的节奏。

他打开电脑。他忘掉了肯德基餐厅，忘掉了宾馆里那个色彩艳丽的女孩，忘掉了那些曾经在头顶奔跑的树叶，忘掉了四周幽凉的空间，忘掉了这些年在他的身体里面翻滚的旋涡。就像那抱着女人过河的和尚，忘掉声色，忘掉耳目，忘掉那被城管驱逐如同麻雀在冬季觅食的人，忘掉躺倒在地铁口身体溃烂的人，忘掉用烈性炸药把自己炸碎的人，忘掉贫民，忘掉乞丐，忘掉荡妇，忘掉妓女，忘掉赌徒，忘掉囚犯，也忘掉官吏、绅士、警察、军官、职员、商人。他只是书写着那些声音、那些语言、那些颜色、那些光线、那些故事。这些东西是自己涌到他指肚下的。他现在所能做的或许也就是用指肚敲击键盘。

他第一次坐火车，还是他六岁的时候，是去省城看病。老家不通火车，得往邻县搭乘。他和父亲坐上一辆解放牌卡车，卡车上堆满圆木。天刚下过雨，路两边有叫不出名字的紫红色的小花以及披着绿藓青苔的黑岩石，偶尔还能见到一丛丛翠青色的芦苇。不过，路况实在糟，泥泞得要命，而且颠，稀泥里总藏着石块。每逢上坡，卡车吭哧吭哧地直喘粗气，感觉就是一头时日无多的老牛。终于熄火了，轮胎卡死在凹坑内，开车师傅骂骂咧咧地拖出两块长木板架在轮胎底下，终究是不行，忙了好半天，眼瞅暮色从那片蔚蓝里一点点坠下，师傅眼白鼻赤地说："这条路来往车辆甚少，总不能在路上过夜，得徒步回县城叫人赶来修。"

司机问父亲咋打算。父亲沉默了一会儿把他抱下扛上肩头，说："看看是否有运气搭个顺风车。"父亲也许是考虑到他的高烧，县城里的医生说了，得尽快送省城。

那是他第一次骑在父亲的肩膀上。他抱住父亲的额头。

父亲左手拎着那个出门必带的上海出产的人造革包，右手拽紧他垂下的两条瘦腿，身子略向前倾，背伛偻成一个坡度，踩着咯吱咯吱的泥浆大步向前。因为没穿雨鞋，那双解放鞋很快变成两坨会移动的泥团，于是，走不多远，父亲干脆脱下鞋子，抓把青草擦拭干净，用鞋带绑包上，赤着脚走，边走边教他辨识一路上的树，比如那种树皮深褐呈鳞片状纵裂的马尾松，这种树可采割松脂，针状叶还可提芳香油。不过，这种松最怕虫咬，一咬就完蛋，亏得当年秦始皇东巡时还曾封它为"五大夫"。

父亲知道很多有趣的事，比如白果树，学名为银杏，它还有许多好听的别名，如公孙树，这有两种说法：一是这种树生长太缓慢，公公植树，要到孙子那辈才有得吃，二是说这种树长寿得紧，公公植了，子子孙孙都有得吃；又如鸭掌树，这是因其叶子像鸭掌。老家不远的某市出过一大学

遗失在光阴之外

问家，叫欧阳修。欧阳修有个朋友叫梅尧臣，就曾寄了一百张"鸭掌"给欧阳修，欧阳修大为感动，作诗一首，曰，"鹅毛赠千里，所重以其人。鸭掌虽百个，得之诚可珍。"

这都是他闻所未闻过的。他兴奋不已。可惜，一颗少年的心毕竟不能持久，新鲜劲很快就过去了。而他们的运气实在不佳，路上没遇到一辆车，路人也少，偶尔几个也是肩挑着码得小山似的柴火堆。村庄慢慢出现，慢慢消失，慢慢地就被夕阳的光芒所笼罩。风从山脚跑到田边，跑到石头上，跑进水渠里潺潺地流。远远近近的竹林上空是一抹抹淡青色的暮霭。

"那是凤尾竹，"父亲说。

折一片竹叶含入嘴里再用舌头卷起就能吹出曲子。"你妈吹得可好听呢。"他爸兴致勃勃地说。

他嘟哝几声，头晕晕沉沉，在父亲的声音里渐渐睡着了。他做了一个梦，梦见一条五彩斑斓的河流，水底是一块块黑白相间的卵石，还有碧绿的会唱歌的水草。他在船上，一艘足以应付任何风浪的大船。等到他蓦然惊醒，赫然发现自己居然已伏在父亲背上。父亲只穿条棉布背心，肩膀似被泼过一盆水，滑溜溜，散发出一股浓郁的说不清楚非常好闻的香味。父亲的外衣裹在他的身上，很暖和。他抽抽鼻子说："爸，到了吗？"

"到了。"父亲小声地说。四周是没有形状的山与树，黝黑的、淡黑的、浅黑的、灰黑的。浓浓淡淡的黑随着风声飘动，不时有耀眼的光从黑处迸出。虫子在一声声地鸣，远远近近，狗猖猖地吠。山路曲折，月色安静。光与影在父亲脚下发出声音，沙沙的、脆脆的，似一块刚从土里扒出剥了皮的"青羚角"，用牙齿一咬，汁液满嘴。他舔了舔嘴唇。

他们没有赶上当天去省城的火车，在那个县城的火车室待了一晚。父亲背着他走了三十多公里的山路。他趴在父亲的膝盖上觉得无比幸福。他有幸吃到平生第一根香蕉。父亲在候车室门口买的。父亲抹去额头沁出的汗，剥开香蕉皮，拍拍他的头，递给他。他小心地拿住，生怕这根长长的东西会突然折断，然后小心翼翼地伸出舌头去舔，酥的，牙齿都痒。他轻轻地咬了一小口，一股清香顿时溢满口腔，这种味道与曾嚼过的"青羚角"完全不同，有一股细微的电流从舌尖直通大脑中枢，并绽放出一大团耀眼却不刺目的光芒。他整个人都开始战栗，被一种妙不可言的感觉紧紧包裹。噢，菩萨啊，天底下咋有这般好吃的东西？他心里情不自禁地打了个突突，又咬了一口，脸怯怯地转过去，"爸，你也吃。"

"爸不喜欢吃。你吃。"

父亲取下一直挂在肩膀上的水壶。壶里的水已在路上喝完了。父亲往候车室厕所方向的那个水龙头走去，过不多时，回来，一抹嘴边的水渍，眼睛里蕴满笑意，"哈，你看我找到了什么？报纸，厚厚一大沓。这回不怕火车站里的人赶我们出候车室，大不了咱们在外面打地铺睡。"

他在父亲的怀抱里听着父亲轻微的鼾声度过了那一晚。那是他这三十年来与父亲距离最近的一次。而在那之前，以及在那之后，他从不敢想象父亲原来也可以是这样的。

那时的生活甚是清苦。不过，当物质极度匮乏时，一丝微不足道的满足都能带来巨大的令人眩晕的幸福感。他至今都不能忘掉自己吃的第一根香蕉、第一碗肉片汤、第一支奶油冰棍的滋味。它们都是父亲带他上省城后为他买的。小时候他的身体并非很好，总感冒，扁桃体发炎，去医院打针，打得最多的是青霉素，一针下去，屁股疼得不行，走不动路。但比其他孩子要强一点的是，他从不哭。哭不能解决任何问题，疼痛不会因此而减缓，若惹得父亲起火，不定就是一个巴掌。或许因为这个缘故，当省城医生把那种直径足有两厘米粗大的针筒举起，准备扎针时，见他愣就没吭一声，

　　　　　遗 失 在 光 阴 之 外

忍不住夸了声，这孩子真乖。父亲觉得有必要对他的"乖"加以奖赏，就又给他买了碗肉片汤，还有奶油冰棍。

肉片汤比香蕉还好吃，味道更是鲜美。喝一口，就找不到舌头了，心尖一阵阵发麻。他不是没吃过肉，却从未独自享受过这么一大碗，家里吃肉是逢年过节才有的，不多，且杂拌有辣椒、豆角等蔬菜。肉片汤是透明的，浸着一层油，上面撒有几段碧绿的葱花，碗底全是肉，刀把宽大，薄薄的，每一片都绝对货真价实，他一眨眼喝了个干干净净，再意犹未尽地伸长舌头把碗底舔得吡吡响。父亲坐在病床边，搓着手，看他吃，脸色不无尴尬，眼睛不时飞快地往同个病房的大人脸上瞟一眼，嘴里念念有词，这孩子，十世没得吃似的。

至于奶油冰棍，就不能用好吃来形容了，这简直是迷死人的小妖精。在那之前，他只吃过屈指可数的几次冰棍，三分钱的实实在在不掺一点虚假比冰还冰的冰棍应该吃过两次，五分钱的绿豆冰棍与红豆冰棍吃过几口。他曾与院里一个忘叫啥名的孩子凑起一角钱，买两根不同的小豆冰棍，坐在屋后，你舔一口绿豆的，我舔一口红豆的，你舔一口红豆的，我舔一口绿豆的。所谓舔，就是把舌头尽可能地伸长，增加舌头与冰棍接触的面积，再从冰棍底部哧溜下往上移，不准在冰棍上停留。但这样的规则显然毫无约束力，没舔几口，他与那孩子打起来，大家都觉得自己吃亏。他就再没尝过五分钱的小豆冰棍，更甭提奶油的。

他与父亲待在省儿童医院那两个月应该是他最幸福的时光。

省城的路宽得吓人，路中间还有几排刷成红白两色的小泥墩子。广场更大，他不稀罕那绿草，却为比老家那块纪念牌足足大了几倍的汉白玉石牌着了迷，尽管上面都是八个一样的字——人民英雄永垂不朽。穹形的牌顶被一条垂直线条贯穿直刺蓝天。一些鸽子在石牌边慢慢敛起翅翼咕咕地叫着。他看到它的第一眼就感觉自己理解了那个原本百思不得其解的"巍峨"的意思。

他把手指抠入石头缝里，抠了又抠。

省城的车那就太多了，竟然还有人指挥它们，穿着制服戴着白手套，跳着一种节奏欢快的舞蹈。父亲说这是交警同志。父亲还把那一闪一闪的红绿灯指给他看，说以后长大了要做一个工程师，做一个有用的人，为祖国早日奔向四化添砖加瓦。

他一个劲地点头。他心花怒放，满目的新鲜早已让一个孩子处于一种激烈的类似高烧发作的病症中。他羡慕街上那些穿红着绿的省城孩子，他们每天都可以去看动物园里的猴子，去玩儿童乐园里那些眼花缭乱的游戏设备。他坐在旋转的木马上，玩了一遍又一遍，眼睛里都有了泪水。他对父亲说："我要待在这儿，我不走了。"

那段时间父亲对他一反常态地好。

或许是医院里的福尔马林味让父亲意识到自己在医生面前的地位还不如他，毕竟他是小孩，是病人，可以生气地耷拉下嘴角，而父亲只有被医生呼来喝去赔笑脸的义务。父亲总试图在医生与那些年纪小小脸蛋圆圆的护士面前做点什么，话还含在嘴里，腰先弯下来，弯得驼了背似的。父亲老笨手笨脚。医生口袋里的圆珠笔掉地上了，滚入床底，父亲急忙过去捡，趴下钻进去，结果出来时一不小心撞在铁制的床脚，额头凸起老大一个包，惹得大家哄笑不已。

那时的医生与护士是不拿红包的，职业道德非常好。父亲特意跑去市场买了一个近二十斤重的大西瓜，打算送给他的主治医生，一位姓熊的老医生，人家愣不收，最后实在推脱不下，就按市价把那大西瓜买下来，然后切开，让全病房的人痛痛快快地吃了一顿。

遗失在光阴之外

他叫他们伯伯阿姨，发自内心地叫，他们是这世上最可爱的人。

熊医生老爱逗他玩，摸他额头，问他很多古怪的问题。比如一张八仙桌砍掉了四只角，还剩几只角？又比如地球上最大的影子是什么？他答错了。不过，他记得他曾答对了一道题，"小兵的妈妈有三个孩子，老大叫大毛，老二叫二毛，老三叫什么？"当然是叫小兵。熊医生话还没说完，他就赶紧回答。熊医生一迭声夸他聪明。

他已忘掉当初自己得了啥病而非得跑省城去治，他永远也没法忘掉那段时间所看见的一张张脸。不管年龄，不分职业，没有高低贵贱，大人对孩子，医生对病人，甚至在食堂打菜的老师傅、在过道里拖地板做清洁的阿姨、匆匆擦肩而过的病人家属，无论脸上是否有笑容，哪怕就是悲伤，脸上的线条都是那么柔软。也许是因为疾病剥下了大家日常生活中所戴的种种面具，人返原至"人"本身，胸口都跳跃着一颗鲜红的心脏吧。

病房里总是那么安静。与他隔床的是一个小女孩，乍眼一看，完全是瓷器娃娃，皮肤雪白，胳膊、腿莲藕似的，眉眼俊俏，梳刘海，嘴向上弯，嘴角老噙着一丝笑意，让人见了，心里就舒服。

小女孩有很多小人书，堆在床头柜上，《小蝌蚪找妈妈》《九色鹿》《哪吒闹海》《猴子捞月》《神笔马良》《人参娃娃》《鹬蚌相争》《没头脑和不高兴》《曹冲称象》《咕咚来了》……而且一点都不小气，他在一边眼馋得不行，又因乡下人的懦弱，不敢开口，小女孩见他这样，就抿起嘴与他打招呼，问他叫什么名字，很大方地把小人书借给他看，还给他讲故事，讲聪明的一休、可爱的小叶子，"咯吱咯吱咯吱咯吱，阿安一得落"。

小女孩爱唱歌，小嘴扁扁，牙齿白白，清澈的歌声像鱼在水里吐出的泡泡儿，他央她教他唱。小女孩不无腼腆地笑，脸颊露出俩小酒窝，就从嘴里吐出一个个清晰的发音，并不厌其烦地纠正他浓重的乡音。他以为小女孩是天使，直到今天他仍然以为小女孩是。他们躺在病床上一起做各种游戏，玩锤子、剪刀、布；又比如，小女孩教他玩上山打老虎，老虎不在家，他教小女孩玩，点点摸摸，油菜光光，麻粒出水，豆角毕剥；还有两只老虎跑得快，跑得快，一只没有脑袋，一只没有尾巴，真奇怪，真奇怪……若有谁不必吊盐水，就在对方床边坐下。小女孩的手又小又软又白，握在手里，凉凉的，整个夏天都因此清爽宜人，整个病房因此成了天堂。他们彼此在对方手中写字，让对方猜，输了的就刮对方鼻子。他刮得很轻，小女孩也是。小女孩从不嫌他流鼻涕，不嫌他不求上进，不嫌他不听话，不嫌他逃学打架。病房里就有人打趣，俩孩子这么投缘，定是前世修来，以后结亲家吧。

小女孩就红了脸，小女孩的妈妈就笑，父亲就挠挠头看地上，他就嘿嘿，傻笑。他还真的憧憬起有那么一天他佩红花骑大白马，小女孩披盖头坐花桥，就像戏文里演的那样，他并没有发觉小女孩的妈妈笑着笑着就偷偷背转身去擦眼泪。

小女孩得的是一种与心脏有关的绝症。

几个星期后，小女孩不见。他找了很久，只找到披头散发瘫在医院走廊里的小女孩的妈妈，几个护士默默地守在她身边，还不停地抹着自己脸庞上的泪水。

二

窗外。青色的树叶是一匹匹马，在天空中奔跑，跑得癫狂。一根根电线杆被疾驶的火车抛往空中。更远处的田野上散落着火柴盒大小的房子，还有一些缓慢地移动着的树，它们是一群安静地低头吃草的羊，一只只刷

遗 失 在 光 阴 之 外

了绿油漆的羊。这种怪诞的感觉与梦差不多。

火车轰鸣奔驰，穿过桥梁、江河、山坡、峡谷、田野、城镇，像一头不知疲倦的钢铁怪兽，却因脚下那两根冰凉铁轨的束缚，不时发出低沉愤怒的咆哮。这是命，不管它力量多大，又是否向往那自由的天堂，它始终无法逃脱命运对其的主宰。各种细微的声音伴随着车窗外现出一抹鱼肚白在心底悄悄蠕动。青白的曙光被淡淡晨雾洒向愈渐清晰的红墙黑瓦。公鸡在啼，狗在跑，飞快地从早起的农人身旁蹿过，骑自行车的青年不时回头察看后座上的蛇皮袋。一些灰不溜秋背着大竹篓的孩子弯腰用铁钩在草丛中搜索旅客扔下的易拉罐塑料瓶。

终点已近，路迟早要走完的，只是他还年轻，在此终点，哪里又是他的未来？他嗟叹着，目光回到打开的电脑屏幕上。

那年春天，惊蛰时分，天空在石壁中间只剩下一根青线。

他无意中扯下一根树枝，岩壁缝里弹起一条蛇，一条艳丽的金环蛇，它可真狠啊，在他左手食指上猛咬一口，他甩不脱，右手去拽，它掉过头，又在他右手食指上咬了一口。他暴怒起来，握指成拳，一拳砸向石壁。他这一拳击出的力量怕是有上百公斤。拳头砸出血。它那颗美丽的头也被他这一拳击烂。这都是几秒钟的事。他叫起来，坐倒在地，意识到自己被蛇咬了。她回过头，迅速朝他跑来。

她是他请的导游。她叫春江。他叫她春姑娘。当年，他在读大学的老师也叫春江。他在心底叫那位老师春姑娘，但他一直没有机会说出来。这真是一种很奇妙的感觉。

他是在这座深山里的小学认识她的。他出现在她面前时，肩膀上背着一个巨大的行囊。当时，她正领着七八个孩子在山坳上破落的学校门口对着太阳唱歌，唱的是《任逍遥》。她穿了件素色的裙子，样子瘦小，头发干黄，马尾巴上扎橡皮筋，一双眼睛乌黑晶亮。在这乡野深处能听见这样的歌声真难得，他在心里轻轻地哼过几声，等歌声停下，问她："这是哪？"她说："这是上元村。你是去仲家岭看瀑布吗？"他问她怎么知道？她哧哧笑了。他嗅到她身上一股好闻的栀子花的气息。孩子们在他身边跳来蹦去，脏兮兮的脸蛋上充满好奇，还用手去拉他的背囊。她揽住一个孩子的头说："仲家岭的瀑布特别漂亮。不过，现在似乎并不是看瀑布的季节啊。还有，你迷路了。"她的样子快活得紧，似乎为他的愚蠢感到高兴。她的牙齿像香甜白净的糯米，这与她腊黑的脸色有很大的差异。

"上元村在南，仲家岭在北。你咋走到这里来？南辕北辙哩。"

他苦笑一声，摊开双手，觉得没法向一个乡村女教师解释自己的心。他说："我也不懂。谢谢你啊。"他抖抖肩膀，往北走去。走了几步，下意识回过头，看见山坡上站成一排的孩子。他们的衣服很脏，眼睛很亮。个子高矮不一。她在孩子们中间。山风轻撩她衣裳的下摆。他想了想，又走回去，从背囊里掏出饼干、圆珠笔、日记本，还有钱。他说："给你们。"他朝她敬了一个礼。她让他想起他小时候的女老师，一位姓王的女老师。他继续向北走。她追上来，说："我们不要你的东西。"

他惊讶了，说："我捐赠给你的。希望工程。"

她固执地说："我不要。"

他想，可能是自己刚才的态度有点不妥。他歉意地说："对不起，我是真心真意的。我并无意施舍。很多年前，我也是这些孩子中的一个。"她继续摇头，不要。他生气了说："不要也得要。"他甩开大步。她又追上前，语气有点犹豫，"那谢谢你。要不，我带你去仲家岭。抄近路，要近许多。再说，天色也不早了。这一路上又没有人家，万一你又走错路。"

遗失在光阴之外

她的眼睛亮起来，拍起手掌，"要不，我做你的导游吧。这里除了瀑布还有许多好看的景色。"

他小声说，"你不怕我拐走你？"

"我拐你还差不多。"她跑回去对孩子们交代了几声，再飞快地跑回来。寂寞的乡村生活让她也非常渴望交谈。她叽叽喳喳地说个不停，说得鸟从蓬草树林里一只只飞起。他为她的知识感到诧异。她不像是只受过一点教育的人。他小心地问。原来她是一个志愿者，在城市长大，大学刚毕业。在上元村待了快一年。这拉近了他们的距离。他问她是否后悔。她说："为什么要后悔呢？如果我不来，我就不知道地球上还有人是在这样地生活。"她是一个干净的人，与他不一样。他巧妙地恭维她。这对他而言，就与吃葡萄吐葡萄皮一样容易。

显然，她非常高兴。她真是一个孩子。

不过，当她为他救治蛇伤时，她就不是孩子了。他并不讨厌死。死是多么美妙的啊。这世上每天都要死人。死了这么多人，有谁愿意再回尘世？天上是一个银子做的世界，那里没有四季，鲜花铺满河的两岸，水里都是拳头大的钻石。只有死了的人才可以回到天上坐在河边数星星。他坐在地上，看着她忙忙碌碌，胡思乱想，心里有了一种很奇怪的感觉，似乎眼前这一幕在哪见过。但可以肯定的是，他是第一次见到这个叫春江的姑娘。她翻开他的背篓，问他有没有小刀？他说有。她问他有没有打火机？他说有。她叫他忍着疼。他说，我不怕疼。他没想到当她把烧热的刀尖扎入伤口时，他差点哭起来。真疼。可能比女人生孩子还疼。他满头都有了虚汗。黏黏的汗。不过，他还是忍住了。

她说："幸好你有打火机与小刀。要不，就没命了。"她还说："再毒的蛇也不要怕。只要敢及时对自己下手。蛇毒是一种蛋白，碳化后就没事了。"她挽起他，目光里有了询问。她说："去仲家岭还有二十里，回上元村只有五里，我们还是先回去，你身上的毒还没有去净。你刚才干吗要用劲呢？"

她的力气真大，坚持要替他背起行囊，在崎岖山路上，像一只骆驼。其实，她的样子更像蜗牛。不过，蜗牛没有骆驼走得快。他在心里叫了一声春骆驼。哈哈。他忍不住笑。她问，你笑什么。他说，笑啊，运动肌肉呢。一次微笑会牵动全身十七条肌肉，一次捧腹大笑，其健身作用胜过十五分钟的体操。她啧啧嘴，你懂得真多。他说，掉书袋可不是本事。

学校由尼姑庵改建。也谈不上是改建。因为尼姑仍然健在。一个很老的脸皮灰蒙蒙上面沟壑纵横的尼姑。尼姑住右厢房。他进屋时，老尼姑刚做完晚课，垂首朝他念了一声南无阿弥陀佛。正屋里摆着十来张桌椅，朝向东面墙壁的黑板。北边中间供案上是一尊观世音菩萨。老尼姑左肋下夹着一张蒲团。他还了礼。

他对她说，我能喝点水吗？她啐了他一口，说，再渴也得忍着。谁有你这样傻啊，还拿拳头往石壁上打。她把他扶进左厢房，扶上一张有着少女幽香的床，再急急地跑出门，与老尼姑说话。他的脑袋晕晕沉沉，没多想什么，睡去了。他醒来的时候，已是半夜。斗大的星辰在窗台外随着阵阵林涛沉浮，有蓝的，有黄的，大多数是白色的，像鸣叫的鸟群。他痴看了许久。她惊醒了。她一直坐在床边的椅子上，手扒在床沿上打瞌睡。他不好意思地笑，说："对不起，占了你的床。"他试图起身。他发现双手已缠上绷带，不是那种医院里雪白的绷带，是那种刚从衣服上撕下的青灰色布条儿。伤口有鲜鲜凉凉的痛。他嗅到草药的味道。

她赶紧把他按在床上，把手指竖在嘴唇边。

那真是一个美好的夜。他被她迷住了。她真美，美得不像是真人儿。

遗失在光阴之外

他觉得自己是来到神话里，来到传说中。他问她怎么懂得急救？她说是老尼姑教的。山里多蛇。他说："老尼姑怎晓得蛇毒的成分主要是蛋白？"她腼腆地笑，说是自己看书想通其中的道理。她也被蛇咬过。她向他骄傲地举起右手，虎口上果然有一个椭圆形的疤。她的手指在星光下比葱玉还好看。他强自忍下想去吻这几根手指的冲动。

她说她是上海人。他去过很多城市，他那时还没去过上海。她说她是上海杨浦区人。那是上海的下只角。"侬晓得下只角唔？"她叽里呱啦地说了一连串上海话。他听不懂。他小声地哼，"英雄不问出身太单薄，有志气高哪天也骄傲。"

她的眼睛愈发亮了，哇哇地叫起来说："你唱得与任贤齐一样好听呢。你是不是特迷任贤齐？"他确实喜欢这首《任逍遥》，但一直不知是任贤齐所唱。他是星盲。他看着她闪动着火苗的眼，点了头。她咭咭地开心笑，马上从床底拖出一个大皮箱，翻出一张海报说："看，这就是任贤齐。"她对任贤齐可真熟悉，知道他出生于一九六六年六月二十三日，属于巨蟹座。身高一米七。体重七十公斤。B型血。喜欢狗。大二时成为校园最热门的红牌DJ。大四时灌录了个人首张专辑唱片。一九九九年获邀参加北京中央电视台新春联欢晚会，成为当晚唯一有份演出的台湾艺人。她说得兴高采烈，是这么急着想把心中的喜悦与他分享。他也很开心。他总是因为别人的开心而开心。

他在上元村待了十五天。舍不得走。他陪她去教那八个孩子，念春眠不觉晓，处处闻啼鸟。夜来风雨声，花落知多少。他这样做并不是因为他爱上她。他早已经是一个失去爱这种能力的人。但他喜欢上元。这里有一种神秘的力量，让他浮躁的心渐趋安静。房子是旧的，灰瓦土墙，看上去摇摇欲坠，依然为青山绿树抱得结实。破烂低矮的院墙后的门廊堆放着生了锈的犁具。年代久远的吹谷机边坐着几个老妪与几个怀抱婴儿的妇人。妇人年轻得可怕，也就十八九岁的样子，低头密密地绣着针线，偶尔交谈几句，说的都是外面的事。村庄里的年轻人大抵出门打工了。裤管卷至膝盖步履蹒跚的老人扛着锄头从山坡上走下，看见他与春江，取下挑在锄头上的一篮子蔬菜，张开缺了牙齿的嘴，说："拿点菜去，拿点菜去。"他想付钱。老人的嘴瘪得尖尖的，说："自家种的还要钱哩？"老人枯瘦的手臂戳痛了他。春江抓了几把菜，牵起他的手，说了声谢谢阿公，笑嘻嘻跑开，逃向附近的山岗。

他与她漫步在山岗上，看升起的太阳与落下的月亮。露水打湿他，滋润着他。他问她为什么要选择这样一个百来户人家的村庄来支教？她说，不为什么。他问，害怕吗？她说，为什么要害怕？他说，你是女孩啊。她就乐。她真奇怪，不像是在上海长大的人。她经常对他提起上海的杨浦。她说她喜欢杨浦的冬天。马路发亮发白。大片的厂房排在马路两边，与火柴盒一样。烟囱直直地立着，好像一个个愁眉苦脸的老太婆，整天朝着阴冷的天空叹气。下了班的人在马路上慢腾腾地走。他们要多晒一点太阳。他们穿着藏青色的卡其布外套，衣服上钉着黄色的铜纽扣，互相和气地笑。

渐渐，他听出一些疑惑。她对上海的描述似乎来自于想象与一本陈旧的书本。他虽没去过上海，但在各种屏幕与图片里也大致知道杨浦的现状，那里已遍是高楼。

她是在述说童年记忆吗？他不敢确定。她是一个矛盾的物体。乍眼望去，像水晶一般透明，真等他走至近处仔细去看，水晶里又有着重重的雾。

他并不想去弄清楚自己的困惑。他已过了好奇的年纪。但令他难为情的是，村人可能把他当成了春江的男友，从村庄里赶来，怯怯地说着恭喜的话，还送来鸡蛋与糕点。有的拿竹篮提来，有的藏在衣襟的口袋里。尽管有的鸡蛋发了臭，糕点生了霉斑，他依然被他们普遍营养不良的脸庞感动。他觉得上元村人都很好。一个叫鼻涕的小孩甚至教会了他用树叶吹曲子。鼻涕可能是天才，才七岁，就能做二元一次方程。他问鼻涕是谁教的？春江挺起胸脯得意地说，当然是我了。她其实是没有胸的。平平的胸。山里的伙食少有荤腥，连豆腐也是奢侈的东西。老尼姑在山坡下垦出一块菜地，栽了许多青菜。他帮着去菜园里摘菜做些粗活。她很能干活，能挑起很大的一对水桶。事实上，那天晚上迷住他的那几根手指暴露在阳光下时很粗糙。他也一直没敢问她具体多大年纪。

他终于决定要走了。为什么要走呢？他说不出原因。或许太安静了，就是死寂吧。

他当然不会说出与她在这里一起终老的傻话。他与她一起去了仲家岭看瀑布。正是雨后，万物沐浴在阳光里，艳丽异常。那山坡上的树与草轻轻抚摸着青碧的天空。万千红花在山坡上滚起一丛丛浪。那是映山红。你知道吗？她浅笑盈盈。他当然知道。他还知道这是一种可以吃的花。他是江西人。他给她说起他老家关于映山红的传说。当年一批共产党人被围困在山头上。敌人要他们投降。他们宁死不屈跳下山崖。映山红就是革命先烈鲜血染成的花。她嘻嘻笑，说你骗人，这花都开了几百年上千年了。

她也说了一个传说。说从前有一户穷人家。母亲病重在床，临死时想要一朵花戴在头上。女儿很想满足老母亲的心愿，可那时候的山都是财主的，山上的花也是财主的。女儿被财主抓住了，打断了腿，并被逼着签了卖身契。女儿挣扎着逃出财主的魔掌，要把花送到母亲手里。山崖拦住了女儿的去路。女儿望了眼后面追上的财主，跳下山崖。女儿的血就开出了花，开过一个个山坡，一直开到母亲的床边。这就是映山红。

她突然轻轻抽泣。他没问为什么。耳朵里满是轰隆隆的声音。山坡后是一道巨大的银帘子。水珠从上面奔涌而下，在山腰猛地一顿，溅起层层水雾。那水顿如虬髯龙首，狰狞咆哮，万千鳞甲尽皆裂开。龙躯扭转，腾空跃起，再跃，又被一块石壁间横出的嶙峋石嶂拦住去路，愈发怒，仰空嘶吼，血肉一团团炸起，竟似不要了命。如是三起三落，这瀑布已垂落下百米的高。而那彩虹竟自水雾间挑起几道，在绿得发黑的林梢间不停地闪动消逝再出现，浑似一只只体态婀娜轻盈嗡嗡响的蜂，深红、脐橙、明黄、暗紫、幽蓝。他看得目眩，说："真是好去处。他日，若自这悬崖之上跃下，当真是质本洁来还洁去。"

　　她没说话。他微感诧异，扭过头。她的额头、鼻子、嘴、脸已皱成小小一团。四周游人不多，多为这天地造化所惊骇。水沫抹在他们的脸上，像是这瀑布的眼泪。他沉默了半响，感觉到寒意沁骨。他说："回去吧。"她默然点头。

　　那些天，他一直是在正屋的课桌上睡。那天晚上，她把他喊入房内。她说："你要走了，是吗？"他为她敏锐的直觉叹服。他正为如何开口对她说这事犯愁。她说："你以后会想起我吗？"

　　他说："当然，你以后不是会回上海吗？我把电话地址都留下。到时一定记得通知我。我们去看海洋水族馆，就在东方明珠塔下。"

　　她很勉强地笑。他看得出她的勉强。她小小的胸脯在往骨头里缩。身体深处似乎藏着一个巨大的不可以让别人知晓的疼痛。他问她什么时候回上海？她小声说了句，国庆以后吧。他对她说了声晚安就出去了。他有点害怕再在房间里待，再待下去，可能会发生一些不大妥当的事。

　　第二天，他走了。她站在山坡上，在孩子中间向他招手。老尼姑也出来了，站在校门口，影子小小的。他对她大声说："我会给你寄任贤齐的唱片与

　　　　遗 失 在 光 阴 之 外

CD 机。还有孩子们的铅笔与作业本。"回来后，他把这些东西寄去了。没多想什么。隔了一个多月，他收到一封信，说春老师已经死了。是鼻涕写来的，错别字连篇。他吓了一跳，立刻坐飞机搭巴士赶到上元。鼻涕说，你走后的第二天，春老师跳了瀑布。他不明白这是为什么。他试图在她的房间找到片言只语，但没有。他在昏暗的油灯下苦苦思索。老尼姑来了，咳嗽着，把手中的蒲团放在床上，挨着他坐下，隔了老半天，才说了句话，"你当初不该来的。来了，就不该走。"他以为老尼姑在与他打机锋，就说："来就是走。来这里就是离开那里。总得来，总得走。"

她是上海杨浦区人。但没在上海待过一天，哪怕一秒。她母亲是下放的知青。她也不是上元人，出生在福建的一个小县城。她母亲是一个不幸的人。她父亲在被窝里放蛇害死了她母亲。她替母亲报仇，杀了父亲，逃到上元。上元村人收留了她。她才十八岁出头。她本打算在山沟里挨过这一辈子，可他的到来，让她对外面的世界有了憧憬，也让她心里有了一个豆蔻年华女孩应该有的火苗。是他杀了她。杀了救他的人。他是凶手。他让她绝望了。

他怔怔地看着油灯里微弱的火苗，想过春江说过的映山红的故事。他摸起当日留下的那张写了他地址的纸片。它依旧躺在原来的地方，已经被一双他曾经想亲吻的粗糙的手弄皱。上面还有干了的泪痕。他分辨得出。他把纸片含入嘴里，试图吹起曲子。干涩的音乐自他的唇下流出。他看见她的影子出现在窗外的天穹里。他离开她的那天晚上，她在屋后的清泉里洗了许久。她或许是想把自己给他。但她说不出口。当时他在潜意识里察觉了，却拒绝了。她一直到死，还是女孩，不是女人。质本洁来还洁去。那瀑布响了千年万年。他长长地叹息。死者是对生者的惩罚。他在窗前，看了一晚上的星星。他不知道哪颗星星是春江。

他回到城市。在河边的石头上坐，眼望万千景物。

已是仲夏，密密匝匝的花朵浮出枝条，争先恐后向天空讲述大地的秘密。鲜亮的颜色清洗人们的眼睛，洗得晶亮。眼里就生出许多花朵。星星点点的迎春、神秘高贵的紫荆、洒脱不羁的鸢尾、流光溢彩的风信子、清亮如水的马蹄莲、高脚酒杯一样的白玉兰、一株株艳若妲己的桃，以及更多叫不出名字的花。水在他脚下亲吻石头，像淘气的孩子，舌尖清亮。黑色的虫子爬出蛰伏的洞穴深处，在他看不见的微小处来往。这里没有漫山遍野的映山红。那是一种可以吃的花。撕掉蕊，把花瓣塞入嘴里，用舌头一舔，满嘴生津，然后五脏六腑没有了，整个肚子都是花香，呵出来的气息要醉死人。他的目光回到河水两岸。土坡上有踏青玩耍的人们。一个少年在拿大顶，头朝下，屁股朝上。一个少年攥紧拳头在喊两只老虎跑得快，跑得快。两个孩子在摔跤，肩膀抵住肩膀，鼻孔里喷出白色热乎乎的气流。几个青年在打牌，快活地笑，脸庞发亮。一个七八岁大的孩子穿着袜子在草地上奔跑，追逐着被另一个女孩儿放飞的纸飞机。也许这纸飞机里书写着他最为隐秘的心事，所以他的神色才这般着急。

阳光从岸边的柳枝上滴落，如晶莹的水滴，滴得缓慢。时间只比静止要快那么一丁点。他默默地瞅着这个熟悉又陌生的城市。正是午后，城市被一大团寂静的阳光笼罩。天空是一块蓝布。几朵蓬松的白云是布上的纽扣。河水在他坐的石头下后稍做停顿，又向着远方奔去，水波好像少女柔软的胸脯。他情不自禁地把"熟悉"与"陌生"这两个词汇搁入牙齿里慢慢地嚼，像小时候嚼自己的手指头或者圆珠笔杆。最初，它们有青涩的味道，渐渐，青涩变成丝线一样的柔软。这是一对在太极图案里游动的词，尾翼透明，带着蓬蓬勃勃的生气。他脑袋里出现一片与棉花一样茫茫的白。因为与所以之间并非单纯的线性关系，因果是一种复杂的加权。他喃喃自语，听见

遗失在光阴之外

身后传来两个嬉笑的女声。

一个说，姐啊，你眼睛生得真鲜。

一个说，你胡扯什么啊？

他回过头。这是两个年轻的女子。一个端庄，一个窈窕。一个穿素白色的裙，一个穿火红色的衣。这两种强烈色彩的对比冲击着他的眼睛。窈窕女子抿嘴一乐，瞥了眼他，忽忽曼声唱道：姐儿生得眼睛鲜，铁匠店里啊无好钳。随你后生啷个硬，经奴炉灶啊软如绵。姐儿生得白胸膛，情郎摸摸啊也无妨。石桥上走马有啥记认？水面上砍刀无损伤。姐儿生得一朵花，十字街头啊去卖茶……

因为是乡音，这山歌儿唱得特动听，如山谷里泻出的清泉，泉水在石头缝里流，时缓时急，叮叮淙淙，一只羽毛青绿的鸟儿出现在水边，偶尔低颈饮几口泉水，再用嫩黄的喙去啄击石壁上的青苔，间或咬咿咿咬咿咿地唤上几声。

他忍不住咧嘴笑起来。能听懂她们乡音的或许并非他一人。可能其他的人虽没有真正听明白歌词的大意，但已被这种清柔多情的旋律打动。那几个打牌的青年扭过头，一个青年猛地噘唇吹出一连串轻快欢悦的口哨。那端庄女子顿时脸红了大半块，急急去掩窈窕女子的嘴，小兰，小兰，你再乱嚼舌头，我撕了你的嘴。

俺不嫁，一辈子跟着梅姐吃香喝辣。

窈窕女子斜过脸庞，朝他横来一眼，那眼神仿佛经过炉火百遍煅烧，有很多把雪亮的小勺。心脏突突跳。他听见玻璃碎裂的声音。媚眼如刀，他这算感受到了。他赶紧扭回头。水面倒映出一圈圈微微的影子。影子是一种抽象，剔除了声色犬马，只用明暗与强弱去勾勒事物的本原。那美的，因此纯粹；那丑的，将无所遁形。他心里发了痒，几只毒蚂蚁在撕咬心肌。

关关雎鸠，在河之洲。窈窕淑女，君子好逑。参差荇菜，左右流之。他弯腰，手伸入河水，试图用水波拂乱那两个让他有点不安的影子。窈窕女子搂住端庄女子的腰，在旁边石头上并肩坐下。端庄女子的腿修长白皙，真是迷人。

空气中溢出一种不同于花、青草、泥土的香。它是一个从上帝手心溜出来的词语，从那两个轻轻漾动的影子里一点点渗出水面，袅袅升起，聚集成团，变幻出一根根透明轻盈的羽毛，咯咯浅笑着，轻轻挠动他的鼻子。水面上的光点在哗啦啦的水声中有着奇妙且奇异的颜色。幽静的水底里似乎有一张女人的脸庞正在里面沉睡。有点像春江的脸。他点燃烟，细细地抽。烟里有细细密密的香。他的手指感受到心脏的痉挛。他吐出一口青蓝色的烟雾仰起头。天空落下来。一种接近于清寂之光的语言出现在头顶。上帝的脸庞啊。这天空。他扔掉烟，双手枕在脑后，在石头上缓缓躺下。石头是大地的一部分，不管人们怎么挪动它。他躺下来。四肢开始溶化。真好。这种感觉。他在心底低低地叫，眼里涌出泪水。他没伸手去擦。谁能证明上帝的存在呢？因为不能。所以他愿意相信。

他听见了一声尖叫，在恍恍惚惚中。似乎是有人在说蛇。他跳起来。他并不了解这种无足有鳞的生物，因为阅读，也因为曾经有过的遭遇，他对它有着莫明其妙的恐惧。虽然他深知自己根本不必害怕。端庄女子半跪在地，裙子有半边被水打湿。脸色雪白，手按住足踝，足踝上有一个流血的伤口。那个窈窕淑女在一边顿足呼喊，声调惶惶，土公蛇，土公蛇啊。土公蛇是蝮蛇的别称，每年三月左右出蛰。毒性有大有小。小时候，他住的那院子里有个喜欢赤脚到处乱跑的孩子，叫大头。在一年惊蛰时期，他的脚不知道什么原因肿了，青紫乌黑透明发亮。到医院看，医生说不出原因，只晓得死劲打青霉素。大头眼看要咽气了，家人不得不把他抬回家。大头的外婆从乡下匆匆赶来，带来一个老篾匠。老篾匠看了眼孩大头的伤，

　　　　　　　遗失在光阴之外

说还有救，急忙去附近山头采草药，再捣碎，一边捣一边往里面吐唾沫，然后和成泥，敷在大头的脚面。说来也真神奇，隔了一个昼夜，那肿竟然消退了。几天后，大头的父母终于把一颗心揣回胸口。有人就问，大头这是怎么了？

老篾匠说："这是蛇毒。"

"那咋不见蛇咬出来的伤口？"

老篾匠说，蛇冬眠前会在嘴里含块小石头，等到惊蛰时，就吐出来。石头经过了一个冬天，浸透了蛇毒。大头是踩到这块小石头了。

这个故事把他吓得够呛。从那以后，他都不敢再赤脚走路，大头也不敢了。蛇真的会含石头过冬吗？他本来有机会问春江的，可在那十五天里，他却忘掉问了。他的目光四下扫过。蛇已没入那边土坡的草丛。草叶簌簌，好像有轻风吹过。蛇不是有罪的。有罪的是他，他的傲慢与无知。他望向端庄女子。她的牙齿在打战，她很害怕。她的眼睛像杏核一样鲜。他情不自禁地走过去，抓住她的手，盯着她的眼睛说："别怕。等会儿，你忍着点疼。请相信我，我没恶意。"

春江的眼睛也好看，是一对黑水银。他叹息着。四周围上人，他们在交换着对蛇的恐惧与愤怒，也有人在大声咒骂这个春天，咒骂这块山坡的管理部门。他蹲下身，从口袋里摸出打火机与瑞士军刀，用打火机把刀尖烤烫，用目光示意窈窕淑女抓紧端庄女子的肩膀，用袖子擦去足踝上的血，按住，一咬牙，刀尖插入伤口。嗤的一声轻响。皮肉发出焦臭味。端庄女子似被雷击，浑身激灵灵一颤。出乎他的意料，女人竟没叫出声。他舔舔嘴唇，重复了一次前面的步骤，嘴里迅速说道："蛇毒是一种蛋白，碳化后就没事了。"他说的话是春江说过的。女人水果一样的脸在扭曲，上面渗出晶莹的小水珠。女人的忍受力真让他吃惊。也许，因为要生孩子，每个女人都是潜在的忍受疼痛的大师。疼痛是清洁的水，洗净我们，把神的光辉注入我们的灵魂。这是他的渴望。他抬起头，目光里有了暖意。这个梅姐在某些方面应该与他一样。不知道她又经历过什么事哪些人。他呼出一口气，开始挤压皱蜷乌黑的伤口。从四周往里挤。不要弄错方向。这都是春江教过他的。

他仰起头，问："谁有矿泉水？只要是瓶装水就行。"

一个少年递过来一瓶水。

他一边挤，一边清洗伤口。他脖颈处有了湿漉漉的水。应该是她的汗。真香。他迷迷糊糊地想。血液已经鲜红。他松开手。

"去医院包扎一下吧。没事了。刚结束冬眠的蝮蛇毒性一般都大。每个人对蛇毒的抗体又不一样，我怕来不及。对不起。"

他挤出人群。那个窈窕淑女在喊："喂，我说你这个人。你别走啊。你这样做，有没有用啊？你叫什么名字？你可千万别耽搁我姐。"

她似乎要哭了。真有趣。她为什么不肯信任他呢？是因为他看起来太年轻了吗？只要处理及时，比去医院注射蝮蛇血清还管用。他回过头，对她摆手，说："现在送你姐去医院。"

他确信自己刚才说的话。他确信春江说过的话。春江潮水连海平，海上明月共潮生。他走在小径上，走入一团团寂静的树的影子里。小径嵌满石子。他摘下一片柳叶。河面上有五颜六色的游船，幸福的人们在船里享受爱情以及其他。刚才的喧哗并不足以打扰他们。流水淌过。他手中的叶子是这样轻薄柔软，通体碧绿。每片叶子都是神奇的乐器，饱含了天籁。他拉住它的两端，平放至两唇间，气流自他喉间涌出，带着昔日的回想。叶子开始颤动，音调随着他双手的移动上下起伏。袅袅柳枝恰似十八女儿腰……花朵在他脚下。花香沾满他的衣裳。蝴蝶自花间翩翩飞出，像是一

遗失在光阴之外

小团一小团洁白的火。偶尔几只歇落在他的手上，让他感到一阵阵刺疼。

三

火车轰隆隆地响，像小时候那样。他把刚才在车厢挂钩处弄伤的手指含入嘴里，吮去上面的血。他要换乘另一趟火车。站台上的人们头朝向右边，迎接火车的到来，目光专注，也不无迷茫与敬畏。铁轨连同地面一起震动。冷风掠过一张张脸庞，吹得衣襟乱飘。当火车停靠站台时，喧哗的声音从敞开的车门里激涌而出，扑鼻的汗臭味一下子呛入鼻子，那些在硬座车厢熬了一晚眼睛发红、头发蓬乱的民工吆喝着，呼喊着，或一手拎起五六个打有补丁结实的帆布袋，或肩扛劣质硕大的行李箱，或干脆就拿扁担挑起被褥行李。戴红袖章的客运员拿着棒子、竹篙，在猛吹哨子。人声鼎沸，熙熙攘攘，他的前胸都要贴到脊梁骨上。穿旗袍、打扮端庄的少妇不无厌恶地推搡着从身后挤来的头发斑白的老人。老人茫然地注视着通道墙壁上那些下身仅贴有一片树叶、青铜色的人。两个面目黝黑的农民模样的人手中高举着加了水的方便面，边吃边跑边笑，似乎在比赛。一对在站台上相拥相抱的恋人互相为对方淌下清澈的眼泪。一个头上包着毛巾的大妈拼命地朝一个身材消瘦的女子背包里塞鸡蛋、红枣、白糖。头裹毛巾、手脚粗大、脸色紫红的农妇用力地吐出一口痰，立刻被穿制服的车站工作人员发现，那是个小姑娘，或刚从学校毕业不久，声音又尖又快，一根手指猛地戳向农妇面门，"你以为这是你家菜园？"

他在人流里艰难地移动，原本悬挂在胸腔里的那颗心脏缓缓落下。齐他肩头高的孩子紧张地拽着父母的衣襟，目光怯怯。戴眼镜、知识分子模样的中年男人被光膀子满脸汗水的民工撞歪身体，牙缝里马上迸出一句鄙视之语。人流缓慢移动，闹哄哄，偶尔溅起几个旋涡，那是有人摔倒。

当年他母亲也是走过这样一个环境去找父亲的。他突然厌恶起自己。整整一晚，他都待在硬卧车厢内，那里虽比不上软卧车厢舒适，却有足够空间任他活动身体。他不再是赤贫的穷人。尽管当年为替那间曾经国营现在私有的工厂东奔西走时，他曾根据父亲教他的，找了几张旧报纸铺在硬座车厢的过道挨过了一天一夜，那还是有福的，他还曾在过年回家的民工狂潮中挤在厕所里站立整整二十四个小时，而那小小不足两平方米大的厕所竟然同时挤下了六个人。不可思议的中国人啊，他过去是他们中的一员，现在还是吗？在他真正成人后的阅读中，他未见过哪一个民族比他们更能忍受，更能辛苦劳作，更能爱惜事物。他们或许愚顽、狡黠、撒谎，并互相猜疑和倾轧，但这些细枝末节根本无法掩盖他们在几乎不可翻身的大绝境、大伤痛中仍保持的那种蓬勃让世界惊异的生命力。一杯水活下一个人，一口饭就挺过饥荒岁月。西方哲学是求"死"的哲学，而渴望"生"则是中国人最大的信仰。或许繁衍子息延续血脉，这就是人，作为一种生物存在于世界最基本的意义。必须以存在来证明存在的意义！

他愣住了。那些沉默着下跪的人群始终没有一个人回过头，没有一个人去抹脸上的雨水。他们就像是水泥路面上长出的一堆岩石。他所经历的，尽管清苦，尽管艰辛，却比他们好上十倍、百倍、千倍。他们的疼痛、苦难、绝望，不是他所能想象。在他们面前，他的呐喊何等虚弱何等矫情！他只是一个跌跌撞撞的小丑罢了。他知道他是无力的，他甚至明白自己根本没有这个资格下跪。胸膛里冒出串火焰，往上涌，哽在咽喉间，用力一勒，眼里呛出泪水，双膝一软，他扑通一声跪下，嘴里小声说道，好的，他就陪他们跪下。

你有毛病啊！他哥哥急了眼，一脚踹翻他，扔下手中的雨伞，抱住他

遗失在光阴之外

的腰，往上提，你他妈的再发神经，我把你扔车轮底下去。你还以为自己是十岁小孩？你以为自己的命有多值钱？说着话，扬手就给了他一记凶狠的耳光。

他哥哥好看清秀的脸因为某种不知名的恐惧迅速扭曲变了形。

四

他与他哥哥经常争吵，从小到大，一直磕磕碰碰。如果是他没理，母亲二话不说抽起竹篾就抽他。如果是他哥哥没理，母亲就说："一个巴掌拍不响。"然后也拿竹篾抽他。很长一段时间，他认定自己是母亲捡来的。否则那竹篾就不应该长了眼睛，十有八九只晓得向他招呼。

长大后，他偶然间曾提起这事。母亲诧异道："真的么？真有这事？"

他哥哥就在一边笑，"哪有的事啊，听他胡说八道地瞎嚷嚷。只不过，你的竹篾还没抽下，我就很体察母亲大人的心情，及时地哭出声。你打我们，还不就是图发泄愤怒？我哭了，你的愤怒自然烟消云散。而他太犟了，你越打他，他越不吭声，你就越生气，当然他挨的打就越多。所以说，会哭的孩子有糖吃。"

他哥哥的话不是没道理，但无疑掩盖了当初只存于母亲心里的真相，事实更可能是因为他长得丑，一贯就是坏孩子的面目。这也是他咎由自取。他并无意抱怨母亲当初有意无意地偏袒——这是人性的弱点——只是挺佩服他哥哥。

他哥哥比他更洞察这个微妙的人世。

他想起了那位戴着一副眼镜鼓着眼青蛙似的女老师说的——他是搞"文革"的那一套。什么是"文革"的那一套？什么是借鉴？什么才属于抄袭？

他问他哥哥后两个问题。在他们面前的玻璃茶几上，扔着一张报纸，上面有条新闻，一个少年作家因涉嫌抄袭被人起诉。他哥哥或许想起了往事，不无尴尬地嘿嘿直笑。他也笑，没再继续问。他们都心知肚明那是怎么一回事。其实问题根本没有提出来的必要。

孩子的世界不管其保存有多少天真，毫无例外，一样要受到成人为利益博弈所衍生出来的种种游戏规则的支配。一个成功的孩子必定是一个早熟的孩子，是一个小大人。从某种意义上说，还是大人的牺牲品。

他哥哥伸手一指在地上欢快滚动的他的侄子说："所以我情愿我的孩子现在只是开开心心地玩。没有什么比一个愉悦的童年还重要。在他们长大为生活四处奔波时，所能凭借的，所能从中汲取力量的，只有童年的记忆。"

"七岁看到老"。我们的童年就是我们的未来。他哥哥的话让他再一次掉入记忆深处。

母亲出生于公元一九四五年八月十五日。那一天，日本宣布无条件投降，二战结束了。母亲一天天茁壮成长，胳膊、腿日渐结实。

母亲说，她小时候什么也不怕，上山砍柴，下水捉鱼，那么大的蚂蟥叮在腿上用手指抠出继续疯玩。两头红了眼的大牯牛在顶架，别人无一不胆战心惊地避开，她浑然不怕，扑过去，愣是挥舞鞭子把牛赶开。当然，其中有一头牛是她家的。

他外公是一个小地主。母亲说到这里呸了一口，其实那时地主的生活一点也不好，比起现在普通老百姓过的日子要差多了，虽说有几十亩田，那也是从牙缝里一点点省出来的。只有逢年过节才有几片肉吃，薄薄几片，一般都是拿嘴舔，慢慢舔，舔一点肉味，扒一大口饭。大块吃肉简直是一桩罪过。鸡蛋是非常珍贵的，豆腐只有病人才有资格吃。家里还有盘木头雕的大鲤鱼，做工极好，眉眼生动，每逢贵客来访，就浇上卤汁、葱花、

遗失在光阴之外

辣椒碎末端出来，这是做样子，图的是好看。主人殷勤地劝，吃鱼吃鱼，客人嘴上应着，筷子夹向另一边。吃菜必须竖起筷子一根一根地夹，打平夹菜要挨大人打。不过，日子也快活。尤其"打猪草"，割满篮子，就可疯玩，在草地上打滚，追逐翩翩飞舞的蝴蝶，又或者把那些浅紫、粉白的小花摘下来，编织在柳枝条上，戴在头上，学戏文里的花旦袅娜地走上几步，一旁小伙伴再拖长声调喊上一嗓子：皇后娘娘驾到。

母亲说，那时她可想做娘娘。老人们都说，做了娘娘，就能天天睡象牙床、吃不掺红薯、野菜等杂粮香喷喷的白米饭，还有凤冠霞帔，穿不完的绫罗绸缎。

日子发生了变化。

一伙人，都是母亲平日叔婶喊得欢的，扛着扁担、锄头兴高采烈地冲到她家，一抬脚，就踹倒门板，一扬手，就在他外公脖子上套了根牵牛的绳子，然后把他外公拽到村东头土谷场上临时搭建起来的木台上。无数个拳头高高举起，无数个声音汇成一条河流：打倒地主×××！

他外公哆哆嗦嗦地跪在木台中央，胳膊被反拧至背后，可能因为疼痛，嘴斜得厉害，头上戴起顶足有三尺高的纸帽子，上面还有几个墨色淋漓酣畅的字，可惜母亲那时并不识字。家里的红木床、藤条椅、八仙桌、樟木箱、衣柜、农具全被搬到土谷场，还有牛，母亲喂的那两头牛。母亲心疼坏了。牛鼻子里都是血，牛眼里全是盈盈泪水。牛也是会哭的。母亲趴在村东头土坡上透过细细密密的树叶往下看。阳光打在身上，很快，母亲就汗流浃背。

他外公那时有俩老婆。生母亲的姓李，母亲叫她姆妈；还有一个姓陈，母亲叫她陈姆妈。陈姆妈是大房，生了个儿子，可惜上山砍柴时掉悬崖底下死掉了，陈姆妈就疯了，整天在屋子里走来走去，到处乱翻，嘴里叫着儿子的小名，偶尔还吃揩大便的黄表纸，但见着母亲，会清醒片刻，颠着小脚跑回自己住的那间小黑屋，从箱子底拿出她儿子小时候的虎头帽等衣物，在母亲身上比画。陈姆妈长得比姆妈好看，俊俊俏俏，眉眼间甚是水灵，有很弯的眉，很大的眼，很小的嘴。这么好的一个人咋就失心疯了呢？母亲说，他外公真是撞过邪，不旺子息。陈姆妈疯了后，他外公又娶了姆妈，可几年下来，只生下她这个闺女。

在农村没有儿子的人叫"绝后"，不孝有三，无后最大。走在路上，要被人戳脊梁骨。这也难怪尽管他外公不是村里最大的地主，但运动的矛头首先指向他外公。陈姆妈这时也跌跌撞撞地赶到土谷场，没看木台，也没有瞥一眼周围乱哄哄的人群，扑到大伙从她屋里抬出的那只暗红色大樟木箱上，像一只黑色的大蜘蛛，不哭，就一直喊："我的崽啊。"

土谷场里的物品被瓜分一空。牛也被牵走了。姆妈从木台上跑下来，抱紧这些叔婶的腿，向他们不停磕头，说："给一条活路吧。"为首叫陈伯的就扇了姆妈一个耳光。姆妈嘴角流血了。母亲从山坡上冲下来，可还没挤入人群，后脑勺不知被谁敲了下，当场昏迷过去。等到母亲醒过来，她已在姆妈怀里，姆妈的眼睛肿得比桃子还大，脸脏兮兮，青一块紫一块，神情痴痴呆呆。陈姆妈仍趴在那只樟木箱上，箱子被掀开，里面的衣物散了一地。陈姆妈身上的衣物被扯烂了，露出大半个乳房，披头散发，嘴里仍断断续续地喊："我的崽啊。"姆妈旁边是他外公的尸体。

母亲后来听人说，他外公是被打死的。大伙没有找到银圆等浮财，就勒令他外公交出来，边问边拿鞭子抽，活像打一条狗，打得他外公团团转。他外公硬挺着不说。他们就拿锄头敲他外公的手指，一根根敲过去。他外公实在熬不过，就交代在院子东墙枣子树下埋了一坛银洋。这无疑让那些拷打他的人更为兴奋，于是继续拷打，吊起他外公，吊在土谷场边的大樟树边，用火烤他外公的脚底，烤得脚底都成了焦炭。外公疼晕了。那个叫陈伯的就说，肯定还有，一定还有，打老实了就绝对还有。就又把他外公解下来，往他外公脸上浇水，弄醒，继续变着花样折磨，还拿刀片割开他外公胳膊上的皮肤，往里面撒盐。外公就又交代在卧室里的地下还埋了一坛。陈伯愈加兴奋，然后他外公就死了。

他打断了母亲的话，陈伯是谁？母亲扭过头，若有所思。这些年，母亲已衰老得厉害，嘴瘪了，说话的声音开始含糊不清，而且颠三倒四，在他们交谈的短短一个小时内，就曾拉紧他的手，叫他向菩萨磕了三次头，说出门在外，全靠菩萨保佑。菩萨是母亲托人从普陀山带来的，搁在正屋神龛上，旁边还有两盏香烛，共花了几百块钱，而她老人家平日里却舍不得多吃一块肉。

母亲说："死了。"

他没死心，怎么死的？

母亲说："饿死的。"

母亲没在三年自然灾害时饿死应该是一个奇迹。这得感谢那个疯了的陈姆妈。在他外公死去的当天，姆妈也死了，投了河。母亲与陈姆妈相依为命。说来也怪，陈姆妈自那天后疯病就渐渐轻了，又嫁了人，嫁给一个四十多岁的老光棍。

陈姆妈的手一向巧，别人要五根劈柴才能烧好一锅饭，她只需三根，又或者是乡人的怜悯及其他说不清楚的原因，不久之后，她被安排到食堂做工。母亲靠陈姆妈省下的口粮及偷偷把毛巾扔入粥里晒干后带回家再兑水熬成能照得见人影的稀粥撑过了那段最艰难的时期。

陈姆妈是把母亲当亲生女儿养的。在母亲远嫁千里之外后，陈姆妈还惦记母亲，并不时地托人寄来一些绿豆、糕饼，这些东西在很大程度上缓解了父亲和母亲当时的困窘。陈姆妈没再生育，一直健健康康地活到八十四岁。母亲与父亲为陈姆妈披麻戴孝，做了口上好的柏木棺材。

不过，母亲的话还是让他不无失望，母亲的童年就这些，难道就没有比做"皇后娘娘"更有趣点的事儿？母亲皱起眉头想了一阵，缓缓地摇头，突然想起什么笑起来说："有啊，咋会没有？忘了是哪年，我在河里摸鱼，在石缝里摸到一窝'黄沾的'，最大一条足有两斤，共有六七条呢。那是我最开心的一次了。"

他也笑，怕是假的吧。这么多鱼一个人咋拿？

母亲呵呵地乐了说："摸出一条就往石壁上摔，摔死后，再扔河滩上，然后一起带回家。那鱼真鲜。我再也没吃过那么鲜的鱼。"

母亲这一辈子是辛苦的，也是幸运的。

天空明晃晃，没有云。太阳高高在上，千万根光线汇成一面冒着腾腾热气的圆镜。街上铺满塑料袋、碎屑、果皮以及从墙壁上刮落的大红纸。马路亮得直耀眼。推销福利彩票的高音喇叭声端坐在柳州五菱小货车上，从街头窜到街尾，再溜入小巷，在每一扇门板上刻出细小的裂纹。喧哗的人声、忙乱的脚步声、焦灼的鸣笛声以及不时响起噼里啪啦的鞭炮声将尘土掀至半空，呛得人都有些透不过气。

这就是他的老家，一个小小的县城，东边打一声喷嚏，西边就飞起一阵唾沫星子。很脏，很乱，但更有人味儿。

他牵着母亲的手走在熙熙攘攘的人群里。

母亲不时地向熟人点头致意，拐到街口，想起什么，伸手指向路边一间个体诊所，叹口气，"那是可怜人呐。"

"谁？"他扭过脸。诊所里面有一个穿白大褂的女人，看不清面容。

"许医生。就她。唉。有一阵子，她、她老公、她爸妈都被打成'反革命'，全家人约好一起去死。她是学医的，胆子大，拿刀划破她爸妈的手动脉，

　　　　遗失在光阴之外

等到她划自己手腕时，刀片断了。她拽着她老公一起从楼上往下跳，她老公当场死掉了，她只摔断条腿，结果被判了刑，本来说要枪毙，后来发现她肚子里有孩子，就缓了缓，改判成无期，再后来就把她放了。她带着孩子回了老家，孤儿寡母一起熬日子，没想不多时她儿子也殁了，被车撞了。她一个人孤零零地活到现在。"

"她咋能挺过来？"

"或许是已经麻木了吧。"

"我咋没听人说过这事？"

"你还是个孩子，能知道多少事？"

母亲瞟了他一眼，摔开他的手，继续慢慢地向前走去。他紧跟上去，重新抓住母亲的手。母亲老了，他可不希望她老人家有什么不小心。一个手持竹竿的年轻人在被阳光晒得簌簌发抖的青草上来回敲打着什么。一个啃冰淇淋的男孩在用力地抠鼻子。一个头发花白的老人凝视着屋角打滚的一只哈巴狗。一个小贩使劲晃动手上的一种叫不出名字但能发出巨大嗓音的玩具，一个中年妇人低垂着头双手抱胸若有所思地站在一个瘦高小伙子面前。那小伙子在说脏话，唾沫飞溅。

这就是我们的现在。庸俗的，也是幸福的。

母亲的手心沁出汗水。她老人家走了这么长的一段路，说了这么多的一些话，已经累了。他招呼母亲在一家小吃店里坐下，要了一份豆腐脑、一碟蒸糕，这是母亲最喜欢吃的。

豆腐脑味道已大不如以前。问题首先是选料，现在的人再也没耐心把那些小的、瘪的、颜色怪异的豆子一粒粒挑出；其次是不肯拿手工磨浆，全用那种装了小马达的电磨，磨出来的浆汁不够细腻；再就是点卤的火候不到家，吃到嘴里竟然还有涩味。

小时候他和他哥哥常帮母亲做豆腐脑，主要是兑水过磨，两个人站在石磨边，各自数数，从一数到一千，再从一千数回一，一直磨得两手发软，到第二天早上，胳膊往往会抬不起来。母亲做的豆腐脑可好吃了，白白嫩嫩的一大碗，再浇上点糖、葱叶、辣油、生姜末、榨菜丁……可惜母亲并没有经商的头脑，只晓得做好一桶就立刻分赠五邻四舍，否则不定也是一个阿香婆。

　　母亲的手特巧，能做各种各样好吃的。蒸糕也是拿手活。把糯米与黏米磨粉洒水搅拌成小颗粒，搁入那种上端有梅花形圆格下端装有顶把的杂木雕成的糕模里，放到锅里蒸，起锅时撒入些味精、白糖，糕又松又软又香又甜。若是能有些莲子和枣子裹入其中，那滋味就更是甭提有多美妙。

　　母亲吃过几口蒸糕，推在一边。他问："怎么了？"

　　母亲有点难为情地看着他说："黏牙齿。"

　　他真该死。母亲几年前就已换了一口假牙。他这个做儿子的竟然没有想到这点。他赶紧又帮母亲叫过一碗米粉，这一回，她老人家吃得甚是开心。

　　他从口袋里掏出不久前在超市买的西瓜子，嗑去壳，一粒粒放在手心，然后一起递给妈妈。他是妈妈的儿子。这是句废话，但恐怕世界上再也没有比这句废话所包含的感情更为强烈的。他爱妈妈。他是不孝的，从小到大，他没有给妈妈带来一天的幸福，也从来没有与他哥哥一样为妈妈带来荣耀。他总是在自己无比困乏或者说无路可走时，才想到回家，回到妈妈身边听妈妈说话。

　　"小时候妈妈对我讲，大海就是我故乡，海边出生，海里成长，大海啊大海，是我生活的地方，海风吹海浪涌，随我漂流四方。大海啊大海，就像妈妈一样，走遍天涯海角，总在我的身旁……"他轻轻地哼起歌，心脏一阵绞疼。

　　　　遗失在光阴之外

五

他站在老家县城的广场上黯然无语。

草在脚下，翠绿的、葱绿的、浅绿的、嫩绿的、青绿的，风从上面吹过，这些颜色不一的"绿"汀汀淙淙发出好听的声音，这风是在琴弦上掠过的一根手指。一些长短不一的影子在草地上被阳光剪裁成各种毛茸茸模样的活物。它们沿着或深或浅的痕迹，缓慢地爬行。路就是这么出现的吧。水从草地中间那座汉白玉雕塑的中间喷出，抖出一片珠玉，其中几粒蓦然间被风吹成薄薄一层水雾，濡湿了他的脸庞，但更多的却顺势跌下，在坚硬的基石上一摔，重新汇入那泓幽蓝。

水是跌不死的。他嗅到淡淡的腥味。他轻轻地擦拭着心里的那把刀，擦得雪亮，握紧，五指用力，指节发白。他拎起刀，拎着，他能给谁看？千万年的时光轰然而响。亘古洪荒深处奔出一道青白色的光，那是时间，在胸腔处百转千折，突然向上，涌出百合穴，又回到他头顶的那片蓝。水中有他微微摇晃的影子。

他幼年时，这块草地还是一堆房子，杂乱无章，颜色斑驳，准确地说，是一座迷宫。他和李卫国曾经在这里互相追逐，挥霍着他们欢快的童年。

东南方向有一间祠堂，门前曾有株很老很大足有三人合抱的柏树。树干虬曲，黝黑，歪歪斜斜地拧出许多大大小小的疙瘩，并挂满虫眼，树身上还有几根指头粗的铁钉，它们钉得实在太牢，成品字形排列。他们想尽办法也无法弄出它，不过，这为难不了他们，于是就把捉来的老鼠吊在上头，远远地站开，用石头扔，看谁扔得准，看谁能把老鼠砸得吱吱叫。奇怪的是，每次他们这样恶作剧时，柏树后那间残破的祠堂里就会走出一个独眼老头儿，眼神凶狠，然后蹲下，嘴里呜呜地叫，捡起地上的石头也砸向他们。老头儿是疯子，是哑巴，是不可理喻的人。他们正打算想法报复。

有人说，莫要去招惹老头儿。为什么？老头儿唯一的儿子就死在那。老头儿曾是个猎人，那颗铁钉就是老头儿钉的，用来悬挂猎物、撕扯剥下它们的皮毛，后来洗手不干，种田。老头的儿子念书时与当年县革委会主任的女儿好上并私奔了，这令那个搞造反起家的胖男人大发雷霆之怒，带人直扑祠堂，没找到那拐走女儿的罪魁祸首，把老头儿绑在树上拿宽牛皮带抽，抽了一晌，抽得血肉模糊。老头的儿子与那姑娘其实并未逃远，就在附近山上躲着，听人说起这事，匆匆赶回，被逮个正着。老头儿被解开绳子，老头儿的儿子被绑上去，眨眼间被打得不成人形，那姑娘不肯了，哀哀地哭，乘看守的人不注意，一闪，扑向爱人，在爱人嘴上一亲，一头撞在那根铁钉上，血如泉涌，当场送命。老头的儿子被活活打死，而老头儿的眼睛也在那一次被打瞎。

这是一个令人毛骨悚然的故事，自那以后，他和李卫国再不敢到这树边玩，远远瞅见那独眼老人赶紧噤口跑开。

时间湮没了太多死人的骨头。

往前，抗战那会，与祠堂一墙之隔的是县城当时的"红灯区"。一小队日本鬼子攻破县城。据说仅二十来个兵，而且只放了一枪。守卫国土的兵眼见那杆染满中国人血迹的膏药旗顿作鸟兽散。鬼子嘶吼着到处杀人放火强奸，男人的懦弱更加激发了他们的兽性。其中两人冲入妓院，勒令那些来不及躲避的妓女脱光衣服在地上学狗爬。她们反抗了，用剪刀刺死一个，但另一个逃走了，并带来更多的鬼子。她们最后全被开了膛破了肚。而自始至终，那些本应该起来作战的男人却远远地龟缩在一边。不过，他们也没讨到好下场，鬼子疯狂的报复迅速展开，他们在祠堂西边那口池塘一口

遗失在光阴之外

气刺死上百个男人。

他查讨县志，当时县城人口有一万多，就是一人吐一口唾沫，一千个人围着打一个鬼子，也能拼掉他们。可只有那些妓女反抗讨，她们足以令所有苟活的男人汗颜。

水塘后来被填，又过了一段时间，上面盖起县供销社的房子，挖地基时，赫然出现一大摞累累白骨，夜里发出点点微绿的磷光。一些不懂事胆子大的孩子就把它们捡起来当玩具玩，还拿去吓唬胆小的女生。没有人提及那些妓女，她们的名字被历史抹掉。他是听一个老婆婆说的。当时他正用脚踢着一块骨头。而她，那位老人家情不自禁地喊了声作孽。

时间继续往前溯。

清朝乾隆四十四年间，天大旱，民不聊生。当年他脚下这片草地曾是县衙，公堂内挂着块"明镜高悬"的牌匾，黑汪汪，被桐油刷得清亮。衙门口的站笼里是一具戴着松木板钉成的枷锁、被日头活活晒死的女人尸体，而在此之前，她的双乳已被一种残酷的刑具钳碎，十指全被拗断。

女人叫许氏，名字无从考。罪因是她男人纠集一伙汉子抢了大户，后落草为寇。她不得不替逃走的男人承担她不应该承受的刑罚。

时间仍往前溯。

明永乐元年，这里有一户人家。女儿想嫁给一个穷书生，父亲不肯，逼她嫁给某富户。女儿跳楼以图自尽，正巧跌在楼下愤怒的父亲身上，父亲被压死，女儿被判大逆不道，凌迟处死。明正德八年，当时这里已改为圩场，有一位豆腐西施，含辛茹苦地攒钱送自己的男人千里赴京赶考，然后就像戏文里演的陈世美与秦香莲，所不同处仅在于那豆腐西施未鸣鼓上告，只悄没声息地吊死屋中……

就让时间重新回到公元二十世纪。

一个疯子，一个平日里经常毫不羞耻地袒露出女儿家最隐秘的私处在大街上行走的女疯子。她曾是他的同学，很聪明，很可爱，很漂亮。他不知道该如何形容她，请原谅这个笨拙的"很"字。仅仅是差了一分——她若生在北京上海，分数足可上北大复旦——她没考取大学，疯了，那种安安静静的疯。疯癫让她的眼神格外清澈。她不喊不叫不砸东西，只拿一双眼睛死死地盯人，盯得人毛骨悚然，再默默走开。

他是在这块草地的雕塑旁遇上她的，那是凌晨两点左右，天挺冷的，天空被冻结实了。他睡不着，从家里跑出来，就看见一个男人骑在她的身上。她躺在男人身下叉开腿哼哼唧唧。男人显然不是疯子，也不是傻子，见他来了，提起裤子飞快地走开。借着不远处高架灯投来的光线，他瞥见那男人臃肿的、奇丑无比的面容。他认识那男人，是在几家单位扫厕所的老光棍，左手还有点畸形，见人老笑眯眯。

他朝男人扔过去一块石头。男人跑得更快了，眨眼就消失在夜色里。他回过头。她仍静静地躺在草地上，双手各抓一个肉包子，幸福地啃着。她蓬头垢面，全身赤裸，乳房浑圆，腰肢纤细。他哆嗦着脱下自己的外衣盖在她的身上，然后跑开，跑着跑着，就再也忍不住号啕痛哭。"神哪，我求你。假若这你真的存在，这世上的一切也都由你安排，那么，我求你把这世上的一切苦难、侮辱皆加于我身上。但请你放过那些可怜的女人吧。"

阳光不是幻觉，光线炽热。广场东边是县城博物馆，俄式风格，宽大雄壮，粗糙的水泥墙壁上塑有几副浮雕，门口石阶的青草丛里卧有一"赑屃"，没了脑袋，旁边塌着一块残牌。西边是县粮食大楼，一片玻璃幕墙晃出耀眼的白光，底下是排商铺，"俏佳人""老爷车""李宁专卖""雅芳"，招牌大大小小，颜色红橙黄绿。其中一家音像店门口竖有两尊高功率喇叭，正播放着王菲姑娘尚叫王靖雯时的招牌"容易受伤的女人"，离店门口约

　　　　　遗失在光阴之外

几米远的树荫下摆有一张麻将桌，几个年轻的女子在砌"长城"。南边是电影院，大幅海报被风雨侵蚀，撕下半个脸儿，大厅被租给人搞溜冰场，一群孩子发出的尖叫震耳欲聋。

西边的草地上，有群少女，围坐成圈，正在轻声地唱，"田园小河边，红莓花儿开，有一位少年，正是他心爱……"她们头顶的树叶把凶猛的阳光一片片滤去。

我是谁？谁又是我？我们从哪里来？我们要往哪里去？我们在这里干什么？在别人眸子里觑见自己的容颜，是那样孱弱、孤单、无援。这些冰冷的单词就似一个岛屿。若命运把我抛向大海深处某个孤独的岛屿上，那里空无一人，没有书本、电脑、手机，所有能与外界沟通的工具及记载着人类信息的东西都不复存在，只有树、奔跑的兽、溪水里银白巴掌宽的鱼、尾巴长长色彩艳丽的鸟，我还知道自己是谁吗？每个人迟早都得赤条条站在上帝面前。换句话说，当一个人赤条条不携带任何事物站在上帝面前时，他能说得清自己是谁吗？我是可以通过一张张简历描绘出来的，而"我"不能。它在变化，每分每秒都有细胞在体内炸裂、成长或衰老。又或者说，"我"这个东西就像是苹果的核藏在我的身体里？然后，果肉终被吃尽，果核被扔弃回泥土里，等待下一次的轮回。或许，"我"不是苹果核，是一枚核桃里的仁，那我就是这核桃坚硬的外壳，必须砸碎它，才能见到"我"。但问题是，若我此刻被关在一个空空荡荡的牢房里，除了墙壁、铁栅窗、窗外的那抹蓝天，我能找到什么东西来砸开核桃壳？我可以用牙齿，但牙齿显然对此为力，我当然也可以用手，可这无疑只会让我更为疼痛。

把"我"这个字含入嘴里慢慢咀嚼。"我"还有许多别的称呼，比如癞皮狗、猪啊、该死的、王八羔子、流氓、小伙子、经理、卖东西的、业务员、喂、同志、师傅、先生、老板、写字的……是否可以得出一个结论：

"我"以及相应衍生物只存在我与别人的关系里？换句话说，我与"我"根本就扯不上关系，哪怕"我"失踪了，我仍将好好地过下去，并不会因我的不存在其分量有任何改变。

也许我还会指着手腕上的伤，来试图证明我与"我"的关系，但这种论证方式其实即在说，凡手腕有伤的肉体里都藏着"我"，都应该叫"我"——在科技如此发达的今天，要在某人身上造出或消灭一些伤疤并不困难，只要有钱。又退一步说，世上不可能有两块一模一样的伤疤，即，我的手腕必须被弄伤，又或者脸必须被刀子划花，才能证明我与"我"的关系，那么，这种证明过当洗脱不掉残忍、自虐、变态之嫌。

他慢慢走着，慢慢地想。少女已停止了歌声，叽叽喳喳快活地交谈着。一个脸特圆穿露肩泡泡纱少女身后的草地上，搁有一幅木框画。背景是稳定的蓝和韦罗内塞式的绿，所有女人的裸体都以鲜艳的橙黄色凸起，笔法野蛮粗鲁，这是高更的画，"我们从哪里来？我们是谁？我们往哪里去？"

也许我们只能这样回答——我们从来处来，往去处去，我们谁也不是。谁，只是一个暂时的状态。黑夜里的一花一草一木一树也会让我们惊呼出声，"谁"。

简简单单的一撇一捺就是人。若一捺大于一撇，就不再是人，是"入"。人，骨骼匀称，站着，稳稳当当地站在大地上，与象形字有关，与发音有关，与周围的食物有关，与双腿中间那东西有关，也就这些。这样说对吗？似是而非的词汇啊。他凝视着少女的脸庞，她们一律宛若花枝柔嫩，心中突突一动。

那年夏天，他还是孩子，上大一。学校在城郊，新建不久，窘迫得紧。除了纵横交错的几条水泥路，大部分地面是光秃秃的红壤土，没有草皮覆盖，被阳光一晒，哧哧地直冒热气，耀眼。寝室在教学楼后方，二幢，五层。

—253—　　　　　遗失在光阴之外

他住三楼最东头，阳光直射，把整间屋子烤得似蒸笼，在里面坐不上一会儿，就会汗流浃背。所以他常上寝室西南方面的小礼堂待。它有个后门，平常尽管锁着，可后门卫生间的铝合金窗老半敞开着，他从那翻窗而入，或夹本书，或啥也不夹，在礼堂舞台的木板上咚咚地跑，屋顶是穹形的，回音轰隆隆地响。

他记得当时的校长端坐在舞台上用课桌临时摆出的主席台前声音洪亮地向他们这批新生致辞：欢迎你们，你们是祖国的未来，是明天的希望，是八九点钟初升的太阳。

在舞台上的感觉的确很棒。

他翻着跟斗，呜啦啦地喊。偌大的舞台只有他一个人，偌大的祠堂只有台下那密密麻麻淡黄色的排椅听他唱歌，"孤独地站在这舞台，听到掌声响起来，他的眼泪忍不住掉下来……"这是他当时最喜欢的一首歌，可在班上新生联欢晚会每个人都需要表演一个节目时，他却哼跑了调，让同学们笑得不行。

排椅的扶手是铁制的，曾有同学听大会报告，睡着了，头鸡啄米似的往下一磕，弄得血流满脸。他坐在舞台上喘着粗气。学校的电影就在这间礼堂里放，不收门票。刚洗过澡的女生像剥去壳的鸡蛋，清清爽爽地坐，灵巧地嗑着葵花子，十指纤纤，间或交头接耳窃窃私语着只属于她们的小秘密。那时几乎没人谈恋爱，或许有，也只敢在地下活动，毕竟来到这种学校的多半是小地方的孩子，成绩虽好，人却羞涩。

不过，他喜欢待在礼堂里恐怕更是一颗少年懵懂的心在作怪。那时，班上有个女孩，模样一般，可他就觉得她特迷人，包括她的嘴角、鼻翼上浅浅的大小不一的褐色斑点，无一不迷人得很。她爸爸在这学校里教书，家住礼堂后的教职工宿舍二楼，从礼堂后门的缝隙里能看到她在阳台上伸懒腰。这常让他又紧张又兴奋。

有天黄昏，他又来到礼堂，没唱歌，在舞台左侧一个放杂物的暗室里盘膝坐下。眼观鼻，鼻观心，一任从玻璃窗外透入的黑色一点点浸透肌肤。他喜欢这种感觉，很宁静，身体伴随着口鼻间微微吐出的气息慢慢瘫软成一只彻底放松的臭袜子，渐渐，袜子上的丝线也消失了，只剩下一颗没有形状、大小、颜色的心，它轻轻跳动，跟随着一股奇怪的节奏。这是静坐，他当时想学气功，还特意在校图书馆借过几本书读，可一直就没产生过什么气感，却喜欢上这种自我冥想，它能帮助他进入一个充满光线与喜悦的空间。他也不是不喜欢满天星光、虫鸣、松涛、鸟叫。这个学校搞联欢晚会时演员用作换衣服的暗室足够小，可以嗅到那些漂亮女生的香味儿，这是他所不能拒绝的诱惑。也不知道过去多久，他蓦然惊醒，听到咚咚的脚步声。他低头看了眼手腕上的夜光电子表，一惊，已是午夜十二点，这么晚谁还会到礼堂里来？他脑海里顿时跃出一团团妖魔鬼怪的黑影，心脏马上被拽到嗓子眼，逼仄的黑暗空间化作重重地敲击着心脏的鼓槌。他竖起耳朵。

一个女孩压低嗓门的声音，"嘘，不要拉灯。这里不会还藏了人吧？"

一个女孩咯咯轻笑的声音，"喊，放心，这么晚，鬼都没一个。"

一个女孩略显发嗲的声音，"嗨，快点，愿赌服输！"

一个女孩不耐烦的声音，"喂，这是蝙蝠衫健美裤，拿去那边换好。"

裹在一团微弱光线里的脚步声朝暗室的方向走来。他吓一跳，悄悄插上插销，身子缩入墙壁角落。门被拉动几下。一个女孩奇怪的声音，"咦，锁死了？"一个女孩戏谑的声音，"去帷幕那边换，没人偷看。"一个女孩紧张的声音，"谁不准偷看，否则就把她撕得一片片的，再煎炒煮焖煸。"一个女孩清脆的声音，"行了，你家祖上又不是掌锅铲的，说得吓人。"

遗失在光阴之外

一个女孩咪咪的笑声，"洗澡时早看得不要不要了，还不就是一堆肉。"

他好奇地探出头——上帝，我要大声赞美你！

一个女孩垂着长发，窸窸窣窣弯腰退下衣裤，借助于女孩搁在一边蒙着白布手电筒的微光及从玻璃窗外投入的纯净柔和宛若美人笑脸的月光，他平生得以目睹一个这么美的女孩的裸体。真美。乳白色的女孩，光滑的女孩，如同剥了壳的新鲜荔枝一样的女孩。

柔软带有几分稚嫩的线条自女孩肩胛处滑下，在浅浅小小的乳房所勾勒出来的"凸"上轻轻一荡，弧线继续下滑，越过一马平川的小腹，在腰间一拧，收紧，一漾，再沿着两条光洁的大腿向下淌……他屏住了呼吸，没有比这更美好的。他的鼻血都流了出来。

就仿佛有根神奇的手指在眉心一触，指尖还沾有一缕月华。他瞪圆眼。很快，那女孩已换好衣物，穿的正是黑色的蝙蝠衫与黑色的健美裤。女孩脚尖一点，人就向舞台中央飘去，舞台那边还有三个女孩，她们已经开始嘻嘻地笑。

"清江水流往东来，终有一日归沧海。夜里得遇桃花开，月色拂动郁孤台。佳人容颜因此白，抚箫更闻鸟语哀，谁见少年轻狂爱，总似山风吹暮霭，吹暮霭……"

女孩载歌载舞，舞姿清雅，舞步轻柔。身体的曲线借助双肩、腹部、肢体所发出的微笑，踩着鼓点，无限变奏，不断地从一个层次迈入另一个层次。影子是黑色的，忽沉或浮，平折、弯曲、滑动、轻颤，生出一瓣瓣花朵，被月光一洗，竟是无端端的惊艳。那三个女孩显然惊呆了。他也傻了。月光垂下了眼睑么？

那是他这生所见过最美的舞蹈。也许真正的舞蹈并不需要借助灯光、音箱、掌声。白云深处千山醉，为君歌舞不言归。低声轻问汝是谁？婀娜美人红唇嘴。舞台上终于一片寂静。他茫然痴立。在往后的日子里，他一直试图找出那位曾覆盖他整个心灵的女孩，但她再也不曾出现，尽管他为此不断出没学校里的各种舞会、联欢活动及歌舞比赛。

她消失了，消失在那个细腰长腿的夜晚。望着身边走过的每一位柔嫩的女孩。他知道，她就在她们中间浅浅地笑。她们中的任何一个都可能是她。

六

他渴望美能拯救自己。

人有四种境界，依次是，本我，自我，超我，忘我。

"本我"为浑噩之物，纯粹清澈，无善恶好坏，比如婴儿，饿则饥，困则眠。又比如山，不管人在不在，它一直都在。

"自我"，我思故我在，鼻梁上若架起一副有色眼镜，所见所识，无不具有"我"之颜色。我为唯一的价值，万物由我取舍，我的需要大于一切，宁肯我负天下人，断不可天下人负我。为体现我的意义，我对物近乎无穷尽的贪欲成了新的上帝。这是现代大多数人的想法。比如去爬山，心里无一不惦着一个词语——征服。山不是山，我亦非真"我"。但人类就从这里开始摆脱蒙昧，进入科学的理性时代。

"超我"使少数人意识到"自我"的毁灭性，为让人能有理由在地球上继续生存，克服个体私心，约束自己，超越"小我"，进入"大我"，从而不惜以身殉国、殉道。从社会的角度考察，它是不成文的道德与成文的法律。也比如山，在这些人眼里山仍是山，我只是我，我们试图让山与人保持和谐，诗意地栖居。

"忘我"形似"本我"，然不拘形骸痕迹，自得清风明月。无常无相无住。

　　　遗失在光阴之外

心往闲处放，身往无处想。也哭也笑也悲也喜，唯心自在光明，一点清辉。山就是我，我就是山。

这些话是春江说的，那时，她从南京林学院毕业不久，任班辅导老师，年纪也轻，比学生大不了多少，老爱穿身白裙，露出两个浑圆白皙的肩头。他是因全班一次春游踏青的活动才与春江熟稔起来。可能是因为他的沉默寡言。当他避开围坐在餐布前甩扑克嬉笑打闹的同学，一个人盘腿独坐在山顶的黑岩上时，春江凑过身坐下，问他在想什么，说他实在是怪怪的，有趣得紧。

他说："不明白这万里江山。"

春江就笑，但没说他是少年不识愁滋味，为赋新诗强说愁。她低下头，手抚在黑岩石上，似乎在用心感受着石头的温度，又问："为什么？"

那天风和日丽。春江的半边脸庞在阳光下呈现出透明柔嫩的光泽。

天空湛蓝，不掺一丝杂质，田野一望无垠，碧绿，挽起裤管的农人在弯腰插秧，田埂上，几头哞哞叫的牛。更远的地方是连绵奔腾一抹淡青色的山。几只鸟从那一抹淡青中悠悠飞出，啾啾地鸣，翅膀雪白。偶尔还有一团团乳白色的湿气从眼前轻轻荡过。房舍镶嵌在树林边，黑砖灰瓦，浸在春日里，熠熠闪光。一条缎子般亮的小溪从那闪光处淌出，很美。而从离自己百十米远的山腰不时传来的朗朗清脆的同学们的欢笑声听起来也很美，可不知为何，他感到了悲伤，那种噬骨的悲伤。

他小声地说："若我明天死了，眼前的这些又有什么意义？而我迟早是要死的，不被车撞死，就得被病菌杀死。我害怕。真的害怕。我还害怕这万里江山只是老天爷撒下的弥天大谎，尽管它们看似美好，但事情真相可能并非如此，比如那个让我们感觉到'美'的插秧的农人，他或早已汗流浃背，腿上布满吸血的蚂蟥，心里骂着娘。"

春江愣了下，"你咋会这样想？"

他说："不可以这样想么？"

春江说："可以。只是让人吃惊。"

那天他们并未说更多的话，但就有突突的一串火苗投入他的心底，也许是因为那天的山、那天的风、那天的阳光，他没来由地认定春江就是他的姐姐——他还从未有过姐姐——在以后的日子里，什么话都愿意对她说，经常跑她那里去玩。

春江住集体宿舍，一个十二平方大小的房间，窗帘是素色的，印有淡紫色心形小花，他数过，一共八十一朵。房间里除了张单人床，还有一张书桌、一把椅子，到处都是书，堆满架在条凳的木板，一摞摞，码得足有他头顶那样高，《中国人的素质》《尼采选集》《中国哲学史》《时间简史》《人道主义的僭妄》《寂静的春天》《人间词话》……这让他狂喜，尽管很多书他当时根本看不懂，但一种对书本能的贪婪扼紧了他，相对于学校那个多是工具书、专业书及几本被人翻烂掉的现当代文学的图书馆，春江这里简直是一座宝库。

他喜欢读书，发自内心地喜欢。他小时候没钱买书，老爱待在出租小人书的地摊上看。人家不给白看，就蹲在一边，两眼发直，使劲吸着鼻子，去嗅那些花花绿绿的封面上泛起的香气。摆书摊的十有八九是老头。有些老头好，见他眼馋得流口水，嘟哝几下不再作声。有的老头脾气不好，拿起棍子来赶，他赶这边，他上那边；他赶那边，他到这边。老头气急眼，黑起脸，咋咋呼呼拿小石头扔。他就跑，过会又来，继续蹲下，两眼发直。不过，混熟悉后，老头们多也是通人情，又或许是奈何不了他这只苍蝇，挥挥手，也由得他去了。他兴高采烈地撅起屁股，一头扎进书里面，就像一只笨拙的鸵鸟。没有人对他耳提面命一些书中自有黄金屋之类的高深道

　　　　　　遗失在光阴之外

理，好玩有趣便是那时读书时的最大动机。稀奇古怪的文字与图案就如同一个个咒语，让幼小的心灵魂不守舍。有时，看得太入迷，嘴里蓦然发出声尖叫，手一挥，腿一蹬。坏事了，竖起的书架噼里哗啦往下倒，砸在眯眼打瞌睡的老头身上。老头生气了，又拿棍子往他头上敲。这下不敢逃，咧嘴哭丧脸忍住疼痛，扶起架子，把书一本本摆好，心中暗暗发誓，长大后一定要把它们全买过来，再也不让别人打他的头了……

他想书都有些想疯了。有一次，他无意中发现母亲换下的衣服里有一个钱包。抖抖索索打开，屏住气息，拿了二角钱，飞一般地直奔新华书店。买了一本小人书，孙悟空三打白骨精，这本书一直想看，可老头那总有人借。书不敢拿回家，偷偷地藏在野外某处，胆战心惊地回来，一双眼睛只往母亲脸上瞅。母亲一时没发现少了钱，还一个劲地夸他懂事了，懂得上灶间帮她烧火。结果，好不容易熬过晚上，在快天亮的时候迷迷糊糊睡了，正在梦里跟着孙猴子不可一世耀武扬威时，忽然就被母亲从被子拎出来，一顿狠打。说来人家也不信，母亲打他，是拿那种指头粗的硬钢筋。母亲边打边哭，他也哭，真的很痛。后来，他再也没拿过不属于自己的东西了。

他鼓足勇气对春江说，能借一本给他带回去看吗？

春江就笑，说，随便你看。不过喜欢看书是好事，不加选择地乱读一气就不好，开卷并非有益。乱读书是会读出满脑袋的糨糊的。要读好书，而且读书不是拿眼睛看，一目十行，所见不过是一些浮光掠影，得拿脑袋读。

他摸摸自己的脑袋，嘿嘿地笑，说："我的脑袋足够大。不过，何谓好书？"

春江说："天下书籍不过三类，抒情，叙事，说理。情得真、事需清、理应透，是谓好书。又或者说，适合自己的，便是好书。可你毕竟还是学生。这时，不妨多听前人之语，少闻今人之语。时间虽会遗忘掉一些东西，但其所凝结沉淀必有道理所在。读书用心，先把自己忘掉，进入书本，每个人都是一个容积有限的杯子，得学会把它倒空，才能真正装进新东西。然后一定要找回自己，不断地向自己发问，这书说了什么？学而不思则罔，思而不学则殆。莫一个劲地往脑袋里装东西，否则一不小心就成了两脚书橱，还自以为学问高深，那就大大不妙。"

他一个劲地点头，全部正确，加十分，可惜却是一大坨废话。

春江拍了下他的手，嗔道："没大没小。不过，建议你少读点书，而是玩。对现在的你而言，没有比玩更重要的，过多的阅读反而会损害你的感受力。你身子矮，打不了篮球，不妨去踢足球或打羽毛球、乒乓球。实在想看书呢，就先翻翻书的序与跋，若是看得稀里糊涂，就不读。只读自己能够理解的……"

学校开运动会，他一个比赛项目也没参加，坐在足球场的门框边看着人群发呆。人群正在哄笑。一个高年级挺帅的男同学参加百米赛跑，穿的是那种裤腿上带扣子的运动裤，结果跑到一半，扣子全开，裤子也掉了，愣就穿内裤跑到终点，居然还是第一名。而主席台上的播音员又念错了稿子，把"某运动员的手"读成"某运动员的翅膀"。

泥土是黄色的，天穹是深邃的，宇宙是无限的，人这种生物是糟糕的。一些微不足道的虚假的荣誉就足以让他们癫狂。这些奋力奔跑的男生更多是为展现他们的雄性特征吧。而这些女生矫情的尖叫简直就是噪声。阳光晒在身上，没有多少热量，挂在天空中的几朵云就像一块块变了形苍白的小镜子。白云苍狗，世事无常。他对这些欢声笑语的同学突然没来由地生出一些厌烦。他们是大喊、大叫、大吵、大闹的疯子，不过，按此逻辑，他肯定是傻子，或者说是另一种不喊、不叫、不吵、不闹的疯子。

人活着真没意思，还不如死了算了。

遗失在光阴之外

他正这么想着，左边的人群突然传出惊呼，他下意识扭过头，一个黑乎乎的铁球直奔面门而来，说时迟那时快，没等他做出任何反应，一个人重重地扑到他的身上，铁球发出沉闷的响声。他一抹脸，全是鲜血，狰狞的血。是春江。春江瘫软在地上，左额太阳穴处瘪下去一块，鲜血潺潺流出，红的，白的。春江身子蜷缩成一团，手脚抽搐，手指在泥地上挠出深深的痕迹。春江的眼神一点点涣散，嘴唇张着，却挤不出一句话。他惊恐地注视着，猛地狂叫一声，坐起，试图捂住春江的额头上的那些血，可它们从指缝里渗出，越来越多……

人是什么？人究竟为什么活着？又为什么而死去？

天地间蓦然一片死寂。春江对他说过的那些话一字一字却又若电光火石地浮出脑海。他抄起滚落在一边的铁球，一咬牙，朝自己脑门砸去。砰。姐姐，你千万别有事啊。我陪着你。我们在一起。

春江死了。他还活着。没有人问他为何犯神经要砸自己的脑袋。他头上缠着绷带在一所医院躺了两个星期。医生说，是比较严重的脑震荡。确实如此，在相当长的一段时间内，他走在路上，总觉得是踩在棉花堆里，喉咙里老梗着东西，恶心，胸闷，而且只要一闭上眼，就会看见曾经沾满他手上的那些比桃花还更刺目的东西。

姐姐。

七

墙壁向外凸去，颜色由白渐黑，蓦然一跳。

光线迅速塌陷，成一个点，无限的大，也无限的小——飞扬的庞大的马的骨骼迎着夕阳在沙滩上奔跑，玫瑰的花瓣呈雨点汀汀淙淙撒落在灼热冒着滚滚白气的石子上，蔚蓝的海垒起黑沉沉的墙，隐藏在远方的房子把一股股震颤沿着深埋在大地里的树的根须传递至四面八方，那在海的中间像一叶白帆飘动的少女的脸庞被闪闪有着尖锐边缘的水纹抹去，那些游在海底色彩斑斓的鱼被珊瑚礁以及幽绿的海草撕成星星点点宛若眼滴般的碎片……

他想转过身，却无能为力，头顶上方有个不知名的巨大的旋涡状转动的力量，正死死地按住脑门。

一个细微几至不可辩的声音在说："你哭了。"

他努力地想把头拗出角度，他想看一看这个声音的主人究竟是谁，但意识根本无从掌握身体的哪怕是最微不足道的一个细胞，他只觉察到恐惧，他几乎要号啕出声，他猛地听见从胸腔第三根肋根处突然冒出一个犹豫含糊的声音，它对刚才那个细微的声音做出回应，"我没哭。我已不再是个孩子。"

"当然，你早就不是一个孩子了。你是一个无耻的人。"

"我听不懂你的话。"

"就算你当时没砸死自己，你也可以在事后继续拎起脑袋往墙壁上砸。你没这样干。事实上，你当时就能砸死自己，尽管你口口声声宣称——'姐姐，我们在一起。'你把铁球砸到自己的脑袋上时本能地减小了力量，当然这是下意识的。不要说你没这点力气，那个失手的男生就砸死了她，你完全有砸死自己的力量。你在一刹那间，选择了活，事后仍继续选择苟且地活。你潜意识里始终在怨恨春江。"

"你胡说八道。"

"女人真可怜。她再美，也拯救不了谁，哪怕只是一个人的世界。"

"你让我糊涂了。"

　　　　　　遗 失 在 光 阴 之 外

"你是笨蛋。不过，你也别感到难过。或许她是一时的热血沸腾，或许这是职业本能，毕竟她是老师，老师一向要求奉献与牺牲，而刚巧她在那时就出现在你身后，换而言之，若坐在足球框边的那个人不是你，是另一个男生，她一样会扑过去。"

"她不应该死，该死的人是我。"

"不，死是荣耀。她可以上天堂，你却只能活着在人世间煎熬。"

"你在咒我？"

"是陈述事实。"

然后，没有了，声音突然消失。这个声音并没有提到那个在上元村死去的春江。但他还是感到害怕。似乎在这两个汉字里看见了一个隐蔽的深渊。他像一个失去控制的弹簧，从床上一跃而下，赤脚肌肉痉挛，汗流如注。床前散落了一堆碎片。那是月光里藏着的无数片惨白的刀光。它们剖开漆黑的天幕，抖落下数点寒星，把已变得像玻璃碎碴子般的影子，一块块裹入风里，扔进屋内。他惊恐万状。墙壁平坦而且坚硬，并无一圈圈水纹，上面的斑点不过是一些污垢。地面冰凉结实，虽有粗糙沙粒，却只有凝固的表情。他是懦弱的。他必须承认这一点。他还是愚蠢的。一个懦弱、愚蠢的男人也是这个世界的某一部分吗？

万物之和必然会带大于或小于其数学概念上的整体范畴。没有精确的"等于"。一个人加一朵花并不等于二。换个角度说，不管杯子的大小形状，也毋论给杯子斟水的那只手多么稳健有力，装在杯子里的水一定不会与杯口完全绝对地持平，它会少那么一丁点又或者溢出那么一丁点，尽管这一丁点是肉眼难以觉察常为人所忽略不计，但它的状态确是万物存在的真相。数字可以抽取出事物的某部分本质进行归纳总结，而在此过程中，当会丧失或增加许多不可控制的衍生物。这才是纯粹意义上的"阿莱夫"，点永远在，永远在变。

镜子在闪光，光是碎的。他从屋子里奔出，在街上飞跑。万物消失在黑暗中，连街道也没有了。他是那个移动的点，通体冒出黑闪闪伸缩不定的火焰，突然，黑的颜色像一张纸被某种力量猛地扯下，并在不可言说的一刹那，光线从一个点，瞬间就是无穷个点，劈头盖脸齐涌而至，并发出嗤嗤声响。他还来不及叫一声，身子已透明，宛如琉璃，被那万千光线拽落，往下掉，眼睑合上，与此同时，一个古怪的声音在脑海里激荡回旋：绝对的黑暗让人伸手难见五指，绝对的光亮同样让人一无所见。好与坏只是人臆想出来加诸光与暗之上的不实之词。万物只存在于互相渗透的光与暗中。光是始，暗是终，万物皆有始有终。是这样吗？

遗失在光阴之外

第八章　梨雅

一

"门前大桥下，游过一群鸭，快来快来数一数，二四六七八……"

他合上电脑在心底轻轻地唱起儿时的歌。

火车还在轰隆隆地响。夜色稠得像一锅煮糊了的粥。粥里的莲子、桂圆、红豆、米粒全烂成一坨坨，咽入嘴里，只是凉，只是腻，只是想反胃呕吐。

他拿起一罐启了盖的八宝粥。他朝粥里吐了口浓痰。他想把八宝粥的罐子扔出窗外。车窗是密封的，他忘了这里是硬卧空调车厢。他的脸庞被窗外忽明忽暗的灯光弄得乱七八糟。这些灯光活像饥饿的兽，咣当咣当地响，从黑色的虚无中一只只跃起，爪子划过玻璃，刺人耳膜。不过，不用怕。这世上最凶猛的兽却也是人心里豢养的那只。他这么想着，渐渐坐立不安。他被自己吐出的这口痰弄得越来越恶心。铺位边那个装废品的铁篓子里早已堆满果核、瓜子壳、橘子皮。下铺那两位女孩虽然已经不再叽叽喳喳，仍飞快地比赛嗑葵花子。篓子满了，但她们还有报纸。她们兴高采烈地把壳吐在报纸上。她们真年轻，眉眼儿也俏。他耸耸肩，往车厢这头望去。

两个年轻人蹲在车厢连接处吸烟，个头雄俊，眉眼间颇有凶意。他又往车厢那头望去。隔壁铺位上突然传出一阵剧烈的干号，一只瘦骨伶仃的手撸出一大把鼻涕眼泪，是个老头儿在甩鼻涕，没甩干净，一串青黑色的鼻涕就晃悠悠地挂在扶栏处，拦住去路。他叹口气，低下头，怔怔地望着手中的罐子。他慢慢地从罐子里抖出那根塑料勺子，握住，手上青筋虬结。他舀起已经冰凉的粥，往嘴里喂去。自己吐出的痰总得自己咽回去。世上的事大抵如此。

二

那年，他还是一个嘴唇上只有一圈毛茸茸胡须的青皮后生，他一下火车就被那个城市的巨大与傲慢所震慑。与此同时，它的巨大与傲慢也让他马上想起恺撒大帝留给罗马人那句著名的征服宣言。我来了，我看见了，我征服。

他在一点点艰难地挪动的民工流中热血沸腾。他用力地提起行囊。行囊里面塞着几本金光闪闪的证书与他在全国各报刊、期刊发表的一沓沓作品。他冷眼打量着拥挤在前后左右那些漠然的脸庞。

他确信，他与他们是完全不同的两种生物。他确信，不必多少时间，他们看他就像看老家那座矗立在山巅上的电视塔。为此，他原谅了他们佶牙拗口的方言、难闻的体味、臭烘烘的汗水以及不时从体内排出来的热气腾腾的屁。

他们是多么可怜哪，挣扎在社会最底层，没有漂亮女人，没有葡萄美酒，没有手机，没有液晶电视，没有盐水桂花鸭，没有巴赫，没有奥迪，没有金利来，没有索尼数码相机，没有笔记本电脑，没有MP3……他们会为丢

遗 失 在 光 阴 之 外

了一块钱伤心难过半天，会为十块钱爬上一百米高的脚手架，会为一百块钱在雷霆之怒的工厂主面前屈下双膝会，为一千块钱悍然把命卖出。

他出了火车站，进了地铁。他确信自己的智慧足以应付一切，包括辨别方向。地铁通道两侧墙壁上贴满各种广告画与艺术画。艺术画上的草是褐色的，屋子是绿色的，天空是大块的橙黄，云是小块的蓝。广告画上是一个高举着几何形状的手头顶着一个缺了口的水瓮的女人。水滴下一串，经过女人呈平行四边形的头颅，也经过女人胸部那两个圆锥状的乳房。

他那天穿得整齐。他被广告画旁边站着的一个男人喊住。男人手里拿着一沓画，最上面一张画上的女人唇边有两撇虫子一样歪歪扭扭的胡子，阴阜肥大无比。这男人是流浪艺术家吧——他在报纸上早就熟悉了他们的一切。他露出笑容。他感到亲切。男人那张被时间与饥饿啃得坑坑洼洼的脸也挤出笑容。男人拽住他的衣角喊，兄弟。

男人说"弟"字时不发四声，发二声。他停住脚。男人捋了下满头乱发捏捏额头古怪的瘊子。男人说："买画吧，自个画的。"

他摇头说："我不懂画。不买。"他看了看石阶边跪着的正鸡啄米般给路人磕头的白胡子老头。他从裤兜里摸出一枚钢镚往老人面前的瓷盆里扔去。

男人哑着声音说："五十块，颜料与画布也不止这个价。"他继续摇头，太贵。男人怔怔地瞅他，眼珠子在凹陷的眼窝里缓慢地转圈，肚子咕的一声叫，像冬天里的小鸟叫。他微笑起来。这是一个挨饿的艺术家。他相信自己绝对不会混成这样。潦倒不应该进入他的字典。他用同情与理解的目光注视着窘迫的男人。他从男人手里抽出一张金黄灿烂上面有着太阳、农舍、裸体女人与一头公牛的画。他说："十块我就买。"男人不吭声，眼珠子已经白多黑少。

他嘿嘿笑，搓搓手就想走。旁边冲过来一个背着大包的女孩，在他身上一撞，从男人手中夺过画，很坚决地塞到他的手里，声音尖利："卖，这是开张的生意！"

男人张开嘴，嘴巴的牙齿歪歪扭扭，又黄又黑，可堪比拟弹药的爆破现场。不过，女孩的模样也好不到哪里去，胸部扁平，颧骨突出，更要命的是手指甲奇长，指甲上与指甲缝里还有分辨不出颜色的油泥。女孩的指甲在他的手背上一抓。他吸口凉气，目光里已满是悲悯。男人已扭过身挺出长长的脖子一脸悲愤。他赶紧掏出十块钱。

他拉开行囊，把画卷妥塞入。他想与这位难看的艺术家及其女友挥手再见。他们不见了。他突然听见一个衣着整齐的女士从他身边快步走过樱唇轻启抛下两个字——傻逼。他的心咯噔一下，手下意识地往夹克衫的内口袋摸去，那里放着的一千块钱已经不翼而飞。

操。他的牙缝里溅起一个愤怒的爆破音。这对该死的贼！

还好，他早已预料到这种事情发生的机率，所以，在行囊里，他放了两千块钱，在脚下两只牛皮鞋的鞋垫下他各放了一千块钱，在紧贴着肉的三角短裤上他还用针与线紧紧实实地缝了一个口袋，里面放了五千块钱。他带来一万块钱，现在失去一千块钱，剩下九千块钱。九在中国是一个吉利的数字。所谓九五之尊、九千岁、九九归一。

他吹起了口哨。吹的"小螺号滴滴吹"，又接着吹"小小少年没有烦恼"，然后再吹"没有花香，没有树高，我是一棵无人知道的小草"。吹到最后，高喝一声，却是中国道家的九字真言，"临兵斗者皆阵列于前"。一时间，他又雄赳赳气昂昂浑身有劲脸泛红光。

当晚，他在路边的一家小旅馆落下脚，搁下行李，洗完澡，上大排档美美地喝了几大杯纯生啤酒。他对自己说，生活开始了。

可惜这个有着三千万人口以为饲料的庞然大物对他不屑一顾。尽管他主动投怀送抱，几天下来，他就是一张惨蓝的脸。求职有多难？比蓝天还要蓝。最早他是去报社与杂志社求职记者或编辑。第一家说，我们不招文学青年。第二家说，我们需要科班毕业。你专业不对口。第三家说，我们不缺记者与编辑，但欢迎你来跑广告业务，无底薪，按业务量高低提成。第四家说，你有无在名报名刊从业的经验？比如《南方周末》《新京报》。第五家说，你很有潜力，不过，我们并无时间来培养你。第六家说，你能否告诉我为什么王菲会爱上李亚鹏？第七家说，你有什么资源？第八家说，我们正在裁员。第九家说，欢迎你向我们投稿。第十家说，试用三个月，试用期内无薪水，也不解决食宿……他意识到他所发表的那一叠狗屁文章也只能让他自己膨胀。他从二十元钱一晚的小旅馆搬入房租每月四百到处是死老鼠味的地下室，重新撰写了一份简历。他告诉自己"天降大任于是人，必先苦其心志，劳其筋骨，饿其体肤，空乏其身，行拂乱其所为。"他想起那个著名的职场故事——一个博士生几番求职失败后，收起博士文凭，端正了心态，用高中文凭谋得一个业务员的工作，从最底层起步，终获中国区总裁的职务。

他开始留意起原来不在他考虑范围内的职位。可能因为求职心切吧，他引以为豪的智慧突然就黯然失色，短短一个月内，他竟然两次跌入职场骗局。第一次是某进出口公司与一家个体医院联手骗体检费，凡至该公司应聘笔试通过者一律得至该医院花三百元体检，最后却一个也不录取。拒绝他的理由写在体检表上——他有龋齿，不美观，会损公司形象。第二次是一家声称来自泰国的化妆品公司在录用他的第三天以其迟到了一分钟为由辞退了他。老天爷，他住的地下室离这个在闹市中心的公司有两个小时的车程。八点钟上班，他五点钟起床，但谁能想到公交车会在路上坏了呢？

他恨恨地把拳头捏紧，他想把这位更年期提前的女经理砸得与桌子上的文件一样扁平。他本来以为这个瘦小，干瘪，有着两只圆规脚的女经理，不过是一个热爱通过口腔来发泄性欲的女子，性欲发泄完，事情也就应该完结。他怎么也没想到女经理用了整整六十七分钟的时间把他骂得差点承认自己是乌龟王八蛋后，突然大义凛然地宣布，公司绝对不会留下这种素质低下的人，以免一只苍蝇坏了一锅粥，他被当场开除了。他糊涂了。他咆哮起来。他这是被人当猴耍啊。此地不留爷，自有留爷处。他愤怒地向女经理索取自己向公司交纳的五百元服装费、八百元违约保证金、一百元工牌费。女经理傲慢地摔出他前几天签了字的试用期的劳动合同，其中一条即是，试用期内，员工迟到早退，公司可以即行开除，并不退还员工早前所交纳的各种费用。所以，当第三次骗局出现在他面前时，一位传销公司漂亮的小姐试图劝他掏出三千块钱买下那台丑陋的摇摆机加盟该公司钻石经理的行列时，他对着小姐迷人的脸蛋吐出了口水，并像狼一样悲号——卿本佳人，奈何做贼？

　　再往后的求职类似周星驰撰写的台词。比如，考官说，你有女朋友吗？他说，没有。考官又说，你追过女孩吗？他说，追过，可是没追上。考官说，对不起，本公司不能用你，你公关能力欠佳，况且缺乏自信。比如，考官说，你有女朋友吗？他说，有。考官说，在本地吗？他说，不是，她在外地。考官说，对不起，本公司不能用你，本公司不希望因为你而使长途电话费大幅度增加。又比如，考官说，你有女朋友吗？他说，有。考官说，她漂亮吗？他说，不漂亮。考官说，对不起，本公司不能用你，你的审美情趣不适合本公司的业务需求。再比如，考官说，你有女朋友吗？他说，有。考官说，她漂亮吗？他说，很漂亮。考官说，她是你的初恋吗？他说，是的。考官说，对不起，本公司不能用你，你缺乏不断追求的进取心。又再比如，

遗失在光阴之外

考官说，你有女朋友吗？他说，有。考官说，她是你的初恋吗？他说，不是，以前还谈过几个。考官说，对不起，本公司不能用你，你很快会跳槽的……他用了整整三个月的时间终于认识到——自己就是一坨屎。他还清醒地认识到——就算他承认自己是一坨屎，这个城市里的苍蝇、臭虫与狗也要跑到他头上来再拉出一泡屎。

于是为了省钱，早上，他不再吃饭，一天两餐。面条每袋单价一块二，从自由市场拎回十袋，再买几包涪陵榨菜，十天的吃饭问题就算解决了。一袋面条可吃两餐，中午烧好，吃一半，留一半，若担心馊，把面条放进铝合金饭盒，再置入盛有凉水的塑料桶内，盖上报纸。烟也戒了，公交车是能不坐就不坐。偶尔逛到苹果园天宇市场附近，挤出一帮脸有菜色兜售色情影碟男女的前后堵截，上到三楼一家叫百合的网吧，心底连骂几声吝啬得连空调也舍不得开的老板的娘，发誓以后有了钱一定要把这老板收来做小弟，坐下来登陆各个人才网站，把简历铺天盖地撒出去，某天能有指望能网住一条银白色的小鱼。终归是失望，失望到了后面就是绝望，绝望到了后面就是背着塞满简历与文章的拎包在落满梧桐叶的马路上摇摇晃晃。九千块钱已然告罄。他每天晚上都在仔细计算着：若只吃一碗方便面，并且再也不搭乘公交车，再远的路也迈动双腿赶过去——顶多是起一个大早，当锻炼身体。他还可以在那间已提前付了房租的地下室里再住上二十来天。他很伤心，很难过，他腔子里那颗幽默的心就不停地唆使他去假扮乞丐——乞丐也是一种行为艺术，而且还是一种能赚现金的行为艺术。他为自己的念头吓一跳。他路过天桥时就很和蔼地在一个瞎眼乞丐面前蹲下来扔下几枚分币捡起几枚一元钢币。他把钢币塞入口袋，对旁边瞅着他目不转睛地一个金发碧眼的洋娃娃翻起白眼珠，唬得洋娃娃一头扑入那对黑如炭白如雪的鬼佬夫妻怀里。他叹口气，把那几枚钢币又重新扔回乞丐的搪瓷缸里。

一文钱逼倒英雄汉。难怪秦琼要卖黄骠马。他正准备朝路对面玻璃上贴着招聘厨师、侍应生与勤杂工启事的饭店走去——人只有享不了的福，没有受不了的罪——他大声地鼓励着自己。一辆小巧玲珑的宝来车，突然从巷子里窜出，像只欢快的毛茸茸的狗顺势扑倒他。他躺在地上双手抱腿屈成一团，努力地想不哼出声，身体却不听话，宛若被子弹射中的麻雀，一阵阵乱抖。疼啊。他还是叫出声。阳光立刻在他的脸上刮出几道青紫，汗水密密涌出，似一层铺着棘蓁的牛皮覆盖在他的身上，并迅速裹紧。车上下来一个女人，长腿细腰丰胸，胸脯上挺出炫人眼目的海拔，并不惊慌失措，声音不无骄傲，边走，边拿手机拨电话，嘴里还说，又想敲竹杠？奉陪到底！

他在肚子里有气无力地骂了声脏话，晕过去。

三

他与梨雅就这样成了朋友，成了好朋友，成了可以上床 Happy 的朋友。

他问过梨雅，撞了他后，干嘛不逃？

梨雅说："群众的眼睛是雪亮的。不要藐视人民的智力。光天化日下往哪逃啊？我只遗憾当时没倒回车再坚绝果断地撞你一次，把你这种害虫从地球上消灭掉，也算是为中国的环保事业做贡献了。当然，我不会忘掉按有关的赔偿标准向你父母支付死亡抚恤金，哦，还有丧葬费。"

他又问："为何当初要恶狠狠地说什么敲竹杠奉陪到底的话？"

梨雅说："那是为自己壮胆。我以前还撞过一个人，是民工，而且撞了两次。第一次没经验，慌慌张张地赔了三千块钱私了掉。第二次，幸亏车内还有个朋友在，就把那人拉到医院检查。医生说，那人腿上的伤是旧伤，

遗失在光阴之外

是故意往我车上撞的。嘿嘿，我以为你也是想钱想得不要命了呢。"梨雅抓起几粒冰镇过的紫黑色的杏子，眼睛里笑意盈盈。他嘟哝了声，那也难说，就张开嘴，等待杏子掉下来。梨雅翘起右手尾指把杏子喂入自己嘴里，笑眯眯地说道："想吃残废餐？皮痒得紧嘛，是不是还想撞一次？"

"撞就撞，顶多是火星撞地球，大家一块完蛋，再在尸体上挂一牌子——此两人实乃现代梁山伯与祝英台，因不堪承受爱情的幸福，故相约殉情自杀，好让生命停顿在樱花飘舞的时刻。"他笑着说道，就翻过身把梨雅扑到身下，掐住梨雅雪白滑腻的脖颈，脸上作狰狞状。梨雅夷然不惧，只是微笑，一副任君采撷的鲜嫩模样。他凝视着她，忍不住俯下身把头埋入她的乳沟。这里比世界上最深的马里亚海沟还要深。他贪婪地嗅着她迷人的体香。

没有梨雅，他就没有现在。

为什么梨雅在把他送入医院，付了治疗费，尽了一个肇事者所应尽的义务后还为他介绍工作？天上掉下来的这么一大块馅饼为何偏偏砸中他的脑袋。他去公司上班后请梨雅吃饭表达谢意时仍不无疑虑，举手投足间便有了拘谨之意。梨雅就笑说："陪我走走吧。"

他与梨雅去了附近的紫竹公园。时值正午。公园里人很少。鸟从坡坎上密密的林子飞出来，跳在石子路上，大摇大摆地走。一些巴掌大毛发金黄并混杂有条条黑线的小松鼠飞快地从草地这边奔到那边，再溜回来。突然有一只停下匆忙的步伐，斜靠在树根上，憨态可掬地看着他们。偶尔，那绿得发翠的湖面上会跃起一只尺许长银白色的鱼。水声哗啦一下，公园里就更静了——只一墙之隔，这里的安谧与外面的喧哗就似两个世界。

他跟在梨雅身后，与梨雅保持着一个肩膀的距离。他低着头看梨雅脚下三寸高的高跟鞋。梨雅走得稳稳当当，不快不慢。女人都是保持平衡的大师，他在心中暗自赞叹。石头在阳光下散发出温和的光泽。他们拐上石桥。

石桥边有片竹林。风，经过竹林，变成一块绒布，慢慢擦拭着脸庞，让人舒服得就想躺在这石桥上。间或有几片竹叶飘下，在水面撒落下一圈涟漪。梨雅靠在石桥上，手摸着栏杆上的石狮子，轻轻唱歌。

"问声世上还有谁？相约今日共同归。尝了太多苦与累，只见白云天上飞。潦倒更应酒一杯，莫提长江多少泪。纵然心已极疲惫，还有花儿不憔悴。我的容颜仍还美，犹有蝴蝶相伴随。当杨柳弯腰垂，我已忘了伤悲，阳光让我有些醉。啊，没有什么可后悔，醉里可以唤不回。所有一切都将被雨打风吹，何必去争谁错对？"

她唱得真不赖，都唱出了好闻的香味儿。他抽抽鼻子，猛地意识到梨雅所唱的歌词正是他在沮丧的日子里在本子上胡乱涂写的一些字词，而且它们并不曾在哪发表过。

他诧异了，鼓起眼去看梨雅。梨雅伸出两根指头在他面前晃了晃，扑哧一笑说："我谱的曲子还好不好？我小时候可是上过专业的声乐老师的课。不过，这歌词是从你那窃来的。孔夫子曰，窃书不算偷。我这就更不应该算偷吧？"梨雅吐吐舌头，继续说道："抱歉，你昏迷时，我闲得无聊，就翻了一下你的包，看了下你写的这些句子。它们很有音乐感。"

梨雅精致的脸在这一刻宛若一颗完美的宝石。

他目瞪口呆。他凝视着她。他的心脏已经膨胀成一个要飞上天空的热气球。上帝，她是女文青？他难以置信。"原来如此。"他喃喃地说。他几乎要大喊出声，心中溢出狂喜。在这一瞬间，几被摧毁殆尽的自信心因为梨雅的歌声又成了一座高大的山峰。

他说："人与人或许是真的有缘吧。而文字在某些时候确实能扮演起一个拉皮条的角色。"

梨雅抿嘴笑道："没有早一步，也没有晚一步，刚巧撞上了。"

遗失在光阴之外

他深深吸地口气，慢慢地撞进梨雅的体内，开始不断撞击，越撞越快，每一下都用尽全身的气力，像打桩机，进，出；进，出。他喷出热气。他情不自禁想起卡夫卡在《城堡》一文中对 K 与弗莉达做爱的描述——几个小时的共同呼气，几个小时的共同心跳……

他深情地凝视着梨雅湿漉漉的柔软的脸庞。她的脸庞让他晕眩。他深感庆幸。九，确实是幸运数，以后得请书法家专门写一个装裱起来高悬于中堂上。

他感激梨雅。生活是从她这里开始的。也许一切都是冥冥注定。他发现自己已经越来越适应这个城市的节奏，并为它的气息而迷醉。用了不到两年的时间，他对这个城市的吃喝玩乐处就完全谙熟于心。比如酒吧，若只是想聊天发呆消磨时光，可以去"莲花"，那里有红的墙、绿的树。桌上总有一大捧叫不出名字的野花；如果想说甜蜜的情话，上"后街"，顺木梯爬至二楼，挂上竹帘，在竹席上坐下，头互相靠在干净的米色沙发上，眼望着窗外寥寥几粒星辰与那浓得化不开的夜色，身体就会渐渐消融于四壁圆形或菱形小灯箱所散发出的朦胧的白光里；如果想喝点与众不同的咖啡，可以去"巴西人家"，那里有红色磨砂表面的高背沙发，也有衬着小碎花布靠垫的绿色木椅，点上一杯招牌的 Wave 咖啡，又或者花上几十元钱，选择符合自己口味的咖啡豆，用专用的小机器将其磨碎，再用虹吸式咖啡壶自己煮沸；如果想喝酒，就得去"狂欢夜"，那儿的酒应有尽有，摆满了酒吧四壁，就算你在凌晨四点想喝路易十二，只要掏得起钱，微笑的酒保也绝对不会让你失望，如果你只是想听听最新的地下摇滚，就去"风动"，吧台上方是一个巨大的吉他，吉他弦上倒挂着几只晶莹的高脚杯。每到夜晚，这里就充满了要掏出人们心脏的，最叛逆与狂野的吼声……他能一口气数出这个城市近六十家酒吧的特色。更毋论其他。

四

他与梨雅报名参加了一个去黄山的旅游团。那并不是一条赚钱的线路，游客加司机、导游共有二十六个人。大半个车厢空空荡荡，让人瞧着也舒坦，不过车至半路，空调突然罢工，大家只好变成香肠，浑身滴油。车窗密封性能极好，透不进来一丝风，就有乘客威胁要退票，要上访至党中央。一位花白头发的老者干脆手握一瓶救心丸，时刻准备着。身材娇小的导游小姐在七嘴八舌的指责声里挤出泪花，最后自告奋勇地唱起"情哥哥、情妹妹"的山歌，这才让他们这些受伤的灵魂得到稍许安慰。导游小姐的歌声不敢恭维，唱了一会儿，很有自知之明地闭紧嘴。他小声说："她的脸像猴子屁股。"

梨雅微笑道："你的脸比猴子屁股还要红。"梨雅压低嗓门，"你说那个瘦子是干什么的？"

"哪个瘦子？"

"坐第三排，左眉有疤，手掌很大，手指很粗糙，指甲缝里有污垢，有个女人的脑袋靠在他肩膀的那个。"梨雅伸出手指指点点。

他为梨雅的观察力感到震惊，她居然可以隔着座椅看见别人隐藏起来的手掌？还有眉毛上的疤？自己不会是找了一个女巫吧？他转过脸，目光炯炯。

梨雅扑哧一笑，眼波流转，"呆子，我是说他们这一对好奇怪啊。"

"奇怪什么？"

"男的干过不少体力活，女的保养的却极好，我嗅到她身上兰蔻面霜的味道，她用的香水是'毒药'。"梨雅的眼睛里有银子一样的亮光，语

遗失在光阴之外

气斩钉截铁。兰蔻面霜得六百多块一小瓶，买两瓶差不多够得上一个人参加这种旅行团的费用。梨雅说："我看他们不对劲。"

"你管得着吗？"

梨雅的眼梢跳了跳，嘴角勾起笑，没再说什么。阳光拍打车窗玻璃，拍打着他们的脸庞，拍出厚厚一层油腻。人们闭目养神。离目的地还有五个小时的路程，窗外除了线条干涩的树与体态臃肿的田野，再没有新鲜玩意儿。偶尔出现一辆，也无声无息地擦肩而过。整个世界似被太阳榨干了最后一点力气，紧贴地面，给人一种极不真实的感觉。耳腔内渐渐生出细微的响声，初始是一团毛线，渐渐清晰，一声高一声低，像蝉悲伤的鸣叫，像鸟被枪弹击中后消散的羽毛。

梨雅靠在他的肩头睡了，眼、鼻子、嘴皱成粉红色的一小团。这是他心爱的女人。他发过誓，要爱她一生一世，像河流爱着海洋，山峰爱着天空。他吁出一口长气，把身子挺直扳正。他的肩膀已朝过道那边歪了太多，他要对得起她对他的依靠。车厢内比黎明还静。混杂着二十六个人呼吸与体味的气息让人恹恹欲睡。

抵达黄山的翌日清晨，他们二十六个人踩着露水，在导游小姐英明的指挥与不断鼓励下，终于爬上黄山狮子峰。看日出的人不少，他们这支小部队选择了一个相对偏僻处。当然，壮丽的景色并不会因此而逊色半分。逆光的山尖有如碧玉，薄薄的云层在一刹那被染上了红、紫、橙、黄、银灰等各种色彩。烟云雾露，悄悄消退，山形倒影，时隐时现。"五岳归来不看山，黄山归来不看岳"。娇喘吁吁的导游小姐抹去额头的汗水，指着崖边生满铁锈并挂满同心锁的铁链，讲起它们的故事，说："你们各自许愿吧，面对对面崖上的那株松。那松可是有官职在身的，是统一六国的秦始皇登峰遇雨时所封。当太阳冲出云海,这株松的剪影极可能出现在红日中,这'红日峰间出,奇松日中生',是奇景,能为你带来一生幸运。这个时候许下的愿,准灵。"

导游小姐红唇白牙这么爱开玩笑,也真是欺负惯了他们这些没来过黄山的旅客——秦始皇登峰遇雨留下五大夫松的传说,可是在泰山。不过,梨雅并不愿意指出导游小姐的谬误,双手合十闭目垂首喃喃自语。很快,西瓜脑袋、黑炭男人、脸似水磨豆腐的女人、手中拿救心丸的老者、杨东、长发男子、穿旗袍的少妇……还有他,老老实实地在梨雅身后参差不齐地站成几排,有样学样。然后,他眼角瞥见一道白光,心中突然一怔,是那个女人,那个用兰蔻面霜的漂亮女人。她在笑,笑得突然,笑得甜蜜,笑得令他心乱如麻。她在对他笑? 不,她在对所有的人笑。她的眉毛笑得飞起来。她紧紧地拉着那位左眉有疤的男人的粗大的手掌。男人跟在她的身后,也在笑,眉毛也笑得飞了起来。她在前,男人在后。他们跳过铁链,飘出山崖,转瞬即消失不见。也就在这一刻,云海与天空的交接处冒出一个红点,眨眼变成弧形红线,继而半圆。起先是小半个、半个、大半个。猛地一跳,整个儿跳出来。红日从两峰间冲出波涛,天地间光芒万丈。远远近近传来一阵阵欢呼。

"他们是情人。"他们中的谁冷不丁冒出一句。

"傻子都知道。"他用力拽住梨雅的手。梨雅在发抖,手心已泌出冷汗。没法救了。从黄山上往下跳,谁也救不了,而且恐怕连尸骨也找不到。他往地上吐了一口痰。他讨厌他们,这些来看日出的人,他也是其中一个。他把梨雅抱入怀里,一字一字说道,"我们下山吧,我们永远不分开。"

遗失在光阴之外

五

从黄山回来后，梨雅来找他的次数越来越少了。也许缘分这种东西与生命一样都会被时间耗尽。他有了点不安。他找到梨雅，坐下来。梨雅并未对他的不告而访惊讶，微笑地为他倒茶。是君山银针，是好茶，芽身金黄，满披银毫。水冒出氤氲白气，杯里的茶叶芽尖朝上悬浮水面，随后缓缓降落，竖于杯底，再升起，如是三起三落，终沉于杯底，一根根渐渐茁壮，吐出让人心旷神怡的清香。人生如茶，需沸水冲泡。他握住茶杯，感觉到玻璃那边的烫。她与他的距离是这般近，又是如此地远。他在这一刹那就恍惚起来。

他还是第一次来到梨雅的办公室。四周墙壁素白，墙角有一盆黄柏，生得茂盛。梨雅是大学法语老师。他凝视着梨雅胸前鼓鼓囊囊处。他没说话。时间一分一秒地在流。梨雅笑起来摇摇头，伸手指向在窗外匍匐下去耸起毛发龇牙咧嘴的城市慢慢说道："我不喜欢它。"

他说："我喜欢上了它。"

梨雅说，这就是我们之间现在的区别。

他明白梨雅的意思。他已不再是刚到这个城市的那个青涩少年。他咳嗽了一声，琢磨了一下说："可你是在这里长大的。"

梨雅说："你应该明白，这并不重要。"

他点点头。

梨雅说："有时，我也后悔，觉得不应该把那个工作介绍给你。我不是说你工作不出色。你太出色了——我哥私下里对你赞不绝口——我想你也应该知道你目前所在的这家公司的老总就是我哥。"

他继续点头。

梨雅说："我哥要我嫁给你，说你是那种有一个支点就可以撬起地球的人才。你仅花了两个月的时间就熟悉了公司的整个业务流程，尽管有些环节你没有具体参与。但你理解了它们。你在不长的时间里拿出了一个可供公司在未来三年内执行的发展规划。你有天生的战略眼光。在具体业务上，你也做出了一系列值得夸耀的成绩，比如与民政系统的合作，这将是我哥那公司一个巨大的利润增长点。事实上，不仅仅是在公司，在这个城市里，你也是如鱼得水。准确地说，你现在比城里人还城里人。"

他又点了一下头。

梨雅叹口气说："我这样想也是因为自私。我吃过肉，吃腻了，所以现在喜欢吃素。我没有权利让一个还没吃腻肉的人与我一起吃素。"

他说："我也能吃素，我从小到大吃了二十几年的素。"

梨雅又扑哧声笑，"那太委屈你了，鲁智深说，嘴里会淡出一只鸟来呢。更何况现在的你，就算是坐在素席上，只怕眼睛里满桌也都是素鸡与素鸭。"

他说："花和尚修成了佛。"

梨雅摇摇头，"我不是与你打机锋的。过些天，我要走了。我正打算告诉你呢。"

他说："去哪？"

梨雅说："巴黎。"

他说："不回来了？"

梨雅说："不知道。"

他说："为什么要去黄山？"

梨雅说："去向上天祈祷。"

他沉默了足足有一刻钟，慢慢说道："我爱你。"

遗失在光阴之外

梨雅也沉默了，良久轻轻说道："你没分清楚爱与感谢。"

他说，爱是忍耐，爱是克制，爱是信仰。我可以改掉一切让你不满意的坏习惯。你是我的信仰。我不能没有你。爱不是手绢、花瓶、蛋糕，不是由内心发酵所分泌出的一种性质极不稳定的白色晶体。它就是你。

梨雅说："那就不是你了。我更不会爱上一个把自己装在套子里的人。只有头顶的神明才可以成为我们的信仰，其他在世俗里的任何人都没有这个资格。不要因为想得到，就轻易跪下来。不舍不得。你说是吗？"梨雅的声音很柔和。他的眼眶里一下子就溢满泪水。他抹掉它们。他说，我想与你做爱。

梨雅嫣然一笑，眼睛里放出银子一样的光。

梨雅起身，站在他面前，脱掉上衣，让牛仔裤顺着光滑的曲线溜下去。梨雅的身体发出叮叮当当的声响。

他的喉结跳了跳。他把湿热的嘴埋在她迷人的肚脐眼里。他哽咽出声。她抓住他的头发，用细长的手指来回梳理。这让他记起了小时候母亲为他梳头时的感觉。现在，就算是在伸手不见五指的黑夜里，他确信自己也能凭着舌头分辨出她的气味了。然后，他发现自己体内那种原始的冲动竟然奇迹一般地消失了。

梨雅的眼泪滴在他的嘴上。他的眼泪滴在梨雅的唇上。眼泪烫得心尖一阵阵发麻。

他感觉梨雅就像是化成了水，化成了河流，化成了海洋。

梨雅走了。飞机起飞时巨大的声浪被厚重的玻璃门拦住。天空犹如一面巨大的凹镜。他仰望天上的云。这个城市在脚下缓缓移动。他感到眩晕。那些在白云间穿梭的飞机一点点融化在耀眼的银光里。

飞机是什么？它是一个秩序森然的盒子。要想进入它，得接受各种检查，不仅是检查身体所隐藏的细节，在已经过去了的相当长的一段时间内，还要检查大脑——只有拿到那张盖有单位大红公章的介绍信的人才被允许登机。它是身份的彰显，是地位的明确，是权利的意志。它拒绝平民的靠近，用不可置疑的口吻把人群划分出上等人、中等人、下等人。但不管是傲慢的上等人、拘谨的中等人还是幸运的胆怯的下等人，都必须服从它所发布的每条指令，包括被绳子捆绑在座位上。必须忍受某种程度上的人身自由的被剥夺，必须承认自身不过是它的零件，它才会提供给人梦寐以求的速度和飞行翱翔的梦以及一句格言——任何一桩小小的事故，哪怕是一颗螺丝钉未被拧紧，任何一次小小的意外，哪怕是一只飞鸟的迎面撞击，也将导致不可挽回的灾难。

它还是一个罐头，塞满金属、皮革、玻璃，进去里面的人的情感极易产生奇异的发酵现象。他们会发现自己内心似乎有种东西在不断增长——这种增长实际上并未发生。那些坐飞机的人并没有意识到这点。他们透过机舱两侧的双层玻璃，俯瞰地球上的山峰、峡谷、河流、平原、城市广场，以及那越来越渺小的人，发现所有的景象都在迅速破碎，并且彼此孤立，然后消失。他们模模糊糊地意识到人这种无羽二足动物的本质，拿起空姐分发的纸与铅笔在颠簸的气流中写下遗嘱。他们说，亲爱的，我想你。若有下辈子，我一定不包二奶不养小蜜，每晚准时回家吃你煮的菜。当他们平安降落后，他们会马上撕掉自己所写的这些，并为此羞耻。男人要骑在马背上与女人身上。他们觉得刚才那个滑稽的自己一定是被魔鬼攫住了。

所以，它更是一个 T 型台，是女人成为商品的展台，在这上面可以找到全世界的美女。事实上，它本来就是女性生殖器官的隐喻。在色情行业中有一个广泛使用的暗语"打飞机"。男人检阅着那些被精挑细选出来的

　　　　遗失在光阴之外

雌性，不断修正他们对美给出的定义，以便更好地兜售这种"美"——这种男人的需要，赚取利润。他们注视着波涛汹涌的胸与臀，用傲慢的口吻，吩咐美貌的空姐取来水、可乐、咖啡、杯子、果汁、毛毯。他们指手画脚。他们对那些不那么美貌又渴望做一名空姐的女孩幽默地说道："长得丑不是你的错，出来吓人就不对了。"

它还是什么？比如征服？就像成吉思汗用马蹄征服大陆、英国用军舰征服全球？

他想起诺查丹玛斯在《诸世纪》一书中对借用飞蝗或草蜢这类名字对飞机笨拙的预言。他想起春秋战国时期鲁国著名工匠公输般耗费三年制成一木鸟，据说"连飞三日不下地"。他想起那个双臂绑上鸟翅从罗神殿上一跃而下试图飞越伦敦城结果坠地身亡的英国人布拉德。他想起那个坐在绑有四十七只大爆竹的椅子上，并手持两把大扇子令人点燃火药企图飞上天空，结果粉身碎骨叫万户的中国人。他想起达·芬奇绘制的那张原始的阐述"螺旋面"直升机原理的草图。他想起了在奥斯卡金像奖上铩羽而归的《航空家》影片男演员讥讽的眼神。他想起了航空界著名的海恩法则与圆盘漏洞理论，他想起那个爬上飞机起落架到了万米高空仍奇迹般存活下的流浪少年，尽管与少年一同爬飞机的伙伴死去了。他想起了小时候在书上看到的广乐军阀陈济棠那个"机不可失"的典故。他想起了萨特对什么是他心目中最美、最性感的形象的回答——一架正在腾空的飞机。他想起了林徽因卧室里一直挂着的由梁思成从党家庄失事现场捡回来的一块飞机残片。他想起小时候的游戏飞机撞架。他想起歌手林忆莲唱的那首《纸飞机》。

他接到梨雅发来的最后一条手机短信——我爱过你。

他的脑袋嗡嗡地响，他琢磨不出这四个字的意义。

这四个字究竟包裹着什么？

衣物包裹着我们的肉体。肉体包裹着我们的灵魂。灵魂包裹着什么？他的脑袋嗡嗡响，里面似煮开了一锅稀粥，一些细小的颗粒在里面互相摩擦，卷起阵阵絮状的风声。他晃晃脑袋，横着晃，再竖着晃，晃了几分钟，想起自己不是一个酒瓶子，便用力往自己的脸上甩了一记嘴巴。他怔怔地看着已没有了云的天空，情不自禁地噘拢嘴唇，吹起口哨。他现在已经会吹很多曲子，比如"让我们荡起双桨，小船儿推开波浪"，比如"月亮在白莲花般的云朵穿行"，又比如"晚风轻拂澎湖湾白浪逐沙滩"……这些曲子经常为他在各种 Party 上赢得巨大的掌声。他突然咂出这些曲子里已被遗忘的味道。

他不无沮丧。他对着天空挥挥手。他随手捡起地上的一张废纸折成纸飞机向空中抛去。纸飞机怎么也飞不高。他叹口气，又从路边花坛边捡起一块石头。他相信自己完全能把这块石头扔得又高又远。他握紧坚硬的并且是灼热的石头，指节就发了白。

一个男孩赶到机场去追离他远去的心爱的女友，这是一部浪漫爱情片；当他赶到达机场时飞机刚好飞走，这就是一部悲剧；愤怒的男孩无处发泄，拿起块石头向天空掷去，这就是一部暴力片；石头打中了飞机，这就是一部喜剧片；飞机玻璃被击碎，要紧急迫降，这是一部灾难片；飞机在离悬崖两厘米处停住，这是一部惊险片；警察开始追捕肇事的男孩，这就是一部警匪片；在一番检查后发现飞机里隐藏着一颗已经启动了的定时炸弹，男孩非但没有被判刑，反而成了英雄，这就是一部黑色幽默片；因为男孩的"英勇"举动，女孩原谅了男孩，重又回到了男孩的身边，两人拥抱在一起超过五分钟，这就是一部三级片；他们抱在一起的时候发现其实女孩是男孩的姐姐，这是一部伦理片；女孩全然不顾什么姐弟忌讳，仍然坚持自己的选择，这是一部先锋伦理片；男孩隐约觉得这个结局自己曾经梦见

遗失在光阴之外

过，这是一部悬念片；于是，男孩翻看从前的做梦记录，发现自己在做梦的那一晚曾写下一行字：不要相信，这就是一部恐怖片；从飞机上生还的人全都行为怪异，国家安全局派出特工调查，这是一部间谍片；特工用催眠术讯问的结果是他们是来自二十二世纪的观光客，来体验将要发生的核战现场，这是一部科幻片；而原来的那班飞机上的乘客早已在男孩扔出石头之前就人间蒸发到另外一个空间去了，这是一部鬼片；男孩决意殉情，搭乘该航空公司的飞机升空，这是一部日本片；结果运气不好，飞机总也不掉下来，男孩在天上飞了四十一年，这是一部荒诞片；下飞机的时候男孩发现地面上已是一片废墟，这是一部灾难片；于是男孩开始着手重建文明，这是一部史诗片；男孩说："要有光"，这是一部神异片；于是一个乱七八糟的故事居然有了个光明的尾巴，这就是一部国产片。

他咯咯地笑。他泪水涟涟。他扔掉石头。他望向马路那边。他张开双臂，继续吹起口哨。他沿着灰白的斑马线，从比飞机跑道还要广阔的马路跑过。马路那边是沸腾的生活。无数女人隐藏在飞机下面的日常生活中。他爱她们。

六

沸腾的生活里到处都可以见到沸腾的肉体。就比如那天。那天应该是星期天，是下午。他吃过饭去学校玩。学校里有沙坑、单杠。他走过了操场，拐过灰黑色的办公楼，就在草坪上发现了一张账簿纸。用它制成的纸飞机可以从操场这头飞到那头，甚至飞上那高高的树梢。不过，能获得这种纸的概率实在是比较小。哪怕它上面写满字迹，因为它的厚度，大人也要拿去剪鞋底的样或者糊在烂掉的墙壁上。他捡起它，高兴坏了，毫不犹豫地把它做成一只纸飞机，并迅速把它高高放飞，开始追着它疯跑。他跑过了操场，跑过了办公楼，跑过了教师们住的宿舍楼。纸飞机在空中划过一道完美的弧，从一片房子灰黑色的屋脊上飘过，就在其中一间院子里落下。它静静地躺在水泥地上，等待他攀墙而过重新赋予它飞行的能力。他没有犹豫半刻就骑上墙头。几分钟前他还把它从密密的大树枝丫中间解放出来。他对自己有信心。这信心是它给的。他小心地用脚尖踩住墙壁间的缝隙慢慢挪下。

他捡起纸飞机，正要离开。屋子里传来一阵急促的奇怪的响声。他好了奇，屏声静息挪至窗前，双手抓紧窗沿，撑起身。窗前拉着窗帘。不过，窗帘上有几个细小的洞。他把眼睛凑到洞边，看见幽暗的屋子里有一团不断扭曲的白光。白光的一边像被人扔在案板上的鱼的肚子，另一边像一条在黄泥巴湿地上打过滚的白狗。他的心扑地一下跳到喉咙里。他蓦然意识到这团白光意味着什么。尽管他已经从那本《赤脚医生手册》以及通过查阅《新华字典》明白了这是性交，或者交媾。

他咽下口水，突然害怕起来。那像鱼肚子的竟然是那个骂他以后只能去扫厕所、丈夫被人诬告成强奸犯的女老师，而像狗的赫然是只能在每学期开学典礼上看到的道貌岸然的校长。他的头在玻璃窗上一撞，咣，白光不动了，僵硬了。

他从窗台上掉下来，以不可思议的速度翻上墙头，也忘掉去捡从手边滑落的纸飞机，一口气跑过宿舍楼跑过办公楼跑过操场，跑出了校门，跑得面无人色。他跑过商场，跑过邮局，跑过广场，跑过街道，跑过石巷，跑过树林，跑过山坡，跑到河边扒掉身上的衣裤扑通一下跳入水里。

水沸腾了。

黑暗缓慢地从水里面升起。

他被浸泡于一大泓蔚蓝色的水里。水里有无数温软绿色的丝线，水雾

遗失在光阴之外

氤氲，有硫黄的气息。附近古木森然，巉岩耸立。他吃惊地看着四周。他觉得孤单。他这么想着，就察觉温泉那边有一个女人正从水底钻出，背对他，长发齐肩，肩胛上的肌肉非常结实，像一块块铜。水从上面流过时发出吱吱的响声。这让他觉得害怕。他想问："你是谁？"但不敢问。他害怕她后脑勺上还有一张脸，他也害怕她脸庞上没有五官像镜子一样平滑。一只鸟飞到他的头顶，忽地俯冲。他看见一位白发老妪跪在熙熙攘攘的地铁石阶上放声大哭，"我儿不见了。"

他觉得很悲伤。心脏就被某种东西敲打了一下。是鸟。是刚才那只在天上盘旋的鸟。鸟是白色的，喙是红色的，眼珠子是乌黑色的，头顶有几根黄毛，爪子是青色的，看上去很怪。这应该是一只雌性，但说不准，雄性动物比女人更懂得打扮。他抓住鸟的羽毛，羽毛化成一摊沐浴乳，他往身上抹，舒服极了。这时，他听见水池那边的女人在笑，是梨雅。他喊出声。

梨雅向他招手，往水里潜去，水掀起旋涡，他不由自主地跟着下坠。很快，遇到了一个洞穴，梨雅灵巧地弯曲着身子像鱼一样摆动手臂与腿游过去了。他卡在石头中间，石头勒在胸口，肋骨断裂了，他感到疼痛，嘴里吐出青苔，接着又吐出一尾鱼。

他想他要死了。他在这时猛然清醒地意识到自己是在做梦。他想从梦中挣扎出。他太饿了。他醒不过来。这时，一对乳房出现在他面前。他下意识地叼住乳头，啃起来，它们与面包一样可口。他有了力气。他吸口气，身子折叠起成两块。他穿过洞穴。

梨雅脸上有欣喜之色。她说，你来了。看我找到了什么，送给你。梨雅递过来一个玉麒麟。他接过玉麒麟。他的劲用大了，麒麟碎了，他的手出了血。他把坏了的麒麟揣入口袋，没让梨雅发觉。梨雅又继续拿出一个环形玉佩。玉佩没有一丝瑕痕。他很想再要，但不好意思。梨雅把玉佩挂在脖子上。他们继续往下潜，就到了海里。

海里有房子，一排排，里面有人在看书，看苏珊·桑塔格的《重点所在》——他没有看到书的封面，但他就是知道。这人脸上戴着呼吸面罩。是名英俊的男子，不过下半身是鱼尾巴。他觉得不舒服，扭头看看梨雅。梨雅脸上也多出一个呼吸面罩，而且下半身成了鱼尾巴。到处都是鱼，扁的、圆的、方的、三角形的、菱形的、圆锥形的、平行四边形的、圆柱形的，色彩更是眩目，每一种颜色都艳丽到了不是文字可以描述的极点，让人惊心动魄。它们往前方一大团光亮游去。

他开始觉得呼吸困难，就想往海上浮去。梨雅抓住一尾鱼，叫他吃，说吃了鱼就不会感到呼吸困难。梨雅把鱼塞入嘴里，慢慢咀嚼，身体一点点透明。

他学着梨雅的样子也把鱼塞入嘴里。他嚼不动，于是，把嘴凑至鱼鳃边吮吸。鱼流出金色的血液。他的身体渐渐发黑发硬，就往下坠。海底裂开了一道黑乎乎的口子。梨雅在他头顶上方消失了。四周的一切也随之消失。只有深入骨髓的寂静与悲哀包围着他。

然后，他醒了。他睁开眼睛。

他在屋子里。屋子不是他的。

他在床上。床上有一个女人，睡熟了，几缕杂乱的发丝在鼻子与嘴唇间上下起伏，五官因为没有了蓝色带闪光颗粒的眼影、玫瑰色的胭脂、鲜红色的唇膏、白色的粉饼以及黑夜的遮盖，倒也颇为清秀，但眼角唇边犹残有浓浓的春意，大半个丝绸般的身子暴露在青白色的月光下，柔软的乳房上有一个个指甲般大小青紫色的瘀痕。女人像一只驯服的、温和的，习惯于承受蹂躏，并且从中获得愉悦的小动物。

遗失在光阴之外

他挠挠头，还是想不起女人的名字。女人在酒吧里应该告诉过他，他忘掉了。

他对着挂在墙壁上并反射出澄然月光的镜子龇牙咧嘴了几十秒钟，双手食指抠入嘴内，将脸部表情用力向上拉，拉了几秒钟，又停下来研究镜子里的那个自己几十秒钟，满意了。

他终于想起女人在酒吧里说的话，说是要把长城贴上瓷砖，要给赤道镶上金边，要给太平洋加上栏杆，要给珠峰盖个电梯间。

他也想起自己说的话，说是要给每只苍蝇戴上手套，要给每只蚊子戴上口罩，要给每只耗子戴上脚镣，要给每只蟑螂戴上避孕套。他凝视着躺在床头柜上的避孕套。

自己是一只蟑螂吗？他微笑起来，披衣下床，打开电脑，双手开始在键盘上敲击。

他敲下五个字——他人即地狱。

这是那个戴着厚厚的眼镜、说话腔调像法官、声音像金属、拒绝领取诺贝尔奖的法国人萨特说的话。存在先于本质。上帝根据一种程序和概念造人，每一个个别的人都是上帝睿智中某一个概念的实现。

他又敲下五个字——他人即启示。

他默默地想。他并不能理解自己敲出来的这五个字的意思。它们自己跳到键盘上的。

存在与本质之间或许并无差别，比如刀与刀锋，没有刀锋，刀不存在；没有刀，刀锋也不存在。事实上，它们并不存在。每个物，不管它有多么庞大，多么细小，又或者有一个看上去多么坚实的核，都能用一根极细微的针穿越其中：地球不例外，质子也不例外，这根极细微的针也不例外，总有更细微的在人类已经理解的概念之外的。

这或许就是生命的真相，不可解。所以得把握现在，比如敲击键盘，至少它是一个敲击的过程，而生命确实又如一颗洋葱——剥到最后只会两手空空，两眼是泪——只有"剥"才能让生命流光溢彩。"启示"也许是佛讲的"方便法门"吧。也许"你"的存在便是"我"抵达涅槃的门。只是所谓的涅槃却也极类似于"脑死亡"。

他继续敲击键盘。

七

时间静止下来。树木在这个空间或密或疏，并在中腹处留下一小块呈椭圆状的绿。绿是有声音的，明澈柔美，从容匀称，充满了温暖和喜悦，像贝多芬所写的《D大调小提琴协奏曲》的第一乐章，但又有些区别，可能是因为面前的女人并非那个温柔的来自匈牙利让贝多芬深深迷恋的伯爵小姐。女人不无矫情，一边走，一边还翘起右手的尾指。把"矫情"这个词用在一个眼角已堆满鱼尾纹的老女人身上是一桩罪过。石林喊了声阿弥陀佛，原谅了自己。谁让她近乎粗鲁地闯入这个已暂时被他视为私有空间的草地，还踩掉那几朵叫不出名字，指甲般大小的紫色的花？那可能是二月兰吧。开得不浓不淡，清新赏目，却被这女人踩碎。石林望向树木背后更幽深的去处，准备起身离开。她喊住他："你叫石林吧？"

"是的，我叫石林。"他礼貌地回答。今天上午，他在这期青年作家读书班的开学典礼上见过她。她是学员代表，代表了四十九个学员，尽管在此之前，他们互不相识。

"我看过你写的很多文章，还买了好几本你的书。"女人一屁股坐下，把那一堆肉重重地扔在草地上。草地凹下一小块。女人惬意地微眯起眼，

遗失在光阴之外

舌头在嘴唇轻轻一舔，迅速缩回。嘴唇有了湿的痕迹。这是一根粉红色的舌头，是一根喜欢卖弄风情的舌头。石林暗暗忖着，微笑起来。女人卷起腿，让坐姿更优雅些，胳膊露在旗袍外面，被斜斜落下的阳光一晒，白得耀眼。应该说，这旗袍还是蛮有品位，可惜到了她身上，这品味就与典雅清丽无关。衣服也是有生命的，也要人来配。这旗袍若是梨雅穿，想必它们定会相看两不厌。石林嗯了声，没接话，搓下手，手指间有了污泥，是泥土的气息。他喘出一口不耐烦的粗气。

女人似乎并未留意，径自往下说话，"你是大作家，我只会写点小文章，坦白说，我是占了别人的名额才跑这儿来的呢。主要目的是旅游，没想居然遇见你。我在签到时看见你的名字，差点哇地叫出声。上帝，你怎么跑这儿来了呢？你不知道我有多崇拜你。"

"我也崇拜你。"石林随口应道。

"我有什么好崇拜的？"

"你是女人。"

"女人有什么好崇拜的？"

"女人，美。美可以拯救我。你若是读过我的文章，就应该明白我的性情。"

"嘻嘻。美是大王八。你是打着美的幌子到处勾搭女人呢。"

"我没有。"

"你有的。我在网上查过你的个人资料。你是射手座，这是一个最花心的星座。"女人斩钉截铁地说道，"射手座男子有颗智能型的头脑，擅长说哲理。体魄强健，容易受到女性的青睐。胸襟大方且开朗。为追求自由奔波不懈，最讨厌被拘束。"

"或许吧。"

"你有过几个女人？你不可能就经历一个女人。没有哪个女人能羁绊得住你。你把女人都写到骨头里了。有时真害怕你这种男人，感觉在你面前自己就像没穿衣服。可又忍不住好奇。真好奇啊。你能不能告诉我，你为什么这么了解女人？"

"我不了解，猜谜吧，猜多了，偶尔蒙对一两个，也正常。五点半，吃晚饭的时间到了，你不回去吗？"石林起身，活动腿脚。他无意继续这种乏味的且有交浅言深之嫌的对话。人是渴望倾诉的，但也不是每时都需要倾诉。人是渴望倾听的，但也不是每时都渴望倾听。所谓缘，应该说，就是瞌睡碰上枕头。石林还不想打瞌睡。

女人笑着伸出右手，很自然地说道："拉我一把。"

石林去拉她，没拉起，用力，劲用大了，女人跌入他怀中。可能是故意吧。石林立刻感受到她鼓鼓囊囊的胸的压迫，脸红了少许。

"还脸红啊？"女人说。

石林扭开脸。开学典礼上有一个著名作家上台发言，只说了两句话：一句是好好学习，一句是好好谈恋爱。这很有趣。可惜眼前的女人并非一个好的恋爱对象，要是梨雅在这里就好了。空气中多出一丝清香，可能是"忍冬"的花香。这种花，不起眼，浅白色的花藏在青色的叶子里，薄薄的、冰凉的香，轻轻流淌，极似少女的体香。这种香味被风细细地塞入脑袋里，实在让人想犯错误。石林大步往前方石径路走去。女人跟在后面。路是鹅卵石铺成的，皆拳头大小，或黑或白，错出各种图案。路两边的树用一块块姿态各异的影子揉搓着这些图案，光与影曲折重叠，形成一个个让人着迷的空间。偶尔还会遇上樱花，它们兴高采烈地把一树粉色的白或红倾入其间，让人不忍闯入。石林回头去看女人。女人的脸被时间抹去了那些鱼尾纹，好看了许多。

遗失在光阴之外

"我叫史荦。"

"嗯。"

"晚上是否可以到你房间里坐坐？向你请教一下问题。"

"别说请教，是交流。我受不起。"

"那你是同意了吗？"

女人的声音很碎，步伐也碎，碎碎的，很像是梨雅。石林的心一下子恍惚起来。

石林是有老婆的人。石林是写小说的，偶尔也帮时尚杂志写点风花雪月。梨雅在省城某时尚期刊干编辑。石林向梨雅寄去几篇稿子。梨雅用了，而且在半个月内就寄来两千块钱稿费，一点也不拖欠。这赢得了石林的好感，去街上转了一圈，买了套"棘藜鸟"的吊带裙给梨雅寄去。石林那时并不知道梨雅多大，更不知道她的高矮胖瘦，只是觉得那衣服好看。过了几天，梨雅寄来相片。相片上的她在一堵斑驳长满青苔绿藓古意森然的岩石壁前笑得灿烂，身上正是那件蓝白印花的吊带裙。梨雅是美人儿，是年轻的美人儿。那衣服造出来，也只能是她穿。

梨雅来 E-mail 说，谢谢。又问衣服多少钱？石林说，不要钱。梨雅说，不行，钱一定要给。石林说，那你请我喝茶吧。梨雅说，我在这，你在那，隔几百公里，距离这么远，怎么请啊？石林说，没关系，有诚意就没距离，何况过几天我正好要去你那旅游。

这话半真半假。石林确实有旅游的计划，而且还是老婆鼓动的。石林的老婆叫沈萝，是出得厅房入得厨房的女人，人很贤惠，若非要说有什么不好，就是性冷淡。最初石林还会死皮癞脸地往她身上爬，越爬越索然无味，越爬就越有罪恶感——这可能因为平时沈萝喊石林都喊哥，有天夜里，石林恼怒了，打算霸王硬上弓，正要进去，沈萝颤声喊了句哥，石林立刻痿掉了。

　　有很长一段时间，石林没再与沈萝有过夫妻生活。有时，熬不过就手淫，也不避讳沈萝。

　　沈萝说："要不你找小姐吧？"

　　石林愤怒了说："我娶老婆是放家里看的吗？"

　　沈萝就叹气，晚上早早上了床。可石林搂住光溜溜的她就硬不起来，一副可怜的熊样。沈萝心疼他，叫他去找部成人影片看。石林这边没问题了。但等进去后，他又心疼起沈萝。沈萝一直紧咬着下嘴唇，咬得牙齿上都有了甜丝丝的血迹，眉头蹙着，蹙成一个大大的感叹号。

　　石林问沈萝，"要不要去医院看看？"沈萝卷起身不说话。石林把沈萝的头发放在手指头上缠。良久，沈萝小声说道："哥，我没病。"

　　也许这条文学理论是对的。文学是力比多的升华。石林澎湃的性欲因为文字得到了相当程度上的舒缓。他也渐渐习惯与沈萝不做爱的生活。沈萝对他极好，冷，惦着；饿，惦着；烟，惦着；酒，也惦着。家务事基本上她都做了。当然，石林对她也很好。石林没什么大男子主义倾向，家是两个人的家，不过石林还是感觉他们应该是兄妹，实在不应该是夫妻。

　　这个月，石林的心情不大好。他去年有本小说是书商做的，按合同约定，现在得结稿费。石林打电话过去。书商的手机已暂停服务。石林托在北京的朋友去书商办公处看，那里已人去楼空。石林骂了几声娘，知道自己遇上骗子了，那笔三万元的稿费已然化水。如今的骗子一抓一大把。不骗不行。不骗就不能在尽可能短的时间内完成原始积累。石林有个在某图书公司做编辑的朋友。朋友说他老板当年也是靠骗起家，而且是很简单的骗，让人都忍不住怀疑起当年作家们的智力。老板租了间房，刻了枚章，打起某大出版社工作室的招牌给作家们寄函，说打算策划一套"中国黄皮书"，社

　　　　　　　　遗 失 在 光 阴 之 外

里已同意立项。作家们马上寄来稿子，还有签了字的合同。老板再拿着它们去印刷厂下单子，仗着作家与出版社的名声，一分钱也没付。书印出来，码洋达千余万，在市场上颇有一点影响。作家们与印刷厂喜滋滋地等着老板来结款，老板不见了，失踪了。过些年，老板又用另一个身份证继续开公司了。公司一家家往下开，老板一天比一天高大魁梧。

石林往一边吐口水。风把口水卷回来，抹在他脸上。沈萝哧哧笑，说："别气了，以后不再与书商打交道就是了。"

沈萝说："去散散心吧。"

石林说："去哪？"

沈萝说："你想去哪就去哪，比如，海南。你不是一直渴望阳光与沙滩吗？"

石林说："那你去不去？"

沈萝说："我要上班。"

沈萝是中学教师，虽说没做班主任，倒也不好请假。行囊是沈萝收拾的。石林到省城，在酒店住下，这才发现行囊里居然还塞有一包"杜蕾丝"避孕套。沈萝这是鼓励他去找小姐啊。"到北京怕官小，到深圳怕钱少，到海南就怕身体不好。"沈萝没说出来的潜台词原来是这个。石林哭笑不得。石林没去找小姐，不过，也许是因为心里没有了那丝障碍，与梨雅相见时，言语间颇有点挑逗与放肆。

梨雅也不生气，想来见惯大场面，笑意盈盈地看石林抖包袱，冷不丁地说："你累不累啊？"

这话扎在石林肉上了，石林泄了气，人瘪下去，沮丧地说："不累。我渴呢。"

梨雅说声呵呵。石林又来了劲说："呵呵，一边是口，一边是可，可以有两种解释：一，嘴里说'可'，可以的可，这说明你点头同意；二，可口。说明我们在一起会愉快。"

梨雅乐了，"你们这些男人啊，"就去招呼侍者。石林不明白她要干什么，瞪大眼。梨雅对脖子上系蝴蝶结的侍者说，麻烦您给这位先生来一杯清水，用特大号的杯。水端来了。梨雅微笑着说："这回不渴了吧？"石林端起杯，把水一饮而尽，叹道："确实不渴了，我再渴，你怕是要把水龙头按我嘴里了。"

梨雅笑得花枝乱颤。

吃过饭，已是黄昏，嘈杂的人群被暮色一点点抹去凹凸的厚度，人像纸，一张张，飘在夜色里。风吹着，猛地大了，街头铁栅栏锐角处勾着的一个空塑料袋子挣脱开金属，顺气流，扶摇向上，盘旋，浮沉，再向上，化作一个小白点，像鸟，有了生命，渐渐消失在墨绿色的天穹里。空气中有凉爽的气息。梨雅的头发被风拂起几缕，有那么调皮的一缕偏偏钻入石林的鼻子。石林打起喷嚏，很响的声音，满脸都是鼻涕与眼泪。石林去口袋里摸餐巾纸，没有。梨雅就笑，从口袋里掏出一面手帕，又说了声，"你们这些男人啊。"现在用手帕的女人比大熊猫还少。在这个迅速的时代里，街头巷尾充斥着各种牌子的手帕纸。石林嗅到手帕里的香，心漾了漾，说："我把你手帕弄脏了。"

"没事，别把我弄脏就行。"梨雅侧过身避开一个骑三轮车的老人笑着说。三轮车后面是一辆黑色奥迪。车灯照耀梨雅，就在那么几秒钟，照耀出一尊充满光彩的古典雕塑。一根根线条从梨雅身体里迸射出，是柔软的，也是轻的，可以化成水覆盖掉人。石林看愣了。

骑三轮车的老人喊，"要不要坐车？"三轮车装饰得不错，干净，连轮胎的钢辐条都锃亮着，座位上还垫着红色的呢子。这可能是乘着城管下班出来兜私活的。毕竟附近有一个名声极响的修元寺。石林转脸去看梨雅。

遗失在光阴之外

梨雅说："我得回家了。"

石林说："再陪我一下吧。我大老远来一趟不容易。何况我一向久闻修元寺大名还不曾去过呢。"

梨雅说："现在去，怕是晚了，已经关门了。"

石林说："在外面看看也是好的。以后想再去也能找着路。"梨雅想想，点头同意。两人坐上车，身子紧贴在一起，顿时都没了话，不约而同屏住呼吸。

左边是成熟的男人，右边是成熟的女人。他们的身体没法子不互相吸引。或许他们之间还没有爱，但谁能说清爱是怎么回事？它太抽象，太形而上。而性，是可以嗅得到，摸得到的。街道从身下淌过，开出一瓣瓣黑色的、让人迷乱的花朵。石林轻轻地握住梨雅的手。梨雅挣开，眼神不无愠意。石林把心一横，低头，在梨雅手背上亲，抓起梨雅的手，轻轻地吮吸她的手指。石林感觉到梨雅的身子在颤。梨雅再次收回手，双手抱于胸前。这种身体语言是拒人千里之外。

石林说："生气了？"梨雅没吭声。石林闭上眼享受着她身上的阵阵幽香。良久，梨雅喟然叹道："你太危险了，我不能给你犯错误的机会。"

石林说："人的一生就是错误。由一次次的错勾连而成且首尾相衔。没有错，生命索然无味。"

梨雅说："故意犯错与无意犯错是两回事。"

石林说："一回事，'缘'抹掉了两者之间的界。"

石林最近对缘比较感兴趣。

月亮慢慢爬上天空，像一把弯的晶亮的刀子，剔掉那些墨绿，银屑一点点坠下，落在脖子里，发痒。石林再去看梨雅。梨雅没看他。车近了修元寺。有个坡，蹬车的老头呼呼喘气。花白的头发在月光下分明。石林喊住他，下了车，梨雅也跟下来。两人往前走，中间隔了约半米的距离。两个人的影子在月光下游，一会儿重叠，一会儿分开，一会儿摇头摆尾消失在一段逼仄幽暗里。

这修元寺也真邪门。这么大的名声也不把路修一修。就是有钱人想捐款，也没法把宝马车开到寺门口。石林发起牢骚。梨雅说："这是小路，老人抄的是近路。"其实梨雅不说，石林也明白。总得找点话来说吧。石林并未为自己在三轮车上的鲁莽举止感到懊恼，但也不希望因此与梨雅弄僵关系。唉，人与人，真奇怪，来这么多你进我退，你情我不愿干啥？又或许滋味也就在这，比如钓鱼，钓的也就是过程。石林又说："生气了？"梨雅说："没呢。"又像是自言自语，有点冷。

也许是春寒吧。入了夜就是这样。石林脱下夹克披上梨雅的肩头，也不容她拒绝，往旁边跨开。现在他们之间的距离足有一米。梨雅穿深咖啡色紧身裙，裙摆甚长，上台阶时，得双手提着，很有点淑女的感觉。但她胸口露出的那一小块V形雪白的晶莹又在不断散发着妖媚的性感。石林没再试图接近梨雅。就这样走在春夜里也很好。暗的河各自在心中流淌，目光一撞，就此分开。蛮像读大学时的那一场恋爱嘛。石林笑。梨雅见他笑得肆无忌惮，好奇地问："咋了？"石林说："开心。"梨雅没再问下去。修元寺到了。石林与梨雅登上一百〇八级青石台阶。庙门已关。唯见寺庙那木制彩绘的檐角在夜幕里连环斗拱层层叠叠。庙内有僧人做晚课之声。庙外只有他们两人，还有几株虬曲的松。松枝在月光下发黑。偶尔有几辆车从台阶下边驶过。光影晃动，不远处就是城市一闪一闪的霓虹。石林说："没想到这样。"梨雅说："哪样？"石林说："名声这样大，且居于闹市里，还能这样安静。"梨雅说："那是它白日里喧哗够了。"石林说："或许。"

两人又无了话。石林说："回去吧。"梨雅嗯了声。

遗失在光阴之外

事情应该打上句号了。石林开始打算买明天去海南的火车票。他们往回走。但一伙少年人，准确说，是四个拿匕首目光凶狠的古惑仔，从台阶边的树林里奔出，像渔网一样从前后左右撒开，一下子就把他们兜住。一个满头黄发的少年笑着喊了声："大哥大嫂好。"

生活确实比小说还令人意外。石林乐了，拉住梨雅瞬间已冰凉的手，向前跨，朝那少年笑，很礼貌地说："请问，有什么事？"少年皱起眉，显然感到意外，小刀在手指间飞快地转了几圈，"大哥，我兄弟的女朋友要打胎，没医药费，借几个吧。"石林没吭声，掏出钱包递过去。钱包里有一千二百块。石林没有把银行卡放钱包里的习惯。

少年取出钱，数了数，扔回钱包，咧嘴一笑，牙齿白森森的，"大嫂呢？"梨雅的钱包里有六百块。少年点点头，呼哨一声，准备撤，想起什么，折回身，凉飕飕的刀身在石林脸上一拍，大哥是有钱人。大嫂留在这。大哥回去再拿点钱来。

石林的手立刻被梨雅死死攥住，攥得石林都觉得窒息。石林说，"小兄弟，我是来出差的，真没钱了。"少年打量着石林。石林心里发了毛，脸上笑容始终不变。少年来到梨雅边，扬眉，话音里带起一丝淫邪，手在梨雅脸上捏了捏，"掐得出水嘛，大嫂盘子挺靓。"石林立刻移动身子拦在牙齿咯吱响脸色惨白的梨雅前，推了她一把，"还不谢谢小兄弟的夸奖？"梨雅颤声说道："谢谢。"

少年愣了，乐了，瞧瞧石林的眼睛，往地上吐了口唾沫。石林突伸手抓住少年手上的刀。少年转动刀身。石林一咬牙。血往下滴。少年往回抽刀。石林松开手。这几下动作兔起鹘落。梨雅，甚至那另三位少年人都不曾瞥见。少年人呵呵一笑说："你这人蛮有意思，算了，以后交个朋友。"少年们消失了，一眨眼，这夜色已耸起颈肩脊。

梨雅瘫软在石林怀里。石林这才惊觉浑身上下都已冰凉。幸好没尿裤子。梨雅的牙齿还在响，突然，也不知哪来的力气推开石林就往前跑，跑得跟跟跄跄。石林赶上去，拽住她。梨雅拍开他的手，厉声喝道："别碰我！"石林不解，"我哪里做错了？噢，六百块钱，我明天还你。"

梨雅扬起手，看样子是准备甩巴掌。石林抓住她的手，说："花钱免灾。"梨雅牙缝里咻出凉气，说："若他们刚才硬逼你离开，硬要留下我呢？"石林说："我不会离开。"梨雅哼了声，怕是会比兔子跑得还快吧。石林说："我可没有红眼睛、长耳朵、三瓣嘴。"梨雅开始挣扎，试图甩开石林的手，"如果刚才是你老婆，你早与他们拼命了。"

女人的逻辑真奇怪。石林笑起来，说："如果你真有什么麻烦，我一样会为你拼命。"梨雅不动了，眼睛凝视着石林，"真的？"石林说："真的。"梨雅说："那你从台阶上滚下去，我就信你。"石林挠挠头。这可真是一个无理的要求。唉。

石林团身往台阶下滚去，滚出满天星斗。石林晕过去。梨雅把石林送入医院，还好，只是轻微脑震荡。梨雅也看见石林右手流血的伤口。医生说那是刀口。石林头上缠着绷带手上缠着绷带，躺在病床上看着神情不无惶然的梨雅。梨雅啐道："没见过比你更傻的男人。"

石林说："因为我爱你。"

梨雅眼眶就湿了，忍住，声音低了，"你也爱你老婆。"

石林笑起来，"老婆不是用来爱的，是用来过日子的。"

梨雅说："胡扯。"

石林说："那你说爱是什么？"

梨雅说："至少它没那么容易说出口。"

石林就笑，所谓爱，是不是把两个人打碎和上水再重新揉成泥，然后

　　　　遗失在光阴之外

我里面有你，你里面有我？梨雅的脸红了。石林抓起梨雅的手，在她手指头上重重一咬，咬出血，再扯下敷在手掌上的绷带，把梨雅的手指头紧按在伤口上面，嘴里说道："现在好了，我的血里有你，你的血里也有了我。"

梨雅吓一跳，说："你太疯狂了。"推开石林，起身，想走。石林反手搂住。梨雅跌入石林怀里。石林低下头，梨雅仰起脸。两张嘴唇立刻紧黏在一起。

石林在梨雅身体里度过了十三天。

石林回去时，梨雅没去车站送行。石林在豪华大巴里使劲儿地想，还是想不明白。这十三天就是一个梦。石林提醒自己。大巴车在高速公路上急驶。路两边的房子像精致的小玩具，一个个指头大小的人在玩具屋里出没。而这辆大巴车在他们的眼里也应该是一辆玩具车吧。

石林收回注视窗外的目光。

石林在车站旁边的商场为沈萝买了几件衣服，回了家。屋子里干干净净。石林坐回书房的电脑前，点燃烟，继续想。下午六点。门锁转动。沈萝回来了。石林起身时看了一眼窗外的天空，暮色涂在上面，乱七八糟的。

石林的出现吓了沈萝一跳。沈萝嗔道："你要死啊？回家了，也不说一声？"

石林望着沈萝脱口而出，"你是不是同性恋？"

沈萝乐了，"你有毛病啊。"

这天晚上，石林与沈萝睡在一起，但还是没做爱。睡到半夜，沈萝捅捅石林，说："你的手是怎么了？"石林说："自己不小心弄伤了。"

沈萝又问："那包避孕套没用？"石林说："忘了。"沈萝就笑，小心别染上病。

石林说，我没去找小姐。沈萝哦了声，静默了一会儿，开始脱睡衣睡裤，说，要不要？石林说，算了。石林搂紧沈萝。良久，沈萝说，我不反对你找小姐，但不允许你找情人。石林嗯了声。沈萝睡熟了。石林睡不着。

石林回家后没再与梨雅联系。但那十三天内所发生的每一个细节怕已刻在他的骨头上。这让石林愤怒。更令人愤怒的是，尽管他无意去拼装、组合、剪裁、缝纫，但从他手指下流出的一行行文字所具有的横竖撇捺折却每每要勾勒出梨雅的一颦一笑，而且是那么细腻且有弹性。这让石林伤感、沮丧。

两个月后，县作协领导找到石林说，省里要开一个青年作家读书班，为期二十天。你这两年的成绩不错，县里有意安排你去。不需要缴纳任何费用，包食宿。愿不愿去？石林本来有个写作计划，但梨雅的身姿在眼前一飘，嘴里下意识说道："愿意。"

青年作家读书班是在省城的一所植物园里开办的。因为地处偏僻，石林还是第一次去。园依山而建，傍依着一条古老壮观的城墙。山青翠巍峨，墙古色苍然。墙上偶有树，灰蒙蒙地绿，自砖墙内斜斜地挑出，挑出那么几丝悲凉。这些城墙有太多的故事，有太多的生与死。石林都觉得有些呼吸困难。还好，园子前方是波光潋滟的湖。湖边有人垂钓。一株株树在垂钓人身边。石林叫不出所有的树名。但这并不重要，它们在一起构成美。美是秩序、生动、静谧、必然。

时值黄昏。几抹流云在天边燃烧。几只灰喜鹊在树与树的上空穿梭跳跃，吱吱地叫，也叫出了石林心底的欢喜。一夜无话。第二天是开学典礼。与省作协领导与老师们合影之后是比昨晚丰富许多的午餐。然后石林看见了梨雅，也看见了她身边的男人。

石林吸了一口凉气，胸口疼起来，肺里有了几粒火星。

梨雅也看见了石林。石林眼睛里的光银子一样闪闪地亮。梨雅扭过脸。

遗失在光阴之外

裹在风里的阳光弄乱她的头发。梨雅对身边的丈夫魏平说："我走了。"

魏平已看见石林，拉起妻子的手："来，梨雅，我给你介绍一下，这就是石林，你不是买过几本他的书吗？下次可别去书店买，直接向他讨签名本得了。石林，这是我妻子梨雅，你的超级 FANS。我写的杂文她是不看的，说'我看杂文如狗屎，杂文看我应如是'。你写的小说她却是部部拜读。我是真想向你学习写小说了。"

魏平脸上掬起笑容。昨晚他与石林同居一室，一聊，竟颇有相见恨晚之意。一开始两人还只是互相谦虚，相互拍马溜须。魏平说："杂文这种东西说是匕首投枪，其实也就一个易碎品，讲的无非是一些常识。时过境迁，语境消失，其质地当失去光泽。而小说不然，纵横时空，打破了梦与现实的界限，想象恣意浩荡，色彩瑰丽炫目。"

石林就笑说："杂文家是扛一柄剑在肩头，一个'我'走在南北东西，呈金刚怒目像，充满阳刚之美，整个人就如匕首、如长刃，破空划去，声撼千里。"

魏平就笑，"扯淡。"

石林也笑，"你也是扯淡。这年头能普及常识就是最大的功德。写小说的人不过是一些对现实无能为力而躲在屋子里意淫的人。"

两人都笑起来，都觉得距离拉近了不少。魏平也是这次青年作家读书班学员，当然，他只写杂文，近年来风头颇健。如今的杂文多只能在报刊上展一番拳脚，出书卖钱着实不易。石林的名字，他一向有所耳闻，没想竟同在一个省份，又或许以后还能分享一下石林那的出版资源，就起了接纳之心。俩人联床夜话，倒也不亦快哉。

梨雅朝石林伸出手。魏平昨天忘了带手机出门，嘱咐她今天一早送来，没想单位事忙，拖至中午，更不曾料到竟然遇见了石林。梨雅说："石作家好。"石林说："刘女士好。"

石林没说嫂子好。尽管昨夜石林已知道魏平比自己大三岁。石林看着梨雅，嘴角似笑非笑。此刻的梨雅雍容华贵，已不再是那个赤裸着身子跳芭蕾、做体操、练瑜伽给石林看的梨雅。

她风度优雅，还浅笑嫣然。但她骗不了他。不管她如何掩饰。他们是同类。他是男，她是女；他是别人的丈夫，她是别人的妻子。但他们是一种人，是安静的，也是疯狂的，是理性的，也是冲动的。当然，安静只是疯狂的壳，理性只是冲动的闸。壳迟早要被敲碎，闸迟早要被冲垮。

石林手摸向后背处，那里曾有梨雅抓挠的一条条伤疤。现在已经愈合，但它们依旧在。石林感觉到心里的火在烧，口又渴了，突然一惊，沈萝不可能没摸到这些伤疤。他疏忽了。紧接着，石林又意识到几个问题。为什么梨雅与自己欢好时不带避孕套？为什么梨雅连续十三个夜里不回家与自己厮混？魏平那段时间出差了？事情就有这般巧？

石林嘿嘿地笑，"魏兄，你真有福气。"

魏平说，"我这辈子最大的福分就是娶了梨雅。"

梨雅把头靠向魏平的肩膀。魏平把手搂向梨雅的腰肢。风突然从阳光中抖出千万根针，扎眼。石林深深地吐出一口气，冲一边站着的史苹笑了笑，说："你们聊，我去那边看看。"

石林在树木掩映的小山坡上目送梨雅与魏平挥手告别。石林掏出手机，给这两个月一直萦绕在心头的那个手机号码发送了一条短信，"当年，他怎么追你的？"

过了半个时辰，石林收到梨雅的短信，"我想让他追上，他就追上了。"

夜，在鸟叫的声音里愈发静了。窗外的树，可能是龙柏，在幽蓝的天幕里扭曲着向上。窗户上没有灰，一点也没有，植物园招待所的服务员不

　　　　　　遗失在光阴之外

无骄傲地说，这些窗子有一年多没被擦过，依然干干净净。如果人心也能如此，那该多好。魏平坐在桌前写文章。他的背影成了斜靠在床头的石林心里一块擦不掉的灰尘，或者说不是灰尘，是苍蝇，一只要拿拍子揍扁的苍蝇。石林扔下手中的书。书上的字会打架。石林掏出烟，向魏平扔去一根。

石林说："兄弟，问你件事。"

魏平放下笔说："啥事？"

石林说："你相信爱情吗？"

魏平笑起来，转过身，把烟灰稳稳地磕入烟灰缸里，"这个问题应该是我问你。"

石林说："我相信。爱情如水吧。水是这世上最美好的东西。所谓上善若水。只可惜婚姻却是一个被生活炙烤着的滚烫的杯子。水迟早要被蒸发掉。"

魏平说："有道理。我也相信爱情。不过，我觉得爱情不是水。爱不可加减乘除。它是信念，是捶不扁、煮不烂、砸不碎的存在。至少对于我个人而言，它是一种信仰，就像信上帝。"

石林嗤道："还砍头不要紧，只要爱情真吧？"

魏平乐了，正要说话，门被敲响。进来的正是史苹，"哎，两位大作家在交流啥啊？我可以坐一边旁听吗？"石林闭上嘴。魏平笑道："美女大驾光临，坐，请坐，请上坐。"

这年头，只要是个雌性，就是美女啦。石林去看魏平。魏平的眉毛都在笑。这个人惯于人情世故。这种人是写不出那种极端的性情文字的。石林对魏平的评价在心底略低了几分。史苹在魏平的床铺上坐下。应该是刚梳洗罢，头发湿漉，上面插了把水晶梳子，脸因为白炽灯与润肤油的作用，光洁顺眼了不少，下颌扬着，目光注视石林，"石作家，你们刚才在说啥啊？"

石林说："我不是作家。"

魏平笑："石作家刚才在给我上课——爱是什么？"

史苹说："你不是作家谁是作家？"

石林指指魏平，"他是。所谓作家，人类良心的捍卫者，世间正义的呐喊者，人文精神上的守望者，道德关怀里的思想者，自由理念的信奉者。魏老师这五个'者'一个也没落下。"

魏平说："狗屁。我只是一个小公务员罢了。"

史苹说："那你是什么？"

石林说："我是做梦人。"

魏平说："了不起，志存高远，石老师这是要为中国再书写一部《红楼梦》。"

史苹咻咻地笑，说："我觉得冲石老师的才华，写一部《青楼梦》那真是小菜一碟。"

石林很严肃地点头，说："从今天开始，我天天上青楼去嫖妓。好好体验生活。不过，惜乎囊中羞涩，还望史苹姑娘赞助点嫖资吧。"

魏平咕地一下，喉结往上跳，手赶紧抓住桌角，肩膀就一抖一抖。史苹的脸红了几秒，挺脖，目光里有促狭之意，"好，需要多少？等会我在楼道上贴一通告，为石老师募捐。"

石林哽住了。如今的雌性就没有不牙尖嘴利的。刚想说"要不，您先把自己捐出来？免得浪费资源"，硬生生忍住。这是骂人家是青楼女子。不妥。一时就无了话。

魏平接过话茬，"还是史老师牛，一招太极，就得阴阳之意，打得石老师丢盔卸甲，溃不成军。"史苹抿嘴乐了，眼波柔柔软软往石林身上飘。

姑娘啊，"丢盔卸甲"可不是什么好成语。魏平话里的调笑之意，石

遗失在光阴之外

林听得明白。见史苹那个得意劲,肚子里暗骂魏平不是好东西,脸上笑意更盛。

时间被三个人的声音一块块切去。

史苹起身告辞。魏平送出门。回来就说:"这姐对你有意思。"

石林否认,"不,是对你有意思。你没发现她看你时眼神都带着钩子吗?"

魏平张张嘴,嘴型在说"傻×"。魏平没说出这两个字。但石林知道。两个男人交换了一下目光,心领神会地一起微笑。石林说:"继续我们刚才的问题。我想问你,在什么样的情况,你可能会选择离婚?最近,我被这个问题困扰。男人的底线在哪?"

石林说得一本正经,很学术口气的那种。石林注视着魏平的脸,这张脸有那么几秒钟被灯光涂上一层略显蜡黄的白晋。魏平的嘴角往右边歪了歪,嘴唇上有油腻的光。石林垂下眼睑,似若无其事,继续往下说,"我问过一些朋友。或说,老婆给他戴了绿帽子就离。我说,如果老婆是被人强暴的,你离不离?这里意见发生分歧,或说不离,当老婆被疯狗咬了一口。但这种狂犬病毒毫无疑问会埋藏在两个人的心里,谁都没办法保证在未来的日子,自己是否会因此变成一条疯狗;或说离,但若老婆是为救男人而被强暴的呢?"

魏平打断了石林的话,"我不会离。不管是什么情况,离婚应该是女人的权利,男人不可以先提。"

石林说:"真的么?"

魏平说:"假的。"

石林说:"你的底线在哪?"

魏平说:"欺骗,夫妻之间不可以欺骗。"

石林说:"打个比方,一对夫妻,丈夫因工伤下岗瘫痪在床,妻子不幸也被下岗分流，不得不卖淫维持生计，回家后却骗丈夫说她被升职加薪。"

魏平说："这是个案，小概率事件，我说的是普遍的大多数。"

石林说："再打个比方，一对夫妻，妻子因与朋友聚会时喝多酒又或者说是被那些别有用心的朋友下了药，与人发生关系。这种事应该很常见了。你说，怎么办？"

魏平说："我当自己不知道。"

石林说："你没法当自己不知道。哪怕你并无意去了解。比如，那些人还攥着一大叠女人的裸照，不仅可以要挟女人，或许还有可能寄给男人。何况一个欺骗发生了，尽管它可能是善意的，但要维持它，就需要提供更多的欺骗，终究会有一些欺骗会发生质变，从良性转化成恶性。"

魏平说："只能离。算了，我承认我的底线并不存在。你呀，真是写小说的，想象力丰富。你怎么想到提这些问题？"

石林说："我老婆性冷淡。"

魏平说："想离？"

石林说："我不知道。"

魏平也上了床，卷起被，侧身睡去。石林关了灯。月光扑入屋内，像鸟，翅翼颤动。一片片流光变幻莫测。石林的手机响了。是梨雅发来的短信："我想你。"石林咳嗽出声。

魏平扭过头："怎么了？"

石林说："没什么，睡不着。"

魏平说："那你给我讲个故事吧，别说你肚子里没货。"

石林说："好的。"

石林想了想说："从前，有一个人，很美。她丈夫是大学同学，俩人一见钟情。他爱她，她也爱他。他很优秀。因为爱，她不惜远离父母跟他

　　　　遗失在光阴之外

来到一个海滨城市。她总是被他的坚硬迅速击垮。他是她体内活生生的东西。那崩溃的欢愉让她一次次地融化在他怀抱，就如火，融化在更大的一团火里。"

魏平说："然后呢？"

石林说："就这样，过了五六年。火焰仍然温暖，渐渐，已不再具有灼人的热度。时间让它变成一团橘黄的光芒。她丈夫开始东奔西走，试图完成曾经许下的承诺。爱是需要具体的指向与实物，否则就将变得轻飘飘不再有分量。他是这么想的。一个男人当然不能整天儿女情长。她也理解他的早出晚归。为打发寂寞，她开始去酒吧里坐坐。"

魏平打断石林的话，叹口气，"酒吧真是一桩罪恶。"

石林说："女人认识了一个男人，很能干的男人，年纪轻轻就是一家集团公司老总。一开始他们只是聊天，然后是见面，然后在某个酒醉的夜……一切在不知不觉中发生。她并不清楚自己怎么就掉入旋涡。她感到害怕，闭上眼，她看见一个黑色的深渊。她把脸贴到冰凉的玻璃窗上，心中巨大的罪恶感让身子一阵阵发颤。玻璃窗外是比墨汁还浓的夜色。玻璃窗里是一个不知羞耻弓起背的女人。她落下眼泪，试图抗拒，但男人不由分说地就撬开她。她像一个变了形散发着浓郁香味的水果。一个茶壶可以配几个茶杯，一只筷筒也当可以插几双筷子。随着这强烈的快感，她就有了改变。也许天下女人都一般，只是壳硬。她开始在两个男人中间行走，像行走在剃刀的边缘。渐渐，纸包不住火。她丈夫知道了。他疼得半夜嗷叫一声从床上滚下。他发誓他要杀了他们两个，不，是那男人，那条畜生，那头用钞票欺骗她的畜生。他咬牙切齿，他嗅到了一丝丝甜蜜的血腥味。他的左手无名指竟被自己硬生生扳断。"

魏平坐起身，掏出烟盒，抛给石林一根，点燃，深吸。

石林继续说道："那天，她丈夫磨好了尖刀。那天，阳光烈烈作响。他把心脏从不安、恐惧与焦躁中捞出，使劲地捏，让它变硬，凸大。一些无法言说的液体注入他的身体里的每一个细胞。他没了思想，下意识地跟着她。进，出；进，出……他看见她进了宾馆，肌肉便随着脑海里情不自禁跃出的一幅幅画面开始扭曲，一股狂暴的力量在体内慢慢集结。他甚至不得不捂住嘴，以免自己呻吟出声。他踹开房门。她正在那男人身下弯曲，没有任何秘密。那团赤裸的肉体的光刺疼他的眼睛。他扑上前，刀光一闪，他确信它要喝到那头无耻的体毛粗壮的四脚动物体内的血。噗一声轻响。在这刹那，他看见她猛地掀开那男人。刀笔直地扎入她腹部。她好看的脸一下子痉挛成一小团。'不要伤害他。'她眼里的光黯淡了。'你爱他？'她丈夫弄不大明白，跪下来。他眼角的余光里映出一条呼啸的黑影。他没动。他注视她。她发出一声撕心裂肺地叫。她朝他扑来。那黑影砸在她身上，是宾馆里的红木椅子。'不要伤害他，'她哀哀地叫。扎在她腹部的刀尖向上滑，穿过胸膜，准确地刺入心脏。她的喉咙里冒出嘎嘎一连串脆响。"

魏平手指间的烟已烧至尽头，赶紧往床边弹去，"她最后怎么了？"

石林说："她死了。"

魏平沉默了一会说："这是你编的还是真事？"

石林说："我不知道。"

魏平说："你这人就这点没意思。"

石林笑起来，"我们都是活在小说里的，大千世界里所谓的声色光影无非小说中的句词段落。"

魏平说："也是。"

白天上课，晚上聊天。史苹还带来同屋住的一个女孩。这样过了两天。星期四的中午，石林又收到梨雅的短信，"你来一下。"石林说："哪？"

遗 失 在 光 阴 之 外

梨雅说："老地方。"

石林向老师请了假,打的赶去云岭宾馆,进旋转门,踩上红地毯,当电梯合上的一刹那,石林已全身发了烫。741 房。门没锁,应手而开。石林关上房门,身后的梨雅已抱住他。是赤裸的梨雅。她洗的是冷水。这个傻女人。

石林反手揽紧她的腰肢。她的皮肤比丝质绒袍还要滑。她在燃烧,她身上到处都是冰凉的火焰。他们一起跌落在地毯上。她脸上的水珠是眼泪吗?有点咸啊。

四个小时,他们没说一句话。石林终于瘫软下来。他开始感到疼痛。他说:"怎么了?"

梨雅突然推开他,并用床单裹紧自己,说:"你走吧。"

石林说:"为什么?"

梨雅说:"不为什么。"

她哭了。她确实在哭。泪珠先是在她好看的眼眶处闪了下光,被睫毛迅速挡回去,但更大的几颗又争先恐后地涌出,跌落。床单上映出几团水渍,最初是几个惊叹号,过了一会儿,多出几个疑问号,然后是句号、逗号、省略号。很快,那一块床单似从水里刚捞起来。她捂着脸失声痛哭,她伸手去拽床单试图阻止这哭声,手指已经不听大脑指挥,将床单拧着,越拧越紧。石林傻了。他用手轻轻地碰了下梨雅露在床单外的双肩。梨雅立刻嘶声喊道:"别碰我。"

石林说:"怎么了?"

紧裹着梨雅的床单开始抖动,越来越快,并伴随着低低的呜咽声,猛地一下掀开。梨雅挺直身,目光直视石林,"你是不是觉得我特像婊子?"

石林说:"你怎么可以这样说话?"

梨雅号啕出声，"我怎么这么贱啊？"

石林被梨雅弄了个云里雾里，干脆不吭声，点燃烟，静静地凝视着她。良久，梨雅轻声说道："石林，你走吧，我没事。以后，我们不要再见面了。就算遇上，那也是陌生人。"

石林说："为什么？"

梨雅说："不为什么。"

这是说绕口令啊。当自己是种马，呼之即来，挥之即去。石林把燃烧的烟头往手臂上按去。皮肤迅速裂开。石林说："你是我爱的女人，我不愿意你这样。你若不说，我就从这七楼跳下去。你说我会不会跳？"石林往窗外看。窗外夜幕幽深。一颗颗的星在滚，它们是谁的眼泪？这世界真是有趣。梨雅的肩膀又开始急剧地抖动，良久，她才慢慢地说道："我有孩子了。"

石林说："我知道，你是故意不用避孕套的，孩子是我的。"

梨雅侧过头也去看窗外，说："他精液稀薄，医生说他每立方厘米的精液中所含具有良好形状及活动能力的精子微乎其微，几乎可忽略不计。而正常的男人每立方厘米的精液中约有五千万个。"

石林想了想，又把刚才掐灭的烟点燃，吸了口，说："所以借种？"

梨雅愣了几秒钟，似乎不大情愿听到这个单词，说："是的。"

石林说："为什么不去精子库？"

梨雅说："去过，他不放心那里的精子的质量。"

石林笑了，"看样子，我沾了'作家'这个头衔的光嘛。回去，我就把作协颁的证供神龛上。"梨雅的眼泪又掉下来。石林叹口气，"他知道是我吗？"

梨雅说："不知道。"

　　　　　遗失在光阴之外

石林说："好，事情就这样结束吧。算我做贡献了。"

梨雅猛地扬起脸，嘴唇已咬得发了白，眼睛里的光也像银子一样闪光，"你滚吧。"

石林冷笑起来，这里没有石阶。

石林开始穿衣服，慢条斯理地穿，他还没有完全消化梨雅话里的意思，突然梨雅跳了起来，膝盖在石林双腿中间一撞。妈啊，石林闷哼，脸白了，眼珠子差点从眼眶里鼓出，身子立刻蜷起虾米状，双手护住下面，人倒地上，却是一句话也说不出来了。

"你没事吧。"梨雅慌了神，"我不是故意的，我不是故意的。"梨雅七手八脚就朝石林那儿摸。

臭娘们，你还想再来一下？石林的脸由白转青再泛红，嘴唇急速哆嗦，又晕了过去。

"我不是故意的，我不是故意的。"梨雅还在啰唆，脸色也发了白。这提膝一撞，可没玩花样，这若是撞碎那两个蛋蛋，石林雄风不再是小事，这条小命也得欠思量了。

也不知道过了多久，石林醒过来，却觉得双腿处被一种奇异的湿润的温暖紧紧包裹。梨雅不说话，继续着，眼神是怯怯的。月光从窗外透入，一片一片，覆盖在她的身上，让她通体晶莹剔透。真美。石林暗暗赞叹，说："为什么？"

"我不想你再去祸害别的女人。"梨雅哽咽着。

"你爱我？"

"是的。我爱你。"

这天晚上，石林没有回植物园，搂着梨雅在床上看星星。

"每个星座都有一个动人的神话故事，比如你所属的天琴座。"石林在梨雅额头亲了口，继续往下说："那本来是奥菲斯的竖琴。奥菲斯弹奏竖琴时，山野中的岩石也会变柔软。奥菲斯爱上尤丽黛，但不久尤丽黛就被毒蛇咬死。奥菲斯悲痛欲绝，带着竖琴前往阴间，奥菲斯的琴声感动了阴间凶猛的守门犬克贝鲁斯、冷漠的冥河船夫还有冥王普鲁陀。普鲁陀应允让尤丽黛复活，吩咐奥菲斯离开阴间前不可回头看。奥菲斯带着尤丽黛往地上走。路很长，奥菲斯没听到尤丽黛的脚步声，逐渐担心起来。当奥菲斯看到地上的光亮时，忍不住回头，转瞬间，尤丽黛又被拉回阴间。奥菲斯疯狂地追赶，奥菲斯再也无法靠近冥河了。奥菲斯徘徊在山野间，整天悲伤地弹着竖琴。艳丽的色雷斯女子被琴声吸引，她们爱上奥菲斯，但奥菲斯眼里只有尤丽黛。色雷斯女子怨恨地在酒神节的夜里，将奥菲斯折磨至死，然后把尸体抛弃河中。奥菲斯的竖琴独自奏出悲伤的曲调，顺流而下，不久漂流到来兹波斯岛，被岛上的人拾起，献于阿波罗神庙。悲恸爱子之死的阿波罗，便将竖琴拿到天上。"

在石林娓娓叙述的语调里，梨雅安静地睡去了。

二十天的学习时间要结束了。这期间石林与梨雅约会了三次。每次，石林都提醒自己，这是最后一次。朋友妻不可欺，他也确实感受到魏平是拿他当朋友处的，但他没法子拒绝梨雅。也许大家都明白当石林这次离开后，他们的关系就要彻底结束。又或许是因为魏平与石林同居一室，这种危险的关系变得更富刺激，像毒品，令人欲罢不能。而史苹可能已因为石林的冷漠失去了信心，很少再纠缠他，老咭咭地笑，并与同寝室的那个女孩交头接耳，偶尔向石林投来几个古怪的眼神。

这个周末的晚上，石林没有参加同学们举办的联欢晚会，独自在房间里收拾行囊。魏平进来了。魏平两天前说要请假去办点事。石林说："事情办好了？"魏平点点头。

遗失在光阴之外

魏平的样子很疲惫，眼睛里满是血丝。石林扔给他一根烟。石林很想对他说点什么，可不知道说什么好。魏平冷不丁笑起来，那窗外飞入的月光似受了惊吓，一闪，躲入树的影里。魏平点燃烟，慢吞吞地说道："石林，你是写小说的，我这里有个故事，你看看能不能写出来？"

石林说："好的，洗耳恭听。"

魏平说："从前，有三个人，姑且称之为甲、乙、丙。甲是大作家，乙是公务员，平时也写点不入流的小文章，丙是女孩，特别崇拜甲。甲和乙都是已婚男人。丙结过婚，又离了。有一年，省里举行学习班，乙和丙有幸遇上甲，尽管他们都是学员，乙还要大上甲几岁，但乙与丙都知道，就文学上的造诣而言，甲足可以做他们的老师。因此，乙和丙都渴望能与甲结为真正的朋友，那种一生一世的朋友。"

石林放下手中的行囊，窗外远远的有隐约的歌声，似乎是史苹的声音。先是几声轻快迅速的口哨，灵巧而又戏谑，然后歌声中的华丽开始伸展，欢快、活泼、跳跃，声音向上空飘，在一片片流云上轻盈地转动，渐渐悲凉，也许是因为那亘古的月光吧，徐徐地奏出忧伤。曲调继续往下，拖长，荡漾，把天空下的树、草、花、石、虫鸣、鸟啼一起罩住。

曲终人不见，江上数峰青。石林点燃烟，低下头。

魏平拿起水杯，喝了口，没看石林，重重地吐出一口气，"乙生理上有点毛病，精液稀少，不能生育。乙的妻子非常渴望有个孩子，也许真正的女人都是这样。不是说不可以去精子库，但乙的妻子不愿意，说不希望孩子可能是一个地痞流氓的种。这事就拖下来了。当然，乙不是那种大方的人，能像小说里写的那样去默许甚至鼓励妻子借种。过了一年多时间吧，有一次乙去出差，在外面待了一个月，等他回来，发现妻子变了，准确地说，他妻子有了。乙没问妻子这是谁播下的种。乙只是希望妻子从此以后会安下心来做他的妻做孩子的母亲。乙甚至还跑去商场为妻子肚子里的孩子买奶嘴、鞋和上衣。乙相信妻子对他的爱，他们是大学同学，他们之间的感情就有点像甲对乙讲过的一个故事里的主人公。"

石林扔掉手中的烟，又点燃一根，这回，他没有抛给魏平。

魏平浑不在意，自己从口袋里摸出烟，叼上嘴，点燃，继续说道："乙很荣幸地与甲在学习班同居一室。乙与甲无话不谈。但甲老是神出鬼没。有一天，丙突然告诉乙，说甲与乙的老婆在宾馆开房。乙不信。丙就说，我亲眼看见的。丙也真是痴，竟然跑去跟踪甲。丙实在是一个应该在好莱坞影片里出现的角色。乙就与丙一起去了，果然乙的妻子与甲肩并肩进了宾馆。乙当时就想闯进去，丙拦住他。乙也想起甲给他讲的故事。乙爱妻子，乙不希望妻子受到伤害。丙陪乙喝酒。乙想起了甲说的话。甲曾说，他妻子是性冷淡。"

石林的手抖了抖。

魏平说："乙就去了甲所在的城市。乙找到甲的妻子，说是甲叫他回来拿几本书好送给作协领导，甲的妻子没有怀疑。乙请甲妻去吃饭，乙在饮料里下了药。当然，这些都是乙在甲的小说里学来的。乙把甲妻扶入酒店开了房。乙做得很小心，事毕，还帮甲妻擦洗干净。甲妻或许还发现不了这事。或许也能发现，不过，她肯定不会告诉甲。另外，乙还发现甲说其妻性冷淡是有原因的，乙在甲妻的手袋里发现一个叫徐婉的女人写给甲妻的情书，甲妻是同性恋。"

石林抬起头，"乙是否会打算与妻子离婚？"

魏平摇摇头，"不，他会视那个孩子若亲生，而且乙永远不会对妻子提起此事。"

石林点点头，"那就好。对了，你说，甲现在应该怎么办？"

遗失在光阴之外

魏平把烟掐灭，"我不知道。"

石林想了想，拨通沈萝的手机，许久，电话通了。石林慢慢说道："你还好吗？"

沈萝说："我很好。"

石林说："那就好。"

石林挂断电话，往窗外望。窗外不知是谁在唱歌。"一朵花开不为春，姹紫嫣红才是真。柔情让你香喷喷，我对青天喊一声。清风不会再寒冷，万物醒来细雨生。女儿本来是佳人，洗尽铅华要倾城。"石林叹口气。月亮又出来了，像一大滴眼泪。这个春天真冷啊。

石林与魏平的影子拧在一起。

八

天色已白。

床上的那女人慵懒地支起身子，扫了一眼墙壁上方的石英钟，高亢的尖叫声刀子一般迅速刮掉了眉眼间的迷惑与茫然，跳下床，脚尖勾起散落在地板上的衣衫，匆匆往身上套咖啡色的半肩斜露的亚麻时装衫。他回过身，坐在椅子上对女人笑。女人也报以一笑，笑容一闪就逝，比闪电还要快。

天亮了。他们已经是陌生人了。

他坐在椅了上，看着女人。他突然说："亲爱的，我的眼前现在只有一片澄然的光。我知道这束光的名字。她们是我的血、我的肉、我的骨；她们是我的海、我的岸、我的天堂；她们是我的呼吸、我的意志、我的梦想；她们是我的自由、我的心灵、我的一切；她们是我存在的意义。"

女人钟表齿轮般高速运转的动作顿了下，零点一秒后，女人咯咯乐了，欠过身，嘟起因未及时补充水分而略显干燥的唇，在他的额头吻了下，"再见，帅哥。你真浪漫。"女人消失了。房门轻轻掩上。"咔嚓"一下，似崩断了一根弦，巨大的声浪从门外涌入他的耳朵，发出尖啸，并沿着门的框架把明暗斜斜地切割成两块。

他没关房门，继续敲打着键盘。

如果说时间是水——这似乎是常识——那么，在水里浸着的东西一定要发生变化——这就更应该是常识。毕竟随处都可见泡在水里腐烂的木头与枯草、鸟与畜、肮脏的鞋子与泡沫盒以及人本身。浸在水里的"过去"就这样被时间毁掉。所有遗留下来的都贴着不真实、不可信、没有意义的标签，它们更大程度上意味着扭曲与变形，诅咒与谩骂，嘲笑与自取其辱。这种毁掉比阳光抹掉雪更为轻而易举，且不可恢复，那些冰凉的存在眨眼间就已消失。

他也曾寄希望于技术，比如摄影所提供的时间的底片，但这些底片就像一副扑克牌，只有五十四张，并不能把所有曾发生过的一一记录，而且想获得它们的代价实在不菲。至少，占人口比例绝大多数的穷人买不起这种技术。数量庞大的缺席者与失语者成为空白。它们并不能帮助他弄清出现在底片上的影像与自身的关系。疏离、冷漠、怀疑、不信任等这些令人伤感的词汇不仅出现在人与人之间，也同样出现在他的昨天与今天之间，出现在这刻敲击键盘的"他"与下刻上床睡觉的"他"之间。

时间在流动，它是神经纤维的延伸，远远地望，它是一根连绵不断的线，但走近来看，不难发现里面充满无数个细小的肉眼不可辨的缝隙。缝隙里面塞满不可言说的真空。它让回忆变得费力且徒劳。"他"是碎的，或可以凭借技术来观察他的血、他的肉、他的身高、他的体重、他的皮肤，以及疤痕掌纹指甲粪便唾液等，但技术没法把碎片拼成一个会思想的"他"，

　　　　遗 失 在 光 阴 之 外

一个会回忆的"他"，它只能提供碳水化合物、蛋白质等物质在"他"此概念里的构成与比例。又或者说今天是昨天选择的必然结果。事实上，这些选择并不由人们自己做出。猪顶多只有在猪圈里选择吃与不吃的自由，但绝对没有选择是生活在猪圈里还是生活在猪圈外的自由。而且要把大脑里面塞满的各种词汇按某种节奏抽出，并形成别人能够明白的句子与段落是一件很困难的事。每一个词汇都面目可疑。也只能这样。

　　时间没有地图。

第九章　她们

　　他流下泪。他用手掌拭去眼泪，但还是有几滴泪珠滚进键盘深处。一小团火自键盘里冒出来。他惊讶地看着不断涌现在屏幕上的句子。这些句子有鼻子有眼，是一张张人脸，且互相缠绕。人脸的上面写满密密麻麻的字。是汉字，有行书、隶书、楷书、草书，还有该死的小篆。他目瞪口呆。

　　一九七四年。院子里的涂玲玉父母双双悬梁自尽。涂玲玉那年九岁，是一个漂亮干净聪明伶俐的孩子，考试成绩总是全年级第一，一向颇受老师与同学们喜爱，也是学校里的班长。"一二米三，三什么三？三面红旗，打到台湾。"涂玲玉是所有女生里最会跳橡皮筋的。但有一天，一个能背诵毛主席全部诗词且能把"老三篇"倒着念的女孩跟着调至县城做革委会主任的父亲插班到了涂玲玉所在的班级，并在一个星期后抢走了她的班长职位与她许多的朋友。涂玲玉很伤心，很难过，很懊恼，很愤怒，很想干出让那些有眼无珠的老师们刮目相看的大事。后来，县里出现一起"反标"案，人心惶惶。应该是这事启发了她。过了一些天，涂玲玉在厕所的泥砖下发现几张"反动标语"。她跑去报告老师。尽管她已经很小心了，那些"反动标语"也是她用报纸上的大号黑体字剪下粘贴而成的，但她最要好的朋友揭发了她的秘密。涂玲玉向勃然大怒的老师承认错误，以为这只是一件可以拿橡皮擦去的错误。她被拽出教室，被开除学籍。没多久，她的父母因受此事牵连被调查故而自杀。大人们都说，她父母上辈子欠了她的，所以这辈子她来讨债。大人们不断地用这个故事教训着自己的孩子，嘴里骂道："你若也是一个讨债鬼，我这就一棍子打死你。"

　　一九七五年。端午节的早晨，院子里的赵阿爷坐在门口的板凳上裹粽子。赵阿婆出门上街买肉。赵阿爷对妻子说，"我走了"——这句话本来该是赵阿婆说的。赵阿婆走后约个把时辰，赵阿爷独自回到堂屋里躺下，换上一身干净的衣裳还有鞋。等到赵阿婆回来，他过世了。他们的两个孩子慌乱地从单位回来，哭得死去活来。到下午三四点钟，赵阿婆说去厨房烧水，大家也没留意。等到大家想找赵阿婆，才发现她竟然坐在椅子上也过世了。赵阿婆的样子就像是在打盹，奇怪得很，赵阿婆那时并没有什么病，怎么说走就走了？大家说，赵阿婆与赵阿爷生来就是做夫妻的，谁也离不开谁，所以就算要走，也会一起走。又有知情人说，赵阿婆祖上很有钱，算得上本地的名门闺秀，赵阿爷是在她家打长工的穷鬼，他们不知怎的就好上了。当然，不是书生爬后花园的那种才子佳人的好，只是各自心里都有了对方。后来打仗乱起来，两人失散了，也奇怪，两人好像都清楚今生定要相遇，女未嫁，男未娶。当赵阿婆都成了将近三十岁的老姑娘，他们再相逢。五百年才修得同舟共渡。这样的两个人要修多少年？人们感慨万千渐渐散去。

　　一九七六年。院子里的媛媛姐嫁给了罗瘸子。罗瘸子是县计委的副主任，比媛媛大二十岁。罗瘸子的儿子与媛媛姐一样大。媛媛姐出嫁时没掉一滴眼泪，媛媛妈在家里哭了三天三夜。不过，从那以后，媛媛家里经常有好吃的，还有大白兔奶糖。很多年以后，媛媛姐与罗瘸子的儿子生下了一对双胞胎。

一九七七年。院子里的悦悦姨结婚了。她丈夫是北方人，被分配至悦悦姨所在乡镇附近的一家地质队。他们相爱了。当然，这是很秘密的私下来往。明目张胆地未经过组织同意与大人点头就谈起恋爱，这在那时几乎等同于流氓行为。也许是因为荷尔蒙的错，他们过于急着与对方分享生命的奥秘，很不幸，悦悦姨体内有了一粒稀里糊涂的种子。这显然是一件巨大的罪恶。麻烦的是，一直到怀孕五个月，悦悦姨才意识到出了问题。去医院堕胎，就那个年代而言是不现实的。悦悦姨想尽各种法子，勒紧腹带，整天蹦跳蹲卧，肚子里的孩子就赖着不出来。这时，她丈夫已被单位上派去遥远的北方做勘探工作，起码得半年后才能回来。悦悦姨的同事发现异常，向公社革委会主任汇报。主任要求悦悦姨说出男人的名字。悦悦姨拒绝了。神思恍惚的悦悦姨走在路上，一辆车辗断她的双腿，也带走了肚子里的孩子。她父母守在病床边涕泪交加。悦悦姨还是没有说出他的名字，也没有写信把事情告诉他。几个月后，悦悦姨的丈夫回来了。悦悦姨已是一个残疾人。悦悦姨的丈夫问到底发生什么了？她伤心的父母号啕着抓住他打。悦悦姨从床上滚下来，嘶喊着，叫父母放他走。她父亲松开手，拿脑袋往墙壁上撞。悦悦姨的丈夫抱住她父亲，也搂紧她痴痴呆呆的母亲。这年国庆，他们结婚了。除了一张床、一床被褥，她们有的只是窗户玻璃上贴着的那几个大红喜字。但大家都说悦悦姨好福气。悦悦姨与她丈夫生的三个孩子个个都有出息。老三现在加拿大念经济学博士。

一九七八年。他爬上一棵很大的梨树，并坐在枝丫间吃了一整天，吃得舌头都大了。梨园门口有一把破破烂烂的藤椅，藤椅上有一个皱脸老人。老人的眼珠子比玻璃球还要光。换句话说，以他那时的智慧与身手，躲过

遗失在光阴之外

老大爷视线的概率等同零。在这中间出现了什么？据说在这种时候，一定会冒出一个小丫头片子。小丫头有圆圆的脸，甜甜的眼，也一定是老人的孙女或外孙女什么的，对老人的生活作息习惯了如指掌。小丫头还会问他叫什么名字，很主动地把小手放入他的手心，牵领他，成功地突破封锁线。他开始爬树，她为他加油，捏拳头、瞪眼睛、无声地呐喊。"妾发初覆额，折花门前剧。郎骑竹马来，绕床弄青梅。"可糟糕的是，他现在却把她忘得一干二净，记忆里根本找不到这样一个人。他仿佛是一走到梨园门口就飞上了树梢。她上哪去了？他最早的初恋或许就这样被自己遗忘了。

一九七九年。他喜欢上幼儿园里第一个烫鸡窝头的阿姨。有一次，他爬围墙，阿姨急哭了。他为阿姨掉眼泪的样子着了迷，千方百计地惹阿姨着急生气。一开始，阿姨会哭，慢慢，不哭了，还打他，用力地打。他非常生气，抓来一只癞蛤蟆放在阿姨的口袋里。阿姨嫁了一个退伍兵。后来，阿姨与丈夫双双辞职跑起运输，发了财，大家都用羡慕的眼光看他家。再后来，阿姨与丈夫在法院门口把汽油互相往身上浇，紧紧抱在一起自焚，烧成一块焦黑辨不出人形的炭。阿姨的儿子叫憨蛋，被送入孤儿院，后来也不知道到哪里去了。

一九八〇年。到处都在玩一种飞盘游戏。所有的孩子与大部分的大人都在谈论神奇的佐罗。不过，就在那年，幼儿园里新来的那个常把他搂在怀里说他是小坏蛋的小阿姨被人强奸了，变疯了，整天在大街上与一大群苍蝇跳舞，身上满是粪便与被石头砸成青紫色的瘀伤，饿了去捡地上的垃圾吃。强奸犯一直没有抓到。

一九八一年。阿宝搬到院子里来住，与他上一个小学，同在一个班，共用一张桌子。这年，他学会唱"小螺号，滴滴吹"，但还没学会吹口哨。这年最让人受不了的是《少林寺》的上演。影剧院的售票点里三层外三层挤得水泄不通。一个卖票的高个青年叫张勇，几年后被枪毙了，法院的布告栏上说是猥亵妇女犯下流氓罪。据说，张勇可以弄到不花钱的电影票，睡遍了当时县城里颇有点姿色的女人，包括公安局长的女儿，这就引起公愤。他见过这位公安局长的女儿，在影剧院门口，衣服是灰色的，裤子是蓝色的，披肩直发是漆黑的，皮肤是雪白的，神情却焦灼，东张西望。公安局长的女儿嫁过很多次，有人开玩笑说，她嫁过的男人比她的头发还要多。不过，令人惊异的是，这个女人的美丽却不会被时间抹掉，前些年，他还见到过她一次，四十多岁的人仍是仪态万千。

一九八二年。他与李卫国成了朋友。那年，街头出现一群群臀部包裹着紧窄的喇叭裤手提盒式录音机的长发男青年。他们中舞跳得最好样子、最英俊的就是在院子里住的刘哥。刘哥能头顶着地倒立起来双手双脚转得飞快。他不喜欢刘哥，刘哥老爱拍他的头。刘哥他们经常蹲在县影剧院的台阶上抽烟，抽大前门，偶尔还抽那种香气特别浓郁的凤凰，也不知道他们从哪里弄来的钱。刘哥的妹妹叫小兰，在印刷厂糊纸盒，长得端庄秀气。刘哥的几个朋友为小兰打架，打得头破血流，还动刀子。动刀子的外号叫坑头，被送去坐了几年牢，出来后，小兰与父母大吵一架，嫁给坑头。小兰是一个人走进坑头家的。大家都说她不要脸。刘哥扑进坑头家拽住坑头暴打。坑头不还手，任刘哥打。小兰摸出一把剪刀顶住自己的喉咙，叫刘哥住手，不然就戳死自个儿。刘哥扇了小兰一个耳光就走了。这件事轰动一时，小兰走在路上都有人指指点点，说这就是那个发了神经要嫁劳改犯的女人。后来，小兰与坑头做起木头生意，没几年，盖了一幢三层楼的私宅，这在当时算得上是绝无仅有。有了钱的坑头开始与许多女人鬼混，还赌博，最后输红眼，竟然把小兰押上去了，结果又输了。坑头从此不知所踪。小兰带着孩子与那个在赌场赢了坑头绰号麻子的男人生活在一起。麻子对小

　　　　　　　遗失在光阴之外

兰与坑头生的孩子非常好。麻子的左手只有大拇指头。麻子与小兰在一起后偷偷下过四次赌场，每去一次就剁掉自己的一根手指头。但大拇指头终究是保留下来了。可惜麻子的命也不好，跟着小兰去收购木头，码成垛的原木倒下来，麻子抢在那一瞬间拦在小兰前边，小兰没事，麻子被挤出了内脏。老人说，小兰是克夫命。小兰没再嫁人，也没再做木头生意，就用那三层楼改建了一间餐馆，生意仍然做得红红火火。刘哥一直在小兰店里做大厨。他去吃过刘哥炒的菜，比他吃过的五星级酒店里的厨师手艺还要棒。刘哥的样子再也不复有当年的风流倜傥。

一九八三年。可卿搬进院子。院子里在菜市场东口摆修鞋摊的肖婶失踪十余年的丈夫也回来了。那天中午，他与阿宝正仰着头用竹竿粘树上的知了——这是一种让童年盎然有趣的昆虫，不仅可以拿缝衣服的线绑住脑袋让它们跌跌撞撞满屋子乱飞，更可以用泥巴裹起它们扔火里煨，再撕去翅翼塞入嘴里，别提有多香了。他正抓得兴致勃勃，听见院子东边传来尖嚎。阿宝飞快地跑，一脚踢翻放用来装知了的玻璃罐头。辛辛苦苦抓住的知了飞去了大半。他心疼坏了，去追阿宝，追到肖婶门口，见肖婶瘫在地上，鼻涕眼泪一大把，边哭边骂菩萨打的。肖婶念高中的儿子与念初中的女儿想把母亲搀起来，但肖婶的身子比面条还要软。一个胡子拉碴、头发花白、手提一个上海产的皮革包的老男人站在肖婶面前，也不说话，像一块石头。也不知道是怎么回事，肖婶有了力气，疯了一样扑在那老男人身上又撕、又打、又咬、又推，还叫那老男人滚。他与阿宝面面相觑，他从来没见过肖婶这个样子。肖婶见谁都是和和气气的，虽说话少，也难得见到笑容，但不管谁家里有些红白喜事，一叫，准到，手脚麻利。街坊都喜欢肖婶。门口围上一大堆人，多半是从午睡中惊醒，揉着惺忪的眼睛吃惊地看着。肖婶的儿子是愣头青，见母亲这般，抄起晾衣服的木叉叉在老男人的身上。

老男人没动，肖婶回转身照儿子脸上就一记耳光。就有人喊出声，这不是肖婶的爱人吗？大家都静了下来。肖婶的女儿认出父亲，张开嘴想喊，眼泪掉下来，跑到门口用力关上房门，抽抽咽咽。他摸后脑勺，他看阿宝，阿宝也挠挠头，也摸后脑勺。他们各自回了家。这天晚上就听大人议论说肖婶不容易，一个人拉扯大两个孩子，说肖婶的丈夫——老李不是好男人，日子再怎么难也不能把妻子儿女扔下不管独自去跑江湖。又有人说，老李若不跑，早被打死了。他不是很明白，但老李就在肖婶家住下来了。几天后，老李跟着肖婶去菜市场东口摆摊修鞋，每天拖着板车早出晚归。老李在前头拖，肖婶碎步跟着。又过了一段日子，老李一个人去摆摊修鞋，肖婶在影剧院门口卖起甘蔗与葵花籽。有趣的是，从那以后，肖婶的嗓门就一天比一天高，而老李整天不吭声，像锯嘴葫芦。后来，有个月，肖婶病了，老李拉着板车把肖婶拖到医院，等到肖婶病好后，再拖回来。肖婶坐在板车上吃着苹果满脸都是笑意，不停地与街上遇到的熟人打招呼，还喊住他，塞来一只又大又圆的苹果。苹果可好吃了，沙沙的甜。肖婶的儿子现在是镇长。肖婶已经不再去卖甘蔗了。老李还在菜市场上摆鞋摊。大家都说老李的手艺好，修的鞋最耐穿。

　　一九八四年。街上冒出许多录像厅，还有穿红裙子的少女。这些少女的脸庞跟模子里倒出来的差不多。他在街头闲逛，看见一个披头散发的农村女人。女人整天挨丈夫打，跑到县妇联请求离婚，被追来的丈夫揙着打。男人边打边狂叫——盘古开天地，就没有婆娘不挨打。打，那是天经地义，谁敢管闲事，就灭了谁全家。妇联的同志通知了派出所。民警铐起那男人。那女人吃了一惊，问妇联的同志，民警这是要把她老公往哪里送？妇联的同志说，她丈夫这是虐待，要送去坐牢。女人便开始狂叫，与民警撕打，要他们放了丈夫。哭笑不得的民警甩开她，把她丈夫塞入警车，回派出所了。

　　　　　　　　　　　　遗失在光阴之外

没多久，女人在路人的指点下赶到派出所，门卫不让进，女人在派出所大门口跪下来磕头，求民警不要把她老公送去坐牢。女人磕得头破血流，因为又悔又急再加上头顶那么毒辣的太阳，竟然晕了过去，这把民警们吓坏了，赶紧送医院，还好，是中暑。民警放了她丈夫。她丈夫赶到医院对着躺在病床上的女人劈手又一记巴掌，说是看病得费多少钱？打完扬长而去。女人慌了神，拔掉输液管，就去追，结果还把他撞了一个跟斗。

一九八五年。周润发主演的《上海滩》开播，满大街都是"浪奔浪流，万里滔滔江水永不休……"还好，没见多少人头戴礼帽、西装革履——他们在脖子上缠白围巾。这可能是因为礼帽与西装的代价实在不菲又或者是没地方买。但一夜之间，白色的海马毛就在市面上不见了，女人把它们织成一条条尺许宽丈许长的围巾，送给自己的男人。一位叫史怡芬的女老师也为处了几年、在县政府上班的对象织了一条，还没等她把围巾送去，那男人就娶了县农业局长的女儿。几天后，史老师就把自己悬挂在学校教室后面的那株梧桐树上了。那男人现在是县农业局的局长，离过两次婚。这年，可卿去上海了。

一九八六年。他听说了这世上有种叫"朦胧诗"的东西。就是把句子长长短短地加以排列。他也写了平生第一首情诗，想塞给阿宝，终究没有鼓起勇气——尽管那时候大家都爱递纸条儿。他写完后就撕掉了，他忘掉自己写了什么。那年最有趣的事应该算是教数学的郝老师嫁女儿的事。郝老师的女儿叫郝志梅，是邮局职工，手捧金饭碗，却爱上水产场的李建国——水产场那是穷单位，一年到头，也就能分几条鱼。郝老师的老婆在邮局上班，就旗帜鲜明地表明郝志梅若要嫁，马上断绝母女关系。郝老师也懊恼，偶尔有人听见他在月下独自长叹。郝志梅吃了秤砣铁了心，下了班骑自行车狂飙数十里直扑位于城郊的水产场。她妈骑车在后追赶。母女展开自行车越野竞赛。十几里的山路眨眼就到。郝志梅踹开李建国住的单身宿舍的门，拉起他往外奔，奔到后山悬崖，就喊："妈，你不同意，我们就从这跳下去。"她妈腿都软掉了，瘫在地上哭得死去活来。悬崖下卧着黑水潭。郝志梅定下嫁期。李建国答应下准岳母提出的"四个现代化"——电视机彩电化，洗衣机滚筒化，收录机立体声，电冰箱双开门。李建国拿不出钱，郝志梅帮他问朋友东拼西凑借来这"四个现代化"的家电与纸包装盒，迎亲那天瞒天过海，居然对付过去了。等到事情败露，郝老师的老婆杀上门，也不进新房门，坐在门槛上悲号。郝志梅与母亲又展开了一场激烈的辩论赛。比如，郝老师的老婆说，你们合伙来骗我这个老太婆呀！郝志梅说，妈，你一点也不老，在街头贴一张征婚启事，排队的人怕是有十里长。辩论的结果不言而喻。一穷二白的李建国咋就把一个按条件起码可以嫁得局长的儿子且貌美如花的大姑娘弄得死心塌地？而且据人透露，李建国拿出去的彩礼钱还是郝志梅的私房钱。就有同学说，你知道不？李建国是诗人呢。李建国就是去邮局投稿寄信才认识了郝志梅。这一下所有的人都肃然起敬。郝志梅与李建国现在还生活在一起，过得好与坏也只有他们自己心里清楚。不过，多年以后，他很偶然地在本地的废品收购站看见一堆署名为李建国并满是鱼腥味的手稿。他耐心地看完几篇。他想，诗人真是一种牛哄哄的生物。当然，他并不敢肯定这个手稿的作者就是当年郝志梅拼死要嫁的李建国。

一九八七年。他学会唱崔健的"一无所有"。那年到处都有人唱"你就像那冬天里的一把火，熊熊火光温暖了我……"那年，县城里有两对恋爱的男女跑去大山里玩，遇上一条非常大的蟒蛇，吓坏了，就想跑，偏偏其中一个男人的脚一时慌乱卡入石头里，眼看张着血盆大口的蛇越游越近，男人拉出屎尿。那个本来可以与另外一对情侣逃走的女人突然放弃了这个

遗失在光阴之外

机会，回身捡起石头去砸蟒蛇。被激怒的蛇从男人身边游开，缠住那个恋爱中的女人，把女人慢慢挤扁再一点点吞下肚，心满意足地游走了。这条蛇后来被打死了。没人敢吃它的肉。好像是被蛇贩子买走了。

一九八八年。阿宝死了。那年冬天，一个高二的女生失足掉到河里了。河里结着冰。当时围观的人很多，可跳下去救人的只有一个小流氓。后来，女生就与那小流氓相好，成了女流氓。

一九八九年。县城汽车队里有一个十四岁的女孩，是从贵州省一个很偏远的山沟回到父母身边的。父母忙，少有时间照顾她，回家也常因琐事吵架，县城里同龄的孩子还不愿意接受她。女孩离家出走，偷了家里几块钱，到车站买好票，躺在候车室长条躺椅上等车时睡着了，睡到半夜，一个中年男人推醒女孩。男人是在车站里打扫卫生的，是鳏夫。男人与女孩聊起来，最后，送女孩回家。心急如焚的女孩父母对男人表示了千万分感谢。后来，女孩放了学也不回家，天天去找男人。女孩母亲生了气，跑去车站破口大骂，言词很有点不堪，还当着车站那么多人的面动手打了男人几个耳光。男人吃老鼠药死掉了。过了些日子，女孩往她妈妈做的稀粥里拌入老鼠药毒死了全家人。

一九九〇年。一名叫高婵的女生给父母留下一张纸条，说是要去北京找汪国真。高婵的母亲坐车赶到省城，再搭乘飞机到北京，在火车站出口处守了三天三夜不敢合眼，没守到人，去找出版《年轻的潮》的北京学苑出版社，抹着眼泪把事情一说，编辑把汪国真的联系方式告诉她，打电话过去一问，并没有一个叫高婵的外地女生来找。高母在北京又逗留了半个月，还印了名片大小的寻人启事在火车站与汽车站附近四处张贴。三个月后，高婵回来了，人瘦脱形，样子不比一个乞丐好多少，身上到处是瘀伤。渐渐有传言说高婵在火车上被人贩子拐卖了，还好机灵自己跑回家。高婵在家里休学半年，翌年填写高考志愿时，填的全是北京的大学，考了几年没考取，就去北京打工了。很多年后的一天晚上，他在北京海淀区某住宅小区门口又看见高婵。她不再是他记忆里那个单薄瘦小腼腆害羞的女孩。她在与男人吵架，她的普通话带着老家的口音。高婵在说那男人嫖了不付钱？四周看热闹的人说，如今的婊子也真猖狂。高婵丝毫未加理会，只死揪着那男人不放。那男人的脸猪肝一样血红。他没敢再看下去，尽管乍眼认出高婵时他心里有了莫名其妙的欣喜，突然欣喜没了，只是难过。不过，也没有什么好难过的，生活就是这样。

一九九一年。一名即将参加高考的女生上吊自杀。高考分数公布后，全县又有两男一女三名学生自杀。还有两名女生发了疯。差一分没考上的那个犯疯病时就脱光衣服在大街上走来走去。另外一个就每天背着书包安安静静地坐在校门口的石阶上，乘门卫不注意，大模大样地闯入每一间教室，也不说话，抓过桌子上的书与作业本就撕，撕老师的也撕同学们的。门卫留了神不敢让她靠近校门。她跑到文具店与新华书店里撕，有不知情的人动手打，打得她头破血流，她也不哭，也不反抗，也不逃，躺在地上任人打任人踢。后来没人打她，远远地见着她赶紧守在店门口。她就去撕街头巷尾墙壁上贴的各种布告、通知与小广告，反正见纸就撕。再后来，她父母把她嫁到只有树与石头的深山里，听说几年后就因为难产死了。

一九九二年。他认识了春江。学院里有个女生，叫秦燕，家里穷，却有让人惊叹的美貌，很多男生追。秦燕平时举手投足就颇有点眼高于顶，很招女生讨厌。秦燕睡的被子里常出现老鼠、蟑螂。秦燕就去勾引那些她认为伤害过她的女生的心上人，到手了，立刻换掉。女生们愈发恨她入骨。被秦燕抛弃的几个男生们也很愤怒。后来出事了。秦燕有晚饭后去学院后山坡散步的习惯，不知道谁在她随身携带的水杯里下了安眠药，本来只想

　　遗失在光阴之外

在草地上坐一会儿的秦燕睡着了。等到第二天太阳出来的时候，秦燕已经完全被糟蹋得不成样子。学院保卫处查了许久，也没查出是谁干的——或许是因为那几个被秦燕甩掉的男生中间有校长的儿子，总之，这件事不了了之。

一九九三年。他阅读了贾平凹所著《废都》，也正是因为这部书，他开始尝试写作。搞文学似乎等于随便搞女人。这对还没有真正性经验的他来说无疑是一种致命的诱惑。当然，那时的他绝对不会承认自己脑袋里有这种无耻的想法。毕竟一九九三年的大学还没有成为性生活开始的地方。他加入校文学社，写下大量的诗歌散文。他被誉为才子。他与文学社里一个叫胡丽的大四女生谈起恋爱。他有了平生第一次的情欲之吻以及一些仅限于上半身的乱七八糟的抚摸。但没等他记住胡丽的脸，胡丽毕业了。胡丽留给他的唯一的记忆是她比大理石还要冷的嘴唇。这可能因为他第一次吻她时是雨天。

一九九四年。同学们整天谈论王朔以及年底上映的由哈里森·福特主演的《亡命天涯》。一些女生穿起松糕鞋和有短流苏的裙子。他喝了平生第一罐健力宝，银白色的易拉罐上印着一个橙红色的掷铁饼者。这年暑假，在回家的长途班车上，在两床臭烘烘的绿色的被垫的掩盖下，一位长头发眉眼间有种说不出来气质的陌生女人娴熟地解开他的皮带引导他进入了一个崭新的、让人失魂落魄的世界。他的身体上印满女人的口红，这让他怀疑起女人所从事的职业。女人没有伸手要钱。女人下了车，他以为自己做了一场春梦。

一九九五年。还是在回老家的班车上，在盘山公路上。他身边坐着一个眉眼如漆、肤色腻白的女孩。上帝对她真慷慨，他在心里感叹。突然，斜刺里飙来一辆黑色桑塔纳，逼停客车。一个凶神恶煞般的年轻人上来劈手拽住早已惊恐万分的女孩的头发往外拖。女孩惨叫。满车噤声。等年轻人下了车，他嘟囔了声，"豺狼当世虎豹横行。"没想年轻人竟然听见，放开女孩，转身上车，劈头甩给他几个耳光。他还了手，被那年轻人拖下车一顿暴打。他都以为自己要被年轻人打死了，突然听见那女孩站在悬崖边喊，你再打人，我就跳下去！他睁开被血糊住的眼睛。那年轻人又在他的小腹处踹上一脚，就冷笑，"你跳啊，你死了，我再娶一个。"那女孩真往悬崖下纵身跃去。年轻人嘴里发出一声短促的叫，竟然也扑下悬崖。所有的人都懵了。后来他听说，那女孩与那年轻人是夫妻。

一九九六年。他毕业回到老家就职于某厂供销科。这年，他看了阿诺·施瓦辛格主演的《真实的谎言》、汤姆·汉克斯主演的《阿甘正传》以及成龙主演的《红番区》。这年，他去南方某城市做业务时被客户拉进暧昧的KTV包厢。一个艳丽丰满的女人坐进他的怀里，他手足无措。他想起当年长途班车上的陌生女人。他尝试着与女人聊天，女人叫小真。他问小真为什么会做这行。小真抽抽噎噎地给他讲了一个悲惨的故事。他掉下眼泪。那天晚上，他在沙发上坐了一夜，还塞给小真五百块钱。第二天客户问他昨晚玩得怎么样。他说起这个可怜的小姐，没提另外给钱的事。客户就笑，说这是骗凯子的啦。过几天，他在另外一间KTV娱乐城遇到另外一个小姐，她也讲了一个一模一样的故事。他心里不大好受。他安慰自己，哪天抽时间把这个故事写成一篇值五百块钱的小说也就扯平了。

一九九七年。香港回归中国。街上出现很多穿时髦的凉拖鞋的女孩，沈萝也是其中一位。沈萝是去年分配至县一中的语文老师。他们是在舞会上认识的。几个月后，沈萝与他并肩坐在月光下的草地上。他注视着沈萝。沈萝的样子忧伤得迷人。一个月后，他们结婚了。

一九九八年。他与沈萝看了三遍《泰坦尼克号》，也曾陪着一个比他

遗失在光阴之外

大十岁的女人看了两遍。女人是一家杂志社的编辑，叫赵秀云，这是一个真正不幸的女人。他与赵秀云姐弟相称。赵秀云嫁过四个男人。这年夏天，在福建某风景区，他遇上了徐婉。这年秋天，他与沈萝离婚。

一九九九年。厂里的总工程师李工的老婆在中秋节前死掉了。国庆节，李工就把他老婆金环的妹妹银环娶回家。有人说，这是金环的临终遗言，银环才是李工的原配夫人。银环当年生得美，是厂里的一枝花，与李工是二十世纪五十年代结的婚，两人很恩爱。后来，一个工宣队长看上银环，把李工打成右派，往死里整，并告诉银环，若她允了，就放李工一条生路，银环就咬牙同意了，又不敢把内情告诉李工，又怕李工想不开，就托姐姐金环去照料李工——金环生得丑，脸上有一大块青色胎记。李工与金环结合了。"文革"结束后，银环与工宣队长离了婚，一个人带着孩子靠在市场上摆腌菜摊艰难度日。李工托人送去一些钱，分毫不少地退了回来。这样就到了今年，金环病重。李工守在病床边无微不至地照料着金环。金环眼泪滂沱咒骂自己不要脸，并说出这个秘密。金环说，我本来早该把你还给妹妹，可我舍不得。对不起。银环与李工结婚的那天，哭得伤心极了，一直抽泣着。李工脸上却有着灿烂笑容。这可真有意思。

二〇〇〇年元旦，冯阿婆死了。她老公是去年死的，葬在老家凤山乡，冯阿婆回到凤山乡，在丈夫坟边搭起座窝棚——不是那种看甘蔗的临时窝棚——用的是最结实的木料，还有锅有灶。冯阿婆住在窝棚里，毋论儿女们怎样劝说，都不肯再离开。儿女们只好每星期来一次，带来米与其他食物。冯阿婆每天早上起来后的第一件事就是绕丈夫的坟转上几圈，小心地拔去坟头的野草，再用随身携带的小铲子加固被风雨侵蚀掉的泥土，间或还唱一些山歌。再后来，冯阿婆就被一群盗墓贼打死了。这年开春他去了吴姬那。同年端午节，吴姬死了。

二○○一年。他去北京，认识了梨雅。公司里有一个女同事叫陈艺。陈艺是由孀居多年的母亲一手带大的，人很孝顺，去年在朝阳区买下一套豪华公寓，带着母亲搬离了那座人声嘈杂污水四溢的四合院。也怪，过了几个月，又卖掉了那套豪华公寓，在四合院附近买下一套经济适用房。他问陈艺是不是有毛病？陈艺笑着解释说，她妈妈舍不得四合院的那些老邻居。

二○○二年。这年冬天，他在酒吧里认识了一个陌生女孩。因为闲扯，话题扯到强奸。女孩说了自己的一件事。有一次，女孩去参加朋友聚会，因迟到，想抄近路，在穿过巷子时，被男人堵住。她想挣扎。她看见男人的眼睛。男人很年轻，或许刚看了黄色录像，眼里只有凶狠的兽欲。若她拒绝，男人极可能会抓紧她的脑袋往墙壁上撞。她不想死，又不想被强奸。她马上做出决定，一只手朝男人下半身摸去，一只手飞快地解开乳罩。男人愣了。她朝男人眨眼，示意有话要说。男人松开手。她用很平静的口气告诉男人，男人很强壮，她也喜欢，但这里太脏，能否找一个干净一点的地儿，她口袋里还有几百块钱，完全可以去开个房间。男人狐疑。她马上告诉男人，自己是哪所大学的学生，叫什么名字，住在哪。这些都是瞎编的，她只是想分散男人的注意力。男人拿不定主意了。她继续赞美男人的身体有多么棒。男人是新手，或许耳朵里从来没有被这样的甜言蜜语灌过，犹豫地摸出刀，抵在她的腰眼，说她若敢叫救命，就一刀捅了她。这样的伎俩又怎么能难倒她？一路上，她与男人不停地说话。等出了巷子，前面出现人群，她假装系鞋带，顺势朝前一滚，再喊救命。在派出所做口供时，男人破口大骂，骂她是一个骗子。她不想当骗子，可没法子。她又不是肉身布施的锁骨菩萨。女孩说完后，大家都笑了。

二○○三年。他认识了那妞。那妞有个男同学的妹妹叫陆敏儿，中师

遗 失 在 光 阴 之 外

毕业不久，因为生得美，就有很多男人追。但有一天，陆敏儿被发现患上一种古怪的绝症，医生说，她只能再活上一年。陆敏儿的母亲很伤心。陆敏儿更是难过。陆敏儿的父亲过世得早。陆敏儿的母亲就问女儿有什么心愿，陆敏儿就看着屋外的桃红柳绿不作声。或许是因为一个女孩要长成女人，生命才会了无所憾。陆敏儿突然就很渴望一个男人的爱情。但原来那些像苍蝇一般的男人早已经不见了。陆敏儿在当地报纸上登了一则征友启事，讲了自己的病情，也坦诚地倾诉了心愿，就收到很多来信。敏儿从中挑出一封言辞最为诚挚的，与那来信的男人开始来往。男人是温文儒雅的中学老师。一年后，陆敏儿向男人请求成为他的新娘，男人应了。新婚之夜，陆敏儿幸福地死去。陆敏儿至死都不知道，所有的来信都是她母亲请人代写的，那男人也是她母亲花十万块钱请来陪她一年的，而为筹办她想要的婚礼，她白发苍苍的老母亲还拿了房产到银行抵押贷款。

二○○四年。他认识了艾吾。在一次 Party 上，他还看见一个陌生女孩独自坐在角落里，用筷子敲杯子，敲第一个杯子时，说了声"忘"，敲第二个说了声"情"，敲第三个说声"水"。敲过几次后，女孩开始不停地敲第一个杯子，嘴里"忘、忘、忘、忘、汪、汪、汪、汪、汪……"地叫。女孩叫得很小声，没有别人注意到女孩的举动。他走过去，问她在做什么。女孩没说话，良久才叹口气说："就是做狗，那也比做人好呵。"他乐得不行。

二○○五年……二○○六年……二○○七年……他都有点想不起来了。他朝着墙壁叹口气，懒得抹去电脑上的水渍，强行关了电脑，头朝地、脚板朝天倒立起来。在倒立的状态下，说话是困难的。肺里冒出火星，血比水银还沉，皮肤要从身上掉下来。颅骨出现类似地壳板块运动时的咔嚓声。按某部科普读物的说法：这些可疑的迹象极可能是导致物种突变的前奏曲。

不做人其实也是挺好的。

最近，他喜欢上倒立这项运动。倒立姿势把身体的重量从腿部释放，让血液奔腾，并拉伸脊椎，为机体组织提供养分，让心脏和消化系统得到适当的休息。这是它教他的。它叫"汪"。它不是瑜伽老师，它是一只老鼠。

夜里，他躺在床上看书。一本每当他无法入睡时就想翻开的励志书。它降临了。他住在北京苹果园某住宅小区某大厦一间八平方米大的地下室里。屋子阴暗潮湿，墙壁生有青苔，只有一扇窗户，在离地面两米，离天花板两寸处，嵌有一小块尺许见方的玻璃，外侧被铁栅栏保护。两根一横一竖的木条钉在内侧的窗棂上。钉木条的人，是主最虔诚的信徒。因为他的虔诚，惯于做贼的风也望而却步。地下室的门，一脚能踹开，但一只老鼠不应该具有这样的腿部力量，不然，它可以去踢佛山无影腿，在银幕上大放光彩。门四周的缝，他目测过，在半厘米以内。在漫长的三十余年的人生历程里，他没见过哪只老鼠的腰肢只有半厘米细！除非……除非是传说中的老鼠公主——他在童话书里见过，说有一只雌鼠，因为渴望成为公主，只喝西北风，喝了三年，喝得奄奄一息，目光迷离，走上舞台，用它性感到骨头的身体赢取了这项桂冠。但童话书的结尾又有一句让人眼睛生疼的话：老鼠公主终于找到了骄傲的老鼠王子，从此过上了幸福美满的生活。那么，光临寒舍的这只老鼠不大可能是老鼠公主，再考虑到他目前困窘的处境，它只能是来自天堂的天使。

它出现在房子的中央，先朝他彬彬有礼地点头，见他不动声色，知道他默许了，便以欧洲绅士的礼节和风度，把他晚餐时撒落在地上的一些饼干屑，小口小口地喂入嘴里。饼干屑消失在它的嘴里。它抬起头，眼神柔软，优雅地望着他。他思忖了一小会儿，拆开枕边的饼干袋，扔下一块明日的午餐。这回，它吃得更专心，足足用了五六分钟，才抬起右肢，擦擦

遗失在光阴之外

嘴，鼠须快乐地翘起，宣布进餐完毕。它在地上翻了一个跟斗，翻得很缓慢。这需要本事，需要克服数以吨计的大气压强与地球引力。若哪位体操运动员能这么缓慢，一定能让世界吃惊。他开始微笑，也为它生是鼠儿身略感遗憾。它愈加快活，接连几个跟斗，翻到墙壁边，前肢着地，后肢竖起，居然倒立，还得意地冲他转动眼珠，两只后爪不断分开合并。他兴奋了。一个鼠辈尚能如此嘲笑生活，自己堂堂一个大好男儿焉能落后。于是，扔掉书，也头朝下脚朝上。结果，没一分钟，脑海里出现一朵姹紫嫣红的花，人瘫软下来。

人不如鼠。他愤怒了。他把一整袋饼干都朝它扔去。它吓一跳，一闪就不见了。发了霉的空气顿时塞满房间，也塞满他的肺，好像是从风景如画的山巅失脚跌落到山脚下的溪水里，他浑身都疼。他甚至能感觉到眼泪这种可恶的饱含盐的东西想要挤出眼眶。他诅咒了一声上天，并且迅速引用了一句最近在小饭馆与路边的网吧、发廊里广为流传的感叹：生活啊，就像被太监强奸，反抗是痛苦，不反抗还是痛苦！这时，枕边的手机响了，像狗一样地汪汪地叫。是一条短消息，他哥哥发来的：石林，今年，你还不回去？他没理会，手机甩到床尾，头顶在油腻发黑的枕头上，再一次倒立，他就不信自己不如一只老鼠！

没多久，他听到颈椎骨节的抗议声。可他管不了。他倒立着，看着被墙壁垒起来的这个富有严密的逻辑性和不容置疑的确定性的世界。墙壁上有一行圆珠笔字迹——盛小娥，我日你！这是房间的前主人留下的哀号，一个歪歪扭扭的爆破音。也许是前主人，这个"前"字几乎可以一直上溯至这幢大厦的建成之日，或许更早，比如建筑这幢大厦的某位民工朋友。又或许在他头顶，某间铺有波斯地毯，燃有印度檀香，床头柜上搁着高脚杯四周隔断摆满古玩玉器的屋子里，这位下半身被人惦记的小娥女士正躺居某位胸口有卷曲黑毛的大汉的身下。日之一字，采象形，取会意，俨然古韵，确确动人。日，是美好的，不仅可放声高歌，"日落西山红霞飞"！还可声情并茂抑扬顿挫，"千里江陵一日还"，更可以在诸种版本的成语词典里窥见"日久生情"，而这四个字是对人类的日常生活最具有想象力且面目庄严的阐述，它深刻地揭示了性交与情爱之间的因果关系。他为房间前主人的无知默哀三分钟，他小时候一定不肯好好学习，不会背古诗；长大后又不肯继续学习，不会背成语。

当然，小娥女士在他头顶做"日"这种体操运动的事件大抵得属于小概率事件。在别处与其他男人一起表演的可能性更大。这种想法让他觉得愉快，说不准某年某月某日，他也将成为那其他男人中的一员。要在这幢三十六层的高楼里拥有一套房间的困难程度类似于西西弗想把石头推上山顶，属于不可能完成的任务。而根据马太效应原理，买不起房的人就是西西弗。这辈子是，下辈子还是。

"别处"却可以无限延伸，可以是在长途客车后部散发臭味的卧铺车厢、布满鸽子粪与妖媚阳光的楼顶、长满青草与翩翩蝴蝶的山坡，甚至还可以是在支离破碎比烟花还要美妙绚丽的梦里——上帝也没法阻拦他在梦里与女士们表演这种优雅的赞叹着主的光芒的舞蹈。裸露出乳房、肚脐以及大腿内侧的女士将在梦里披散长发，把他引导至水的中央。他们一起唱："江南可采莲，莲叶何田田，鱼戏莲叶间。鱼戏莲叶东，鱼戏莲叶西，鱼戏莲叶南，鱼戏莲叶北。"

他笑起来，眼睛里有了柔软的弧光。但在这美好的时刻，他的手机又"汪"地叫起来，叫得惊惶，像一只被人摁在地上拳打脚踢的狗。他没动弹，继续坚持，眼球慢慢地凸出眼眶，嘴情不自禁地张开，越张越大。以吨为单位计算的光与影以及从天花板上降落的肉眼所难觉察的灰尘因为嘴的引力，

遗 失 在 光 阴 之 外

发生了很微妙的让自己鼻血涌出的弯曲，并且最终塞满口腔。他想吐口水，吐不出。喉结滚动。他的嘴唇青紫了，他的舌头僵硬了。他好像一个溺水的人，试图在黑暗冰冷的大海寻找被墨西哥暖流带来的木头。

他缓慢地咳嗽，用意志对抗来自身体的重量。

他凸出的眼球观察到一种奇妙的与日常生活迥异的现象——墙壁是红色的。是的，墙壁是红色的。细小的血丝在他那两只可怜的眼球弥漫。所谓的白，只是一种观察方法所导致的结果，是人眼在 400—760 纳米的光谱区感受墙壁，在色盲眼里，或许还是紫色的。谁能说，那些视力正常的人们就比色盲更接近事情的真相？事实上，墙壁还是黑色的，比如，当他头顶这盏昏暗的灯熄灭的那一刻，这墙壁就是黑的一部分。他对此有经验。在许多个伸手不见五指的夜里，为了摸索那扇通往公共厕所的门，他曾经被黑的墙壁撞得鼻青眼肿。也因为这，他学会了一种走路的方法，一种脚步动作迅速多变的方法。后来某个晚上，他在北京人潮汹涌的王府井大街上，与一位跳街舞的年轻高手邂逅。他在路边走过，正准备跳上场地中央一展身手的年轻人顿时如被雷击。他以为年轻人是 Gay。Gay 往往有非常独特的审美口味。他快步离开，甩出大步流星地离开，年轻人在后面跟着，迈着流星大步。他不耐烦了，回头问年轻人有什么事？年轻人弯下身，很尊敬地问道："你是太空舞步独步天下的杰克逊大人的收山弟子？"他没理会这个鲁莽的年轻人，虽然他不知道杰克逊大人是谁。他傲慢地扬起下巴，抖抖衣袖，没带走霓虹闪烁的王府井大街的一根光线。

时间比长城还长，要想望到它的尽头，真不容易。他一边数着绵羊，一边耐心地看着自己倒映在天花板上的影子。它庞大的身子里足以装得下三个他，过去的他，现在的他，以及将来的他。黑色在平面上构建了不可测量的深度。这是一个幽深的、曲曲折折的、没有火把的洞穴。人们可以躲在里面。很安全。至少他现在就躲在里面。书上说，许多伟大的人曾经为了逃避世人的追捕在这里面躲藏了一辈子。他很羡慕他们。但他们是栽树的人，他顶多是一个摘树上果子的人。其实，话不必说得这般迂回曲折，他躲进来的理由只有一个，北京已经很冷，雪已经盖住天空。天上没有了太阳，只有一堆堆灰白色会蠕动的蛆。地上的人并不少，什么颜色的都有，可惜他只认识这几千万人中的百来个。这是他在北京这些年的劳动成果。但这些人中的绝大多数在他的记忆只剩下一张石膏一样的脸，他能想得起名字的仅有数十人，他还不敢担保这数十人是否还记得他的名字。不过，不管他们是否还记得他，他在这里真心诚意地祝愿他们幸福。

他希望他们的床边立着一个从二手市场搬来的做工粗糙，线条简单，但体积足够大的衣柜。衣柜里塞满薄的厚的腈纶的羊毛的各种厚度，各种材质的衣裳，以及回家时带给父母与兄弟姐妹的各种礼物。衣柜上面还放着五个来自秀水路批发市场的可爱福娃，福娃旁边搁着一瓶准备在漫长旅途上用来温暖心肺的北京牛栏山厂出的红星二锅头。也许他们中的寥寥几个，如他一般，没有衣柜，没有福娃，没有二锅头，但他希望他们的身边有另外一个人，一个互相牵手时可以忘掉茫茫人海的人，一个可以抱在一起相互用体温来取暖的人。

他祝福他们。他已经年过三十。他将一事无成。所以他把大把的时间用来祝福他人。承认自己已经被生活打败，虽然残酷，但自己不易脑溢血。何况，祝福这样一件美好的事，总得有人来干这活。缺少祝福的人有着惨淡的人生。他哥哥上次发来一条短信，他的同学，已官至省厅级的某年轻有为的同学在一次酩酊大醉后，突发脑溢血，告别了如花似玉的妻子与两个花团锦簇的孪生女儿。他哥哥说："这么年轻的人咋可以脑溢血啊？"他为他哥哥的无知发笑，于是，以破天荒的速度，在几分钟内，回了一条

　　　　遗失在光阴之外

短消息。他说："阎王叫你三更死，谁敢留人到五更？"为增强说服力，他还把自己从网上下载的一个小骷髅头一并发了过去。效果很好，他哥哥没再理会他。一直到今天。

他望了一眼手机。它在床尾叫。他汪地一声叫。他不信他的声音比一只破手机的音量还差。他的五脏六腑经过北京这些年的锻炼，毫不夸张地说，它们已改由特殊材料制成，比长征老干部还经得起考验，绝对不会被艰难苦厄磨损，只可能会被永远不会来临的糖衣炮弹打倒。他对此有信心，比一个老农对手中的锄头更有信心。他可以用牙齿轻易咬碎混杂在米粒中的石砾，用舌头舔净铝膜包装袋上最后一滴汤汁，用手抓住胆敢揪他衣领的东北大汉的手。若比拼不过腕力，他就用恶狠狠的嘴巴弥补这缺憾。他的耳朵里有蚊子叫。他的耳膜在熊熊燃烧。他的眼前出现了孙大圣头顶上的金箍圈。它们一个套一个，被一只看不见的手，扔进如同河流般哗哗流淌的天花板里。一个影像刚刚呈现，立刻又被黝黑的深处吞噬。墙壁确实是黑色的。河流确实是黑色的。间或有红橙黄靛紫的塑料袋与浮游垃圾从天花板上流过，每一个具体的物都是隐喻的存在，并在固态、液态、气态间迅速转换。

他努力撑住眼皮，像孙大圣用定海神针撑起中国人取经的希望。

他对自己说——坚持。

他能坚持多久？小溪在坚持，所以成了长江；长江在坚持，所以成了大海。他鼓励自己，他对自己大声说，你好歹还是一个人呐。你倒下去，好歹也得占去几平方米的土地。你知道自己这三十多年已吃过多少头猪、多少只鸡、多少斤粮食吗？这若拿汽车来装，起码能装十卡车，还得是斯太尔那种级别的重型卡车。他都喊出了眼泪。

时间缓慢地移动，从一个格子移向另一个格子。他的脑袋里都是这样塞满纸张、文字、相片、影像的格子。他的眼泪在空气中做着布朗运动。他看见一面面边缘不规则的镜子，许多线条，许多的点在边缘上进出来，这些镜子在几个很偶尔的情况下才呈现出他熟悉的几何形状，比如三角形，比如矩形，比如平行四边形。但当这样的时刻出现时，镜子里的他就红肿变形得可怖，红肿的脸，变形的脸。这让他害怕。他不知道为什么要害怕，但就是害怕。也许他在害怕这天花板坍塌。尽管这是一间三十六层巍峨的楼，其高度近乎庄严神圣，但一百一十层的美国纽约世贸大楼也在二〇〇一年九月十一日纽约突然坍塌，其中南楼在被撞击后只坚持了五十六分十秒，而加固后的北楼也仅支撑了一百〇二分五秒。

他仰起头，继续看墙。他的眼珠子向上翻。墙与人一样，都要浪费资源，并谋求存在的意义，至死不悔，一直到被拆迁为止。每堵墙都是垂直的平面，对其他墙壁而言，都是一种冷漠地拒绝。它们只肯与出身于同一血缘的墙在一起围合空间，构成封闭的圈子。它们厌憎墙外，蔑视一切在墙脚萎缩起身子的生物，也蔑视试图攀越墙头的衣衫褴褛的孩子。眼球里进出千万根箭。头顶的百合穴是一摊死去的水。水中的鱼扔下一个个透明的形状。他的牙齿在掉，齿缝里有了石灰。他的唾沫与这些石灰发生可怕的化学反应。他的腮帮子又酸又胀。他想起马塞尔。一位有趣的法国人，酷爱从这扇墙壁穿越到另一扇墙壁，把他的读者吓得吱哇乱叫，但在最初的惊异之后，大家不约而同地热爱上了他。也许他记错了，是马塞尔笔下的某个戴眼镜的男士。不过，这不重要，重要的是，这只老鼠又出现了。

他咽下口水。他差点咽下了一粒牙齿。他的上帝，它跳上他的床，步伐轻盈，一转身，跃上床尾的木杆，蹲下，头往前探，聚精会神地凝视着那只幽蓝色汪汪叫着的手机。它不怕狗叫？他对它笑，它不理他。他汪的一声叫，它后退一步，看他，看看手机，露出心领神会的笑容。它迅速

　　　　遗 失 在 光 阴 之 外

爬到手机边，用灵活的带一点粉红色的爪子在手机键盘上按动。手机的叫声戛然而止。它得意了，跳得比它的身子还高，跳回横杆，前肢着地，后肢扬起，就这么倒立着开始行走，一口气走了四五步。它是从动画片里跑出的米老鼠？若逮到它，他岂不是要数钱数到手抽筋？他看见出生于公元一九〇一年十二月五日的沃尔特•迪斯尼在天花板上笑容满脸地向他招手。他手舞足蹈，滚落床下。他已受伤。他中了枪。他朝它扑去，咬牙切齿。他嘴里汪汪地叫。它从他的手指边滑开，脚下好比踩了滑轮。他又向前扑，扑得敏捷又果断，甚至感觉到手心出现一团毛茸茸的东西，但当他小心翼翼地松开手指时，它已出现在墙角，显然生气了，龇起雪白的尖尖的往下钩的牙齿，细长的尾巴一甩一甩，甩到绷紧的腹部上。他没在意它的眼神。他只知道它已无处可逃。他狞笑一声，再一次纵身扑去。他的头撞在墙壁上。墙壁发出金属交击时的回音。它不见了。他这才想起住隔壁地下室房间的人是一个在苹果园地铁口摆摊卖刀具的中年猥琐男人。也许，对面墙壁上都挂满那种削铁如泥的刀。他的脑袋没掉下，这是上帝的怜悯。他倒吸一口凉气，没法从刚才的所思所见中清醒。他掐了一下自己，虽然很疼，他还是对自己大声咒骂：石林，你他妈的在梦游啊！

尽管他语无伦次，尽管他为它的逃脱无比伤心，但第二天，"汪"又出现在他的眼前，出现在他特意撒落在地上的饼干屑前，它已经忘掉了昨日的不愉快。它不是人，虽然在七千万年前它与他们这种自命为万物之灵长都拥有同一个祖先，但时间祝福了它，诅咒了他们，所以它不记仇，忘掉了他曾试图加于它身上的暴力以及他可恶的叵测居心。它风度翩翩地进完餐，还跑到屋角，找到他扔在那地喝了大半罐的燕京啤酒，弄翻罐子，美美地喝了几口。为了表示对他的感谢，它又跳起桑巴舞。多么迷人的露出肚脐眼的桑巴舞。这里，得说一下这是一只什么样的老鼠。这样，你或许能明白他为何要赞叹。它大约有一两重，身体内的百分之八十的遗传物质和百分之九十九的基因和你他都一样，二十对染色体上共有约二十五亿个碱基对，与人类二十三对染色体上的二十九亿个碱基对相当接近。它的祖先在地球上出没的历史恐怕比人类长得多。当然，这是一些乏味的知识。可它是这样美！通体白色，毛发温润，比最上等的新疆和田玉还要剔透，嘴巴尖尖，若羞涩的少女抿起的唇，眼睛晶亮，是红色的，是一对可以用来装饰香榭丽舍大道上那些销售顶级奢侈品的店铺的红宝石。尾巴更漂亮到了极点，让如今行走于各电视屏幕上红得发紫的清朝王爷后脑勺那辫子也羞愧难当。它的两对爪子宛若枝头初绽的梅花，不仅是形状，还有一样的香。

请原谅他这种笨拙的比喻。比喻没多大的意思，它不能为这世界增加什么，也不能减少什么。它只是把你与他、他与动物联系起来。这是让许多人觉得羞耻的联系。人类情愿拿"水消失在水里"这样茫然失措的句子来取代比喻。人类害怕比喻，害怕羞耻，害怕比喻所引发的对每一片树叶所产生的不同的感觉，也许不仅仅是树叶，还包括树叶上的每道纹路。

他把目光重新落回到这只老鼠身上。此刻，它就像一个在贵族世家长大的嘴边茸毛初生的少年，就像在梦中出现过的某面镜子里的他的脸。这并非不可能。也许前世的前世，他曾是拜占庭王朝某位皇帝不见于史书记载的私生子。四周由金银丝与来自东方的丝线混纺而成的锦缎做成的帷幕深深垂下，一直垂入飘满玫瑰花瓣的梦里。喷金的熏笼于搁满象牙雕刻的几案上吐出阵阵龙涎清香。那用红、白、紫、蓝、黄、灰等各色石子及彩色玻璃压镶并用金片填充有着奇光异彩的镶嵌画无穷无尽地向着远方铺展，一直铺到天空里。他赤着双足，手拿一杯毒酒，在各种缤纷艳丽的石柱下行走，偶尔抬头，望一眼在黑色天幕下愈发神圣庄严的圣索菲亚大教堂。

遗失在光阴之外

它的存在是对人类自身的生存最好的描述。外部，是粗糙的砖与石；里面，精雕细琢，金碧辉煌。他对在身后紧紧地跟随，手拿兵器一脸悲伤的士兵说，艺术，不是人类的仆从，是人类借以抵达彼岸、谛听福音的桥梁。一切渴望彰显世俗荣耀与权威的，都会消失在时间的河流里。只有内心对主的赞叹才会波光粼粼。

眼含热泪的士兵不断点头，待他饮完那杯银亮的酒后，挥动利刃轻轻割下他的头颅，搁入银盘，呈献给他那位端坐在皇帝宝座上沉思的，忧伤的兄弟。

他痴痴地想，出了神。他被自己感动。他甚至忘掉了眼前的老鼠。它好奇地望着他，望着他不断皱起不断舒展的眉头。它汪的一声叫。他承认，它吓倒了他。他恢复了一个常人通常拥有的判断。老鼠怎么可以不吱吱叫？怎么胆敢不吱吱叫？他后退三步，觑见枕头上的《万物简史》，就想抄起来，砸过去，把这只特立独行区别于其他老鼠的异端消灭掉。所有的老鼠都是异端，它们始终拒绝与人类合作。它们不是马，任人驱使；它们不是狗，让人吃骂；它们不是牛，任人鞭打；它们不是猪，任人煎炒烹炸……更可恶的是它们一点也不在乎人类所发明的那些勤劳、勇敢、忠诚等词汇。它们对此嗤之以鼻，又不肯从人的视线中跑开，跑过热带雨林，跑到撒哈拉沙漠里去。它们顽强地、恶毒地、无时无刻都不忘用其鬼鬼祟祟的动作，提醒人类不过是上帝糟糕的作品，并非所谓的万物灵长。它们是人的影子，是人类的内心，毫不忌惮从嗷嗷待哺的妇孺嘴边抢下最后一粒口粮。它们都应该扔进加尔文燃起的火堆烧成焦炭，被法国大革命时巴黎广场中央那台质地优良的断首机斫下脑袋，被商纣王放在装满炭火的铜管上慢慢烤熟，被汉武帝割去生殖器，被唐太宗腰斩成两截，被辽穆宗耶律璟用铁梳子把最后一块皮肉刷洗掉，被明太祖手下刀工娴熟的锦衣卫剥皮穿上炙热的"红锈鞋"，被大清朝的皇帝千刀万剐凌迟处死，被民国时的军阀五马分尸剖腹掏心，被湘西土匪浇上汽油用铁丝高高吊起点天灯……老鼠，该死的老鼠，罄南山之竹，书罪未穷；绝东海之波，流恶难尽。他义愤填膺。他真理在握。他眼冒怒火。他是正义的化身。他是光明的使者。他拥有不容置疑的惩罚眼前这只生物的权利。

他投出书，投出匕首，投出牙齿与唾沫。

它不见了，九十度垂直的墙是它的同伙，掩护了它。等到他捡起书本，它已消失在墙里面。

那天晚上，他睡不着。当时间移到一个他从未见过的形状奇怪的格子里时，他从床上爬起来，用脑袋撞墙，当他撞到一百○八下，墙壁上开了一条缝，他愣了几秒钟，伸出手。他的指尖触摸到一种类似水银的液体，它们呈现出梦幻一般的光泽。他想起《黑客帝国》里的尼奥。他们眼中所见无非是光的反射，是扭曲的，并非事物本来的面目。所谓的真实皆可能是虚构，即，这个世界亦可能是上帝所书写的一部无边无际的小说。真实只是相对于他们的需要而言。若真能给出真实的定义，比如凡能为耳、舌、口、鼻、身此五蕴感知的即为真实，那么，时间是真实的吗？梦是真实的吗？痛苦是真实的吗？孤独是真实的吗？他对你的爱是真实的吗？若它们是真实的，又是什么在包裹着它们？像糖包裹巧克力，像水包裹岩石？也许，墙的内心并非常识所告诉他们的那般坚硬与粗糙。在那里，或许对真实有另一重阐述，比如：真实只是不真实的一部分，很小的微不足道的一部分。他走进去，走进墙壁里。墙壁无限向里，是一个比北京的地下室更深的洞穴。他看见了它。它脖子上系着蝴蝶结，拿着属于他的手机，翘着二郎腿，在一面镜子前，与他哥哥说话。

"哥，我不回家。"

　　　　遗失在光阴之外

"你不回家，你想去哪？"

他哥哥气急败坏。他感到懊恼。若因自己的缘故，让哥哥脾气恶劣，导致不可测的未来，他将成为钉上历史耻辱柱上的罪人。这样说是有科学依据的：一只南美洲亚马孙河流域热带雨林中的蝴蝶，偶尔扇动几下翅膀，可能在两周后在美国德克萨斯引起一场龙卷风。这是气象学家洛伦兹一九六三年提出来的蝴蝶效应。他没有打扰它与他哥哥的聊天，挑了一个角落坐下。他面前出现一个银色的几案，案上搁着一盏高脚的饰有巴洛克花纹的酒杯，杯里盛有银光闪闪火焰一样吞吐的液体。他喝了一小口，感觉到内脏已经透明。真好喝，清香甘洌。

他哥哥的声音通过他手中那银灰色的盒子不断传出，像水的波，杯里的银子液体生出一圈圈涟漪。他哥哥说："你再不回去，我与你断绝兄弟关系。"

他哥哥没再声色俱厉。它咂咂嘴，脚在地上打着拍子，是义勇军进行曲。它一点也不惊讶他此刻的表现。它仿佛能跳出命运的河流，在时间与空间中所分开的细叉处，看到未来的他投射至现在这个世界的影子。它以一种嘶哑的、被岁月折磨得奄奄一息的语气说道："哥，我没脸回家。"为配合这种声调，它那对细小红色的眼珠上已被一层湿漉细密的水雾所覆盖。

"一家人，还什么脸不脸的？混得惨，又不是你的错。我知道，这些年，你很努力，只是时运不济。再说，你又没挖绝户坟、敲寡妇门、暴打残疾人。"

他哥哥真逗。它宛然一笑，样子甚是开心，它的牙齿比他见过的任何一个人类都要白，应该去拍佳洁士的广告。它朝他眨眨眼，继续说道，"佛争一炷香，人活一口气。就算爸妈、你与嫂嫂不嫌弃，我都嫌弃我自己啊。要房子没房子，要票子没票子，要位子没位子，要车子没车子，要孩子没孩子，要娘子没娘子。这若走在乡间的小路上，会被人戳脊梁骨。说，'石家那娃啊，准是基因突变造成的悲剧。要不，他哥哥是组织部长，他咋就没出息？还烦你转告爸妈，权当我是他们当年从杨树底下的垃圾堆边捡来的吧。'"

它的口才真好，像魔法师念咒语，语调充满魔力，并随着内容变化出宫商角羽。有事实，有民谣，有释义，有示例，有说明，有趣闻，有权威，有昔时贤文，有个人经历。银白色的液体在他的胸腹间点燃一堆堆月光一样的火焰。他低下头，观察它们。所有的细胞都被装入一个银白色的盒子里。火焰不断变化。盒子不断扭曲。他的身体出现细小的裂纹。

他低低地说道："你会说话？"

它轻轻地吹起口哨，眉眼间尽是嘲笑。

他哥哥的声调突然上升了八度，"石林，你是不是没钱买火车票？"声音刺入他的耳膜。他的手指上出现一点银白。它望着他古怪地笑，继而长长一叹，对着捍卫了他们之间的秘密的手机说道："哥，千金易得，一票难求。你没看过胡戈制作的《春运帝国》吗？民工周星星买了二十年都买不到一张票，我五年没买到，又算得了什么？北京火车站，人比砖头多，连那防暴警察都差点被挤成微生物。哥，你不看新闻联播吗？"

"不看。"

"那你怎么及时领会最新指示，如何做好提拔人民公仆的工作？人民把人事权交给你，你要对得起人民的信任。"

"我不与你胡扯。石林，你报账号，我打钱来。你去坐飞机，若飞机票买不到，就打的，一千块不够，就一万块。若打不到的，我开车去北京接你。"他哥哥真凶悍，作风真霹雳，愤怒的吼声好比鱼鳞片状的三硝基甲苯，手机成了手雷。它吓一跳，急忙扔下，瞥一眼他，用后爪踩住。不会爆炸吧？他与它交换了眼神，在同一时刻做出决定，离开，赶紧离开，离开这个危险之地。

遗失在光阴之外

他踢翻银白色的几案。它怪啸一声。他腾空跃起往右边跑，它沿着蓦然出现的墙根往左边跑。他跑得很快，速度可能接近于光，时间在身边倒流。他对面出现一堵银白色的墙壁。他看见了墙壁里面二十五年前的自己，是那样年轻，粉红色的不可思议的一小团。他犹犹豫豫地飞跑，速度不减，心里以超过光速的速度计算自己与墙壁的距离。他拿不准主意。他咒骂了声。一枚硬币从裤兜里漏出，在撒满细浪般明灭不定的银白色的光线下摇摇晃晃地向前滚。他赶上前，没弯腰，用脚尖踢。它在空中划了一道漂亮的弧。他逮住它，用袖子擦亮。每枚硬币都值得珍惜，都必须珍惜。它们有血、有肉、有呼吸、有心跳。

他一头扎进墙壁里。一堵墙，接着又是一堵墙，没有长，没有宽，没有高，也没有间隙，只有白，耀眼的白，好像雪，但不是雪，雪没有它硬，没有它冷漠。雪会消失在手里。墙会消失在哪里？雪融化了。墙壁上生出种种颜色与图案……雕刻了南京城沦陷历史画卷的一堵四十三米的墙；把一个国家分成两半，把一个民族分成两半，隔绝出两个世界的柏林墙；美国华盛顿广场上刻有五万八千一百九十六个参加越南战争战死的士兵的约五百英尺宽的墙；雄踞关山蜿蜒万里成为中国人图腾的墙；大希律王留下的以色列哭墙；西藏神秘诡异的"骷髅墙"；屹立在晋中平原古老的平遥古城墙；城市街头画满各种涂鸦的墙；北京苹果园某大厦地下室留下他种种痕迹的污秽的墙……它们都意味着什么？

墙壁，是人的一种特殊创造，是以物理空间的分隔为最初目的，具有对不同人群的物质和精神生活分隔界限的作用，同时它也具有防范和抵御单元空间免受侵扰的保护的作用。简单地说，它是对不同内容的生活进行划分与聚合的手段，使你我互相区别。他感到了疼，他很痛，他想发声呼号，喉咙里全是碎屑。那杯饮入肚腹里的液体在胃里慢慢膨胀，生出种种细小的变化，不断迸出一团团牛毛大小尖锐的针，在他透明的身体里，如同烧灼的黑色的火光。光线沿着他的内脏以一种受了伤的弧度弯曲。

它出现在墙壁上方的天空里，笑容可掬，像修炼多年得道了的妖，鼠须翘起，一边凝望他，一边以一种奇怪的口吻慢慢说道："划分是次要的，保护是主要的。墙产生和形成的最主要的原因，是出于它的对外防御性。很久很久以前，是防凶猛的飞禽走兽；后来，有了文字记载，就开始防人了。"它说的话，他能听懂。《黄帝内经》曰，"帝既杀蚩尤，因之筑城。"墙无处不在，不仅遍布大地，也遍布人心。或者说，他们的内心是一个充斥着墙体的迷宫。他们被幽闭或者说自他幽闭在其中。迷宫层层叠叠，没有尽头，没有出路，没有虚，没有实，只有让人厌倦的重复，重复昨天说过的话，重复前天做过的梦，重复一切。迷宫告诉他们：他们眼中所见、鼻中所嗅、耳中所闻无一不是虚幻，俄狄浦斯刺瞎双眼并不像传统解读所说是无法直面罪恶和悲惨，而是为了回到内心，仰观神圣。

"我明白。"他说，"你是谁？"

"我是你。"它的脸庞浮现出一种庄严。但这种璀璨的庄严搁在它的容颜上（准确地说是鼠颜），是这样格格不入。他笑出声。他不得不用更大的笑声来掩盖他因为无知发出的笑声。他笑得要断了气。他看见心中慢慢浮现出一头不知其头尾的被阴森冷气所裹紧的庞然大物。他的牙齿开始哆嗦，手捂住嘴，已感受不到舌头的存在。喉咙里被利刃劈过。他咳出血。鲜红的血，在这个银子做的世界里鲜艳夺目。他喃喃自语，但听不到自己的声音，不晓得自己在说什么。他绝望地看着它那只红宝石一般的眼睛。它露出一个诡异的笑容，一股大风从头顶刮过，它消失了。

他闭上眼，看见一个女人，肩上两手合托，胸前两手合十，稍下两手置腹部，再下两手置膝上，其余各手分执着虚空中的光影。

遗失在光阴之外

她说："当我不能看见自己时，你要看着我，这样我才能在你的眼睛里看到我自己。"

她的一双手抓住了他的肝。

她说："我喜欢艾略特的那个空心人，那仿佛是我们的写照——仅仅是标本，头脑中填满了稻草。"

她的一双手抓住了他的肺。

她说："活着就是耻辱。激情毁灭我们。人不如狗，狗想得到的是一根肉骨头，人想得到所有。"

她的一双手抠入了他的眼眶。

她说："你不要绝望。你不是说我是你的光线吗？有光线就不要绝望。"

她的一双手在他的下颌滑过。

她说："哲学是人对上帝的解释，而人类是上帝对自己的解释。"

她的一双手放在他的胸脯上。

她说："或许大多数人存在的意义是为了彰显少数人的价值。人，是一群群互相伤害的生物，就如同河面上相互碰撞的一块块坚硬冰凉的冰。我们，没有意义。"

她的一双手搋紧了他的头发。

她说："我要和你把所有的姿势都做了。以后你和别人做的时候，就会想起我。"

她的一双手伸入他的灵魂深处。

她不停地说着话，说着很复杂的舌前音，比如"我要你要我"。她的声音犹如即将飘散于这个银子世界里的一片薄冰，犹带有他内脏的体温，上面光华流转，有大片的点与线，黑色的点、弯曲的线。薄冰终于消失在他的手掌里，留下微微刺疼。自始至终，他都无法看清她的脸庞。也许她不是一个人，是许许多多人，是她们。或许，她们——这种悖论的总的集合——便是自己这三十四年生命中的蜜糖。悖论犬牙交错，互相勾连，不可避免，且无限循环。他揉揉眼，开始笑，笑得虚弱。他把她的手指头扳开。银子一样的世界从指缝间一点点漏下去，回到泥土里。他捡起手机，说了声，"我不回去。"搁回床上，再为自己倒了一杯白开水。暖暖的白开水滋润着他的五脏六腑。他恍惚听见内心所发出的类似竹笋破土毕毕剥剥的声音。人人都有内心啊——这只软体动物，这个有着一百〇八只腿的软体怪物。

风吹进窗户，吹过他的睫毛、鼻梁与骨头，吹入幽凉的时空内。窗外暮色合上，鸟儿像点点黑影，不时堕下。世界是一摊果冻，是一堆狗屎，是一枚钻戒，是一副纸牌。它可能产生于一个哈欠中，一个喷嚏里。一切都注定发生，也迟早要被遗忘。他没再叹息，眼睛为一层薄薄烟雾所笼罩。他伸手把她们时隐时现的脸庞抹去。

2006 年

跋

我们恨过，我们爱过，我们渴望着。

小说从童年开始叙述，由一个简单的音调吹起，历经童稚、青涩、成熟，并在欢喜与悲伤、孤寂与眼泪、愤怒与绝望里行走，间或迸发出几粒耀眼灼目的火星，比如美、庄严、纯洁。全文回环转折盘旋穿插，以我所理解的音乐的形式来结构，远与近，轻与重，快与慢，明与暗。

所有的写作不仅是为了舒缓我们内心与现实的紧张关系，也是为了那些活着的人提供一个梦幻之所。我的梦，是你的现实生活；你的梦，或许是我的现实生活。亲爱的读者，你我就这样互相梦见，在这个巨大的圆形废墟里，光阴若午后阳光下的风蝶，一只只自林梢边衔尾飞过。

我是一个在梦中追寻蝴蝶的人，蹑足疾疾潜行，有时骑在一条大鱼的背鳍上，透过水流，凝视苍天的容颜；偶尔也像一头公牛，对着那块挑起的红布冲去。我的爱人啊，我知道总有一天，世界会颂念我的名。那天，当斗牛士把利刃插入我的脖颈，我只希望，你能坐在我的身边，用那湿润的眼看着我。所有的努力，都是为了那临终一眼。在那个时候，世界或许会为我打开体内的皱褶，就像一个眉目宛然的处女，朝着她的男人，那个头上长着一对坚硬犄角的男人，打开子宫。

图书在版编目（ＣＩＰ）数据

遗失在光阴之外 / 黄孝阳著 . -- 上海：上海文艺出版社，2023
ISBN 978-7-5321-8673-0

Ⅰ . ①遗… Ⅱ . ①黄… Ⅲ . ①长篇小说 – 中国 – 当代

Ⅳ . ① I247.5

中国国家版本馆 CIP 数据核字 (2023) 第 030936 号

发　行　人：毕　胜
策　　　划：李伟长
责任编辑：李　霞
封面设计：海未来
特约编辑：王美元

书　　　名：遗失在光阴之外
作　　　者：黄孝阳
出　　　版：上海世纪出版集团　上海文艺出版社
地　　　址：上海市闵行区号景路 159 弄 A 座 2 楼　201101
发　　　行：上海文艺出版社发行中心
　　　　　　上海市闵行区号景路 159 弄 A 座 2 楼 206 室　201101　www.ewen.co
印　　　刷：三河市兴国印务有限公司
开　　　本：880 × 1230　1/32
印　　　张：11.5
字　　　数：309 千字
印　　　次：2023 年 4 月第 1 版　2023 年 4 月第 1 次印刷
Ｉ Ｓ Ｂ Ｎ：978-7-5321-8673-0/I • 6826
定　　　价：89.90 元

告　读　者：如发现本书有质量问题请与印刷厂质量科联系　T:18630658620